DU DARFST NICHT STERBEN

Dieses Buch ist ein Roman. Handlungen und Personen sind frei erfunden. Ähnlichkeiten mit lebenden oder toten Personen sind nicht gewollt und rein zufällig.

ANDREA NAGELE

DU DARFST NICHT STERBEN

THRILLER

emons:

Bibliografische Information der Deutschen Nationalbibliothek
Die Deutsche Nationalbibliothek verzeichnet diese Publikation in der Deutschen Nationalbibliografie; detaillierte bibliografische Daten sind im Internet über http://dnb.d-nb.de abrufbar.

FSC
www.fsc.org
MIX
Papier aus verantwortungsvollen Quellen
FSC® C083411

Umschlagmotiv: Ebru Sidar/Arcangel Images
Umschlaggestaltung: Nina Schäfer
Gestaltung Innenteil: César Satz & Grafik GmbH, Köln
Lektorat: Marit Obsen
Druck und Bindung: CPI – Clausen & Bosse, Leck
Printed in Germany 2020
ISBN 978-3-7408-0667-5
Thriller
Originalausgabe

Meiner Sophie

ERSTER TEIL

1

Ich will nicht sterben.

Hart umschließen seine Hände meinen Hals. Durch den Druck der Daumen auf meine Kehle bekomme ich kaum Luft. Mein Kopf wird gegen das Kissen gepresst. Wenn er noch fester würgt, ersticke ich.

Seine Ellbogen bohren sich in meine Brust. Er atmet schnell, fast hechelnd. Den Bruchteil einer Sekunde erinnert mich sein Geruch an früher.

Panik!

Kalter Schweiß tritt aus meinen Poren. Ich muss mich wehren, sofort.

Mit letzter Kraft bäume ich mich auf, reiße meine Knie hoch und stemme sie gegen seine Rippen. Einen Moment lang lässt er meinen Hals los. Ich winde mich unter ihm und schnappe nach Luft.

»Du«, krächze ich, »du kriegst mich nicht.«

Aber da ist nur sein höhnisches Lachen.

Und ich weiß, dass ich verloren habe.

Ich muss eingenickt sein.

Was hat mich geweckt?

Das T-Shirt klebt an meinem Körper, mein Herz rast in einem beängstigenden Tempo. Mit zitternden Fingern nehme ich das Wasserglas vom Couchtisch, trinke langsam, Schluck für Schluck. Allmählich beruhige ich mich.

Vor dem Fenster schwebt später Nebel über dem eingezäunten Wiesenstück und taucht es in ein diffuses Licht.

Es war bloß ein Alptraum, besänftige ich mich.

Und doch, irgendetwas ist anders als sonst.

Kalte Luft.

Wo kommt die her?

Mit wackeligen Beinen tappe ich ins angrenzende Kinderzimmer. Dort schläft die Kleine ruhig im bläulichen Schein des Arielle-Nachtlichts. Helle Löckchen auf rosigen Wangen. Neben Hanna auf dem Kissen schlummert ihr brauner Plüschbär.

Als ich zurück ins Wohnzimmer gehen will, weht mir ein vertrauter Geruch entgegen.

Paul!

Sein Schweiß hat ihn verraten, diese merkwürdige Mischung aus Ammoniak und Kreuzkümmel.

Ich erstarre.

Was soll ich tun? Was hat die Polizei uns für diesen Moment beigebracht?

Einen schrecklichen Augenblick lang habe ich alle Verhaltensmaßregeln vergessen, dann reagiere ich.

Ich gehe zurück ins Kinderzimmer und hebe Hanna vorsichtig aus dem Bett. Verschlafen schmiegt sie sich an mich, gibt einen wohligen Laut von sich, ahnt nichts von der drohenden Gefahr. Vor Angst graben sich meine Zähne in die Unterlippe, so tief, dass sie aufplatzt und ich Blut schmecke. Meine Hand lege ich sanft auf Hannas Mund, streichle gleichzeitig ihre Wangen. Sie schläft.

Schon habe ich die Kleidung im Schrank beiseitegeschoben und die schmale Rückwand entfernt. Ich lege das kleine Bündel auf die Matratze, mit der die dahinterliegende, zum Panikraum umfunktionierte Fläche versehen ist, und ziehe lautlos die mit Luftlöchern versehene Pappe an ihre alte Stelle.

Nach einem letzten kontrollierenden Blick schleiche ich aus dem Kinderzimmer, haste den Gang entlang und stoße die Klotür auf. Leise ziehe ich sie hinter mir ins Schloss, verriegle sie und greife zum Handy.

Ich schaffe es gerade noch, die Notrufnummer zu wählen, bevor das Holz der Tür splittert. Die Schneide einer Axt ragt mir entgegen, und ich ducke mich unter ihrer Schärfe.

Ich schreie.

Dann ist Paul auch schon über mir und schleudert mich gegen die Wand. Zitternd lehne ich an den blau-weißen Kacheln.

»Wo ist Lili? Ich will meine Frau!«, zischt er und packt mein Haar, zerrt daran, bis mein Gesicht ganz nahe vor seinem ist.

Hass und Zorn lassen seine Stimme kippen, bis tief hinunter, wo der Ton verstummt. Seine Augen glühen, sein Atem riecht nach kalter Asche.

Lili? Ich bin nahe daran, hysterisch aufzulachen. »Lass uns in Ruhe.«

Seine Züge versteinern. Mit der rechten Faust schlägt er mir so schnell ins Gesicht, dass ich nicht ausweichen kann.

Es muss wehgetan haben, doch ich spüre nichts.

Jetzt umklammern seine Hände meine Schultern. Ich bin eingekeilt wie in einem Schraubstock.

Wo bleibt die Polizei?

Salzig-saure Flüssigkeit klebt auf meinen Lippen. Blut, Speichel, Tränen.

»Ich will nicht sterben.« Die Worte sind aus meinem Mund gefallen, ohne dass ich es verhindern konnte.

»Dein Leben? Das ist wertlos.« Seine Stimme, jetzt seidenweich, trieft vor Hohn. Sie hallt von den Wänden des kleinen Raumes wider.

Sie müssen jeden Moment hier sein.

Diese Gewissheit gibt mir die Kraft, ihm mein rechtes Knie in den Unterleib zu rammen.

Und gleich darauf das linke.

Eine Sekunde lang löst sich sein Griff. Er krümmt sich vor Schmerz, und ich dränge mich an ihm vorbei, hinaus aus der Toilette, ins Wohnzimmer.

Jetzt ist er zu allem bereit. Ich bete, dass Hanna nicht aufwacht und zu weinen beginnt.

Draußen vor dem Fenster schimmert, noch ein gutes Stück entfernt, flackerndes Blaulicht.

»Die Polizei kommt! Du hast keine Chance!«, schreie ich und versuche, die Tür zwischen uns zu bringen. Er wirft sich so heftig dagegen, dass ich auf den Teppichboden geschleudert werde. Mein Kopf knallt gegen die Kante der Glasvitrine. Der jähe Schmerz schneidet mich in zwei Hälften. Benommen versuche ich, unter den Tisch zu kriechen. Paul umklammert meine Beine, reißt mich herum und setzt sich rittlings auf mich.

»Zum letzten Mal. Wo ist Lili?«

Ich drehe den Kopf zur Seite. Es ist nur ein weiterer Alptraum, beschwöre ich mich. Gleich werde ich aufwachen, so wie vorhin.

Doch auf einmal ist da ein Messer, mein angstverzerrtes Gesicht spiegelt sich in der blanken Klinge.

»Ich will nicht sterben«, wimmert eine Stimme, die sich seltsam fremd anhört. Ist es wirklich meine?

»Aber das wirst du.«

Ich spucke in sein Gesicht.

Im Lärm der näher kommenden Polizisten dringt das Messer durch meine Haut, senkt sich in meinen Hals, als wäre er aus feinstem, seidenem Stoff.

Dann ist da nur noch metallisch schmeckendes Blut, das ich krampfhaft zu schlucken versuche und an dem ich ertrinke.

2

Paul liegt ausgestreckt auf dem weißen Laken.

Er fühlt sich wie nach einem Krampfanfall. Ermattet. Jeder Muskel schmerzt. Sandig die Haut, pelzig die Zunge. Lippen und Mundwinkel brennen, als wären sie mit Lauge in Berührung gekommen. Ein Durcheinander in den Gedanken. Gewitter im Kopf, Blitz und Donner.

In all dem Gewirr die eine schreckliche Erkenntnis: Er hat Anne getötet und Lili nicht gefunden.

Sein Kopf schnellt vom Kissen hoch. Bestürzt starrt er in den gleißenden Lichtstrahl der Neonröhre über dem Bett. Er hat kaum geschlafen, noch immer sind Geist und Körper gleichermaßen erschöpft. Zwanghaftes Schlucken drängt den ekligen Geschmack aus Rachen und Mundhöhle zurück, unterdrückt den Brechreiz.

Immerhin, die Glieder beben nicht mehr so heftig, und sein Herz pumpt regelmäßiger das Blut durch die Adern.

Durch das geöffnete Fenster dringt Nachtluft, ein Gemisch aus Benzin und Dieselgestank von der nahen Tankstelle. Das Dröhnen der Lastwagen auf der Autobahn ist dem sanften Surren der Pkws gewichen.

Vorsichtig hebt Paul seine rechte Hand, hält sie dicht vor die Augen, betrachtet sie eingehend. Diese fünf Finger hatten sich um den Griff des Messers gekrallt. Fast von allein war die Klinge in ihren schlanken Hals geglitten.

Er hat sie getötet.

Trotz der Demütigungen, der Verletzungen, die seine Seele zu einem schmerzenden Narbengewächs haben verkommen lassen, ist er hilflos gegen die aufsteigende Verzweiflung.

Warum nur hatte sie ihm Lili genommen? Seine wunderbare Frau, die er abgöttisch liebt. Den Gefühlen von Trostlosigkeit und Zorn ausgeliefert, schmerzt es weniger, der Wut nachzugeben.

Das rasche Eintreffen der Polizei hatte ihn vertrieben. Er wollte nur seine Lili zurück, jetzt hat sie eine tote Schwester und Annes Kind keine Mutter.

Lange Monate waren mit der Suche nach den beiden vergangen, dann lange Tage mit der Beobachtung des Hauses. Zweimal war er vor dieser Nacht in der Wohnung gewesen, um zu sehen, wie sie leben.

Warum haben sie sich nicht besser vor Eindringlingen geschützt?

Vielleicht wollte Lili ja von ihm gefunden werden?

Dennoch hatte sie sich vor ihm versteckt.

Lili hätte sich nur ein wenig anstrengen müssen, und alles wäre gut geworden. Paul und Lili, später dann ein Kind, für immer als Familie vereint. Nie wollte er mehr.

Entschlossen drängt er den Kummer, der ihn wieder zu überwältigen droht, weg. Er muss stark sein.

Irgendwo wartet seine Lili. Diesmal wird er sie finden.

3

Die türkisfarbenen Augen meiner Schwester sehen mich an.

Hab keine Angst. Alles wird wieder gut, möchte ich ihr sagen. Doch ich bringe kein Wort hervor, kann meinen Mund nicht öffnen, den Körper keinen Millimeter bewegen. Angeschlossen an Maschinen liege ich in einem abgedunkelten Zimmer. Blinkende Lichter werfen bizarre Bilder an die Decke. Schrille Töne erreichen meine Ohren und lassen mich erzittern.

Mehrmals setzt meine Schwester an, bevor sie zu sprechen beginnt.

Hält sie meine Hand?

An ihren Mundbewegungen erkenne ich, dass sie gegen die Geräusche im Raum anflüstert. Bemerkt sie, dass ich sie kaum verstehe? Ihre Lippen nähern sich meinem Gesicht.

Noch immer ist da nicht mehr als der Hauch ihrer Stimme.

»Er hat uns verwechselt, Lili.«

Hat er das? Fragen drängen aus der Tiefe meines Bewusstseins empor und überschwemmen mein Denken. Doch die Müdigkeit macht mich schwerfällig. Ich kann nichts ordnen, das verknotete Wollknäuel in meinem Kopf nicht entwirren. Jeder Gedanke tut weh.

Hanna.

»Sei unbesorgt.« Die Worte kitzeln meine Haut. »Hanna geht es gut. Sie schlief tief und fest in ihrem Versteck und ist nicht aufgewacht, als ich sie zum Wagen trug.«

Was, wenn meine Schwester mich anlügt? Was, wenn sie mich nur beschwichtigen will?

Angst zerreißt meine Brust. Wie in einem Kaleidoskop zerplatzen Farben vor meinen Augen in tausende Mosaiksteine, verschwimmen, setzen sich neu zusammen, bilden weitere Muster.

Meine Lippen werden auseinandergezwungen. Bittere Flüssigkeit dringt in meinen Mund. Gurgelndes Würgen.

Schlucken. Ich muss schlucken.

Ein tröstend warmer Sog aus tiefblauem Wasser nimmt mich auf. Dichter Unterwasserdschungel, gemalt in berauschenden Farben, reicht bis an den feinkörnigen Sandstrand. Grün. Violett. Purpurrot. Strahlendes Gelb. Der Duft der üppigen Tropenblumen nimmt mir den Atem, und so tauche ich tief hinab ins salzig schmeckende Meer. Über mir glitzern Sonnenstrahlen zwischen sich sanft kräuselnden Wellen. Kleine Fische schwimmen im Schwarm um mich herum. Ihre Bewegungen sind fließend. Aufeinander abgestimmt, bilden sie ein silbern schimmerndes Ornament. Hin und wieder kreuzt ein größeres Exemplar meinen Weg und blickt mich mit freundlichen Augen an.

Ich sinke dem schlammigen Grund entgegen.

Ein Schiffswrack, um das sich goldene Ketten winden, versperrt mir die Sicht. Aus einer halb geöffneten Schatzkiste funkeln Rubine und Smaragde. Verzaubert lasse ich mich treiben und strecke den bleichen Arm nach der Schmuckschatulle aus. Die Tiefe des Meeres verlangsamt meine Bewegungen. Ich taste mich näher, doch kaum berühren meine Finger den glänzenden Deckel, werde ich zurückgerissen. Eine Hand greift nach meinem Hals und umklammert ihn.

In Todesangst schlage ich mit Beinen und Armen um mich. Pauls hasserfüllte Augen starren mich unverwandt an. Meine Zehennägel kratzen Rillen in seine Haut. Dann lässt er mich los, und ich taumle ohne Orientierung durch trüb gewordenes Wasser.

Die behagliche Wärme ist einer frostigen Kälte gewichen.

Mein Körper reagiert nicht mehr. Er ist lahm, wund und unbeweglich. Alles an mir ist erschlafft.

Paul schwimmt über mir, seine rudernden Arme wirbeln das Wasser auf. Luftbläschen steigen zwischen uns hoch. Er lässt sich nach unten sinken, greift mit der Hand nach meinem Kopf, zieht mich zu sich. Seine Lippen berühren meine und pressen sie hart auseinander, sein Atem füllt meine Lunge.

»Du hast es nicht anders verdient«, zischt er am tiefsten Punkt des Ozeans in mein Ohr.

Ein messerscharfer Schmerz durchzuckt meine Kehle. Benommen sehe ich, wie sich das Wasser blutrot verfärbt.

»Rettet mich!«, flehe ich die uralten Meeresgötter an.

Aber die wenden sich ab.

Nichts ist zu hören, außer dem anhaltend schrillen Kreischen eines Nebelhorns.

Irgendjemand muss mich geborgen haben, denn ich liege mit einer Sauerstoffmaske über dem Gesicht im Bett eines Krankenzimmers.

Unter meinen zuckenden Augenlidern nehme ich den Raum nur schemenhaft wahr. Schläuche ranken sich wie Lianen um meinen Körper, verbinden mich mit Geräten. Benommenheit trägt mich. Ich fühle mich wie eingehüllt in einen flauschigen Wattebausch.

Die Träume und Bilder in meinem Kopf sind verworren. Sie gleichen Labyrinthen grüner Sträucher, aus denen es keinen Ausgang gibt. Wäre ich Künstlerin, könnte ich ganze Bilderfolgen intensiver Farben malen. Sind nicht Gauguin solch berauschende Gemälde zu verdanken? An ihn und seine Tropenbilder muss ich immerzu denken. Die üppigen Blüten Hiva Oas in betörenden Schattierungen. Wildgrüne Ranken. Lilien.

Hieß Gauguin nicht Paul?

Paul.

Hanna.

Anne.

Angst lähmt mich. Das Schrillen der Töne schwillt an.

Jemand beugt sich über mich. Ich bin so müde, kraftlos und schwer. Sinke dem Meeresgrund entgegen. Lasse mich von weichen Wellen treiben.

Lange Zeit ist da nichts. Dann ein sengender Schmerz. Ich werde gestochen. Mein Arm hebt sich und fällt zurück auf das Laken.

Ich schwebe an die Zimmerdecke.

Unter mir sehe ich waberndes Weiß. Unruhige Flächen aus wogenden Arztkitteln. Ein Kahler beugt sich über mein Bett.

Finger spreizen sich, tanzen auf und ab, zerren an einem Stück Stoff. Etwas reißt. Knöpfe fliegen. Unter mir spielt ein lebhaftes Marionettentheater.

Noch halte ich die Fäden in der Hand.

Lautes Reden, das ich nicht verstehe, hallt zu mir empor.

Unser alter Kindergartenreim kreischt durch meinen pochenden Schädel: »An der Decke kleben, runterfallen, auf die Erde knallen, ja so ist das Leben!«

Mein Lachen quält sich als raues Stöhnen aus meiner Kehle.

Ein metallisch funkelndes Gerät wird an das Bett geschoben. Erstaunt sehe ich, wie mein Körper aus den Tüchern emporschnellt. Ein-, zwei-, dreimal. Immer wieder fliege ich durch die Luft. Das Tempo ist atemberaubend.

Ich stehe unter Strom.

Heiße Energie durchflutet mich, und ich schreie.

Da ist das bleiche Gesicht meiner Zwillingsschwester. So nah, so unendlich vertraut.

Anne beugt sich über mich und küsst meine Wangen. Ihre Tränen benetzen mein Gesicht und vermischen sich mit den meinen.

4

Das Brummen der Lastwagen lässt die halb gekippte Fensterscheibe vibrieren. Die Vorhänge wehen im Morgenwind.

Mit einem Satz springt Paul aus dem Bett. Auf dem Weg ins Bad hält er inne.

Während er unruhig geschlafen hat, muss es geregnet haben. Es riecht nach feuchter Erde.

Schwere Wolken bedecken den Himmel. Noch hat der Tag zu wenig Kraft, die Nacht zu verdrängen. Das Stück Straße, das er, angestrahlt vom Scheinwerferlicht vorbeihuschender Autos, erkennen kann, glänzt schwarz vor Nässe. Auf den mattgrünen Sträuchern glitzern Wassertropfen. Zu dieser frühen Stunde wirkt alles unverbraucht. Neu.

Die Erinnerung stürzt so heftig auf ihn ein, dass ihm die Luft wegbleibt.

Sein Plan, Lili zu finden und sie mit nach Hause zu nehmen, ist gescheitert. Die gelb markierten Orte auf seiner inneren Landkarte verblassen, lösen sich allmählich auf. Er hat die Orientierung verloren.

Anne ist tot.

Und Lili wird nicht mehr in die gemeinsame Wohnung zurückkehren. Die Polizei hat sicher bereits eine neue Bleibe für sie und ihre kleine Nichte gefunden.

Auf einmal erscheint ihm alles aussichtslos. Mit dem Handrücken wischt er sich den Schweiß vom Gesicht und streift die Feuchtigkeit am Oberschenkel ab. Kurz überlegt er, aufzugeben, sich zu stellen. Aber dann hätte er Lili für immer verloren.

Paul wirft einen nervösen Blick auf die Uhr an seinem Handgelenk. Es ist bereits nach fünf Uhr am Morgen.

Ein unruhig flackerndes grünes Licht im Badezimmer zeigt an, dass der Akku wieder aufgeladen ist.

In der Nacht hatte er begonnen, seinen Bart mit Schere und Rasierer zu stutzen. Dabei muss er sich geschnitten haben.

Neben seinem Ohr spürt er Schorf, und auf dem Kragen des T-Shirts sind zwei bräunliche Flecken.

Annes Blut war aus ihrem Hals geströmt und hatte innerhalb von Sekunden alles leuchtend rot eingefärbt.

Behutsam setzt er den Rasierer erneut an seine Wange.

Er mochte seinen rotbraunen Bart. Nur schweren Herzens trennt er sich von diesem perfekt getrimmten englischen Rasen. Etliche Jahre konnte er seine schmale Oberlippe damit verbergen, jetzt ist dieser Makel wieder für alle sichtbar.

Er beugt sich über das Waschbecken, den Porzellanrand gegen seine Leiste gedrückt, und begegnet seinen kaffeebohnenbraunen Augen. Seelenlos hatte Lili sie einmal genannt. »Dein Blick hat etwas Leeres. Es ist, als wäre deine Seele darin verloren gegangen.«

Sie hatte die unangenehme Angewohnheit, Menschen über ihre Augen ergründen zu wollen.

Als sich seine empfindliche Haut schließlich käsig und nackt über den Wangenknochen spannt, erkennt Paul sich kaum wieder. Nur die wenigen braunen Strähnen, die noch über die buschig wuchernden Augenbrauen fallen, erinnern ihn an sein früheres Ich. Aber auch die dürfen nicht bleiben. Die Veränderung muss radikal sein.

Mit einem zornigen Schnauben setzt er den Rasierer an seinen Schädel und fräst Bahn für Bahn frei, bis sich das Licht der Neonröhre auf seiner Kopfhaut spiegelt. Unter ihm auf dem Fliesenboden bauschen sich die Haare. Angewidert zieht er den Fuß zurück.

Kahl geschoren vom Kinn bis zum Hinterkopf, starrt ihm ein Fremder entgegen. Der da im Spiegel ist irgendwer. Austauschbar. So mag er sich nicht.

Rasch zieht Paul sich an, stopft seine restliche Kleidung in den Seesack und wirft ihn sich über die Schulter.

Nichts an seinem Äußeren erinnert mehr an den, der er gestern noch war. Trotzdem muss er vermeiden, von jemandem aus dem Motel gesehen zu werden.

Das neue Gesicht ist sein Kapital.

Langsam öffnet er die Tür und späht misstrauisch hinaus.

Die Schlagzeile der Zeitung auf seiner Fußmatte springt ihn förmlich an: »Mörderische Messerattacke«. Daneben ein Foto des Hauses, in dem er gestern nach Lili gesucht hat.

Paul zuckt zurück, dann ergreift er die Tageszeitung und hastet ohne nach links oder rechts zu schauen zu seinem Wagen.

Der gestohlene weiße Golf steht, wo er ihn gut verborgen abgestellt hat. Ein schaler Geruch empfängt ihn im Inneren des Fahrzeugs. Wahrscheinlich ist die Polsterung irgendwann nass geworden und modert vor sich hin.

Beim Starten zittern seine Finger. Fast von allein findet das Auto den Weg. Hin zum alten Wohnwagen, der, überwachsen von Farnen, sein Fluchtpunkt als Jugendlicher war und der ihn noch ein letztes Mal aufnehmen muss.

Was vorhin unklar und verwirrend war, erscheint ihm nun, im Tageslicht, wieder gestochen scharf.

Neben ihm rascheln die Seiten der Zeitung im Fahrtwind.

Als er den Golf auf einem riesigen Auffangparkplatz abstellt, atmet er auf. So schnell wird das Auto hier keiner finden. Er greift nach hinten und nimmt den Seesack von der Rückbank, die letzten Kilometer zu seinem Versteck will er zu Fuß gehen. Die Zeitung ist nach unten gerutscht und liegt nun aufgeschlagen auf dem Boden des Fahrzeugs.

»Nach einem brutalen Messerattentat schwebt das Opfer in Lebensgefahr. Nur dem raschen Einschreiten der Polizei ist es zu verdanken, dass die junge Frau nicht am Tatort verblutete. Sie und ihre Tochter konnten in Sicherheit gebracht werden. Nach dem Täter wird gefahndet.«

Lange Zeit sitzt Paul da und starrt auf die Sätze, bis die Buchstaben verschwimmen.

Anne lebt. Er ist nicht ihr Mörder.

Da steht es, und doch kann er es nicht glauben.

Paul senkt seine Stirn auf das Lenkrad. Es ist, als ströme neue Kraft in seinen Körper.

Eines ist ihm soeben klar geworden. Niemals wird Lili freiwillig zu ihm zurückkommen.

5

Hanna.

Ihre weichen Handflächen streicheln ungelenk über meine Gesichtshaut. Auf und ab. Hin und her. Die Berührungen erinnern mich an ein Peeling aus grobkörnigem Meersalz. Wenn es nur nicht so wehtäte.

»Mami?«

»Hanna, bitte setz dich. Wir müssen vorsichtig mit ihr umgehen.«

Vorsichtig?

Ich will unsere Namen aussprechen, doch meine Lippen fühlen sich an wie dick gewundene Seile aus Hanf.

Lili. Anne. Lilianne.

Zwei, die eins geworden sind.

Mit geschickten Fingern wird mein Nacken angehoben.

»Das unterlassen Sie besser.« Ein Schattenriss schiebt sich zwischen uns.

»Wer sind Sie?« Der Tonfall meiner Schwester klingt herausfordernd.

Die Antwort erfolgt wohltönend: »Mein Name ist Jonas. Ich bin der Physiotherapeut. Ihre Schwester, Lili Parker, ist meine Patientin.«

Heiterkeit erfasst mich. Jonas und der Wal? Bin ich die Prophetin und er der große Fisch mit den freundlichen Augen? Sind wir einander in den Tiefen des Ozeans begegnet?

»Wie jetzt? Jonas vorne oder Jonas hinten?«

Wer hat das gefragt?

Wenn ich nur sehen könnte. Doch sosehr ich mich anstrenge, meine Lider kleben wie verschweißt an meinen Augen. Ich kann mich nicht bewegen, nur ahnen, wo Kopf, Hände und Füße sich befinden. Doch spüren kann ich mit einem Mal, wie die Kleine sich an mich schmiegt.

»Wach auf! Wach auf!«

Beruhigende Worte schwirren durch meinen Kopf, doch ich bin unfähig, ihnen eine Stimme zu geben.

»Hanna, alles wird gut. Wir machen hier Übungen, damit sich unsere Patientin schnell erholt und bald wieder wach ist, um mit dir spielen zu können.«

So gern möchte ich ihr bestätigen, dass es wahr ist, aber es geht nicht.

Ich will nicht sterben.

Ich will wieder gesund werden.

»Der Arzt sagte, meine Schwester sei ins Koma gefallen. Was heißt das genau, Jonas? Und wann wacht sie endlich daraus auf?«

»Der vegetative Zustand, in dem Lili sich befindet, ist vergleichbar mit einem langen Schlaf voll von Träumen. Ob sie etwas hören, sehen oder empfinden kann, wissen wir nicht. Erst mal warten wir auf die Ergebnisse von EEG, Hörtest und so weiter. Danach sehen wir klarer. Die Ärzte werden Ihnen alles genau erklären. Jedenfalls hat Ihre Schwester durch den Messerstich in den Hals sehr viel Blut verloren. Der Schnitt verfehlte nur knapp die Schlagader. Erschwerend kommt die durch den Sturz verursachte massive Blutung im Kopf hinzu, die für ihren jetzigen Zustand hauptverantwortlich ist. Es stand eine Zeit lang sehr schlecht um sie, aber das wissen Sie ja.«

Die Stimme des Therapeuten klingt monoton, ohne Höhen und Tiefen, und wirkt entspannend auf mich.

»Dass die Patientin wiederbelebt werden musste, hat die Situation nicht eben erleichtert. Einerseits braucht sie Ruhe, um Kraft zu finden, andererseits ist es notwendig, ihre Körperfunktionen zu aktivieren. Das ist mein Part. Ich habe dafür zu sorgen, dass ihre Muskeln nicht erschlaffen.«

Ich bin wach.

Mit aller Kraft versuche ich, meinen Mund zu öffnen, zu sprechen, zu blinzeln. Es will mir nicht gelingen.

Ein Stöhnen schwebt an mir vorbei zum Fenster hinaus.

»Jonas«, die Stimme an meiner Seite schwillt an, »um Gottes willen, sehen Sie doch. Meine Schwester ist leichenblass, ihre Lippen haben sich violett verfärbt. Helfen Sie ihr! Sie stirbt!«

Hannas Schluchzen zerreißt etwas in mir. »Ratsch« machen die scharf geschliffenen Klingen der Schere, und feines Seidenpapier flattert in Streifen zerteilt zu Boden.

Schrille Töne vermischen sich mit lärmenden Stimmen.

»Bringen Sie das Kind hinaus. Sofort!«

Jetzt ist nur noch zähflüssige Tintenschwärze um mich herum. Seltsam gelassen treibe ich auf das weit geöffnete Maul des Wals zu.

Mit einem Mal steht meine Zwillingsschwester vor mir. Ihre Augen funkeln entschlossen. Mit einer einzigen kräftigen Bewegung zieht sie mich hoch und versetzt mir eine schallende Ohrfeige.

»Wach auf!«, höre ich sie schreien. »Das kannst du uns nicht antun.« Dann schlägt sie wieder in mein Gesicht.

»Sind Sie verrückt? Beruhigen Sie sich«, sagt eine fremde, strenge Stimme. »So können Sie ihr doch nicht helfen.«

In meinem Kopf dreht sich ein Karussell, schneller, immer schneller. Dann ist da ein brennender Stich in meiner Armbeuge. Ohne es verhindern zu können, sacke ich wieder dem Meeresboden entgegen.

Ein Blitz zuckt hinter meinen geschlossenen Augenlidern. Elektrizität glüht in meinem Körper, Strom jagt durch meine Adern. Etwas Metallenes saugt sich an meine Haut, die kreisrunden Flächen kühlen mein Fleisch.

Ich werde über einer Feuerstelle gegrillt und schnelle nach oben. Meine Stirn kracht gegen die Zimmerdecke, ein Schrei löst meine verklebten Lippen. Mit Schwung pralle ich von der Wand ab und falle. Unten erwarten mich spitze Nadeln. Wimmernd sinke ich auf das Leintuch, aus dem riesige Zimmermannsnägel ragen. Je länger ich liege, desto weniger nehme ich mich wahr.

Irgendwann erhebe ich mich von meinem Lager und schwebe durch den Raum. Schwerelosigkeit überkommt mich. Ich fühle mich benommen, als hätte jemand eine Glasglocke über meinen Kopf gestülpt.

Eine kaum zu hörende, von Zweifeln erfüllte Stimme flüstert: »Du darfst nicht sterben.«

Warum nur torkeln die Worte wie betrunken über die Zeilen im Schönschreibheft?

Als ich erkenne, dass niemand anderer als ich selbst es bin, die da spricht, biete ich all meine Überzeugungskraft auf.

»Du wirst nicht sterben.«

Die Worte üben eine suggestive Kraft auf mich aus, sie gleichen einer festen Order, beruhigend in ihrer Gewissheit. Sie geben mir Sicherheit, die ich jetzt dringender als alles andere brauche.

Die durch das Fenster hereinstrahlende Sonne bildet konzentrische Kreise in Spektralfarben an der Zimmerdecke. Alles sehe ich klar und frage mich doch, was Einbildung ist und was Realität. Eben vermengt sich der Geruch nach Jod, Algen und Salz mit der sterilen Krankenhausluft, Sekunden später schaukle ich in einer Jolle über das Mittelmeer und genieße den Tag. Unbeschwert stoße ich mich vom Bootsrand ab und gleite ins kühl prickelnde Blau. Lange Zeit wiege ich mich in der Strömung. Eine sanfte Brise streichelt mein erhitztes Gesicht.

Später vertäue ich den Kahn an einem muschelüberwucherten Steg und lache dem Sommer entgegen. Übermütig grabe ich meine Zehennägel in den heißen Sand. Weit draußen auf dem Meer tanzen Bojen über den Horizont. Wellen plätschern ans Ufer, weißer Schaum kräuselt sich auf der Oberfläche.

Dann steht Paul neben mir, sein Arm packt meine Schultern. Essenzen von Kreuzkümmel und Moos mischen sich mit salziger Seeluft. Durch halb geschlossene Wimpern sehe ich seine Augen. Doch sosehr ich mich auch bemühe, es will mir nicht gelingen, das Braun zu durchdringen. Wie eine Wand verhindert es den Blick in Pauls Innerstes.

Dumpfes Pochen in meinen Schläfen, ein Specht hämmert gegen die Rinde eines Baumstamms im nahen undurchlässig wirkenden Wald. Ich irre zwischen Sträuchern und Hecken umher, zerkratze mir Arme und Beine an den Dornen wild wuchernder Himbeeren und Brombeeren. Verzweifelt suche ich den Weg aus dem Dickicht, stolpere über Wurzeln, verfange mich in Farnen, die wie Arme nach meinem Körper greifen. Unter mir kriechen Schlangen durch das Gehölz.

Ich habe den Kopf verloren. Nein. Mein Kopf hat meinen Körper verloren. Unmittelbar vor mir öffnet sich ein pechschwarzes Loch. Tiefste Dunkelheit. Meine Finger krallen sich in die lehmige Erde, versuchen, den Sturz in die Tiefe zu vermeiden, aufzuhalten, ihn abzufangen. Je heftiger ich mich darum bemühe, umso stärker weicht die Kraft aus meinen Händen. Die Finger erschlaffen, bis sie schließlich loslassen müssen.

Ich falle.

Schlamm gelangt in meinen Mund, rutscht tiefer hinunter, erreicht Lunge und Magen. Ich huste, spucke.

Mit einem letzten Schrei öffne ich die Augen.

Und starre auf meinen Leichnam.

6

Anne lebt.

Eigentlich wollte Paul abwarten, sich verstecken, bis der erste Fahndungsdruck nachgelassen hätte, doch jetzt muss er handeln. Sofort. Denn wenn Anne überlebt hat, wird sie nach ihrem Kind verlangen. Immer wieder spielt er unterschiedliche Szenarien durch. Eine Gewissheit sticht klar hervor: Das Kind ist der Schlüssel zu Lili. Sie wird das Mädchen zu seiner Mutter ins Krankenhaus bringen.

Zuallererst muss er also Anne in ihrem Krankenbett finden. Alles andere wird sich danach von selbst ergeben.

Paul atmet durch und startet erneut den Motor. Er verlässt den Parkplatz, wendet und fährt zurück in die Stadt, aus der er vorhin gekommen ist.

Die Aprilsonne, ein früher Bote des kommenden Sommers, brennt viel zu heiß für die Jahreszeit durch die Windschutzscheibe. Wie sehr er diese Tage verabscheut, die zu sein vorgeben, was sie nicht sind. Nichts als Täuschung. Frühling bleibt Frühling.

Später, wenn seine Lili wieder bei ihm ist, verfällt Paul ins Träumen, werden sie viel Zeit in kühlen Räumen verbringen. Und sobald sie ein Kind haben, er wünscht sich ein kleines Mädchen, will er ihr vorlesen, Geschichten aus Büchern mit Bildern von Prinzessinnen und Tieren. So oft und so lange, bis sie alles auswendig kann. Sie wird ihn schon in jungen Jahren mit dieser Fähigkeit verzaubern. Er ist sich sicher, dass seine Tochter bereits mit zwei Jahren das Lesen beherrschen wird. Ungern nur schiebt er diese Bilder einer schönen Zukunft beiseite.

Nicht weit vom Zentrum der Stadt entfernt, stellt er das Auto in einer Nebenstraße ab. Trotz seines veränderten Aussehens muss er vorsichtig sein. Nichts, schon gar kein gestohlener Wagen, darf die Aufmerksamkeit der Polizei auf ihn lenken, aber um gewisse Besorgungen kommt er nicht umhin.

Mit weit ausholenden Schritten macht er sich auf den Weg in die Innenstadt.

Es klingelt, als er die Tür des Berufsbekleidungsgeschäfts aufstößt. Eine ältere, leicht gebeugte Frau, die nach Zwiebeln riecht, zeigt ihm unterschiedliche Hosen. Ärztekittel habe sie allerdings keine, erklärt sie, die würden nur im Versandhandel für den medizinischen Bedarf angeboten, aber die Ausstattung der Zuckerbäcker ähnele jener der Ärzte in erstaunlicher Weise.

Paul verlässt den Laden mit einer großen Einkaufstasche, in der sich eine weiße Hose sowie ein weißer Kittel mit großen Brusttaschen befinden. Der Verkäuferin hat er erzählt, er wolle sich für eine Mottoparty bei Freunden verkleiden.

»Bei uns hieß das damals Faschingsfete.«

Eher Walpurgisnacht, hätte er der Alten am liebsten geantwortet, jedoch wohlwollend genickt.

Im Supermarkt an der Ecke kauft er einen schwarzen Wäschestift, eine Brille aus Fensterglas mit dunkler Fassung, zwei Kugelschreiber, ein Lineal, einen Stadtplan, ein Wertkartenhandy, eine Packung Latex-Handschuhe und weiße Sandalen aus Hartgummi.

Verschwitzt setzt er sich danach auf einen Plastikstuhl in der angrenzenden Frittenbude. Sein Magen knurrt. Ihm wird bewusst, wie hungrig er ist. Seit gestern hat er nichts mehr gegessen.

Als die pickelige Bedienung mit Bestellblock und Stift in der Hand gemächlich auf ihn zuschlendert, lässt Paul seiner Ungeduld freien Lauf. »Etwas mehr Beeilung kann nicht schaden«, schimpft er und tippt auf ein Bild in der Speisekarte. »Das hier mit scharfer Tunke und eine Extraportion Senf.«

Gelangweilt streckt er kurz darauf seine Beine von sich und schaufelt Pommes und Burger in sich hinein, bis auf dem Pappteller nur noch Ketchup- und Senfspuren übrig bleiben. Durstig stürzt er ein Glas Wasser hinunter und ordert eine Tasse Kaffee.

In einer abseits gelegenen Gasse setzt er sich in ein Internetcafé und recherchiert die Krankenhäuser der Stadt. Er findet ein Unfallkrankenhaus, eine Privatklinik und das öffentliche Spital. Hastig kritzelt er Adressen und Telefonnummern auf ein

Post-it. Nach kurzem Überlegen streicht er die Privatklinik von der Liste. Eine Zusatzversicherung hatte Anne nie.

Es dauert einige Zeit, bis er eine Telefonzelle findet.

»Allgemeines Krankenhaus, was kann ich für Sie tun?«

»Ich möchte eine Patientin besuchen, Anne Parker, in welchem Zimmer liegt sie?«

Die Stimme zögert. »Da kann ich Ihnen leider nicht weiterhelfen. Eine Patientin dieses Namens gibt es bei uns nicht.«

Ohne Gruß beendet Paul das Gespräch, nur um im nächsten Krankenhaus ebenfalls abgewiesen zu werden. Enttäuscht beißt er sich auf die Lippe. So kommt er nicht weiter, er muss sich etwas einfallen lassen. Automatisch will er an seinen Barthaaren zupfen, seine Finger treffen jedoch auf glatte Haut.

Verdammt, alles abgeschoren.

Schon lange kam er sich nicht mehr so nackt und schutzlos vor. Erst als er das dunkle Brillengestell aufsetzt, fühlt er sich etwas besser. Blicklos starrt er ins Leere, bis ihm endlich einfällt, wie er ans Ziel kommen könnte. Ungeduldig tippt er eine Nummer.

»Notrufzentrale?«

»Mein Name ist Meier«, beginnt er und räuspert sich, »ich bin Redakteur bei der ›Bild am Abend‹ und schreibe an einem Artikel über die junge Frau, die gestern das Messerattentat überlebt hat.«

Sofort wird er unterbrochen. »Schön, aber was hat das mit uns zu tun?«

Er spricht freundlich weiter, obwohl er der blöden Ziege am anderen Ende der Leitung liebend gern den Hals umgedreht hätte. »Ich wüsste gern, in welches Krankenhaus man das Opfer gebracht hat.«

»Es ist uns verboten, darüber Auskunft zu geben. Da müssen Sie sich schon an die Polizei wenden.«

Das könnte dir so passen, denkt er erbost.

So wird das nichts.

Kurz entschlossen ruft er nochmals im Unfallkrankenhaus an.

»Ich schreibe eine Masterarbeit über Rettungseinsätze und benötige eine kurze Information«, sagt er mit verstellter Stimme.

»Worum geht es konkret?«

»Ich möchte wissen, wohin die Ambulanz lebensgefährlich verletzte Patienten bringt. Gibt es da einen fixen Zuweisungsmodus?«

»Selbstverständlich gibt es den. Es wird prinzipiell das dem Unfallort nächstgelegene Krankenhaus angefahren.«

»Danke.« Zufrieden beendet Paul das Gespräch.

Im Wagen kramt er den Stadtplan hervor, markiert die Krankenhäuser und schätzt die Entfernung zwischen der Wohnung und den Spitälern. Dann misst er punktgenau mit dem Lineal nach.

Jetzt weiß er, wo sie liegt.

Wieder macht er sich auf den Weg.

Mit dem Seesack auf dem Rücken schlendert Paul, einen gemächlichen Schritt vortäuschend, den steril wirkenden Flur entlang. Vor der Tür zu den Besuchertoiletten bleibt er stehen und vergewissert sich sorgfältig, dass er von niemandem beobachtet wird.

Entschlossen stößt er die Tür auf und betritt den Waschraum. Er ist allein. Neben aneinandergereihten Pissoirs befindet sich die Toilette, eine kleine versperrbare Kabine. Genauso, wie er es erhofft hat. Niemand kann durch den Bodenspalt seine Füße sehen oder über den Rand schauen. Ein schlechter Ort für Klaustrophobiker, aber Platzangst ist jetzt sein geringstes Problem.

Rasch entledigt er sich der Jeans, seines T-Shirts und der Mokassins, stopft alles in den Seesack und schlüpft in seine weiße Arztverkleidung. Die Augen versteckt er hinter dem dunklen Brillengestell.

Jetzt gilt es, Annes Zimmer zu finden und auf Lilis Eintreffen zu warten.

Wieder geht er den Korridor entlang. Wie ein Arzt, der seinen Dienst antritt, oder einer, der am Ende der Nachtschicht heimgeht.

Vor der Kanzel bleibt er stehen. Mit einem Lächeln klopft er ans Glas. Eine Lernschwester bedient die Gegensprechanlage.

»Schwester Bernadette«, liest er laut von ihrem Namensschild ab, »ich besuche meine Patientin, Frau Parker.« Seine Stimme klingt selbstbewusst, als er Annes Geburtsdatum herunterrasselt.

Die Schwester tippt etwas in ihren PC. »Den Gang hinunter, aber den Weg zur Intensiv muss ich Ihnen ja nicht erklären.« Sie lächelt verlegen.

Mit einem Nicken verabschiedet er sich.

Schweiß hat sich auf seiner Stirn, über seiner Oberlippe, im Nacken und unter den Achseln gebildet. Unauffällig wischt er den feuchten Film mit dem Handrücken aus seinem Gesicht und wartet, bis sich die Schiebetür öffnet. Als wäre es für ihn Routine, drückt er auf den Knopf eines durchsichtigen Behälters, verreibt das Desinfektionsmittel zwischen seinen Händen und geht durch die geöffnete Tür den Flur entlang.

Er hat hektisches Treiben erwartet und ist von der Ruhe, die herrscht, überrascht. Die Station erinnert ihn eher an eine Kuranstalt als an eine Abteilung, in der der Tod allgegenwärtig ist.

Ein Pfleger schiebt einen Metallwagen an ihm vorbei, würdigt ihn keines Blickes. Eine Reinigungskraft im gestreiften Overall wischt weiter vorne mit müden Bewegungen über den Linoleumboden. Ansonsten ist der Gang leer.

Durch die entspiegelten Glasfenster kann Paul zu beiden Seiten Gestalten in ihren Betten erkennen. Wie Mumien liegen einige da, sie sind von Kopf bis Fuß bandagiert, andere, mit bläulichen Lippen in wächsernen Gesichtern, sind an Maschinen gekettet. In keinem der Zimmer hält sich ein Besucher auf, nur Ärzte und Pflegepersonal beugen sich über Patienten.

Wo aber liegt Anne?

Hier noch einmal nachfragen? Besser nicht.

Gerade als er endlich eine ihm vertraut scheinende Bahn goldig schimmernden Haares zu sehen vermeint, schrillt ein Alarm los. Paul erschrickt.

Unmittelbar verwandelt sich die geruhsame Stille in wilden Aktionismus. Türen fliegen auf, Apparate werden über den Bodenbelag gezerrt, Ärzte folgen einer kreischenden Stimme, die alles übertönt.

»Herzstillstand!«

Paul bekommt einen unsanften Stoß in den Rücken.

»Stehen Sie hier nicht herum. Ab mit Ihnen ins Zimmer acht.«

In Annes Krankenzimmer findet er sich wieder und starrt auf ihr fahles Gesicht. Zwischen ihren langen Wimpern kann er die nach oben gerollten Augäpfel erkennen. Ihre Lippen sind tiefviolett. Paul ist so auf das Geschehen fokussiert, dass er die Person, die in seinem Blickfeld auftaucht, nicht zuordnen kann.

»Sie da. Verschwinden Sie. Das ist nicht Ihre Station, Sie stehen uns nur im Weg.«

»Wir verlieren sie schon wieder«, hört er jemand anderen sagen.

Die furchteinflößenden Laute, die ein schlaffer Körper macht, wenn er zuerst hochschnellt und dann zurück auf das Laken fällt, begleiten seinen unfreiwilligen Rückzug.

Als er das Zimmer verlässt, vernimmt er ein Pfeifen, das ihn zu einem letzten Blick über die Schulter veranlasst.

Auf dem Monitor erscheint eine lang gezogene Linie, die nicht enden will, eine Trennlinie, die zwischen dem verblassenden Leben und dem Tod eine Grenze gezogen hat.

Anne ist soeben gestorben.

Wie ein geprügelter Hund schleicht Paul durch die Krankenhausgänge. Immer noch dröhnt der Ruf »Herzstillstand!« in seinen Ohren.

Mit einem einzigen Herzschlag war alles vorbei.

Selbstmitleid steigt in ihm auf, und er hasst sich dafür. Schau nach vorne, du hast ein Ziel!, schreit er sich innerlich an. Kurz lehnt er an der Wand, atmet durch.

Ein Schild weist in Richtung Kantine. Er holt den Seesack, den er zuvor in die Toilettenkabine gesperrt hatte, und macht sich auf den Weg. Äußerlich noch immer ganz Oberarzt, setzt er sich an einen der schmalen Tische. Die Resopalplatte fühlt sich schmierig an, der ganze Raum vermittelt den Eindruck liebloser Geschäftigkeit. Wie ferngesteuert steht er wieder auf und holt sich etwas aus der Glasvitrine. Verbissen kaut er an einem trockenen Stück Kuchen, spült die Krümel mit Wasser hinunter. So gut es ihm möglich ist, ignoriert er die überquellenden Mülleimer. Die momentane Hitzewelle trägt nicht unbedingt dazu bei, den Abfall besser riechen zu lassen. Von einer Krankenhauskantine hätte er mehr Sauberkeit erwartet.

Sinnlose Gedanken kreisen in seinem Kopf. Und immer wieder das Wesentliche: Anne ist tot.

Er hat ihr Sterben miterlebt und wollte doch nur Lili bei ihr finden.

Am Rand seines Blickfeldes betritt eine Frau den Raum. Paul starrt sie an. Das ist seine Lili, wie sie vor Jahren ausgesehen hat. Hellblonde Strähnen ringeln sich um ihre Schultern und fließen den Rücken hinab. Und natürlich erinnert ihn die Schöne auch an Anne, Lilis Zwillingsschwester.

Aber es ist eine Fremde. Achtlos geht sie an ihm vorbei.

Pauls Fingerknöchel treten weiß hervor, so heftig ballt er die Fäuste.

Als er die Kantine verlässt, sieht er, dass der Flur im Gegensatz zu vorhin belebt ist. Männer und Frauen in weißer Tracht schieben Rollwagen, auf denen Geschirr klirrt, vor sich her. Paul weiß, dass in Krankenhäusern früh das Essen serviert wird.

Heute Abend allerdings eine Portion weniger.

Traurig setzt er sich in einen Besuchersessel im Empfangsbereich, einen, der abseits von den anderen steht, hinter einer Begrünungsanlage, aber mit guter Sicht auf die Eingangstür.

Zum ersten Mal ist die Zeit zu seiner Verbündeten geworden, denn bald werden sie auftauchen. *Sie*, das sind die nächsten Angehörigen der Verstorbenen. Die trauernden Hinterbliebenen, verständigt von der Verwaltung des Krankenhauses. *Sie*, das ist Annes Tochter an der Hand ihrer Tante. Das letzte Abschiednehmen steht unmittelbar bevor. Und damit auch seine Chance.

Paul sitzt bewegungslos, wird innerlich langsam ruhiger. Die Minuten verstreichen, dehnen sich zu Ewigkeiten. Immer wieder schließt er die Augen, und die Farben zerfließen. »Warum laufen wir?« Eine Stimme reißt ihn hoch. Sie klingt so ängstlich.

Und dann hört er Lili. Sein Herz schlägt stürmisch. Freude ist da. Jubel und Angst.

»Hanna, mach schon.«

Hanna heißt die Kleine also. Hanna.

Lili hat es ihr noch nicht gesagt. Vielleicht besser so, überlegt er. Leise steht er auf und schiebt sich in Richtung der vertrauten Stimme.

Da ist sie. *Seine* Lili.

Verborgen hinter Zimmerpflanzen lässt er das Bild auf sich wirken. Das Mädchen hüpft im Schein der späten Nachmittagssonne durch den Eingangsbereich. Sie trägt ein hellrosa Kleid mit einem Muster aus durch die Luft wirbelnden Margeriten. Ihre kleinen Füße stecken in weißen Ballerinas mit lose gebundenen Schleifchen. Ihre Haut hat schon etwas Farbe angenommen, die nackten Arme und Beine sind von unzähligen Sommersprossen übersät. Ein hübsches Kind.

Dann fällt Pauls Blick auf Lili. Ihre Finger umklammern besitzergreifend die Hand des Mädchens. Ein Schmuckstein im Goldreif am Ringfinger glitzert hart, so als wolle er ihre Entschlossenheit bestätigen.

Fragend hebt das Kind sein kleines Gesicht. Die braunen Augen blicken furchtsam. »Was ist los? Ist sie tot? Sag doch was.« Ungeduldig zieht sie am Schal ihrer Tante.

Lili presst die Lippen aufeinander. Ihr langes Haar ist nachlässig, fast schlampig am Hinterkopf zusammengebunden, als habe sie sich in aller Eile ausgehfertig gemacht. Einige Strähnen fallen lose in ihren Kragen. »Hör auf. Gleich sind wir oben. Ich weiß noch nichts, aber es ist sicher alles in Ordnung. Komm, beeilen wir uns.«

Das Kind, durch den strengen Ton der Tante keineswegs beruhigt, verzieht weinerlich den Mund. Weshalb lügt Lili? Sie weiß doch, dass Anne tot ist.

Warum macht sie dem Kind Hoffnung?

Später, später wird er genug Zeit haben, sie alles zu fragen.

Einen Atemzug lang verschwimmen die beiden Gestalten vor seinen Augen, werden zu Schemen, die zu einer Einheit verschmelzen und ihn mit einem Lächeln näher winken. Lili. Auf ihrem Haar glänzen funkelnde Kristalle, Schneeflocken gleich.

Dann zerstiebt das Bild, und was eben noch heil schien, ist dunkel, zerbrochen.

Eine in Scherben gegangene Beziehung.

Ruckartig verlässt Paul seinen Posten hinter der Grünanlage. Seitlich tritt er an Lili heran, greift nach ihr und vergräbt seine Nase im Duft ihrer Haare. »Mein Engel«, murmelt er, umfängt sie und hält sie fest umschlungen.

Nie wieder wird er sie loslassen, sich von ihr trennen. Sie ist sein Ein und Alles, sie gehört ihm.

»Hilfe!«

Ihr Schrei gellt in seinen Ohren. Sie wirft sich gegen ihn, mit einer Wildheit, die ihn überrascht, zerrt an seinen Armen, verkrallt sich in seiner Montur.

»Hanna, lauf!«

Aufgeregte Stimmen nähern sich, zwingen ihn, sie loszulassen.

Wie konnte er nur so überstürzt handeln?

Fremde Hände fassen nach ihm, und Paul weiß, ihm bleibt nur noch die Flucht.

Im Hinauseilen hört er Lilis anklagendes Rufen.

»Haltet ihn auf!«

Und leiser, verzagt, das von Hanna: »Tante, wer war das?«

Nur eine Sekunde will er Lili noch anschauen, ihr Lächeln in sich aufnehmen, es konservieren, aber selbst dafür bleibt keine Zeit.

Wieder ist Paul auf der Flucht.

ZWEITER TEIL

LILI

Ich sitze am Rand des Schwimmbeckens und lasse meine Füße ins Wasser baumeln. Es dauert einige Zeit, bis ich ihn bemerke. Während er schwimmt, ist sein Gesicht von mir abgewandt. Sein Rücken hebt und senkt sich in einem schnellen Rhythmus. Ein wenig erinnert er mich an einen Delphin, der über die Wellen springt. Dann dreht er sich um und liegt einen Moment lang bewegungslos auf dem Wasser. Sein nasses Haar schimmert rot, und auch über seinem Gesicht liegt ein bronzener Schatten. Trotz des Bartes gefällt er mir. Er sieht verdammt gut aus.

Obwohl ich mich für meinen Körper nicht genieren muss, ziehe ich meine Beine hoch und lege die Arme fest um die Knie. Aber er scheint mich ohnehin nicht wahrzunehmen.

Wieder dreht er sich, taucht kurz unter und durchquert dann mit kräftigen Zügen das Becken. Das Wasser perlt auf seiner leicht gebräunten Haut wie Champagnerbläschen.

Es befinden sich noch weitere Hotelgäste im Pool, er aber beachtet niemanden, verhält sich, als wäre er allein. Die anderen scheinen die natürliche Autorität, die er ausstrahlt, zu akzeptieren und machen einen Bogen um ihn. Es ist, als gehöre das große Hotelbecken ihm ganz allein.

Hinter der breiten Glasfläche liegt wie das Bild einer Ansichtskarte die Winterlandschaft. Das Weiß strahlt atemberaubend. Abermillionen von Eiskristallen im frisch gefallenen Schnee fangen die Sonnenstrahlen ein und glitzern wie Diamanten.

Wäre da nicht der interessante Mann im Becken, ich könnte mich von dem Anblick der Natur nicht lösen. So pendelt mein Blick zwischen dem Winterwunder und dem Schwimmer hin und her.

Ich glätte mein nasses Haar, drehe es zu einem Dutt und verknote die langen Strähnen am Hinterkopf. Das Handtuch, auf dem ich sitze, ist inzwischen triefnass, und mir wird kalt. Ich sollte los. So anfällig, wie ich seit jeher für Verkühlungen bin, hole ich mir sonst eine Blasenentzündung. Dennoch stehe ich nur widerwillig auf, falte langsam das Badetuch und steuere die Umkleidekabine an.

Ob er mich wohl bemerkt hat?

Neugierig schaue ich über die Schulter und begegne seinem trägen Blick unter halb gesenkten, dichten Wimpern. Seine Augen sind tiefbraun.

Schnell sehe ich weg.

In der Kabine schäle ich mich aus meinem feuchten Bikini. Auf Armen und Beinen hat sich bereits Gänsehaut gebildet. Nackt stehe ich vor dem Spiegel und mustere mich kritisch. Ich bin mittelgroß, schlank, fast schon mager, aber meine Rundungen sind an den richtigen Stellen. Trotzdem verhülle ich mich gern. Meine Pullis sind meistens eine Nummer zu groß, T-Shirts und Jeans gehören zu meinen Standard-Outfits. So fühle ich mich am wohlsten.

Warum das so ist, kann ich nicht genau sagen. Oder vielleicht doch.

»Anne ist der strahlende Stern, neben dem Lili als Sternschnuppe verglüht.« Eine Freundin meiner Zwillingsschwester hatte diesen Vergleich während unserer Schulzeit gezogen und mich damit unweigerlich auf den Platz der ewigen Zweiten verbannt. Selbst jetzt, mit Anfang dreißig, wirkt er noch nach, und ich stehe in Annes Schatten.

Meine geröteten Wangen heben sich von meinem blassen Gesicht ab. Sie haben heute jedoch weniger mit meinem mangelnden Selbstwertgefühl zu tun als mit der Tatsache, dass mir seit Längerem mal wieder jemand gefällt. Erneut spüre ich dieses aufgeregte Flattern in meinem Bauch.

Ist der Blick vorhin nicht ein Flirt-Signal gewesen?

Anne könnte so etwas instinktiv richtig einschätzen, wo zum Teufel steckt sie überhaupt die ganze Zeit? Seit wir vor vier Tagen in dem luxuriösen Sporthotel in den Bergen angekommen sind, habe ich sie kaum gesehen. Im Unterschied zu mir ist sie eine begeisterte Skifahrerin, ich hingegen genieße es, Zeit für mich zu haben, im Liegenstuhl zu faulenzen und die Sonne auf meinem Gesicht zu spüren oder, wie heute, ausgiebig zu schwimmen. So weit, so gut. Seit meine Schwester ihre Zeit aber zunehmend mit ihren neuen Pisten-Bekanntschaften statt mit mir verbringt, verschlechtert sich meine Laune.

Typisch Anne, zuerst überredet sie mich zu einem gemeinsamen Urlaub, und dann lässt sie mich sitzen.

So ist meine Schwester, so war sie schon immer. Und obwohl ich es besser weiß, bin ich ihrer Einladung auch diesmal gefolgt.

ANNE

Während der Nacht hat es geschneit, und es gibt nichts Herrlicheres, als durch die weiße Pracht zu schwingen. Meine Skier sind neu, ebenso Schuhe, Dress und Helm. So fit und gut drauf bin ich selten. Alles stimmt. In meinem Kopf wummert immer noch die Musik von gestern Abend.

Das Leben ist wunderbar.

Es war wohl die so ziemlich beste Idee seit Langem, hierherzufahren. Ich möchte mich nicht unbedingt als Leidtragende aufspielen, aber in erster Linie ging es mir dabei darum, meine Schwester aus ihrer Lethargie zu holen.

Lili.

Sie war und ist unser Sorgenkind – meines und das unserer Eltern. Sogar Julia, Lilis Arbeitskollegin und Freundin, macht sich so ihre Gedanken. Manchmal ruft die Gute mich an, labert mich voll und bittet dann um Diskretion. Pikanterie am Rande, ich bin eine mitfühlende Schwester, also halte ich mich an ihre Bitte und schweige.

Lili führt das Leben einer Greisin, und das ohne sichtbaren Anlass. Weder ist sie krank, noch hatte sie einen Unfall, und dass sie immer noch unter Omas Tod leidet, okay, sie stand ihr näher als ich, doch es kann nicht ewig als Ausrede für ihre Bequemlichkeit herhalten. Und warum um Himmels willen verunstaltet sie sich wie eine Mumie?

Nun, denke ich und schwinge einen beachtlichen Bogen, Mumie ist nicht das richtige Wort, denn Mumien sind gewickelt und geschnürt. Lili hingegen ähnelt eher einem dieser unglücklichen Kinder, die bei Schulfesten in einen kratzigen Kartoffelsack gehüllt um die Wette hüpfen, um sich gegenseitig vor die Füße zu plumpsen.

Mein Gott, was sind das für hässliche Vergleiche. Es ist doch Sorge, die mich umtreibt, nicht Gemeinheit.

Ich liebe meine Schwester.

Auf diesen Kurzurlaub habe ich sie eingeladen, um sie aus ihrem Alltagstrott zu reißen. Es ist nicht das erste Mal. Gut, ich verdiene mehr als sie, also macht es mir finanziell nichts aus, aber auch mit etwas weniger in der Tasche muss man sich nicht so gehen lassen, wie sie es tut. Was macht sie normalerweise anderes, als zu lange zu schlafen und sich weder zu schminken oder die Haare zu richten, um dann, angetan mit eigenartigem Gewand, um einiges zu spät und wie ein junger Hund hechelnd in ihrer Arbeitsstelle aufzutauchen?

Gleichgültigkeit, so nenne ich das.

In der verstaubten Bibliothek wird sie schließlich sehnlichst von Julia, der zweiten verpeilten Seele erwartet, um sich mit ihr bei Kräutertee über die Ereignislosigkeit ihrer beider Dasein zu unterhalten. Nach dieser Schwerstarbeit und dem notwendigen Kauf eines bestenfalls biologischen Fertiggerichts geht es zurück ins traute Heim, auf die Couch, vor den Fernsehapparat.

Wann meine Schwester zum letzten Mal aus war, ein Date hatte, ich kann es nicht sagen. Und das liegt nicht etwa an Lilis Verschwiegenheit, ich konnte immer wie in einem offenen Buch in ihr lesen, sondern an der ernüchternden Tatsache, dass sie kein Interesse an einer Beziehung hat.

Da läuft es bei mir anders.

Selbst hier im Berghotel genieße ich das Angebot in vollen Zügen, gehe in die Disco und verbringe den ganzen Tag auf der Piste. Gerade mal zwei gemeinsame Essen haben meine Schwester und ich bisher geschafft. Allein bin ich dennoch nie. Bereits am ersten Abend habe ich ein Mädchen aus Schweden kennengelernt, das mit seiner Clique schon einige Male in diesem Hotel war.

Mir fällt es nicht schwer, Kontakte zu knüpfen, im Gegenteil, es macht mir Spaß. Und ehrlich, es dauert nie lange, bis ich im Mittelpunkt stehe. Auch wäre es gelogen, zu behaupten, dass mich das stört.

So früh wie heute ist in der Schlange, die sich vor dem Lift gebildet hat, von meinen neuen Freunden noch keiner zu sehen, sie werden wohl noch ihren Kater im Bett pflegen. Mir kann

Alkohol nichts anhaben, erstens trinke ich wenig, und zweitens vertrage ich viel.

Mit einem Ruck hake ich mich im Schlepper ein und lasse mich den Hügel hinaufziehen. Die wunderschönen, frisch überzuckerten Wiesen rechts und links von mir erinnern mich an die weiß gepuderten Adventskalender meiner Schwester. Ich bevorzugte die weniger kitschigen, dafür mit umso mehr Schokolade gefüllten Exemplare. Die Luft ist kalt, und der Wind treibt Tränen in meine Augen.

Wenn Lili aufsteht, bin ich den Hang schon mindestens zweimal hinabgefahren. Ich frage sie jedes Mal, ob sie mitwill, zumindest auf einen Spaziergang im Schnee, aber sie lehnt immer ab.

Noch hat die Sonne kaum Kraft, doch sie bringt den Schnee zum Glänzen. Nur wenige Leute sind schon auf der Piste.

Ein Schrei reißt mich aus meinen Gedanken.

»Anne!«

Eine Gestalt rast mit einem zum Gruß erhobenen Skistock an mir vorbei.

Paul.

Mir wird heiß unter dem Anorak.

Vorgestern Abend warf ich mich in unserem Hotelzimmer in Schale. Enge Jeans mit Strasssteinchen, dekolletierte Samtbluse, zarte Stiefeletten. Das volle Programm.

Lili beobachtete mich, die Hand in die Hüfte gestemmt. »Wozu der Aufwand?«, fragte sie.

»Man weiß nie, ob einem in der Einöde nicht ein Berggeist begegnet«, antwortete ich neckend.

Der Piccolo aus der Minibar brachte beim Aufbrezeln meinen Kreislauf in Schwung und vermittelte mir die notwendige Portion Vorfreude auf den Abend mit der schwedischen Truppe.

»Komm doch mit. Ich verspreche dir, es wird lustig.«

»Lustig ist nicht so meines«, entgegnete meine Schwester.

Alles wie gehabt.

Auch die Schwedin hatte sich herausgeputzt, und zusammen

waren wir, wie ihre Freunde uns versicherten, der Hit. Wir verbrachten die meiste Zeit auf der Tanzfläche.

Ich war schon ein wenig beschwipst, als ich mit einem Mal in ein paar dunkelbraune Augen sah. Ein großer, breit gebauter Kerl lehnte an der Bar und musterte mich von Kopf bis Fuß. An meinem Dekolleté blieb sein Blick hängen.

Meine neue Freundin zog mich weiter, und ich verlor ihn in der Menge. Schade. Aber auf einmal stand er wieder vor mir, und wie auf ein geheimes Kommando kam ein langsamer Song. Wir schmiegten uns aneinander, und ich kann nur sagen, der Kerl roch gut. Seine Hand glitt meinen Rücken entlang und verharrte an der Stelle, an der die Samtbluse hochgerutscht war und seine Finger nackte Haut berührten.

»Schön, dich wiederzusehen«, flüsterte er in mein Ohr.

Ich sah ihn erstaunt an.

»Du bist heute Nachmittag vor mir im Lift den Hang hinaufgefahren.«

Jetzt musste ich lachen. »Du hast mich an meiner Rückseite wiedererkannt?«

»Das ist ja nicht schwer.« Er machte sich los und ließ mich zwischen den Tanzenden stehen.

Ich schaute ihm fassungslos hinterher. Mir war die Laune vergangen.

Gerade als ich gehen wollte, tauchte er wieder auf, in jeder Hand ein Glas mit schäumender Flüssigkeit.

»Dafür verrätst du mir deinen Namen.«

»Anne«, sagte ich und streifte mit den Lippen seine bärtige Wange.

Die Nacht wurde lang, und irgendwann lehnte ich an ihm. Sein Arm umfing mich, der Raum drehte sich ein wenig um mich, doch als sein Mund meinen fand, wurde ich mit einem Schlag wieder nüchtern. Ich wollte mehr als nur diesen einen Kuss.

»Komm, ich bringe dich auf dein Zimmer.« Seine Stimme klang samtig.

Hätte ich doch auf ein Einzelzimmer bestanden.

»Nein. Das schaffe ich schon allein«, wehrte ich ab.

»Nun gut. Man sieht sich demnächst.«

Vor dem Aufzug verabschiedete er sich mit einem Kuss auf meine Stirn, dann ging er.

Am nächsten Tag hielt ich auf der Piste vergeblich nach ihm Ausschau. Doch gestern Abend, ich traf mich erneut mit der Schwedin und ihren Freundinnen, wendete sich das Blatt zu meinen Gunsten. Ich stand an der Bar, als ich auf einmal spürte, dass ich beobachtet wurde. Paul winkte mir zu, und wir versuchten, uns über den Lärm der Musik hinweg zu verständigen. Er legte den Arm um mich, zog mich dicht an sich und flüsterte in mein Ohr.

»Anne«, hörte ich ihn sagen, »ich will Zeit mit dir verbringen, aber hier ist es zu laut.«

»Dann lass uns von hier verschwinden.« Ich machte einen Schritt weg von ihm und schaute in seine Augen.

»Morgen«, sagte er und nahm meine Hand.

Obwohl ich zuerst etwas verstimmt war, freue ich mich seither darauf, ihn zu wiederzusehen, und heute noch werde ich Lili von ihm erzählen. Auf ihr Gesicht bin ich neugierig, aber ich vermute, dass sie ohnehin davon ausgeht, dass ich inzwischen eine interessante männliche Urlaubsbekanntschaft gefunden habe.

LILI

Ein Schatten fällt auf die Seiten der Zeitung.

»Hallo, Anne.«

Irritiert sehe ich hoch und bin augenblicklich von der späten Mittagssonne geblendet. Ein kräftiger, gut gebauter Mann mit rotbraunem Bart schaut auf mich herab. Er trägt ein kariertes Hemd und eine Skihose. Den Anorak hat er lässig über seine Schulter geworfen.

Den kenne ich doch? Ist das nicht der Schwimmer mit dem Flirt-Blick aus dem Pool? Schotte oder Ire, überlege ich weiter und setze mich so ruckartig im Liegestuhl auf, dass mein Drink überschwappt. Verlegen schließe ich die obersten beiden Knöpfe meiner Bluse. »Ich bin nicht Anne.«

»Das ist zwar geschwindelt, aber ich hole dir trotzdem einen neuen Drink.«

Ehe ich antworten kann, ist er auch schon verschwunden. An Land sieht er sogar noch besser aus als im Wasser.

Suchend blicke ich mich um. Doch der Rothaarige ist nirgends zu sehen.

Lächelnd lehne ich mich zurück und knöpfe meine Bluse wieder auf. Die Höhensonne brennt auf meiner Haut, und ich genieße die unerwartete Hitze. Es ist ein herrliches Gefühl, in eine Decke gekuschelt auf der Hotelterrasse zu sitzen und nichts anderes vorzuhaben, als in Tagträumen zu schwelgen.

Erschrocken fahre ich hoch, als ein eiskalter Tropfen mein Dekolleté trifft. »Was?«, frage ich irritiert.

Da steht er wieder, dieser gut aussehende Mann, und hält mir ein beschlagenes Glas entgegen.

»Wir fangen noch mal von vorne an.« Lächelnd hebt er sein Getränk und sagt: »Cin cin.« Dann lässt er sich entspannt auf dem Liegestuhl neben mir nieder und streckt die langen Beine von sich.

Auf einmal bin ich so gut gelaunt wie schon lange nicht mehr.

Die Sonne scheint, ich habe Urlaub, bin in den Bergen, und der hinreißende Typ aus dem Schwimmbad hat mir einen Drink spendiert.

»Jetzt erklär mir mal, warum du gestern noch Anne warst und heute nicht mehr.« Schmunzelnd betrachtet er mich. »Und diesmal bleibe bitte bei der Wahrheit. Ich durchschaue jede kleine Lüge.«

Ich werde rot. »Das ist einfach. Weil ich auch gestern schon Lili war. Anne war ich noch nie.«

Ich genieße die Verwirrung, die über sein markantes Gesicht huscht.

»Hallo, Paul«, ertönt in diesem Moment die Stimme meiner Schwester. »Da also bist du.«

Mit zusammengekniffenen Augen, als könne er dadurch besser verstehen, sieht er von Anne zu mir und wieder zu Anne. Dann lässt er seinen Blick auf mir ruhen.

Er ist tatsächlich sprachlos.

Anne und ich beginnen gleichzeitig zu lachen. Solche Situationen sind uns nicht fremd.

»Hey.« Auch er lacht jetzt. »So ein Glück, euch gibt's im Doppelpack.«

Als Anne sich wortlos meinen Drink angelt und Paul einen jener besonderen Wimpernschläge zuwirft, die sie für ihre Eroberungen reserviert, bin ich verstimmt. Obwohl fünf Minuten jünger, war meine Zwillingsschwester schon immer die Schnellere, die Stärkere von uns beiden.

»Paul ist ein Ass auf Skiern«, erklärt sie fröhlich und saugt unverschämt laut am Strohhalm meines Getränks. Das schmatzende Geräusch geht mir durch und durch.

Na super, das läuft wieder mal komplett in die verkehrte Richtung, denke ich und stehe auf.

»Lili?« So wie er meinen Namen sagt, hört es sich fast exotisch an.

Ich drehe mich zu ihm um.

»Hier.«

Auf einmal halte ich sein Glas in der Hand. Verlegen lächle ich ihm zu.

»Ich liebe gut erzogene und großzügige Männer.« Anne zwinkert. »Du doch auch, Lili?« Mit einer fließenden Bewegung wirft sie ihr Haar zurück.

Seltsam, wir sehen uns zwar zum Verwechseln ähnlich, aber während sie Erotik verströmt, verbreite ich höchstens Langeweile.

»Möchtest du uns beiden heute Abend beim Essen Gesellschaft leisten?« Keck zieht Anne an einem der beiden Hosenträger über Pauls Hemd und lässt los.

»Nun, ich wollte eben Lili fragen, ob sie Lust auf ein Abendessen mit mir hat. Hast du?«

Da muss ich mich wohl verhört haben. Erstaunt hebe ich meine Augenbrauen, und einen Moment lang erkenne ich Überraschung im Gesicht meiner Schwester. Überraschung, Enttäuschung und Wut.

Das wollte ich nicht.

Ich setze zum Sprechen an, will die Einladung ablehnen. Doch bevor ich etwas sagen kann, legt Anne ihre Hand auf meinen Oberarm. »Schon in Ordnung. Freu dich, Schwesterherz, und genieße den Abend.«

Obwohl sie mir dabei sanft über die Wange streicht, bin ich verunsichert. Mir ist, als hätte ich etwas gestohlen, das sie bereits für sich beansprucht hat.

Aber als ich Stunden später mit einem leichten Sonnenbrand im Gesicht und auf dem Dekolleté den Speisesaal betrete, spüre ich mein Unbehagen nicht mehr. Da ist nur noch kribbelige Vorfreude.

Anne hat mir ihr bestes Kleid geborgt. Sie war heiter und hat mit keinem Wort erwähnt, was ich zuvor zu spüren vermeinte. Im Gegenteil, sie scheint sich für mich zu freuen.

Mein blondes, frisch gewaschenes Haar, das mir weich über die Schultern fällt, dreht sich an den Spitzen leicht nach außen.

Paul sieht mich an und steht langsam auf. Er trägt über einem hellblauen Buttondown-Hemd einen dunkelblauen Anzug, der gut zu seinem rotbraunen, akkurat gestutzten Bart passt. Er ist der erste Mann, bei dem mich ein Bart nicht stört. Als er mir einen leichten Kuss auf die Wange drückt, weht mir ein Hauch Irisch Moos entgegen. Auf einmal verstehe ich, was es bedeutet, jemanden gut riechen zu können.

Überall schimmert Kerzenlicht, und vor den Fenstern hat es wieder sanft zu schneien begonnen. Feine Flocken wirbeln durch die Luft, angestrahlt vom gelblichen Schein der Laternen. Besteck klappert, Gläser klirren, Menschen unterhalten sich, untermalt von leiser Hintergrundmusik. Alles ist, wie es sein soll. Nur eine Spur besser.

Wir reden ununterbrochen, ich komme kaum zum Essen. Ständig fragt er mich etwas, will alles ganz genau wissen. Und nie lässt er mich dabei aus den Augen.

Es sind sehr braune Augen, und ich frage mich, was sich wohl dahinter verbirgt.

»Ich glaube, Lili, es gibt da so einiges, das ich vertiefen möchte. Wir sollten unser gemeinsames Essen sehr bald wiederholen.«

Dann verabschiedet er sich, und seine Lippen streifen so leicht meine Wange, dass ich mir nicht sicher bin, ob ich es mir nur eingebildet habe.

Als ich die Tür zu unserem Hotelzimmer aufsperre, bin ich voll von Worten. Ich kann es kaum erwarten, meiner Schwester alles zu erzählen.

»Anne!«, rufe ich und wundere mich, dass kein Licht brennt.

Aber Anne antwortet nicht.

Sie ist nicht da.

ANNE

»Was hältst du davon, wenn wir später Brüder heiraten?«, fragte Lili mich einmal in der Grundschule. »Oder besser noch andere eineiige Zwillinge? Wir bauen unsere Häuser nebeneinander, natürlich an einem See, und bekommen gleichzeitig unsere Babys.«

»Meine Idee ist besser«, sagte ich damals. »Wir wohnen gemeinsam in einem Haus und haben nur einen Mann, den wir uns teilen. Ist doch praktischer so.«

Lili, die normalerweise länger braucht, um auf Touren zu kommen, verstand blitzschnell: »Und nur eine von uns muss ein Kind bekommen. Ja, da bin ich dabei.«

Das Flurlicht ist gedimmt – es ist ja schon spät. Trotzdem erkenne ich ihn sofort. Schnellen Schrittes geht er über den Teppichläufer, dessen Farbe sich mit dem Blau seines Anzugs beißt. Er hält den Kopf gesenkt. Auch als er ihn hebt, bemerkt er mich nicht. Erst als ich »Paul« flüstere, bleibt er ruckartig stehen, und das Lächeln, das eben noch auf seinem Gesicht zu sehen war, macht einem überraschten Ausdruck Platz.

»Anne?« Es klingt nicht freundlich.

Ich stelle mich auf die Zehenspitzen und hauche einen Kuss auf seinen Hals. Er riecht himmlisch.

»Das ist keine gute Idee.«

»Nein?«

»Nein.« Verärgert schiebt er mich weg.

Ich lehne mich gegen die Wand, strecke mich und verschränke die Beine. Es ist eine gute Methode, das Kleid höherrutschen zu lassen und dabei elegant auszusehen. Sofort wandert sein Blick zu meinen Oberschenkeln in den durchsichtigen Strümpfen und verweilt dort, wo man neben dem Strumpfband einen Streifen nackte Haut sieht.

»Du warst es doch, der sich gefreut hat, dass es uns im Doppelpack gibt.«

»So war das nicht gemeint.« Unsanft geht er um mich herum zu seiner Zimmertür und hält die Schlüsselkarte an den Scanner.

»Paul, ich möchte doch nur unser Gespräch vertiefen, an einem ruhigeren Ort. Lärm bereitet mir Kopfschmerzen«, sage ich unschuldig.

Bin ich verliebt? Ich weiß es nicht. Alles, was ich weiß, ist, dass ich ihn haben will.

Die Tür schwingt auf, und er stößt mich ins Zimmer. Der Raum ist dunkel. Nur die Bettwäsche leuchtet weiß. Paul packt mich grob an den Schultern, dreht mich zu sich. Er starrt mich an.

»Hast du kein Ehrgefühl in dir?«

»Ist Ehrgefühl eine Grundvoraussetzung, um Sex zu haben?«

Paul murmelt etwas, das schwer nach Zustimmung klingt. Ich aber lächle im Dunkeln, denn sein Atem geht schnell.

Schon zieht er an meinem Kleid, und ich hoffe, dass es nicht reißt, der Stoff ist so fein. Mein bestes Stück, helles Gold auf gewirkter Seide.

Seine Hände fassen den Saum der Strümpfe, er rollt sie über meine Oberschenkel und Knie. Den Slip zerrt er hastig zur Seite. Er drängt mich zum Schreibtisch, hebt mich hoch, setzt mich auf die Tischplatte. Die Pumps fliegen unter mir weg. Er küsst mich, sein Mund verschließt meinen ganz, packt mich mit beiden Händen, macht mein Dekolleté frei, küsst meine nackten Brüste.

Ich höre eine Naht meines Kleides platzen, aber ich fühle mich wie in Trance. Alles außer ihm ist gleichgültig geworden.

»Du bist ein böses Mädchen«, flüstert er wenig später in mein schweißnasses Haar. »Ich glaube, ich mag dich nicht.«

»Dann ist ja alles in bester Ordnung.«

Vor dem Fenster herrscht Schneetreiben, und ich versuche mich krampfhaft daran zu erinnern, ob er ein Kondom übergezogen hat.

Benommen rutsche ich vom Schreibtisch und reinige mich oberflächlich im Badezimmer. Im Spiegel begegnet mir der Blick meiner grünen Augen über der verschmierten Wimperntusche, und ich sehe erschrocken weg.

Zurück in seinem Zimmer, schließe ich geblendet vom Deckenlicht die Augen. Als ich sie wieder öffne, steht er vor mir und drückt mir ein Glas in die Hand.

»Trink, das wird dir guttun.« Er sagt es ohne die geringste Spur Freundlichkeit.

Wortlos stürze ich den Whiskey hinunter. Die Schärfe des Alkohols nimmt mir den Atem.

Ich schlüpfe in meine Pumps, richte mein Kleid, glätte mein Haar und schlinge es zu einem losen Knoten. Die Strümpfe lasse ich in seinen Papierkorb fallen.

»Alles ist wieder, wie es sein sollte. So wolltest du es doch, oder irre ich mich?« Seine Stimme ist samtweich, aber seine Augen funkeln wie Murmeln aus Glas.

LILI

Paul.

Noch halte ich meine Augen geschlossen, noch träume ich weiter von unserem Treffen. Selten habe ich mich jemandem so vertraut gefühlt, so verstanden. Ich sehe sein Gesicht mit den braunen Augen vor mir, kann seinen Duft immer noch wahrnehmen. Dann schleicht sich ein Wermutstropfen in meine Gedanken.

Anne.

Meine Schwester war unterwegs, als ich gestern zu Bett ging. Ich konnte ihr nicht von meinem Glück berichten.

Langsam öffne ich meine Augen.

Sie liegt neben mir, das Gesicht abgewandt. Ich setze mich auf, und sie erwacht. Es riecht nach Alkohol, und auf dem Kissen sind Spuren von Lippenstift und Wimperntusche.

»Lili«, murmelt sie schlaftrunken. »Wie schön, dass du da bist.«

»Ich? *Du* warst nicht da, als ich vom Abendessen mit Paul aufs Zimmer kam.«

Sie dreht sich zu mir, ihre Augen sind verquollen vom Schlaf, das Haar zerzaust. »Lass mich noch ein wenig im Bett bleiben, dann machen wir uns zusammen einen schönen Tag.«

»Das sind ja ganz neue Töne«, sage ich. »Es ist schon spät, wenn wir nicht sofort aus den Federn springen, verpassen wir das Frühstück.«

Anne wirft mir einen eigenartigen Blick zu. »Geh schon mal ins Bad und mach dich fertig.«

»Zu Befehl, Commandante«, flachse ich.

Als ich zurückkomme, steht Anne am Fenster und schaut auf die verschneite Landschaft.

»Schön, nicht?« Paul fällt mir ein und wie der Schnee vor den Fenstern des Restaurants vom Nachthimmel fiel. »Ich muss dir so viel erzählen. Gestern wollte ich auf dich warten, bin dann aber eingeschlafen. Wo warst du so lange?«

Anne dreht sich zu mir um. Sie schaut auf eine Weise, die mich an früher erinnert. Kurz habe ich den Eindruck, dass sie überlegt, was sie mir für eine Lüge auftischen soll. Dann muss ich lachen. Wir sind keine zwölf mehr, wir sind erwachsen. Sie hat keinen Grund, mich anzuflunkern.

Statt mir zu antworten, fasst sie mich um die Taille und dreht mich im Kreis. »Heute wird uns das Frühstück aufs Zimmer serviert.«

»Das verursacht doch Mehrkosten. Lass uns in den Speisesaal gehen.«

»Nein. Es ist als Entschuldigung gedacht, weil …«, sie zögert, »weil ich dich bisher viel zu oft allein gelassen habe. Heute verbringen wir den Tag gemeinsam. Na, Schwesterherz, was sagst du dazu?«

Vorerst enthalte ich mich eines Kommentars. Natürlich ist es verlockend, gemütlich auf dem Hotelzimmer zu frühstücken, andererseits hatte ich gehofft, Paul unten im Speisesaal zu treffen.

Wenig später duftet der ganze Raum nach Eiern auf gebratenem Speck, das Brotkörbchen ist bestens gefüllt, und auf der Servierplatte sind neben Obst und Marmeladengläsern einige Käse- und Wurstsorten angeordnet.

Während Anne im Badezimmer ist, gebe ich mich den unterschiedlichen Genüssen hin. Im Frühstücksraum habe ich mir nie so viel auf den Teller geladen.

Anne staunt, als sie die voll bestrichenen und belegten Brotscheiben sieht. »Na, dann hau mal rein.«

»Ertappt.«

Wir lachen gemeinsam.

»Und jetzt«, ordnet meine Schwester schließlich an, »geht es los. Wir machen einen Spaziergang im Schnee. Zieh dich warm an.«

»Was ist mit deinen schwedischen Freunden? Müssen die allein auf die Piste?«

»Heute gibt es Zwillings-Programm pur und unverfälscht.«

»Das klingt ja vielversprechend.« Ich sage es fröhlich, weil ich mich ja wirklich freue, aber lieber noch möchte ich mich auf die Suche nach Paul machen, ihm im Schwimmbad wie zufällig über den Weg laufen.

Nun gut, zu Mittag oder am Abend wird es sich ohnehin ergeben, und vielleicht ruft er an oder hinterlässt eine Nachricht. Außerdem brenne ich darauf, Anne alles haarklein zu berichten.

Wir wandern über frei geschaufelte Wege hin zum Wald. Unter den Bäumen wird es beschwerlicher, uns fehlt buchstäblich die Luft zum Plaudern. Beide sind wir in unsere Daunenparkas gehüllt und tragen Pelzstiefel. Immer noch schneit es.

Nach einer Weile habe ich genug, wir sind schon mindestens zwei Stunden unterwegs. Mein Magen macht sich bemerkbar, und der Spruch »Je mehr man isst, desto schneller wird man hungrig« bewahrheitet sich.

»Lass uns umkehren. Sonst verpassen wir das Mittagsbüfett.«

»Sieh mal, da vorne.« Anne zeigt auf ein paar Lichter hinter einer verschneiten Wiese. »Das soll das beste Restaurant in der Gegend sein. Ich lade dich ein.«

Wolken gefrorener Atemluft bauschen sich vor unseren Mündern. Untergehakt stapfen wir die letzten Schritte zum Eingang. In der Mitte des Raumes knistern Holzscheite in einem offenen Kamin.

»Hübsch hier.« Ich zeige mich begeistert, vermisse aber die Möglichkeit, einem gewissen Rothaarigen über den Weg zu laufen.

»Finde ich auch.« Sie nimmt die Speisekarte.

»Anne, lass dir endlich erzählen. Bist du nicht neugierig, was gestern Abend passiert ist?«

Ihre Reaktion überrascht mich. Sie sieht mich ernst an. »Nicht jetzt. Dazu ist später noch Zeit.«

Ein ungutes Gefühl beschleicht mich.

»Ich muss dir etwas sagen«, fährt sie unsicher fort. Sie stockt und schaut zu Boden. »Wir müssen unsere Zelte abbrechen und leider heute noch abreisen.«

Mir wird kalt, und mein Appetit ist verflogen. »Warum das denn?« Ich bin den Tränen nahe.

»Tut mir leid, aber es ist nun einmal so. Ich kann es nicht ändern.«

Sie löffelt schweigend ihre Suppe und lässt mich mit bohrenden Fragen zurück.

ANNE

Die Rückfahrt im Cinquecento kommt mir ewig lang vor. Das liegt vermutlich daran, dass wir nicht miteinander reden.

Es geht steil bergab, die Strecke ist kurvig, und Lili ist sauer. Sie schmollt.

Himmel, auch mir ist diese Entscheidung nicht leichtgefallen, aber ein weiteres Zusammentreffen von Paul und meiner Schwester musste ich um jeden Preis verhindern. Dabei hatte ich die ganze Zeit über Angst, dass Lili auf die Idee kommen könnte, allein im Hotel wohnen zu bleiben. Bis auf das selbstständige Organisieren ihrer Rückfahrt hätte nichts dagegengesprochen, aber es kam ihr nicht mal in den Sinn. Manchmal hat ihre Weltfremdheit auch etwas Gutes.

Erst als wir vor ihrer Wohnung ankommen, bricht meine Schwester das Schweigen.

»Ausgerechnet ein Fotoshooting am Meer?« Sie wirft mir einen Blick zu, der verrät, dass sie mir nicht glaubt.

»Ja, es gibt auch im Winter Fotostrecken an Stränden, sogar mit richtigen Modellen«, sage ich angriffslustig.

Störrisch schüttelt sie ihren Kopf. »Warum musst ausgerechnet du das machen, können sie nicht jemand anderen schicken?«

»Ich muss einspringen.« Das klingt so kleinlaut, wie ich mich fühle. »Influenzazeit.«

»Wie gut«, entgegnet Lili ungewohnt schlagfertig, »dass du gegen Grippe geimpft bist.«

»Wenn ich zurück bin, lade ich dich ins Kino ein«, sage ich schwach.

Sie nickt und wirft ärgerlich die Autotür hinter sich ins Schloss. Ich kann es ihr nicht verdenken.

Die nächsten zwei Tage verlasse ich meine Wohnung nicht. Ich nutze die Zeit, um Papierstapel auf meinem Schreibtisch zu durchforsten, Rechnungen zu schreiben und auf fällige Geldüberweisungen zu reagieren. Nicht zu übersehen ist der Korb mit Schmutzwäsche, außerdem warten ein Bügelbrett mit zerknitterten Blusen und eine Geschirrspüle zum Ausräumen und Einfüllen. Vieles ist liegen geblieben, denn mein Job lässt mir kaum Zeit für den alltäglichen Kram. Die Zeitungen, für die ich arbeite, schicken mich ohne lange Vorankündigung los. Als freie Mitarbeiterin wetteifere ich schon seit dem Abschluss meiner Ausbildung mit meinen ebenfalls freiberuflich fotografierenden Kollegen. Und dieser Kampf ist nicht immer erbaulich. Er fordert enormes Durchsetzungsvermögen, das nicht selten an Rücksichtslosigkeit grenzt. Bisher sind drei meiner Fotos in großen Wettbewerben prämiert worden, und manchmal überlege ich, mich gänzlich auf das Künstlerische zu verlegen, aber mit meiner Schwester kann ich darüber nicht reden. Sie empfindet schon meine unregelmäßige Tätigkeit auf Honorarbasis als schwerwiegende wirtschaftliche Bedrohung, obwohl ich mehr verdiene als sie. Für Lili zählt nur der sichere Hafen einer festen Anstellung.

Sobald es dunkel wird, mache ich es mir vor dem Fernseher gemütlich und fühle mich so, wie ich mir vorstelle, dass es Lili an den meisten Abenden geht. Meine Füße stecken in dicken Socken, und auf meinem Bauch glüht eine Wärmflasche. Die Serie, die ich mir ansehe, spielt in Großbritannien und handelt von der dramatischen Geschichte einer Adelsfamilie. Lilis Kaliber. Als erst die jüngste Tochter und dann auch noch der Schlosshund stirbt, verdrücke ich ein paar Tränen.

So lümmle ich in ausgeleierten Jogginghosen und labbrigem Sweater entspannt auf dem Sofa, als es an der Tür klopft. Obwohl ich keine Lust auf Besuch habe, die Serie fesselt mich mehr, als ich es mir eingestehe, öffne ich, um gleich darauf grob in mein Vorzimmer gedrängt zu werden.

»Was fällt euch ein, zu verschwinden? Wollt ihr mich für blöd verkaufen?«

»Paul«, stammle ich.

Auf seinem Bart glitzern Schneeflocken, und seine Augen funkeln. »Mehr hast du nicht zu sagen?«

Schon sitzt er auf meinem Sofa, schiebt die Kissen beiseite

und klopft neben sich auf das Polster, so als würde er hierhergehören und ich wäre sein Gast.

Ich versuche, das Beste aus der Situation zu machen, und biete ihm ein Bier an.

Verneinend schüttelt er den Kopf. »Ich warte auf eine Erklärung.«

»Wir mussten los. Ich bekam einen Auftrag«, lüge ich. Paul weiß, womit ich mein Geld verdiene.

»Vom Geheimdienst Ihrer Majestät?«

Es ist wohl so eine Art James-Bond-Spiel, auf das ich einsteigen soll. Aber darauf möchte ich mich nicht einlassen, ich möchte, dass er verschwindet. Sofort. Also vermeide ich Blickkontakt, schaue an ihm vorbei und fixiere angestrengt ein Buch im Regal.

Paul nimmt mein Gesicht in seine Hände und dreht es so, dass ich ihn ansehen muss. »Wie es scheint, ist es doch keine Spionage in gefährlichen fremden Ländern. Bloß eine Fotosession von deinem trauten Heim? Wie langweilig.« Sein Grinsen ist anzüglich.

Er mustert mich eine Weile und zieht mir dann mit einem Ruck den Sweater über den Kopf.

Er bleibt bis spät in die Nacht. Obwohl er den Grund für meine überstürzte Abreise längst erraten hat, erwähnen wir Lili mit keinem Wort.

Als er geht, öffne ich alle Fenster, bis es eiskalt in der Wohnung ist.

Ich beginne zu weinen und kann lange nicht aufhören.

LILI

Mit einem Mal steht er vor mir, eine langstielige Rose zwischen den Zähnen. Er erinnert mich an den Tiger aus der Benzinwerbung, nur sein Grinsen ist breiter.

Julia wirft mir einen erstaunten Blick zu. »Kennst du den?« Sie stutzt. »Ist *er* das?« Bewunderung schwingt nun in ihren Worten mit.

Ich spüre Hitze in meinen Wangen. Wahrscheinlich sind sie ebenso rot wie die Blüte, die von den gebleckten Zähnen gehalten wird. Mit einer verlegenen Handbewegung wehre ich meine neugierige Kollegin ab und sehe erleichtert, wie sie hinter einer der Regalreihen verschwindet. Jetzt, kurz vor dem Ende der Öffnungszeit, ist mein Arbeitsplatz, die städtische Bibliothek, fast leer.

Eigentlich hatte ich nicht mehr damit gerechnet, Paul je wiederzusehen. Seine Überraschung ist gelungen, und mein Herz pocht wie wild.

Seit unserer überstürzten Abreise bin ich sauer auf meine Schwester. Keine Frage, Arbeit geht vor, aber das ist es nicht. Sondern die Art, wie sie es mir beibrachte. Das nehme ich ihr übel. Zuerst die Ansage, einen ganzen Tag mit mir allein verbringen zu wollen, als müsse ich dafür dankbar sein, und dann auf einmal ihre Erklärung, nun abrupt aufbrechen zu müssen. Ganz konnte ich ihr den überraschenden Auftrag als Grund dafür nicht abnehmen.

Wann will sie denn davon erfahren haben?

Es hätte vor unserem gemeinsamen Frühstück auf dem Zimmer gewesen sein müssen – denn danach hat ihr Telefon nicht mehr geklingelt.

Ich kenne Anne gut genug, um zu merken, wenn etwas nicht stimmt. Meine Schwester konnte mir während der Heimfahrt nicht in die Augen sehen und redete in einem fort auf mich ein. Erst als sie meine verschlossene Miene bemerkte, hielt sie den

Mund. Doch wieder einmal war ich zu schwach, sie darauf anzusprechen, zu schwach, sie so lange zu hinterfragen, bis ihr nichts anderes übrig bliebe, als mir die Wahrheit zu sagen.

Erst zu Hause fasste ich endlich Mut, doch ihr Handy war ausgeschaltet. Seither haben wir weder miteinander gesprochen noch uns getroffen.

Wenn ich mich aber schon über Anne geärgert habe, so war das nichts im Vergleich zu meinem Ärger über mich selbst. Ich hatte weder Pauls Handynummer noch seine E-Mail-Adresse. Und um im Hotel anzurufen und danach zu fragen, dafür bin ich nicht die Richtige.

Immerhin, auch er hätte sich melden können, aber zwei Wochen lang hörte ich nichts von ihm.

Umso erstaunter bin ich jetzt über den auf eine Reaktion von mir wartenden Tiger mit der Rose im Maul. Ich bringe kein Wort heraus, frage mich nur verzweifelt, weshalb ich ausgerechnet heute meine ältesten Jeans trage. Warum das verwaschene T-Shirt unter dem beigen Pulli und warum die alten, ausgelatschten Stiefel, die ich schon letzten Winter entsorgen wollte?

Zu allem Überfluss sind meine Haare in einen flauschigen Stoffgummi gezwängt, und Schminken war heute Morgen auch nicht drin. Ich hatte verschlafen, daher sind meine Wimpern so wenig getuscht wie meine Lippen mit Gloss bepinselt. Gerade mal unter die Dusche hatte ich es geschafft.

Langsam öffnet Paul seine Lippen, nimmt die Rose und streckt sie mir zaghaft entgegen. »Lili, bitte verzeih mir, dass ich mich erst jetzt melde. Man hat mich auf eine Schulung geschickt. Ich bin erst seit gestern wieder in der Stadt.«

»Du musst nichts erklären«, sage ich und denke dabei, wie prächtig doch das Rot der duftenden Knospe mit dem bronzenen Farbton seines Vollbartes harmoniert.

Kurz blitzt Julias akkurat geschnittener Haarschopf über dem Bücherregal auf. Sie muss die Leiter hochgeklettert sein, um uns besser beobachten zu können. Ein Tiger mit Rose im Maul ist eben ungewöhnlich.

»Lili?«

Wie beschämt seine Stimme klingt.

»Ja«, sage ich und nehme die Blume entgegen. Verlegen drehe ich den Stiel zwischen Zeigefinger und Daumen.

So etwas wie Erleichterung zeichnet sich auf seinen Zügen ab. »Lass uns etwas trinken gehen, uns unterhalten.«

»Macht das.« Julias Tonfall duldet keinen Widerspruch. Sie deutet in Richtung Tür. »Ab mit euch beiden.«

Ich muss grinsen, und auch Paul lächelt breit.

Als wir uns im Café gegenübersitzen, nimmt Paul meine Hand. Prompt beginnt mein Herz wieder stürmisch zu klopfen.

»Lili, wie schön, dich wiederzusehen.«

»Paul. Es war nicht okay, ohne ein Wort abzuhauen. Das ist nicht meine Art …«, beginne ich zu erklären, doch er wehrt ab.

Zärtlich streicht er eine Strähne, die sich aus meinem Zopf gelöst hat, hinter mein Ohr. »Lass nur. So konnte ich begreifen, was unsere Begegnung in mir ausgelöst hat. Du glaubst nicht, wie sehr ich dich vermisst habe.«

»Es ging mir ähnlich«, sage ich stockend. »Wie hast du mich gefunden?«

»Dazu muss man weder Detektiv noch Geheimagent sein.« Er lacht unbeschwert und trinkt seinen Espresso. »Weißt du nicht mehr, du hast mir an jenem Abend von den Büchern erzählt, über die du wachst.«

»Natürlich.« Wahrscheinlich hatte ich das, auch wenn ich mich daran nicht erinnern kann. »Anne«, beginne ich, aber wieder unterbricht er mich bestimmt.

»Anne ist kein Thema. Du bist hier, nur das zählt.«

»Warte.« Ich versuche mich nicht ablenken zu lassen. »Meine Schwester musste einen Foto-Job übernehmen. Nur deshalb verließen wir so kurzfristig das Hotel.«

Fast unwillig winkt er ab. Dann tastet er nach meiner Hand. »Ich konnte es kaum erwarten, dich wiederzusehen.«

Meine Finger sind so kalt wie meine Wangen heiß sind.

»Es ist romantisch, mit einer Blume im Mund in der Bibliothek aufzutauchen.« Meine Stimme klingt rau.

»Als du mich bemerkt hast, habe ich deine Augen aufleuchten

sehen.« Er lacht und sieht mich liebevoll an. »Deine Chefin ist vor Neugier fast von der Leiter gefallen.«

»Julia ist nicht meine Chefin, sie ist meine Kollegin und Freundin. Aber sie benimmt sich manchmal so, als wäre sie meine Mutter.«

Wieder lacht Paul, und ich lache mit.

»Lass uns Wein bestellen«, sagt er, und ich spüre, wie seine Finger sanft über meine Hand streichen.

An diesem Abend begleitet Paul mich nach Hause.

Es hat leicht zu schneien begonnen, und ein kalter Wind fegt durch die Gassen, doch anstatt zu frieren, erfüllt mich wohlige Wärme. Ich habe mich bei ihm untergehakt und kann es noch gar nicht fassen, neben ihm zu spazieren.

Vor der Tür zu meiner Wohnung bleiben wir stehen. Ich fühle mich wie ein Schulmädchen beim ersten Rendezvous.

»Willst du noch mit hereinkommen?«

»Unseren Schlummertrunk hatten wir schon«, neckt er mich. »Die schönen Dinge soll man sorgsam genießen, sich darauf freuen. Was man gleich bekommt, ist nichts wert.«

Er drückt mir einen trockenen Kuss auf den Mund, klopft den Schnee von seinem Mantel und geht.

Lange noch blicke ich auf die glitzernden Schneekristalle, die seltsame Muster auf meiner Fußmatte bilden. Ein wenig irritieren mich seine Worte, aber was wiegen sie gegen das verloren geglaubte Glück, das sich mir so unverhofft wieder in den Schoß gelegt hat?

Kaum betrete ich einige Tage später die Bibliothek, stürzt Julia auf mich zu. Ihr kinnlanges dunkles Haar schwingt um ihr Gesicht, die Wangen sind rosig.

»Lili!« Ihre helle Stimme überschlägt sich. »Ich muss dir etwas geben. Er hat ein Paket für dich gebracht. Schau nur.«

»Er?«

»Ja, er! Dein Paul. Gestern am späten Nachmittag war er hier, als du beim Zahnarzt warst.« Schon ist sie unter der Empfangstheke verschwunden.

Verwundert ziehe ich die Kapuze von meinem Kopf und klopfe die Schneeflocken von meiner Daunenjacke. Über Nacht hat es heftig geschneit, jetzt kommt nur noch Graupel von oben. Aber der Wind ist eisig. Die Straßen sind rutschig und die Gehsteige zum Teil schlecht geräumt.

Ich habe gerade Zeit, meine Jacke in die Garderobe zu hängen, da steht Julia bereits wieder vor mir. Vorsichtig, als wäre es ein Servierteller mit Delikatessen, balanciert sie ein Paket auf den Händen. Ihre Zungenspitze blitzt zwischen den Zähnen hervor. Sie strahlt vor Aufregung. »Dein toller Typ mit der Rose meinte, ich soll es dir geben, sobald du kommst. Los, schau nach, was drin ist. Ich platze vor Neugier.«

Julias erwartungsvolle Unruhe hat sich auf mich übertragen. Mir wird heiß. »Gib her.«

Das steife Packpapier knistert. Obwohl ich es lieber allein geöffnet hätte, bringe ich es nicht übers Herz, sie wegzuschicken.

»Wow«, sagt sie beeindruckt, als ich Schlittschuhe und eine hellblaue Mütze mit dickem Bommel auswickle.

Die Sachen sind neu. Einen Moment lang bin ich sprachlos.

»Freust du dich nicht?«

»Du sagst, Paul war damit hier? Nicht Anne?« Mein Zeigefinger zeichnet einen Bogen über die Kufen der Schlittschuhe.

»Deine Schwester? Warum das denn? Nein, dein geheimnisvoller Freund hat das Paket gebracht. Diesmal allerdings ohne Rose zwischen den Zähnen.« Sie lächelt verträumt. »Da ist eine Karte.«

»Bitte warte heute Abend nach Dienstschluss vor dem Eingang der Eishalle auf mich. Komm unbedingt! Alles Weitere ergibt sich ganz von allein. Kuss, Paul«.

Verunsichert wende ich das Papier. Eine Eislaufprinzessin im kurzen Röckchen dreht Pirouetten auf einer spiegelglatten Fläche.

Julia sieht über meine Schulter. »Das ist süß. Er hat ein weiteres romantisches Date organisiert.«

Ich zucke die Achseln. Ja, wir haben uns inzwischen ein paarmal getroffen, und ja, es war immer romantisch. Trotzdem fühle ich mich überrumpelt. Warum, weiß ich selbst nicht. Unsicher schaue ich auf die Schlittschuhe. Genau meine Größe. Hat Anne etwas mit dieser Überraschung zu tun? Nein. Das ist ausgeschlossen. Die beiden sind sich nicht grün.

Seitdem Anne und ich wieder sporadisch Kontakt haben, ist sie mir gegenüber gereizt, gerade so, als hätte *ich* ihr den Urlaub vermasselt, nicht umgekehrt. Und von Paul scheint sie gar nichts zu halten. Keine Ahnung, weshalb, die beiden schienen sich im Hotel in den Bergen ziemlich gut zu verstehen. Manchmal frage ich mich, ob sie eifersüchtig ist. Eifersüchtig auf mich und mein Glück.

Jetzt aber brennt eine andere Frage in mir.

Rasch trage ich die Bescherung in die Garderobe, ziehe mein Handy aus der Tasche und schließe mich in der kleinen Kaffeeküche der Bibliothek ein. Ich wähle die Nummer meiner Schwester.

»Anne, hast du mit Paul Kontakt?«, frage ich, als sie sich meldet.

»Wie bitte? Spinnst du? Und erst mal guten Morgen.« Sie klingt verhalten.

»Lenke nicht ab«, sage ich giftig.

»Und du dreh nicht gleich durch.« Ihre Stimme wirkt auf mich untypisch defensiv. »Was hat er dir aufgetischt?«

»Aufgetischt? Gar nichts. Er hat in der Bibliothek ein Paket mit Bommelmütze und Schlittschuhen vorbeigebracht.«

Anne schweigt eine Weile. Ich höre, wie sie tief Luft holt. Dann lacht sie. »Ziemlich kindisch.«

»Julia findet es romantisch. Hat er bei dir wegen meiner Schuhgröße nachgefragt?«

»So ein Quatsch.«

»Er hat mich zum Schlittschuhlaufen eingeladen, wie kommt er auf so eine Idee?«

»Vielleicht hast du ihm von deiner Leidenschaft fürs Eislaufen erzählt?«

»Bestimmt nicht. Ich laufe ja gar nicht gern. Das weißt du.« Ich zögere, weil mir etwas einfällt. »Bei dem Abendessen im

Hotel haben wir über Eiskunstlauf gesprochen und dass ich mir die Turniere gern im Fernsehen anschaue.«

»Siehst du. Da hast du es. Also wozu die Unterstellung, ich hätte etwas damit zu tun? Als seine Beraterin für ein Liebesabenteuer mit dir? Nein danke.«

Ihr Unmut ist nicht zu überhören.

»Ich verstehe nicht, warum du Paul so ablehnst«, wechsle ich das Thema, weil ich mich augenscheinlich in etwas verrannt habe. »Ist es, weil er dich vor mir kannte und mir den Vorzug gab?«

»Natürlich nicht«, sagt sie schnell. »Ich weiß selbst nicht so genau, was es ist. Vielleicht seine Ausstrahlung? Die finde ich eigenartig. Alltagskost ist der Kerl jedenfalls nicht.« Ihre Worte klingen wie einstudiert. Dann lacht sie, und ich lache mit.

Die Spannung löst sich, doch ein Hauch von Unbehagen hat sich in mir festgesetzt und will nicht verschwinden.

Unzufrieden beende ich das Gespräch und kehre in den Leseraum zurück. Julia steht hinter dem Tresen und nimmt Bücher entgegen. Sie wirft mir einen fragenden Blick zu.

»Später«, sage ich.

Als ich ihr in der Mittagspause die ganze Geschichte erzähle, wundere ich mich selbst über meine vorherige Reaktion.

»Er hat das extra gekauft?« Julia kommt aus dem Staunen nicht mehr heraus. »Dieser Paul ist ein Prachtkerl.«

»Finde ich auch«, sage ich, und der Hauch Unbehagen löst sich auf.

Als die Dämmerung langsam in Dunkelheit übergeht, ziehe ich meine Winterjacke an und setze die Bommelmütze auf. Inzwischen freue ich mich auf dieses Date und kann es kaum mehr erwarten, Paul vor der Eislaufhalle zu treffen.

Es ist offensichtlich, dass Julia Paul bewundert und mich um ihn beneidet, denn sie kann über nichts anderes mehr reden.

»Ciao, bis morgen!«, rufe ich ihr belustigt zu und laufe, die neuen Schlittschuhe über die Schulter gehängt, die Straße entlang. Bis zu unserem Treffpunkt ist es nicht weit, ein Sichelmond spendet fahles Licht. Schon taucht vor mir die Eishalle auf, aber anders als sonst ist sie heute nicht hell erleuchtet, nicht bereit für abendliche Besucher, sondern thront wie ein finsterer Klotz am Ende des Fußweges.

Verunsichert bleibe ich stehen. Verdammt, heute ist Mittwoch. Da ist die Halle ab Mittag geschlossen. Enttäuscht will ich umkehren, als mich zwei Arme umfangen. Ich rieche Pfefferminz.

»Lili. Ich wusste, auf dich ist Verlass.«

»Ja, auf mich schon. Aber nicht auf die Öffnungszeiten. Heute ist hier geschlossen.« Meine Stimme klingt, als hätte ich ein zu großes Stück Brot verschluckt.

Doch statt meine Enttäuschung zu teilen, beginnt Paul zu grinsen. »Folge mir und stelle keine Fragen. Ich habe alles im Griff.«

Er führt mich am Eingang des Gebäudes vorbei zu einer Tür, die im Schatten liegt, und zieht zwinkernd einen Schlüssel aus der Tasche seiner Daunenjacke. »Man muss seine Freundschaften pflegen.«

Verwundert lasse ich mich durch einen schmalen, nach feuchtem Holz riechenden Flur zur Eisfläche ziehen und presse erstaunt meine Hand auf den Mund. Vor uns lässt schimmerndes Kerzenlicht das Eis glänzen.

»Hast du …?«, bringe ich endlich hervor.

Paul hebt mein Gesicht und küsst mich. »Klar habe ich, wer denn sonst?«

Die Bänder meiner Schlittschuhe verknoten wir gemeinsam, dann nimmt er meine Hand.

»Du meintest, von euch beiden Zwillingsschwestern wärest du der Tollpatsch, aber jetzt hast du ja mich. Ich werde aufpassen, dass dir nichts passiert.«

»Die Eislaufschuhe. Die sind doch viel zu teuer. Aber sie passen wie angegossen. Woher wusstest du, welche Größe ich trage?«

»Das Kunstwerk liegt immer im Auge des Betrachters«, erwidert er, und seine braunen Augen funkeln vergnügt.

»Hast du mit Anne darüber gesprochen?« Fragend sehe ich zu ihm hoch.

Seine Miene versteinert. »Mit Anne? Wie kommst du auf so eine Idee? Komm.«

Schon gleiten wir über das Eis. Seine Hand führt mich und gibt mir Sicherheit. Ich beginne zu schweben, und in mir breitet sich ein Glücksgefühl aus, wie ich es zuvor selten empfunden habe.

Wir müssen schon einige Runden gedreht haben, verzauberte Runden, da sehe ich erst die Köstlichkeiten, die Paul an der Bande zu den Zuschauerreihen hin aufgebaut hat. Ungläubig starre ich auf die beschlagene Flasche im Kühler, die Sektflöten und die silberne Platte mit belegten Brötchen.

»Für dich musste ich mir etwas Besonderes einfallen lassen.« Seine Hand drückt meine zärtlich.

»Das ist dir leider nicht gelungen«, necke ich ihn, und pure Lebensfreude kommt in mir auf. Beschwingt drehe ich mich zu ihm um und küsse ihn. Sein Bart kratzt über meine Gesichtshaut, aber das stört mich nicht, ich finde es sexy. Paul presst mich an sich und lässt seine Hand unter meinen Wollpulli gleiten.

»Das war erst die Vorspeise«, sagt er und hebt mich hoch. Er wirbelt mich durch die Luft und setzt mich sanft wieder ab.

Alle Unsicherheit in mir hat sich in Wohlgefallen aufgelöst.

ANNE

Lili ruft an. Schon wieder. Ununterbrochen klingelt das Telefon.

Zuerst rührt sie sich tagelang nicht, und jetzt kann sie nicht damit aufhören.

Ihr Verhalten erinnert mich an unsere Kinderspiele. Wer sieht beim Bockschauen als Erstes weg, kann den Blick des anderen keine Zehntelsekunde länger ertragen? Lilis Augen zuckten und schlossen sich. Wer kann versteinern und zur Statue erstarren, bis man erlöst wird? Lili bewegte sich und verlor. Es langweilte mich, in meiner Schwester keine ebenbürtige Gegnerin zu finden. Manchmal war ich hässlich zu ihr, richtig gemein, um sie zum Widerspruch herauszufordern.

Doch anders als damals ist es heute kein Spiel, bei dem die Stärkere siegt, sondern eine vertrackte Angelegenheit, in die ich mich leichtfertig hineinmanövriert habe und bei der ich nun nicht mehr weiß, wie ich ohne Kollateralschäden wieder herauskomme. Hebe ich das Telefon ab, muss ich mit ihr reden. Reden wir miteinander, wird sie spüren, dass etwas nicht stimmt. Doch um keinen Preis der Welt kann ich ihr von Paul und mir erzählen.

Hebe ich nicht ab, wird sie, so wie es nun mal ihre Art ist, auf andere Weise versuchen, mich an die Strippe zu kriegen. Sie könnte zum Beispiel mit einer mir unbekannten Nummer anrufen oder Julia überreden, den Kontakt herzustellen. Und wenn das alles nichts nützt, steht sie irgendwann vor meiner Tür. Im schlimmsten Fall genau dann, wenn Paul das Haus verlässt.

Verdammt.

Paul.

Ich muss ihn loswerden.

Mein ganzes Leben lang habe ich mich stets in die bösen Jungs verguckt und mich in aussichtslose Affären gestürzt. Schmerzhaft und desillusionierend, eine Charakterschwäche. Aber diesmal habe ich den Vogel abgeschossen, ich bin ja nicht mal in den Kerl verliebt. So viel steht fest. Wahrscheinlich war es einzig mein verletzter Stolz. Als ich sah, dass Paul Lili mir vorzog, konnte ich es nicht akzeptieren.

Was, frage ich mich, ist schlimmer als Selbstanalyse? Richtig, das, was dabei herauskommt.

Und ja, manchmal mag ich mich selbst nicht, aber ich bin wie ich bin, und jetzt stecke ich in einer klassischen Zwickmühle und habe sie mir auch noch selbst gebaut.

Es gibt nur eine Lösung: Ich muss das, was auch immer es ist, das ich mit Paul habe, beenden. Sonst kann ich meiner Schwester nicht mehr in die Augen schauen.

Wieder klingelt es, wieder lege ich das Handy weg, drehe es um, sodass ich den Schriftzug ihres Namens auf dem Display nicht sehe.

Ich probe halblaut den Abschied. Morgen Abend will Paul mich besuchen, bis dahin werde ich die richtigen Worte gefunden haben.

Jetzt aber muss ich in die Redaktion.

Als ich mich fertig mache, blickt mir im Spiegel ein strenges, förmliches Selbst meiner Person entgegen. Das Kleid, das ich anziehe, trage ich gerne bei offiziellen Terminen. Es ist dunkelgrau mit feinen hellgrauen Nadelstreifen, und es macht mich ernst und sehr schlank. Dazu setze ich eine schwarze Brille auf. Ich schlüpfe in meine Daunenjacke; es ist jene, die ich zum letzten Mal anhatte, als ich mit Lili durch den Schnee lief.

Vor der Haustür schlägt mir die Kälte entgegen wie eine Wand aus Stahl, und ich schnappe nach Luft.

Auf einmal steht Paul vor mir und grinst über das ganze Gesicht. In seinem Bart schimmern Eiskristalle.

»Was …?«, bringe ich mit einem Hauch gefrorener Atemluft hervor, als er meinen Mund auch schon mit einem Kuss verschließt. Ich wende den Kopf, stemme meine Hände gegen seine Brust, er aber packt unwillig meinen Arm und zieht mich zur Haustür.

Und ich? Ich stolpere hilflos neben ihm her und versuche, mich aus seinem Griff zu befreien.

»Lass das«, herrscht er mich an und zieht energisch die Tür hinter uns ins Schloss.

Das Deckenlicht ist noch an und erhellt seine Gesichtszüge. Sie wirken verzerrt, aggressiv.

Dann wird es dunkel im Flur. Ich will zum Lichtschalter greifen, aber Paul stößt meine Hand beiseite.

»Paul«, meine Stimme klingt belegt, »komm rauf, in die Wohnung.« Ich taste nach seiner Hand, erwische aber nur den rauen Stoff seines Ärmels.

Statt einer Antwort drängt er mich gegen die Wand und küsst mich. Es ist kein zärtlicher Kuss, er ist wild und fordernd, und er schmeckt nach Bier und nach paniertem Fisch. Wieder versuche ich, den Kopf wegzudrehen, aber er hält mein Gesicht eisern umklammert.

Die Haustür springt auf, wieder wird es hell, und eine der Nachbarinnen, mit einem kleinen Kind an der Hand, mustert mich pikiert.

Wir grüßen einander, dann ist sie an uns vorbei.

»Paul«, flüstere ich, »das ist peinlich.«

»Peinlich?« Er knurrt wie ein Tier in mein Ohr, und alle Härchen auf meiner Haut stellen sich auf.

Abermals drängt er mich brutal gegen die Wand. Meine Brille fällt dabei zu Boden, und das Glas bricht. Ich zittere. Mit einer Hand greift er in mein Haar und zieht mein Gesicht an seines, mit der anderen schiebt er mein Kleid hoch.

»Nein!«, fauche ich.

Die Schritte im Treppenhaus sind verklungen, das Licht verlischt wieder.

Diesmal zerkratzt sein Bart meine Haut, seine Stöße sind hart. »Ich will das nicht!«, schreie ich ihn an.

Er tut mir weh, und ich versuche, ihn wegzustoßen. Irgendwann lässt er von mir ab. »Netter Versuch«, sagt er und mustert mich von oben bis unten. Seine Augen glänzen undurchdringlich.

Empörung, Scham und Zorn wallen in mir hoch. »Ich muss mit dir reden, oben in meiner Wohnung«, sage ich und funkle ihn an.

»Wenn du was zu meckern hast, dann gleich hier«, entgegnet er gelassen und lächelt maliziös. Die Kälte seiner Worte erschreckt mich.

»Wie du willst, Paul, dann eben hier. Wir werden uns nicht mehr sehen. Es ist aus und vorbei.«

Sein Blick ist eisig. »Das kommt mir gelegen«, sagt er, »ich habe mich ohnehin längst für Lili entschieden. Ihre Demut ist unterhaltsamer.«

»Was sagst du da? Das meinst du nicht ernst.«

»Und ob«, jetzt grinst er, »und ich frage mich, was du dagegen tun willst? Eine Bemerkung von mir, und sie schaut dich nie wieder an.«

Ich starre in sein Gesicht und spüre, wie ich am ganzen Körper zu zittern beginne. »Paul, ich warne dich«, flüstere ich und merke selbst, wie schwach meine Stimme klingt.

»Du warnst mich?« Er lacht und schiebt mich beiseite. »Anne, du überschätzt die Glaubwürdigkeit eines gewöhnlichen Flittchens bei Weitem.« Er wischt mir achtlos über die Wange.

Wie versteinert bleibe ich stehen und höre, wie sich seine Schritte entfernen.

LILI

Die Zeit zieht wie ein Wintermärchen an mir vorbei.

Oft holt Paul mich nach der Arbeit von der Bibliothek ab, und wir gehen essen oder ins Kino, und er ist auch weiterhin für Überraschungen gut. Daher überlege ich mir vor dem Schlafengehen genau, was ich am nächsten Morgen anziehe. Aufdonnern muss ich mich bei ihm nicht, es gefällt ihm, wenn ich mich leger kleide und ein wenig mädchenhaft.

Generell ist er ein Meister der Komplimente. Klar weiß ich, dass er mir schmeicheln will, dennoch höre ich sie für mein Leben gern. Keiner meiner bisherigen Freunde hat so mit mir gesprochen. Ihm fallen lauter Kleinigkeiten auf, die ihn an mir begeistern. Vor einigen Tagen hat er ein Muttermal an meinem Hals entdeckt, das ihn entzückt, und er kann nicht aufhören, seine Finger durch mein Haar gleiten zu lassen.

»Wie feinste chinesische Seide«, sagt er und sieht mich in einer Weise an, die mich glücklich macht.

Anne darf ich nichts davon erzählen, sie würde schallend lachen oder eine böse Bemerkung machen. Aus irgendeinem Grund scheint sie Paul zu hassen.

Unsere Gespräche sind ohnehin selten geworden. Noch seltener kommt es zu einem Treffen. Und wenn, dann klammern wir Paul weitgehend aus unserer Unterhaltung aus.

Julia ist da ganz anders. In erster Linie ist sie daran interessiert, zu erfahren, wie weit wir schon miteinander sind. Und das ist eine berechtigte Frage, denn die Antwort darauf kenne ich selbst nicht so genau. Sind wir ein Paar? Haben wir eine Beziehung? Ist es etwas Ernsthaftes? Wir küssen uns, halten Händchen, und im Kino kuschle ich mich eng an ihn. Ein wenig fühlt es sich an wie damals als Teenager. Langsam nur werden unsere Schmusereien stürmischer, und im Kopf male ich mir unser erstes Mal aus. Ich stelle es mir verträumt und romantisch vor, mit vielen Kerzen ums Bett herum und einer Flasche gutem Wein. Wenn dann auch noch Schneeflocken vom Himmel rieselten, vorzugsweise außerhalb unseres Zimmers, wäre das Bild perfekt.

Dabei hat Paul meine Wohnung noch kein einziges Mal betreten. Natürlich brenne ich darauf zu hören, wie sie ihm gefällt, ob er meinen Geschmack teilt. Sicherheitshalber ist mein Zuhause zurzeit außergewöhnlich sauber und aufgeräumt, denn es kann jederzeit so weit sein.

Als ich Julia davon erzähle, lacht sie.

»Rein auf Verdacht die Bude aufräumen? Das gibt es bei mir nicht. Ist ja paranoid.«

Aber sie hat leicht reden. Nach ihrer letzten Beziehung ist sie schon einige Zeit Single, und Carl, der Typ, für den sie momentan schwärmt, macht keine Anstalten, sich ihr zu nähern. Praktisch, aber unspektakulär arbeitet er als Teilzeitkraft in der Bibliothek.

Doch zurück zu Paul. Meine Gedanken kreisen ständig um ihn. Häufig ertappe ich mich dabei, wie ich einfach nur so in mich hineingrinse.

Hin und wieder muss er länger arbeiten, dann hole ich ihn in dem eleganten Autosalon, in dem er Geschäftsführer ist, ab. Immer wieder erstaunt mich die Zärtlichkeit, mit der seine Hände über den Lack der ausgestellten Modelle streichen. Und er mag es, wenn seine Kollegen mich anerkennend mustern.

Mein Leben ist wunderbar, es könnte nicht besser sein.

Anhaltendes Klingeln dringt in mein Bewusstsein.

Ein Blick auf mein Smartphone verrät mir, dass es knapp vor Mitternacht ist.

Desorientiert springe ich auf und stolpere über den Krimi, den ich vor dem Einschlafen gelesen habe. Kurz klammere ich mich an den Rahmen des Türstocks, versuche mein jagendes Herz zu beruhigen, dann taste ich mich weiter. Das Klingeln, für einen Moment verstummt, setzt wieder ein, heftiger noch als zuvor.

Hatte Anne einen Unfall? Ist unseren Eltern etwas passiert?

Mit vom Schlaf heiserer Stimme frage ich in die Gegensprechanlage: »Wer ist da?«

»Jetzt mach schon auf. Ich erfriere hier draußen.«

Das ist Paul. Mein Herz, kaum dass es sich beruhigt hat, beginnt wieder wild zu pochen.

»Paul! Ist etwas geschehen?« Meine Stimme klingt dünn.

»Erkläre ich dir, wenn ich oben bin. Beeil dich, mein Schatz.«

Ich drücke auf den Summer, drehe den Schlüssel und pralle zurück, so heftig drückt er von außen gegen das Holz. Sein Haar ist feucht, und im Bart glitzern Eiskristalle. Er riecht nach Winter.

Wild presst er mich an sich. Er steckt in einer groben Jacke, deren harte Knöpfe gegen meine Brust drücken.

»Interessante Aufmachung.« Grinsend hält er mich ein Stück von sich weg. »Hast du dich, seit wir uns zuletzt gesehen haben, in eine Ente verwandelt?«

Spielerisch wandern die Spitzen seines Zeige- und Mittelfingers über die rote Minnie-Mouse-Figur auf meinem Shirt, umkreisen meine Brustwarze, um danach zur anderen zu wandern. Ich spüre trotz eisiger Umarmung, wie mein Körper auf seine Berührungen reagiert. Sanft streichelt seine Hand mein zerzaustes Haar, versucht, die Strähnen zu glätten. Jetzt erst wird mir bewusst, wie ich aussehe. Die vom Schlaf zerknitterten Wangen, das Shirt, meine wilde Haarpracht und unter meinen Augen die verwischten Reste schwarzer Wimperntusche.

»Gib mir fünf Minuten«, bitte ich verlegen und gieße ihm in der Küche einen Scotch ein.

»Für mich bist du nahezu perfekt. Komm her.«

Er leert das Glas in einem Zug und sieht sich aufmerksam um.

»Paul, lass dir die Wohnung zeigen, du warst ja noch nie bei mir. Ich bin durcheinander, wenn man mich mitten im Träumen aufweckt. Dann stehe ich völlig neben mir«, brabble ich und lächle ihn dabei an.

»War's wenigstens ein schöner Traum?« Wieder zieht er mich an sich. Mit einem heiseren Laut vergräbt er sein Gesicht in meinem Haar und murmelt Unverständliches in mein Ohr.

Sein Bart kratzt über meine Haut. Dann lässt er mich so plötzlich los, dass ich taumle. Mein Mund wird trocken. Unbeholfen taste ich nach den scharfkantigen Knöpfen seiner Jacke. Er schält sich aus dem rauen Stoff. Wie nebenbei wandert seine Hand unter mein Shirt.

»Du hast kein Höschen an, schlimmes Mädchen.«

Ich mache mich los, ziehe ihn hinter mir her ins Schlafzimmer.

Was, wenn er mich nicht will? Was, wenn das bloß ein Spiel ist?

Gemeinsam fallen wir auf mein Bett. Dann ist Paul über mir, immer noch bekleidet, und ich bewege mich unter ihm.

Unentwegt flüstert er meinen Namen und streicht dabei mit gleichmäßigen Bewegungen über meine Haut, bis ich es kaum mehr aushalte. Ungestüm greift er in mein Haar und zieht mich heftig an sich. Sein Kuss gleicht einem Biss, und ich schmecke Blut. Als seine Zunge die Konturen meiner Lippen nachfährt, schmelze ich und vergesse den kurzen Schmerz. Mein Gesicht versinkt in der Wolle seines Pullovers.

Müde liegen wir nebeneinander. Mein nackter Körper glänzt vor Schweiß. Schwach fällt das Mondlicht durch das geöffnete Fenster.

Jetzt erst bemerke ich, wie kühl es im Zimmer geworden ist. Zitternd schmiege ich mich an Paul, der immer noch mit Pulli und Jeans bekleidet ist. Schwer atmend legt er seine Hand auf meinen Po und fährt spielerisch mit den Fingern meine Wirbelsäule entlang. Ich hülle mich in die Daunendecke und schlinge ein Bein um Pauls Hüfte. Sein Arm greift über mich, findet sofort, als wäre er schon viele Male hier gewesen, meine Nachttischlampe und knipst sie an.

Von jäher Helligkeit geblendet, schließe ich die Augen. »Bitte lösche das Licht.«

Angenehme Dunkelheit umfängt mich. Die wohlige Entspannung kehrt zurück.

»Und? Hat es sich ausgezahlt, gewartet zu haben?« Ich lächle Paul schläfrig an.

»Das musst du selbst beurteilen.«

»Für mich schon. Und für dich?« Ich richte mich ein wenig auf, lehne am Kissen.

Paul hebt den Kopf, sodass das Mondlicht sein Gesicht umrahmt. Er sieht mich mit einem rätselhaften Ausdruck an. »Vielleicht ist das hier doch ein klein wenig zu schnell gegangen.«

Es ist, als hätte er mir einen Schlag versetzt. Ich drehe mich weg.

Er packt mich grob an den Schultern. »Wenn du fragst, musst du auch die Antwort aushalten.«

Mir ist flau im Magen. Das schöne Gefühl von vorhin hat sich in Luft aufgelöst.

»Ich möchte verstehen«, sage ich.

»Lili, wenn du beinahe sofort mit jemandem ins Bett steigst, bist du für alle leicht zu haben. Das wirkt auf mich so, als wäre ich nur einer von vielen.«

Empört ziehe ich die Luft ein. »Aber *du* warst es doch, der um Mitternacht vor meiner Tür stand und Sturm geläutet hat.«

»Das eine hat mit dem anderen nichts zu tun. Hältst du mir jetzt auch noch vor, dass ich dich unbedingt sehen wollte?«

Ich fühle mich, als hätte sich eine Kluft zwischen uns aufgetan. Es dauert lange, bis ich neben ihm einschlafe, und meine Träume sind unruhig.

Als ich am nächsten Morgen aufwache, hält Paul mich so fest umschlungen, dass mir das Atmen schwerfällt, im Schlafzimmer herrschen arktische Temperaturen.

Vorsichtig schäle ich mich aus seinen Armen und verschwinde im Bad. Nach einer sehr heißen Dusche fühle ich mich gewappnet, dem Tag zu begegnen.

Aus dem Bestand meines Kühlschranks bereite ich uns ein Frühstück. Getoastete Roggenbrötchen, Butter, Honig, Marmelade, ein Stück Käse und Eier auf Speck.

Unruhig setze ich mich und warte. Als Paul schließlich auftaucht, gieße ich Kaffee in die Tassen.

»Warst du im Supermarkt?«, fragt er.

»Nicht nötig. Ich kann zaubern.«

»Das sehe ich.« Er isst gierig, greift dann aber nach meiner Hand. »Sei mir nicht böse wegen gestern. Ich weiß selbst nicht, was manchmal in mich fährt, doch ich kann die Vorstellung nicht ertragen, dass du vor mir schon andere Männer hattest.«

»Paul«, wehre ich ab, lasse seine Hand dabei aber nicht los, »du tust gerade so, als wären es unendlich viele gewesen. Ich kann dich beruhigen. Außer Harry hatte ich nur zwei kurze Affären.«

Paul zieht seine Hand so heftig zurück, dass der Kaffee in meinem Becher hochschwappt. »Harry. Der hat mit dir hier gewohnt?«

»Nein. Ich war bei ihm. Erst nach der Trennung habe ich diese Wohnung gefunden.«

So schnell sein Zorn hochloderte, so schnell ist er wieder verschwunden. Er steht auf, beugt sich zu mir und küsst meine Stirn. »Willst du meine Antwort immer noch hören?«

Einen Moment lang überlege ich, was er meint.

»Ja, es hat sich ausgezahlt, gewartet zu haben«, sagt er ernst.

Wenn Paul für Überraschungen gut ist, dann bin ich es auch. Ich hatte eine Idee, sie flog mir quasi zu, als ich Neuerscheinungen in die Regalreihen der Bibliothek sortierte.

Julia hat ihren freien Tag, und die Halbtagskraft, in die sich Julia verguckt hat, arbeitet mit mir.

Carl ist ein richtiger Nerd. Wenn man ihn fragt, wo etwas abgelegt ist oder wer diesen oder jenen Roman geschrieben hat, verhält er sich wie ein wandelndes Lexikon. Der Computer ist lediglich sein kleiner Assistent, der bestenfalls von ihm lernen darf. Vielleicht ist es das, was Julia so anziehend an ihm findet. Ich kann das bestens nachvollziehen. Paul ist ebenfalls klug, er verfügt über eine Allgemeinbildung, wie sie mir bisher kaum untergekommen ist. Mir scheint, dass er seinen bestens gefüllten Denkspeicher nur kurz streifen muss, und schon spuckt er die abenteuerlichsten Dinge aus.

»Jahrelanges Training«, erklärte er mir einmal augenzwinkernd und fügte etwas zweideutig hinzu: »Ich für meinen Teil beneide dich um deine impulsive Naivität.«

»Willst du das Buch klauen?«

Carl steht neben mir. Jetzt erst wird mir bewusst, dass ich einen der neuen Romane schon minutenlang in den Händen halte und bewegungslos aus dem Fenster sehe. Ich lache und enthalte mich eines Kommentars, denn eben ist mir diese famose Idee gekommen.

Draußen fällt Schnee und lässt den Himmel hellgrau auf die Stadt sinken. Die Bäume sind mit einer dicken weißen Schicht bedeckt. Bald schon wird es wärmer werden und dieser Schnee schmelzen.

Also wenn nicht jetzt, wann dann?

»Paul«, spreche ich kurz darauf ins Handy, »ich wünsche mir vom Herzen, mit dir am Wochenende für einen Tag auf den Berg zu fahren, dorthin, wo wir uns kennengelernt haben. Wir könnten im Hotel essen und einen Winterspaziergang machen. Was meinst du?«

»Grandiose Idee. Wann soll es losgehen?«

»Samstag um neun Uhr in der Früh. Holst du mich ab?«

»Nichts lieber als das.«

Die Vorfreude lässt mich strahlen. Ich tätige noch einen weiteren Anruf und kann es danach kaum erwarten, dass endlich Samstag wird. Den Freitag verbringe ich mit Arbeit und den notwendigen Einkäufen.

In der Nacht schlafe ich kaum, ich frage mich, ob mein Plan klug ist, ob mein Vorhaben scheitern könnte.

Bereits eine Stunde, bevor der Wecker klingelt, sitze ich geduscht, geschminkt und winterlich gekleidet am Küchentisch und warte. Als es endlich läutet, schrecke ich hoch und muss mich zwingen, die Tür nicht aufzureißen.

»Es wird allmählich Zeit, dass ich einen Schlüssel zu deiner Wohnung bekomme.« Mein eigenes Abbild steht vor mir und grinst mich erwartungsvoll an. »Normalerweise«, fährt Anne fort, »kann ich so spontan nicht disponieren. Aber diesmal bin ich erst für Montag wieder gebucht. Du hattest also Glück.«

Ich bitte meine Zwillingsschwester in die Küche und schenke Kaffee ein, so wie sie ihn mag, ungesüßt und ohne Milch.

»Frage jetzt nicht«, bitte ich sie, »und warte kurz in meinem Schlafzimmer, bis ich dich hole.«

Sie sieht mich erstaunt an, öffnet den Mund, fügt sich dann aber doch ohne ein weiteres Wort.

Keine zehn Minuten später befreie ich sie.

Anne marschiert erwartungsvoll in die Küche – und prallt zurück. »Du?«

Auch Paul, der inzwischen die Wohnung betreten hat, wirkt alles andere als begeistert. »Welch gelungener Reinfall«, kalauert er zornig. »Zwei auf einen Streich.«

Böse mustert er meine Schwester. Die fixiert stur die Spitzen ihrer Fellstiefel, dann sieht sie hoch.

Ihre Stimme klingt hart. »Ein Ausflug zu dritt? Das kann nicht dein Ernst sein, Lili.«

Nun, ich bin ja selbst davon ausgegangen, dass die beiden nicht begeistert sein werden, aber dass sie so heftig reagieren, hätte ich nicht gedacht, immerhin haben sie sich damals auf dem Berg ganz gut verstanden. Ich will erklären, dass es an der Zeit ist, das Eis zwischen ihnen zum Schmelzen zu bringen, doch ehe ich antworten kann, nimmt Paul meine Hand. Ich könnte ihn dafür umarmen.

Er schaut meine Schwester spöttisch an. »Warum nicht? Wenn ich genauer darüber nachdenke, ist Lilis Idee vortrefflich. Findest du nicht auch? Was bringt es, Krieg zu führen, wenn man ihn nicht gewinnen kann?«

»Danke, Paul.« Ich küsse ihn und bewundere dabei seine blitzenden Augen.

Anne aber zieht die Luft scharf in ihre Lungen, und ich erwarte heftige Flüche.

Ich weiß genau, was sie antreibt. Das erste Mal ist es so, dass nicht sie, sondern ich das große Los ziehe, und das kann sie mir nur schwer verzeihen. Dennoch sieht sie mich auf eine Art an, die mich irritiert. Zorn kann ich in ihrem Gesicht erkennen, eine Form von unterdrückter Wut, die ich an ihr bisher nicht kannte, und noch etwas. Ist es Mitleid?

Endlich gibt sie sich einen Ruck. »Dir zuliebe, Lili, nur dir zuliebe fahre ich mit. Aber verschone mich in Zukunft mit solchen Überraschungen«, knurrt sie zwischen zusammengepressten Lippen hervor und würdigt Paul dabei keines Blickes.

Kurz schließe ich die Augen vor Dankbarkeit und versichere mir, dass alles gut werden wird.

Wider Erwarten verbringen wir einen schönen Tag. Wir streifen durch den Wald, stapfen über verschneite Wiesen und beschließen schlussendlich, essen zu gehen.

Anne und ich unterhalten uns angeregt, und manchmal erzählt Paul eine Geschichte von seiner Arbeit. Das Gespräch miteinander vermeiden die beiden, nur einmal, als ich von der Toilette zurückkomme, habe ich den Eindruck, in einen wüsten Disput zu platzen. Kaum nehmen sie mich wahr, versiegen die Stimmen.

»Was ist denn los?« Verunsichert schaue ich von einem zum anderen.

Paul steht höflich auf und rückt meinen Stuhl zurecht. Sanft streift seine Hand über mein Haar. »Deine Schwester befürchtet, ich wäre nicht gut genug für dich.«

»Blödsinn«, fahre ich Anne an. »Paul ist das Beste, was mir je passiert ist. Finde dich damit ab.«

Wieder presst Anne die Lippen zusammen, wieder sehe ich in ihren Augen Wut lodern. Und Paul? Er küsst mich liebevoll auf die Wange.

Mit sichtlicher Anstrengung wendet meine Schwester sich ab. »Wir sollten los, bevor die Straßen zu eisig werden«, zischt sie.

Wie auf der Hinfahrt sitze ich im Auto vorne neben Paul. Auf dem Rücksitz hat Anne es sich gemütlich gemacht. Im Moment scheint sie zufrieden zu sein, denn sie plaudert angeregt mit mir, als hätte es die Spannungen vorhin überhaupt nicht gegeben. Auch Paul wirkt gelöst, er zwinkert mir mehr als einmal zu und drückt meine Hand.

Ohne erkennbare Pausen zwitschert meine Schwester vor sich hin, ich habe längst auf Durchzug gestellt. Meine Gedanken kreisen angenehm um die Ereignisse der letzten Wochen. Was für eine wundervolle Zeit, was für ein großes Glück, Paul getroffen zu haben. Glücklich schließe ich die Augen.

Als ich sie wieder aufschlage, hat sich die Stimmung im Wagen grundlegend geändert.

Vor mir glitzert die schneebedeckte Straße in der kalten Spätnachmittagssonne. An den Rändern hat sich der Schnee zu weißen Wällen getürmt, die uns von der Tiefe trennen.

Und Paul fährt für meinen Geschmack viel zu schnell.

»Kann man deine Schwester auch abstellen? Oder wenigstens die Lautstärke regeln?«

Sein Ton ist genervt, in seinen dunklen Augen blitzt Zorn.

Aber Anne, einmal in Fahrt gekommen, quasselt weiter. Es passt ihr ganz und gar nicht, gemaßregelt zu werden.

»Paul, nicht so schnell!«, schreit sie plötzlich und beugt sich zwischen den Sitzen nach vorne. »Du fährst uns noch in den Abgrund.«

»Immer mit der Ruhe, kleine Lady. Ich passe schon auf, dass nichts passiert. Seit Kurzem steht eine von euch unter meinem persönlichen Schutz.« Er lacht und blinzelt in meine Richtung, aber statt das Tempo zu drosseln, legt er noch einen Zahn zu.

Ich entschließe mich, den Mund zu halten, dabei hat Anne ja recht.

Als könnte er meine Gedanken lesen, wendet sich Paul mir zu und lächelt verwegen. »Wollen wir deiner Schwester ein kleines Zusatzprogramm bieten, damit sie tatsächlich etwas zum Meckern hat?« Sein Grinsen wird breiter, doch ich bemerke, dass es seine Augen nicht mehr erreicht. Wie Murmeln aus braunem Glas liegen sie in ihren Höhlen.

»Pass auf«, flüstere ich, »und schau auf die Straße.« Doch Paul sieht weiter zu mir.

Er reißt am Lenkrad. Kreischend drehen die Räder auf dem eisigen Schnee durch. Anne und ich schreien auf. Wieder verdreht Paul das Steuer, diesmal in dic entgegengesetzte Richtung, und bringt den Wagen zum Schleudern. Entsetzt sehe ich die aufgeblendeten Lichter eines größeren Autos auf uns zukommen.

»Vorsicht!« Ich bedecke mein Gesicht mit den Händen, als könnte ich damit Schlimmeres verhindern. »Der rammt uns gleich frontal!«

Dann sind da nur noch das Quietschen von Reifen und Annes Schreie. Ein heftiger Ruck, und wir donnern gegen die seitliche Mauer aus grellem Weiß. Die Motorhaube bohrt sich ein Stück weit in die Schneewand hinein, und einen Moment lang sehe ich deutlich, wie wir sie durchstoßen und in den Abgrund stürzen.

Endlich kommt der Wagen zum Stehen, die eintretende Stille ist ohrenbetäubend. Von vorne läuft der Fahrer eines Range Rovers auf uns zu und klopft sich mit der Hand heftig gegen die Stirn. Außer sich vor Wut reißt er die Fahrertür auf. »Ich sollte Sie anzeigen. Um ein Haar wären wir alle die Felsen hinuntergestürzt. Sind Sie nicht ganz bei Trost, Sie Narr?«

Als er Annes und mein leichenblasses Gesicht sieht, beruhigt er sich etwas und geht kopfschüttelnd weg.

Ich werfe Paul einen vorsichtigen Blick zu. Er grinst noch immer. Erst als er merkt, dass ich ihn beobachte, neigt er leicht seinen Kopf. »Tut mir leid, der Wagen ist ins Schleudern geraten«, sagt er, aber in seinem Tonfall liegt nicht der Hauch eines Bedauerns.

Den Rest der Fahrt verbringen wir schweigend. Zuerst liefern wir Anne ab, die grußlos das Auto verlässt und die Wagentür hinter sich zudonnert, dann fahren wir zu mir. Zu Hause nehme ich ein langes heißes Bad und brauche zusätzlich Pauls sanfte Rückenmassage, bis ich mich von dem Schock erhole.

»Ich dachte, es sei unser Ende.«

»Schatz, verzeih mir. Es lief ein klein wenig aus dem Ruder. Ich wollte doch nur deine vorlaute Schwester zum Schweigen bringen, und das ist mir, glaube ich, auch gelungen. Dass sich unser Verhältnis dadurch verbessert hat, wage ich jedoch zu bezweifeln, und das bedaure ich sehr.«

Sanft streichen seine Hände bei diesen Worten über meinen Rücken, und ich beschließe, mich in seinem Namen bei Anne zu entschuldigen.

Woher aber, überlege ich fast schon im Schlaf, wusste er eigentlich, wo Anne wohnt? Soweit ich es mitbekommen habe, hat er weder sie noch mich irgendwann nach ihrer Adresse gefragt.

ANNE

Ein unfreundlicher Februar ist ins Land gezogen. Mit dem Schnee hat sich all die winterliche Pracht aufgelöst, aber immer noch ist es schweinekalt und eisig. Aus diesem Grund machen wir Innenaufnahmen.

Die Models zicken, aber das tun sie immer.

»Anne«, sagte mir neulich ein Kollege, »das kommt dir nur so vor, weil du die Oberzicke bist.«

Touché, dachte ich, das hat gesessen, aber ganz unrecht hat er nicht. Seit jenem Überraschungsausflug mit Paul, den meine Schwester inszenierte, bin ich ein wenig neben der Spur.

Versöhnen?

Wie soll das funktionieren?

Wie soll ich mit einem klarkommen, mit dem ich wochenlang heimlich eine Affäre gehabt und meine Schwester betrogen habe?

Mit einem, der mir, gleichsam als Abschiedsgeschenk, Gewalt angetan hat?

Wie mit einem gut sein, der uns auf dem »Versöhnungstrip« um ein Haar in den Tod gefahren hätte?

Der Mann, so viel ist mir bewusst, ist gefährlich.

Tatsache aber ist, dass meine Schwester vollkommen in ihn vernarrt ist. Und Paul scheint sie auf seine Art auch zu lieben, so viel meine ich erkannt zu haben. Es macht die Sache nicht einfacher. Wie lange kann eine Verbindung von zwei offensichtlich labilen Menschen gut gehen?

Ich kenne einige Abgründe, die in Pauls Psyche verborgen sind, doch ich kann meine Schwester nicht warnen. Klartext zu reden, das bringe ich nicht über mich, denn der Preis, nämlich meine Zwillingsschwester für immer zu verlieren, ist einfach zu hoch.

Aber ich werde wachsam sein. Niemand kann mir verbieten, die Augen offen zu halten.

Während sich die Models in Szene setzen, spüre ich die Blicke eines Beleuchters in meinem Nacken. Ich gebe vor, es nicht zu bemerken. Die Hand, die sich nach Abschluss der Session auf meine Schulter legt, lässt mich dennoch zusammenzucken und einen Schritt zurücktreten.

»Was?«, fauche ich.

Der Kerl steht vor mir und sieht mich verlegen an.

»Ich wollte …«, hebt er an, aber da habe ich ihn schon unterbrochen.

»Noch ein körperlicher Übergriff«, zische ich, »und ich breche dir deine Finger einzeln.«

Mit offenem Mund sucht er das Weite, und jetzt bin ich es, die vor Verlegenheit den Mund nicht mehr zubekommt.

War das gerade eben ich?

Schlagartig wird mir bewusst, wie sehr mir mein Erlebnis mit Paul, sein Abschiedsgeschenk im Stiegenhaus, zugesetzt hat. Und noch etwas wird mir klar: Mit Männern habe ich erst mal nichts im Sinn.

Vielleicht verreise ich eine Weile, natürlich allein, und lasse meine Seele baumeln. Viel zu selten nehme ich mir Zeit für mich selbst, und jetzt, wo ich aus dem Gleichgewicht geraten bin, sehne ich mich geradezu nach wohltuendem Leerlauf.

Bilder von einsamen tropischen Inseln, umgeben von glasklarem Wasser, das an elfenbeinfarbene Strände grenzt, hinter denen dichter Dschungel mit gezähmten Tieren, süßen Früchten und bunten Blumen auf mich wartet, schweben mir vor.

Nein, mein Leben gestaltet sich derzeit nicht im Geringsten wie in einem Hochglanzprospekt. Es ist vielmehr geprägt von Ecken, Kanten und Einrissen.

Tief durchatmen, denke ich, und ein Lächeln ins Gesicht zaubern. Das ist meine erfolgreiche Wunderwaffe, die sich erneut bewähren muss.

Auch morgen, beim Familienessen mit Mutter und Vater, werde ich sie wohl einsetzen müssen. Lili hat kurzfristig abgesagt, also liegt es an mir, die Unterhaltung zu bestreiten, und da ich nicht sicher bin, ob meine Schwester unseren Eltern schon von ihrem neuen Freund erzählt hat, werde ich diese Klippe großräumig umschiffen.

Lächelnd, versteht sich.

Nicht über Paul zu sprechen heißt jedoch nicht, ihn aus den Augen zu lassen.

LILI

Bis ich das erste Mal für Paul koche, vergeht etwas Zeit, ich stehe nicht gern in der Küche. Bisher ist es mir gut gelungen, die längst fällige Einladung zum Abendessen aufzuschieben. Zwei-, dreimal bekochte Paul mich in seiner eleganten, aber etwas spartanisch eingerichteten Wohnung. Meistens jedoch treffen wir uns in kleinen Restaurants, von denen er eine Unzahl zu kennen scheint. Da wir beide bis zum Abend arbeiten, ist das die unkomplizierteste Lösung, »in der sich Liebe«, wie Paul es schmunzelnd formuliert, »mit Kulinarik vereinen kann«. Und landen wir mal bei mir, kredenze ich vom Lieferservice Bestelltes.

Jetzt aber ist der Tisch gedeckt, der Lammbraten mit den Rosmarinkartoffeln im Rohr und das selbst gemachte Himbeereis im Gefrierfach. Weißwein als Aperitif.

Die Kerzen flackern unruhig im silbernen Kandelaber.

Nun fehlt nur noch mein Gast.

Ungeduldig sehe ich auf die Uhr. Er hat sich bereits eine Viertelstunde verspätet.

Da ich im Kochen wenig geübt und ziemlich einfallslos bin, bereitet es mir Kopfzerbrechen, wie ich alles zeitgerecht auf die Teller bekomme. Soll ich den Salat schon marinieren oder warten, bis Paul da ist?

Nervös entkorke ich den Chardonnay. Natürlich ist mir entfallen, ob auch der Weiße atmen soll oder nur der Rote, den wir später zum Lamm trinken werden.

Gedankenverloren gieße ich mir einen Schluck ins Glas und stelle mich ans Fenster. Von hier habe ich die Straße im Blick.

Nach einem heftigen Frühjahrs-Regenschauer glänzt der Asphalt nass. Ein kalter Wind treibt helle Blütenblätter über den Gehweg. Außer einem Radfahrer und einer schmächtigen Person, die von einer Promenadenmischung an der Hundeleine gezogen wird, ist niemand zu sehen.

Wo Paul bloß bleibt?

Der Braten im Rohr füllt die Küche mit seinen Röstaromen. Und der Rosmarin riecht nach Sommer, Sonne und Meer. Es scheint zu funktionieren.

Beruhigt stecke ich Pepsi, meiner Schildkröte, ein Blatt Salat zu.

Das Schrillen des Smartphones reißt mich unsanft aus meinen Gedanken.

»Paul?« Nervös presse ich das Handy ans Ohr.

»Ist der unmögliche Kerl noch immer nicht da?«

Annes Stimme hat einen vorwurfsvollen Unterton, aber so hört sie sich meistens an, wenn es um Paul geht. Obwohl meine Schwester mir häufig versichert, sich mit der Vorstellung von Paul und mir ausgesöhnt zu haben, ist sie weiterhin unübersehbar eine Spur zu interessiert an seinen Schwächen und Unzulänglichkeiten. Und der schon einige Zeit zurückliegende Ausflug auf den Berg mit der anschließenden »Todesfahrt« ins Tal hat ihre Aversion ihm gegenüber nicht eben gemindert. Ein gutes Wort jedenfalls hat Anne noch nie über Paul verloren.

»Ist der Typ nun da oder nicht?«

»Nein.«

»Typisch. Da soll er das erste Mal zu dir in die Wohnung kommen, soll essen, was du gekocht hast, und danach vermutlich bei dir schlafen. Und was tut er, er kneift. Zieht den Schwanz ein, ganz offensichtlich hat er Angst vor zu viel Nähe.«

Ich leere das Glas und schenke nach. »Irrtum, er hat schon hier geschlafen, und gefrühstückt hat er bei mir auch. Er kennt natürlich meine Wohnung. Wir treffen uns fast jeden Abend«, erkläre ich nicht ohne Stolz. »Und von Schwanz einziehen«, jetzt grinse ich, »kann auch nicht die Rede sein. Ganz im Gegenteil.«

»Lili, jetzt bist du vulgär. Inzwischen ist er mindestens eine halbe Stunde zu spät.«

Wieder einmal scheint Anne meinen Zeitplan besser zu kennen als ich. Ihre ewige Bevormundung nervt. Gereizt zupfe ich am Saum meines schwarzen Kleides und drücke den Anruf weg.

Aber sie hat ja recht. Paul ist zu spät, und gleich ist der Braten überfällig. So haben Schafbock und Lamm wenigstens etwas gemeinsam, stelle ich zynisch fest, nur um gleich darauf beim nachhallenden Ton der Türklingel zusammenzuzucken.

Statt Pauls Gesicht sehe ich mich einer riesengroßen Tüte gegenüber.

»Überraschung.« Seine Stimme, gedämpft durch das Plastik, klingt nicht die Spur schuldbewusst. »Schau, was ich dir mitgebracht habe.«

Mit einem Schwall frischer Abendluft betritt er die Wohnung, und unmittelbar stellt sich das gewohnte Prickeln in meinen Adern ein. Ich bemerke überrascht die bräunlichen Hasenohren aus Plüsch, die, gehalten von einem rosa Stirnband, keck von seinem Kopf in die Höhe ragen.

»Hm, riecht ja köstlich, ich bin hungrig wie ein Bär«, brummt der hochgewachsenen Meister Lampe, als wenn nichts wäre, und stellt die riesige Tüte auf eine Truhe im Wohnzimmer.

»Der Bär ähnelt eher einem Bunny«, sage ich, um meine Verwunderung zu überspielen.

»Aber nein, das sind anständige Osterhasenohren! Die haben nichts Verruchtes.«

Ich kann mit seiner Antwort nichts anfangen und flüchte in die Küche.

»Nicht die Spur neugierig?« Ich halte ihm erwartungsvoll den Kochlöffel hin.

Er schiebt meine Hand weg. »Neugier ist der Katze Tod.« Als er mein Gesicht sieht, grinst er. »Mit meinem Humor wirst du dich abfinden müssen, Kleines.«

»Wenn's nur das ist«, sage ich leichthin. Aber wirklich komisch finde ich seinen Spruch nicht, und verstanden habe ich ihn ebenso wenig.

Gelassen nimmt er das Glas mit dem Weißwein von mir entgegen, schwenkt gekonnt die hellgelbe Flüssigkeit und riecht daran.

Anerkennend nickt er mir zu. »Gute Wahl.«

»Paul, ich dachte schon, du hättest unsere Verabredung vergessen. Das Essen ist beinahe hinüber, und ich habe mir solche Mühe gegeben.«

Natürlich liegt mir nichts daran, die Stimmung zu zerstören, doch seine Verspätung nagt an mir. Und die Hasenohren finde ich albern.

»Das Essen bei meinem Schatz soll ich vergessen haben? Wo du zum ersten Mal für mich den Kochlöffel schwingst? Wie kommst du auf diese absurde Idee? Du wirst gleich verstehen, wieso ich mich verspätet habe.« Er lächelt und zieht mich ins Wohnzimmer. Aus der knisternden Plastiktüte nimmt er eine in Grüntönen gehaltene Tischlampe von Tiffany.

Fast ängstlich betrachte ich das kostbare Gebilde. »Ist die echt?«

»Ja, denkst du, ich schenke dir eine billige Imitation vom Baumarkt an der Ecke?« Seine braunen Augen mustern mich forschend.

»So etwas Teures sollst du mir nicht mitbringen. Eine Flasche Sekt hätte locker gereicht.«

Pauls Blick ist immer noch fest auf mich gerichtet, hält mich gefangen. »Und wer hat letztes Mal über zu wenig Licht geklagt? Das warst du.«

Ich erinnere mich. Paul und ich lasen, eng aneinandergeschmiegt auf dem Sofa, gemeinsam die Wochenendausgabe der Zeitung. Auf der Lehne saß Pepsi. Obwohl es später Vormittag war, ließen die schweren Wolken bereits an Abenddämmerung denken.

»Es wird wohl wieder zu schneien beginnen«, seufzte ich, weil ich mich schon nach dem Frühling sehnte, und knipste die Lampe mit dem winzigen rosa Glasschirm an.

Ein kleiner Lichtkegel warf einen minimalen Spot auf die Mitte der Doppelseite der Zeitung.

»Davon wird es nicht heller in deiner düsteren Kammer«, bemerkte Paul sichtlich belustigt.

»Stimmt. Die alte Lampe ist unbrauchbar, aber ich mag sie, weil sie ein Erinnerungsstück an meine verstorbene Großmutter ist. Oma stand mir nah, näher sogar als meine Mutter. Freilich muss ich mir irgendwann etwas Augenschonenderes besorgen, und dieses altersschwache Ding hier kommt in die Kiste für lieb gewordenen Tand. Vielleicht bringt mir der Osterhase ja eine neue?«

Amüsiert zieht Paul jetzt das Kabel meiner rosa Lampe aus der Steckdose hinter der Couch. Seine Hasenohren kippen nach vorne, und endlich verstehe ich.

»Mein Wunsch an den Osterhasen.« Ich kichere.

Dann vergeht mir das Lachen. Entgeistert sehe ich, wie er die Glühbirne herausschraubt, sie schüttelt, dabei aufmerksam ihrem Klang lauscht und sie gemeinsam mit dem mir ans Herz gewachsenen rosa Glasschirmchen in den Abfalleimer wirft. Augenblicklich zerbricht das zarte Glas.

»Paul, was tust du da? Die lag mir am Herzen, sie war doch von meiner Oma. Das habe ich dir erzählt.« Tränen verwässern meine Augen, sodass ich Paul nur verschwommen wahrnehme. Doch sein zufriedenes Grinsen sehe ich gut.

»War trotzdem Schrott. Du hast Besseres verdient.« Er drückt mir einen Kuss auf die Nase und gibt mir einen neckischen Klaps auf den Po.

Ich habe mich auf den Abend gefreut, mich wirklich sehr mit dem Kochen bemüht, aber ich kann das Essen jetzt nicht mehr so genießen, wie ich es möchte. Der Braten ist viel zu trocken und das Eis längst nicht so fruchtig, wie ich es haben wollte. Paul scheint es nicht zu bemerken. Zufrieden verschlingt er doppelte Portionen. Die albernen Plüschhasenohren hat er inzwischen abgelegt, stattdessen füllt seine Selbstzufriedenheit den Raum.

Und ich?

Ich nehme mir vor, mit dem Aussprechen meiner Wünsche in Zukunft vorsichtiger zu sein. So wie es aussieht, gibt es jetzt jemanden, der bereit ist, sie mir gnadenlos zu erfüllen.

Später, als wir im Bett liegen, blitzen Sterne zwischen den Wolken. In dieser Nacht liebt er mich auf eine neue, zärtliche Art. Der sonst so unsentimentale Paul flüstert immer wieder sanft meinen Namen und streichelt mich hingebungsvoll.

Und durch die geöffnete Tür wirft der Schein der Tiffany-

Leuchte ein seltsames Muster auf die Wand meines Schlafzimmers.

Wochen später, es ist Frühsommer, weht Pauls Atem über meine Wange. »Los, Lili, bück dich, sonst zerkratzt du dir dein schönes Gesicht.«

»Pst … leise.«

Ich will nicht, dass ein Nachbar unsere nächtliche Unternehmung beobachtet. Es ist schon spät, aber wegen der ungewöhnlich hohen Temperaturen sind die meisten Fenster geöffnet. Der kurze Schauer am frühen Abend hat statt der erhofften Abkühlung Dunst gebracht. Als schwerer Silberreif spannt er sich um die Stadt.

In der Dunkelheit glänzen Pauls Augen wie schwarze Knöpfe, die auf hellen Stoff genäht wurden.

»Mach schon. Ich möchte dir etwas zeigen. Etwas, das du noch nie gesehen hast.« Er klingt ungeduldig.

Ich kenne den Tonfall inzwischen gut. Immer dann, wenn er mich mit etwas überraschen möchte, kann Paul meine Reaktion kaum erwarten.

In der Hecke, die den kleinen Gemeinschaftsgarten des Hauses, in dem sich meine Wohnung befindet, von der dahinterliegenden Wiese und dem Ausläufer des nahen Waldes trennt, befindet sich eine schmale Öffnung.

Vor Tagen, als wir im Garten frühstückten, fiel sie Paul auf. Daran muss ich jetzt denken und sehe die Szene bildlich vor mir.

»Wer kriecht denn da durch? Siebenschläfer, Katzen, Füchse, Marder oder gar Wölfe?«, fragt er.

»Keine Ahnung, ich sehe die Lücke heute zum ersten Mal.«

»Nun, du solltest in Zukunft überprüfen, was dich unmittelbar umgibt.«

Paul gefällt sich darin, mich mit Allgemeinplätzen zu beeindrucken. Nicht immer applaudiere ich ihm.

Er faltet seine Serviette ordentlich, legt sie auf den Tisch und steht auf. Penibel streicht er Krümel um Krümel von seinen Jeans. »Komm.«

»Wir werden uns doch nicht durch dieses Loch pressen?« Zweifelnd betrachte ich mein enganliegendes weißes Sommerkleid.

»Natürlich nicht, lass uns außen herumgehen.« Hand in Hand schlendern wir über den Fußweg um die zwei großen Häuserblöcke. Der Tag verspricht, schön zu werden. Sommer pur. Vor uns liegen Wiesen mit blühendem Sauerampfer. Der Wald bildet eine natürliche Grenze zu den weiter entfernten Getreidefeldern und lockt uns mit seinen hohen Schatten werfenden Nadelbäumen.

»Da sieht's ja aus wie auf dem Land«, meint Paul verblüfft, »dabei sind wir hier keine fünf Kilometer vom Zentrum entfernt.«

Vergnügt laufen wir durch das halbhoch stehende Gras. Die Halme streichen über meine nackten Beine.

Ich bin glücklich.

»Komm.« Paul, immer fünf Schritte vor mir, steuert auf den Waldrand zu, und wir flanieren hinein ins verlockende Dunkelgrün. »Schnell weiter!«, ruft Paul. »Hier drin ist es erfrischend kühl.«

Ich habe wenig Lust auf diese Unternehmung und denke wehmütig an mein angebissenes Honigbrötchen, heißen Kaffee und Vitaminsaft.

Über meinem Kopf summt es, ein dunkler Schatten nähert sich, und meine Hände teilen fahrig die Luft. Meine panische Angst vor Kriechtieren, Bienen und Wespen wird jäh akut.

Das Dickicht bewegt sich. Neben und über mir surrt es ununterbrochen, weit entfernt singt ein Vogel.

Ich beginne zu schwitzen und möchte raus aus dem Wald. Ungeschickt streife ich an Sträuchern entlang, schürfe mir an den Dornen wilder Brombeerhecken die Haut auf. Fast wäre ich gestolpert, kann mich aber fangen. Ein knorriger Ast versperrt den Weg zu Paul, der bereits hinter der nächsten Fichte verschwindet.

»Paul, warte auf mich!«

Mein Ruf verhallt zwischen den Bäumen.

Das knappe Sommerkleid spannt über den Knien, zwingt sie eng aneinander. Als ich versuche, über das Holz zu klettern, strauchle ich und werde im letzten Moment von kräftigen Armen am Fallen gehindert.

»Das war knapp«, keuche ich und klammere mich an Paul, vergrabe meine Finger in seinem Sweater und ziehe mich an ihm hoch.

Auf einmal bin ich wütend. Wütend auf Paul, der einfach vorangelaufen ist, mich allein zurückgelassen hat. Sogar wütend darüber, dass er rechtzeitig zurück war.

Unwillig mache ich mich los.

»Na, na«, versucht er mich zu beschwichtigen. »Was ist denn los mit meinem Schatz?« Er sieht mich erwartungsvoll an.

Ich will nichts wie raus aus dem verhexten Wald.

Zuerst ist es nicht mehr als der Flügelschlag einer Libelle, ein trockenes Rascheln. Dann segelt ein riesiges Exemplar einer Wespe an mir vorbei. Ängstlich ducke ich mich unter ihr weg.

»Fürchtest du dich etwa vor Schmetterlingen? Lili, ich wusste ja nicht, dass du so ein Angsthase bist. Komm schnell her. Du bist doch nicht allergisch?« Liebevoll breitet er seine Arme aus.

»Es war eine Wespe oder Hornisse und kein Falter. Ich bin doch nicht blöd.« Wie zum Beweis surren jetzt weitere gelb-braun getigerte Ungetüme durch die Luft. »Und ich bin nicht allergisch, sondern phobisch. Das ist mindestens genauso schlimm. Ich möchte zurück, weg von hier.«

»Das haben wir gleich, Kleines.« Er beginnt wild um sich zu schlagen.

Erstarrt stehe ich da, unfähig, einen klaren Gedanken zu fassen, fürchte mich vor dem erwarteten Stich. Je mehr man sich bewegt, desto aggressiver werden doch die Biester. Erstaunlicherweise verziehen sich die Insekten, und Paul grinst, als hätte er einen Kampf gewonnen.

»Niemand wird zu Tode gestochen, wenn er sich vernünftig verhält. Und jetzt komm endlich. Du bist nicht in Gefahr, warst es nie. Denn ich bin ja da, ich beschütze dich, mein Schatz.«

Er führt mich an der Hand zu einem Bach mit sprudelndem Wasser. Blumen und Gräser säumen die Ufer.

»Schön hier«, murmle ich und frage mich: Der ganze Aufwand dafür? Aber ich kann ihm nicht einmal böse sein. Er hat es gut gemeint.

Auf dem Weg zurück ist es still im Wald. Paul hält meine Hand und sieht immer wieder prüfend um sich.

Als wir im Garten den Frühstückstisch abräumen, kleben drei tote Wespen am Marmeladeglas.

Daran muss ich denken und schüttle mich, als es jetzt im nachtschwarzen Gebüsch raschelt. Das Blätterwerk schwankt bedrohlich.

»Keine Widerrede.« Paul drängt mich in meinen kurzen Hosen und dem ärmellosen T-Shirt direkt durch die schmale Öffnung in der Hecke.

Schnell, schnell, befehle ich mir lautlos. Japsend streife ich einen Brennnesselstrauch, fluchend rapple ich mich hoch.

Pauls Überraschungen beginnen meine Nerven zunehmend zu strapazieren.

»Du Armes, du hast wohl immer Pech.«

»Also was jetzt, wohin willst du mit mir?«, frage ich ungehalten. »Wir gehen doch nicht schon wieder in den Wald. Paul?« Alarmiert bleibe ich stehen.

»Keineswegs. Wie könnte ich? Der böse Wald hinter dem Haus gehört, seit ich von deiner Wespen-Phobie erfahren habe, zum Sperrgebiet unserer Beziehung.« Er sagt es ernst, aber ich weiß, dass er innerlich über mich und meine Ängste lacht.

Bevor ich etwas einwenden kann, bedeckt Paul mein Gesicht mit vielen stürmischen Küssen. »Ich will dir nur eine Freude bereiten«, sagt er entschuldigend und küsst mich noch einmal sanft.

Trotzdem fühle ich mich unwohl. Ich fürchte mich nicht nur vor stechwütigen Insekten, sondern auch vor dem Ungewissen.

»Wir sind da.« Er breitet seinen Pullover auf der Wiese aus und drückt damit die langen Halme zu Boden. Der frische Geruch der Gräser steigt in meine Nase.

Paul pflückt ein paar Blätter und reicht sie mir mit einer Verbeugung wie einen Strauß Blumen. Immer noch gereizt kaue ich am sauren Ampfer. Unwillkürlich verzieht sich mein Gesicht.

»Überlasse dich mir. Leg dich hin und verschränke die Arme im Nacken. Gleich wird alles wie von selbst geschehen.«

Ich tue, was er sagt, und strecke mich auf dem Pullover aus. Über mir das Firmament. Das Mondlicht schimmert. Je länger ich den Himmel betrachte, desto mehr Sterne kann ich zählen.

Dort oben findet ein richtiges Spektakel statt.

»Das ist noch nicht alles.« Paul, der neben mir im Gras liegt, wirft einen Blick auf die Zeitanzeige seines Handys. »Gleich ist es so weit.«

»Wie meinst du das?«

Er drückt mich an sich und flüstert: »Schau einfach zu.«

Und wirklich, mit einem Mal regnet es Sterne. Hunderte kleine Feuer entzünden sich, sie bedecken den ganzen Himmel.

»Na, habe ich dir zu viel versprochen?«

»Das ist ja wie zu Neujahr«, sage ich erstaunt. »Unzählige Raketen feuern sich gegenseitig ab.«

»Die alten Griechen hatten dafür eine besondere Erklärung. Nachdem der Zeus-Sohn Perseus das vielköpfige Ungeheuer Medusa bezwungen hatte, bekam er als Lohn am Himmel einen Fixstern zugewiesen. Und aus Dank dafür lässt er in besonderen Nächten Sterne regnen. Das ist viel besser als jedes Feuerwerk.«

»Ja«, murmle ich, während weitere Sternschnuppen ihre Bahn über den Nachthimmel ziehen. »Ja, da hast du wohl recht.« Auf mich wirken die verglühenden Schnuppen jedoch wie Tränen, die ungehemmt strömen.

»Da«, ruft Paul aufgeregt, »da ist wieder eine! Die größte, die ich bisher gesehen habe.«

Wieder bedeckt er mein Gesicht mit Küssen, und es fühlt sich an, als regnete es jetzt wahrhaftig Sterne und Tränen vom Himmel.

»Wünsch dir etwas, und Perseus erfüllt es dir. Das ist seine Aufgabe.«

Umgehend schließe ich die Augen und gebe vor, angestrengt

nachzudenken. Ich werde mich allerdings hüten, einen Wunsch auszusprechen.

Gegenüber Perseus wäre es mir egal, aber Paul soll erst gar nicht in Versuchung geführt werden, mir einen weiteren Wunsch zu erfüllen.

Nur wenige Tage danach die nächste Überraschung.

Müde komme ich von einem sich auf einen Nachmittag beschränkenden externen Seminar, in dem die Digitalisierung von Büchern gelehrt wurde, und zucke zurück. Fast wäre mir der Wohnungsschlüssel aus den Fingern geglitten, denn Paul steht mitten in meinem Vorzimmer. Vom Licht der Tiffany-Lampe aus dem Wohnzimmer schräg angestrahlt, wirft er einen sehr langen Schatten. Ich kann seine Gesichtszüge nicht erkennen.

»Wie bist du hereingekommen?«

»Julia half mir. Sie ist ein Schatz.«

Hastig schlüpfe ich aus den Schuhen. Ich versuche mir meinen Unmut nicht anmerken zu lassen, aber ich möchte jetzt nichts lieber, als in meine blaue Strickjacke gekuschelt den Krimi zu genießen, den ich gerade lese und der mit jeder Seite spannender wird.

Julia muss ich dringend zur Rede stellen. Wie kommt sie dazu, meinen Schlüssel weiterzugeben? Nicht einmal Anne hat einen.

Als meine Schwester sich unlängst beschwerte, bei mir wie jeder Fremde an meiner Tür läuten zu müssen, machte ich einen Satz Schlüssel nach. Nur gab ich ein Duplikat dann nicht ihr, sondern meiner Kollegin, mit der ich mich im Moment besser verstehe.

Aus der Küche strömt Bratengeruch. Der Tisch ist gedeckt. Eine Vase mit roten Rosen steht neben dem Sektkühler. Die Gläser glänzen im Schein der Kerzen. Paul meint es gut, ich will ihm die Freude nicht verderben. Und überhaupt, er ist so ein Schatz. Auch wenn seine Aktionen ungewöhnlich erscheinen, mich hin und wieder sogar vor den Kopf stoßen, sind sie offensichtlich seiner großen Liebe zu mir geschuldet.

Mit einem Lächeln nehme ich das beschlagene Glas entgegen.

»Salute, Lili.«

»Womit verdiene ich dieses Festessen?«

Paul zieht mich an sich, und der Sekt schwappt an die Ränder des Glases. Ich lasse mich von seinen kräftigen Armen umfangen, schmiege mich an ihn. Er riecht so himmlisch gut.

»Dadurch, dass du *du* bist, und weil ich dein strahlendes Gesicht sehen will. Du arbeitest in letzter Zeit entschieden zu viel und siehst übermüdet und abgekämpft aus.«

Sogleich legt sich ein kleiner Schatten der Unzufriedenheit auf mich. Ich höre die unterschwellige Botschaft, dass er genug für uns beide verdient und ich bloß in die Bibliothek gehe, um meinem Hobby zu frönen, nicht gern. Diese konservative, vollkommen veraltete Mann-Seite an ihm gefällt mir nicht. Er weiß das auch, aber meistens lacht er meine Einwände einfach fröhlich weg. Schlimmer aber ist, dass Paul hinter meinem Rücken an meinem Arbeitsplatz war.

»Julia hätte nachfragen müssen, ob mir das überhaupt recht ist.«

»Hätte sie nicht, denn dann wäre ja die Überraschung verdorben. Sie denkt mit. Bevor ich es vergesse, ich soll dir ausrichten, dass deine Mutter in der Bibliothek angerufen hat, weil sie dich nicht erreichen konnte.«

Immer irritierter kontrolliere ich mein lautlos gestelltes Handy. Zwei Anrufe in Abwesenheit von meiner Mutter und einer von Julia.

Ich werde später zurückrufen.

»Deine Eltern möchten mich demnächst kennenlernen.«

Ich hatte mich gerade ein wenig beruhigt, doch jetzt lodert Zorn in mir hoch.

»Was? Julia hat mit meiner Mutter über dich und mich gesprochen? Und ein Treffen hat sie auch gleich angesetzt?«

Paul zuckt mit den Schultern, er lächelt unbeeindruckt.

Erst jetzt sehe ich, dass auf dem Tisch neben der Vase mit den schönen roten Rosen, zwischen den Tellern und Gläsern, ein in Seidenpapier gewickeltes Päckchen auf mich wartet. Als ich das Geschenk behutsam öffne, könnte ich vor Glück die Welt umarmen. Smaragde funkeln auf einem breiten mattgoldenen Ring.

»Der ist wunderschön«, flüstere ich und bemühe mich, den letzten Ärger hinunterzuschlucken.

»Ich habe versucht, deine blaugrüne Augenfarbe einzufangen. Und das ist mir gelungen.«

»Grün. Meine Augen sind grün.«

»Wie Smaragde eben.«

»Sind wir denn jetzt verlobt?«, frage ich zaghaft und schlucke am Kloß, der meine Stimme brüchig macht.

Paul nimmt meine Hand. »Das hoffe ich. Dies ist ein offizieller Heiratsantrag. Wenn du ihn ablehnst, gehe ich fort und komme nie wieder. Oder besser noch, ich sperre dich so lange im Badezimmer ein, bis du Ja sagst. Und wenn alles nichts hilft, hole ich mir Anne.«

Er lacht, als er mein Gesicht sieht. »Dummerchen, das war ein Scherz. Natürlich bleibe ich und hoffe inständig auf dein erlösendes Ja. Also tu es am besten gleich, bevor mein armes Herz bricht. So schnell wirst du mich nicht mehr los.«

Er streift den Ring über meinen Finger.

»Lili, wie ist deine Antwort?«

»Ja. Ich will.«

Ich habe Tränen in den Augen und bin benommen vor Glück. Er hat mir einen Antrag gemacht. Mein Herz klopft wild.

Paul nimmt mich in seine Arme und küsst mich stürmisch. »Du hast mich eben zum glücklichsten Mann der Welt gemacht.« Auch ihm stehen Tränen in den Augen. »Alles ist perfekt. Und der Ring sitzt wie angegossen. Eine eineiige Zwillingsschwester und eine aufmerksame Freundin sind nicht zu unterschätzende Vorteile.«

»Wie kommst du jetzt auf meine Schwester?« Ich kippe das Glas Sekt in mich hinein und lasse mich auf den Küchenstuhl fallen. Unmittelbar spüre ich die Wirkung des Alkohols.

»Was ist denn nun wieder falsch? Langsam habe ich den Eindruck, ich kann dir nichts recht machen. Ich nahm an, du und dein Zwilling wäret unzertrennlich und hättet in allem die gleiche Größe. Stimmt das etwa nicht? Keine Sorge, ich habe mich rückversichert. Julia konnte mir auf Anhieb deine Ringgröße verraten, sie kennt euch beide eben gut.«

»Julia? Und was hat dann Anne damit zu tun?« Ich verstehe nicht ganz.

»Gar nichts hat sie damit zu tun. Im Skiurlaub auf dem Berg musste sie mal ihre Ringe abnehmen, weil ihr die Finger eingefroren waren. Sie hat hübschen Schmuck, ich sah ihn mir an, und ich habe ein Auge für Größen. Eine Art mathematisches Gedächtnis. Julia bestätigte sie mir dann.« Er macht eine Pause und senkt seinen Blick. »Dachtest du, ich hätte mit Anne darüber gesprochen und sie zum Probieren mitgenommen?«

Paul beginnt spürbar sich zu ärgern. Der Smaragd funkelt im Kerzenlicht. Eine Weile sagt keiner von uns ein weiteres Wort. Um die Spannung zu mildern, schenke ich nach. Der Sekt perlt im Glas, und die Bläschen steigen beim Trinken in meine Nase.

Wir prosten uns zu, und ich merke, dass Paul noch etwas auf dem Herzen hat.

»Bevor ich den Braten tranchiere, möchte ich dir das hier geben.« Unsicher holt er ein Kuvert aus seiner Hosentasche und schiebt es mir zu.

Neugierig öffne ich den Umschlag. Ich ziehe zwei Theaterkarten hervor.

»Schwanensee. Das Ballett.«

Ich stehe nicht so auf klassischen Tanz, aber ich werde mich hüten, das jetzt zu sagen. Er ist immer so aufmerksam und um mich bemüht, bringt mir süße, kleine Geschenke mit, führt mich zum Essen aus. Unlängst lag der neueste Thriller meiner favorisierten Autorin auf meinem Nachtkästchen.

»Freust du dich? Es ist mein Lieblingsballett.«

»Großartig. Das wird ein berauschender Abend. Ich war schon eine Ewigkeit nicht mehr im Theater. Wann ist es so weit?«

»Schon morgen. Schön, dass wenigstens diese Überraschung gelungen ist.«

Zufrieden öffnet er das Backrohr.

»Morgen? Aber das geht nicht. Morgen treffe ich mich nach der Arbeit mit Julia, Anne, Carl und Leo. Das machen wir jeden ersten Donnerstag im Monat, es ist unsere halb private, sehr gemütliche Sitzung, die ich nicht versäumen will. Hat Julia dir davon nichts gesagt? Ihr habt doch über alles Mögliche gesprochen.« Das zu sagen, kann ich mir nicht verbeißen.

»Ich habe sie nicht gefragt.« Mit ausholenden Bewegungen schneidet Paul das Fleisch in Stücke und legt es neben dem Erbsenreis auf die Teller. Großzügig schüttet er Bratensaft darüber.

»Paul«, beginne ich, doch er wehrt mich mit einer mürrischen Geste ab. Trotzdem rede ich weiter. »Diese Abende mit den Kollegen sind mir wichtig. Wir besprechen Neuerscheinungen und alles Mögliche. Anne kommt mit, weil sie Teil der Gruppe ist, seit sie vor einiger Zeit mit Leo etwas am Laufen hatte, als der noch mit uns in der Bibliothek gearbeitet hat. Ich möchte auf alle Fälle hingehen. Kannst du nicht Karten für einen anderen Termin besorgen? Die Ballerinen tanzen doch sicher noch öfter.«

Paul zieht an seinem Bart, der im Kerzenlicht noch oranger wirkt als sonst. »Das könnte ich. Aber es sind Premierenkarten. Ich habe mich sehr bemüht, sie zu bekommen. Richte dich doch einmal nach mir, Lili. Ein einziges Mal wenigstens. Oder sind dir deine Freunde wichtiger als ich?«

Noch nie hat er mich so unter Druck gesetzt, und er gibt noch eines drauf: »Warst du auch mit diesem Leo zusammen? Weil du und Anne doch eineiige Zwillinge seid. Teilt ihr euch nicht alles?«

»Was redest du da?« Ich stehe so heftig auf, dass der Stuhl kippt. Paul fängt ihn gerade noch auf.

Es ist unser erster Streit. Neben Ärger spüre ich auch Traurigkeit. Paul beobachtet mich mit angestrengtem Gesichtsausdruck. In seiner Hand liegt mein Smartphone, mit einer auffordernden Geste streckt er es mir entgegen. »Tu es deinem Verlobten zuliebe. Erfülle mir bitte diesen einen Wunsch.«

Natürlich wähle ich Julias Nummer und sage unser Treffen

ab. Ich unterbreche die Verbindung, ohne ihre Antwort abzuwarten.

Paul steht mit einem rätselhaften Gesichtsausdruck in der Tür. Ist es Triumph, der sich auf seinen Zügen spiegelt?

Wieder einmal wünsche ich mir, in seinen unergründlichen Augen lesen zu können.

»Danke«, sagt er, »ich weiß das zu schätzen.«

Den restlichen Abend ist er rührend um mich besorgt.

Aber als ich am nächsten Morgen mit Julia spreche, komme ich aus dem Staunen nicht mehr heraus.

»Wie bitte? Ich habe Paul deinen Schlüssel doch nicht so ohne Weiteres herausgegeben. Wie kommst du bloß auf so eine absurde Idee? Er hat behauptet, du hättest dich ausgesperrt, und er sollte den Zweitschlüssel bei mir für dich abholen. Stimmt das etwa nicht?«

»Nein. Er hat einen Trick angewendet, um in meine Wohnung zu kommen.«

»Was hat er dort angestellt? Das klingt kriminell.«

»Er hat für mich gekocht, sonst nichts.«

Julia wirft mir einen merkwürdigen Blick zu, sagt aber nichts.

Ein wenig beruhige ich mich, doch ganz kann ich meinen Unmut nicht verbergen. »Meine Ringgröße hast du ihm auch bestätigt.«

»Ring? Lili, deine Mutter rief an, als Paul da war. Ich war ganz auf das Telefonat mit ihr konzentriert und fast schon unhöflich kurz angebunden zu ihm. Es war nie die Rede von einem Ring.«

»Er erzählt eine andere Geschichte.«

»Ja, Lili, wenn du das so siehst, musst du entscheiden, wem du glaubst.«

Unser restlicher Arbeitstag verläuft eisig.

Am Abend bemühe ich mich so gut es geht, mich zu entspannen und das Ballett zu genießen, aber das Gespräch mit Julia will mir nicht aus dem Kopf. Ich verstehe nicht, was das alles bedeutet. Und als ich in der Pause versuche, Paul darauf anzusprechen, wechselt er das Thema. Überhaupt scheint er durch die Musik in eine andere Welt geraten zu sein, und ich möchte ihm sein Vergnügen nicht nehmen.

Vor der Wohnung zieht er mir sanft, aber bestimmt den Schlüssel aus der Hand und sperrt auf.

Meinen schwachen Protest küsst er stürmisch weg.

Als wir uns in der Woche darauf mit meinen Eltern treffen, ist er die Liebenswürdigkeit in Person. Zu viert sitzen wir in einem Lokal und genießen ein köstliches Essen. Sowohl Mama als auch Papa sind von Pauls Charme beeindruckt, immer wieder drückt Mama strahlend meinen Arm, und Papa nickt dazu, als wäre er ein Segen spendender Patriarch. Der Abend verläuft so harmonisch, dass wir beschließen, im Sommer ein paar Tage gemeinsam Urlaub in Italien zu machen.

Auch Anne, auf Mamas Bitten hin von Papa telefonisch verständigt, soll sich uns anschließen.

Als Anne mir ein paar Tage später öffnet, starrt sie mich an. »Du? Warum hast du nicht angerufen?«

»Weil du mich dann nicht hättest treffen wollen.« Ich sage es angriffslustig, und an ihrem Blick erkenne ich, dass ich recht habe.

Sie nickt. »Komm herein.«

Kaum habe ich ihre Wohnung betreten, fährt sie mich an: »Du hast unser Bibliothekstreffen ausfallen lassen.«

»Ja.« Ich setze mich und versuche, nicht allzu schuldbewusst zu wirken.

Anne sieht blass aus. Sie ist ungewohnt schlampig gekleidet. Obwohl es erst Mittag ist, öffnet sie eine Flasche Wein. In einer Ecke stehen zwei leere Flaschen Prosecco. Sie bemerkt meinen Blick und macht eine wegwerfende Handbewegung. »Keine Angst. Die sind nicht von heute Vormittag.«

»Anne«, frage ich, »was ist los mit dir? Warum gehst du mir aus dem Weg? Warum magst du Paul nicht?«

»Zu viele Fragen auf einmal, Schwesterherz. Ich gehe dir nicht aus dem Weg. Und muss ich ihn mögen?«

»Nein. Aber es wäre praktischer.«

»Praktischer?« Anne streicht ihr Haar zurück. Sie lacht auf, gleichzeitig wirkt sie zornig.

Ich überlege nicht zum ersten Mal, wie man sich äußerlich so ähneln und doch so unterschiedlich empfinden und reagieren kann. Die Art zu denken, sich zu bewegen, sich zu verhalten. Macht sie diesen enormen Unterschied zwischen uns beiden aus?

»Lili, du hast dich verändert«, fährt Anne fort. »Schau, was ich neulich gefunden habe.« Sie schiebt ein abgegriffenes Fotoalbum über den Tisch. Ich klappe es auf und sehe uns als kleine Mädchen. Ich trage einen Gips.

»Der Fahrradunfall«, sage ich und erinnere mich, als wäre es gerade erst geschehen.

»Lili?« Anne rüttelt unsanft an meiner Schulter.

»Ich hatte die Geschichte mit meinem Beinbruch fast vergessen. Jetzt weiß ich wieder, woher ich meine Insektenphobie habe«, sage ich und klappe das Fotoalbum zu.

Anne kocht sehr gern und sehr gut. Sie hat Nudeln gemacht, und es ist ihr besonderes Sugo, das so köstlich schmeckt. Wir essen schweigend. Mit einem Mal greift sie nach meiner Hand. »Lili, auch wenn dir die Sache mit Paul ernst ist«, sie zeigt auf meinen Ring und sieht mich halb fragend an, »darfst du deine Kontakte nicht vernachlässigen. Nur weil man verliebt ist, heißt das doch nicht, sich auf eine einzige Person zu fokussieren.«

»Ja, Frau Doktor«, sage ich und proste ihr zu.

Anne ist unruhig. Sie sitzt mir gegenüber und zieht am Kragen ihres T-Shirts. Ich sehe, dass ihre Finger zittern. Der purpurfarbene Wein färbt ihre Lippen blutrot.

»Auch Julia findet es nicht okay. Sie sagt, du erzählst ihr nichts mehr und verbringst außerhalb der Bibliothek kaum noch Zeit mit ihr.«

»Julia soll sich zurückhalten. Sie hat eine Geschichte ganz anders dargestellt als Paul.«

»Du meinst Schlüssel und Ring? Ich kenne die Story, und mir scheint, Paul verdreht die Dinge gerne zu seinem Vorteil. Julia war jedenfalls ziemlich verstört, als sie mir davon erzählte.

Sie mag dich, das weißt du. Wo ist übrigens besagter Schlüssel jetzt?«

»Den hat Paul. Und das bleibt vorerst auch so.«

»Lili, nimm Vernunft an. Lass dir doch ein wenig mehr Zeit. Stürze dich nicht bedingungslos in diese Beziehung. Du kennst Paul doch gar nicht richtig.«

Obwohl Annes Stimmungen generell rasch wechseln, dominiert heute Rastlosigkeit. Sie schenkt sich ein weiteres Glas ein. Ihr Gesicht hat einen gequälten Ausdruck angenommen. Ganz offensichtlich hat sie etwas auf dem Herzen.

Ich warte einen Moment, will ihr Zeit geben.

»Anne«, sage ich schließlich mitfühlend, »was bedrückt dich?«

Kurz kommt es mir so vor, als wolle sie sich abwenden, dann aber sieht sie mich direkt an.

Ihre Stimme klingt hart. »Lili. Paul ist nicht der, für den du ihn hältst. Er ist ein Verbrecher.« Tief schöpft sie Atem. »Wir hatten eine Affäre. Und als ich sie beendete, hat er mir Gewalt angetan.«

Ich starre sie an. Lasse ihre Hand los, die kraftlos nach unten sinkt.

»Bist du betrunken? Oder drehst du jetzt völlig durch? Ein Verbrecher? Du redest von meinem Verlobten. Willst du mein Glück zerstören? Ich glaube dir kein Wort.« Ich schiebe den Stuhl zurück und stehe auf. »Eigentlich kam ich her, um mich mit dir auszusprechen, bevor wir alle gemeinsam ans Meer fahren. Aber so wird das nichts. Unsere Eltern mögen Paul. Nur du machst hier Probleme. Weil du ganz einfach eifersüchtig bist. Behalte deine schäbigen Lügen für dich.«

Kopfschüttelnd leert sie ihr Glas. »Lili«, sagt sie noch einmal, ohne mich anzusehen, und es klingt traurig.

»Du solltest die Finger vom Alkohol lassen und deine Phantasie unter Kontrolle bekommen, Anne. Stattdessen könntest du ein wenig mehr auf dein Äußeres achten«, setze ich rachsüchtig nach und bedaure meine Worte schon, als ich sie ausspreche.

Aber gesagt ist gesagt.

Die Tage sind wie im Flug vergangen, und jetzt genießen wir unseren Urlaub am Meer. Eine strahlende Spätsommersonne wärmt meine Augenlider. Ich habe tief und traumlos in Pauls Armen geschlafen.

»Du schnarchst.« Er lächelt mich verliebt an.

Ich schmiege mich an ihn, sein Bart kitzelt meine Wangen. Wir sind verlobt, und das macht mich glücklich.

Es ist noch zeitig am Morgen, und dieser Tag verspricht ein besonderer zu werden. Paul ist gut gelaunt. Ein leuchtend blauer Himmel ohne eine einzige Wolke spannt sich über die kleine italienische Stadt an der Adria.

Der Vorhang zittert im sanften Wind.

Es war meine Idee, schon einige Tage früher hierherzukommen. Ich wollte Paul den Ort, an dem Anne und ich viele Wochen unserer Ferien verbrachten, allein zeigen, in Ruhe in Erinnerungen schwelgen.

Vielleicht können wir dann im Herbst zu den Plätzen seiner Kindheit reisen. Wenn ich davon anfange, wehrt er allerdings ab. Er muss viel Leid erlebt haben und über einiges noch nicht hinweggekommen sein. Aber ich gebe die Hoffnung nicht auf, dass er sich mir gegenüber öffnen wird.

Die alte Pension, in der unsere Familie immer wohnte, gibt es noch, und nun liegen wir in einem jener engen Betten, die auch meine Schwester und ich uns schon geteilt haben.

Heute Abend sind wir mit Anne und unseren Eltern, die weniger sentimental, dafür aber mit mehr Komfort in einem besseren Hotel untergekommen sind, in einem der hübschen Restaurants im historischen Stadtzentrum zum Essen verabredet. Der Gedanke an Anne trübt meine Laune ein wenig, ich bin immer noch zornig wegen ihrer betrunkenen Lügerei. Ihre bösartigen Unterstellungen habe ich für mich behalten.

Paul brennt darauf, meine Familie wiederzusehen. Längst schon habe ich ihm seine kleinen Lügen von damals verziehen. Alle Spannungen und Unklarheiten zwischen uns sind verflogen.

Es sind herrliche Tage.

Auch gestern beim Spaziergang am Strand, nach einem Abendessen auf der Terrasse über dem Meer, war Paul bester Laune. Einmal bückte er sich und hob etwas auf.

»Schau, was das Meer für uns angespült hat.« Er drückte eine Muschel in Herzform, vom Sand gesäubert, in meine Hand. Seine Lippen waren nah an meinem Ohr und seine Worte nur für mich geflüstert. »Es ist das Symbol unserer Liebe.«

Aus der Küche der Pension dringt Kaffeeduft zu uns herauf ins Zimmer. Paul hält mich fest umschlungen. Das Klimpern des Bestecks und das Klappern der Teller und Tassen aus dem kleinen Speisesaal lässt mich an Frühstück denken. Mein Magen knurrt, und Paul lacht.

Mit großer Lust auf Toast, Cappuccino und frisch gepressten Orangensaft winde ich mich aus seinen Armen und stelle mich unter die Dusche. Nicht anders als in meiner Kindheit kommt der Wasserstrahl zuerst zögerlich, um sich gleich darauf mit voller Wucht zu entladen. Immer noch ist die Temperatur schwer zu regulieren, und so weiche ich, obwohl vorgewarnt, der Hitze zur Seite aus und stoße mit meinem Kopf gegen die Plexiglastür.

Paul eilt herbei, ganz Kavalier. »Herzchen, soll ich dir helfen?«

»Ja, ich brauche deine Hilfe.« Verträumt lächle ich und halte für ihn die Tür der Dusche auf.

Der Tag verläuft so schön, wie er begonnen hat, und wie die zuvor. Wir genießen am Meer die Sonne, die für die Jahreszeit noch erstaunlich heiß vom Himmel brennt. Ich lasse den Sand durch meine Finger rieseln und lausche dem sanften Plätschern der Wellen.

Mit jedem Cocktail aus der Strandbar werden die Geschichten, die ich aus meiner Kindheit und Jugend erzähle, farbenprächtiger. Paul kann gar nicht genug von den Zwillingsabenteuern bekommen, und auch er, der bisher kaum über seine Vergangenheit sprach, beginnt zu erzählen. Seine Eltern sind knapp hintereinander verstorben, als er noch ein Junge war. Auch die Großeltern waren nicht mehr am Leben. Ein Onkel, der Bruder seiner Mutter, verblieb ihm als einziger Verwandter und übernahm die Vormundschaft für den damals kaum Zwölfjährigen. Später vermachte er Paul sein nicht unbeträchtliches Vermögen. Das erklärt, warum Paul das Geld nie auszugehen scheint. Ich habe mich schon gewundert, wie er, obgleich Filialleiter eines großen Autohauses, über eine stets volle Geldtasche verfügen kann, aber er versichert mir, diesen Beruf eher als Hobby zu sehen denn als Notwendigkeit.

Den Spätnachmittag verbringen wir im Bett, und einmal mehr frage ich mich, wie viele Gesichter Paul mir noch zeigen wird. Neben mir liegt ein großzügiger, liebevoller, einfallsreicher, zärtlicher, fürsorglicher Mann, der übergangslos mürrische, mitunter kleinliche, eifersüchtige und besitzergreifende Züge aufweisen kann, sich nicht gern in die Karten schauen lässt und der heute einfach nur leidenschaftlich ist.

Sehr entspannt und guter Laune machen wir uns auf den Weg zu unserem Familientreffen. Schon von Weitem erkenne ich meine Schwester, die vor der Eingangstür des Restaurants steht und telefoniert.

Ich rufe, aber Anne verschwindet, ohne auf uns zu warten, im Lokal.

»Sie hat uns weder gesehen noch gehört«, versichere ich Paul, um jeden möglichen Anflug von Unmut im Keim zu ersticken, aber ich hätte mich nicht zu bemühen brauchen, denn er ist weiterhin guter Dinge.

»Klar doch, der Wind und das Möwengekreische verschlucken jedes andere Geräusch, sie konnte dich gar nicht verstehen.«

Hand in Hand betreten wir das Restaurant, an das sich viele schöne Kindheitserinnerungen knüpfen. Mein Vater lehnt an der Bar und reicht meiner Mutter ein Glas Rosé. Vor ihm steht ein frisch gezapfter Krug Bier. Er sieht müde aus und blass. Ich erschrecke, als ich wahrnehme, wie sehr er seit unserem letzten Treffen vor ein paar Wochen gealtert ist. Tiefe Falten haben sich in sein Gesicht eingekerbt. Meiner Mutter, wie immer leicht gebräunt und gut gelaunt, sehe ich die Jahre nicht an.

»Da sind sie«, höre ich Papas liebe Stimme sagen. Er schüttelt Paul freundschaftlich die Hand, mich nimmt er in die Arme. »Meine Kleine«, sagt er und klingt dabei atemlos.

»Papa, geht es dir gut? Alles in Ordnung mit dir?« Ich will nicht, dass ich besorgt rüberkomme, kann es aber nicht verhindern.

»Mir ist ein bisschen flau im Magen. Ist nicht der Rede wert.«

Meine Mutter, die ebenfalls zu uns getreten ist, ist anderer Meinung: »Das kommt davon, wenn man zu Mittag zu viele Muscheln in Weißweinsud verschlingt. Und das bei diesen sommerlichen Temperaturen. In Monaten ohne R sollte man überhaupt die Finger davon lassen.«

»Aber im September gibt's doch ein R«, wendet mein Vater hilflos ein.

»Mama, du erdrückst mich!« Wie es ihre Art ist, umklammert meine Mutter mich, bis ich nach Luft ringe.

»Hübsch siehst du aus.« Sie lächelt mich herzlich an. »Die Liebe scheint dich aufblühen zu lassen.«

»Heute war es wohl eher die Sonne, die deine Wangen zum Glühen gebracht hat«, mischt Anne sich mit einem unangenehmen Unterton ein, und Mama streift ihr begütigend über den Oberarm.

Überhaupt gibt meine Schwester sich distanziert, sieht mich aber bedeutungsvoll an.

Zuerst denke ich, sie beziehe sich auf das Gezanke unserer Eltern, und schüttle belustigt den Kopf, aber als sie leise »Bei dir alles in Ordnung?« fragt, spüre ich wieder dieses nicht benennbare Unbehagen, will es aber nicht zulassen. Nicht heute.

»Wieso nicht?«, gebe ich zurück und mustere sie.

Immer noch wirkt sie neben der Spur, und ich denke an die Weinflaschen in ihrer Küche.

»Wie dem auch sei, eine feine Farbe haben wir alle bekommen. Wisst ihr schon Genaueres über Datum und Ort der Hochzeit?« Papa blinzelt mir zu.

Am Tisch entwickelt sich bald ein lebhaftes Gespräch zwischen meinen Eltern, Paul und mir. Einzig Anne beteiligt sich kaum daran und starrt trübsinnig vor sich hin. Wieder trinkt sie zu viel Wein. Paul hatte mit seiner Vermutung, sie sei eifersüchtig, ins Schwarze getroffen. Wenn wir wieder zu Hause sind, müssen meine Schwester und ich uns dringend richtig aussprechen. Dass es das letzte Mal nicht geklappt hat, war wohl auch meine Schuld. Die zunehmende Entfernung zwischen uns tut mir weh.

Vater und Paul scheinen sich nach wie vor gut zu verstehen, aber meine Mutter verhält sich ein wenig anders als sonst, sie ist Paul gegenüber eine Spur zurückhaltender. Wenn sie glaubt, ich bemerke es nicht, wechselt sie mit meiner Schwester kurze Blicke. Immer wieder versucht sie, Anne ins Gespräch einzubeziehen, und irgendwann gibt meine Schwester ihre störrische Abwehrhaltung auf. Sie lacht sogar über Papas Späße. Pauls nicht minder witzige Antworten ignoriert sie jedoch weiterhin hartnäckig. Auch wenn mich ihr launisches Verhalten nervt, beginne ich mich langsam zu entspannen.

Nach Motorrädern und Skiabenteuern ist ein Gespräch über Segelboote im Gange, ich höre nur halb zu, bin in Gedanken bei Anne und ihren wechselhaften Stimmungen. Möglicherweise geht es ihr gar nicht um Paul, vielleicht hat sie Probleme im Job, und Mama weiß davon.

»Früher war doch alles besser, sogar das Holz der Schiffe«, sagt Paul eben schmunzelnd zu meinem Vater, verstummt jedoch mitten im nächsten Satz und erstarrt.

»Was ist? Hast du einen Geist gesehen?« Irritiert stelle ich mein Weinglas ab.

Aber da bückt sich Paul schon unter den Tisch und tastet hektisch nach seiner Serviette. Als er wieder auftaucht, ist das Rotbraun seines Bartes von seiner Gesichtsfarbe nicht mehr zu unterscheiden. Nervös tupft er über sein Kinn.

Annes Blicke durchforsten den Raum, als suche sie nach etwas, das Paul gesehen und erschreckt hat. Auch ich wundere mich, versuche aber, mir das nicht anmerken zu lassen. Meine Mutter zupft an ihrer Nagelhaut. Nur meinem Vater scheint die plötzliche Spannung nicht aufzufallen.

»Bei welcher Segelregatta war das?«, nimmt er das Gespräch wieder auf.

Paul hat sich offensichtlich gefangen und erzählt weiter von einem Erlebnis auf hoher See, das er bravourös gemeistert hat, und von anderen Begebenheiten, die ihm besonderes Geschick abverlangt hätten. Mein Vater ist sichtlich beeindruckt.

»Da bist du ja in den besten Händen«, sagt er an mich gerichtet, wird aber von einer sonoren Männerstimme unterbrochen.

»Hallo, David. Zuerst war ich mir wegen des Bartes nicht sicher. Aber du bist es wirklich! Wir haben uns eine Ewigkeit nicht gesehen. Na ja, kein Wunder, es waren harte Zeiten. Da hätte sich jeder zurückgezogen. Wie geht es dir jetzt?«

Wieder erstarrt Paul. Ein leichter Schweißfilm glänzt auf seiner Stirn. »David? Sie verwechseln mich.«

Der Mann in den engen Jeans und einem hellblauen, zu weit aufgeknöpften Hemd, der sich auf die Stuhllehne meiner Mutter stützt und ihr dabei seinen Atem in den Nacken bläst, schüttelt widerwillig den Kopf. »Unsinn. Ich bin es, Jochen. Jochen, dein alter Freund.«

Ein besonders aufdringlicher Kerl, denke ich, wie er da so nachdrücklich vorgebeugt an unserem Tisch steht und nicht einsehen will, dass er sich irrt.

»Was soll das Theater? Glaubst du, nur weil du dein Gesicht hinter einem albernen Vollbart versteckst, kannst du dich unsichtbar machen? Ich will dir doch nichts. Ist doch Schnee von gestern. Im Gegenteil, ich bin froh, dass du die schlimme Sache mit Linda unbeschadet überstanden hast.«

»Das ist eine Verwechslung. Mein Verlobter heißt Paul und nicht David«, erkläre ich.

»Lili, lass den Mann doch sprechen.« Anne umfasst mit ihrer Hand meinen Oberarm. »Ich will hören, was er zu sagen hat.«

Irre ich mich, oder genießt sie die Szene?

Unwillig schüttle ich ihren Klammergriff ab.

»Hören Sie auf damit!«, fahre ich den Fremden an. Mir ist heiß geworden, und das Blut rauscht in meinen Ohren.

»Schon gut, Lili. Lass nur. Ich komme mit dem aufsässigen

Kerl prima allein zurecht.« Paul kneift mir spielerisch in die Wange, dann steht er auf.

Schlagartig wirkt seine Größe bedrohlich.

»Ihnen«, wendet er sich scharf an den Mann, der unwillkürlich einen Schritt zurücktritt, »möchte ich dringend raten, sich augenblicklich dorthin zu verziehen, wo Sie hergekommen sind. Das hier ist ein Familientreffen. Sie stören. Haben Sie mich verstanden? Lassen Sie uns in Ruhe.«

Der Kerl verschwindet tatsächlich, doch um uns herum ist es still geworden. Mutter senkt verlegen den Kopf. Ihr ist es unangenehm, dass wir die Aufmerksamkeit der anderen Gäste auf uns ziehen.

Mit unverhohlener Neugier starrt Anne Paul ins Gesicht. Ganz offensichtlich will sie die Sache nicht auf sich beruhen lassen. Ihn jedoch scheint die Situation so mitzunehmen, dass er die Beherrschung verliert. »Was gaffst du?«, schnauzt er sie an. »Gefällt es dir, wenn hier einer den Clown macht? Bevor du dich übermäßig für das Leben der anderen interessierst, solltest du dein eigenes liederliches Dasein in den Griff bekommen und auch zur Abwechslung mal weniger trinken. Das täte uns allen gut.«

Es ist Mama, die die danach eintretende Stille durchbricht. »Ich verbitte mir diesen Ton, Paul. So spricht keiner mit uns.«

Damit stellt sie eines eindeutig klar: Es gibt für sie ein Wir und dazu den Rest der Welt. Paul gehört für sie ab jetzt ohne jede Frage zum Rest.

Wieder einmal sitze ich zwischen den Stühlen. Obwohl ich nicht verstehe, warum Paul sich über die Verwechslung so aufregt, und auch wenn ich seine Reaktion meiner Schwester gegenüber überzogen finde, bin ich auf seiner Seite. Anscheinend als Einzige.

Selbst Papa sieht Paul auf eine mir fremde Art an. Die tiefen Schatten unter seinen Augen machen mir Angst. Im künstlichen Licht des Lokals wirken seine Lippen bläulich verfärbt. Ich sehe, dass seine Hand zittert, als er das Bierglas zum Mund führt.

»Mama! Grenze meinen Verlobten nicht aus. Das steht dir

nicht zu. Und du, Anne, hör auf, Paul zu belauern und ständig alles, was er macht, in Frage zu stellen. Dann hat er auch keinen Grund, dich anzufahren.« Mein Ton ist scharf, und ich bin wütend wie selten auf meine Schwester.

Dann gibt Vater ein merkwürdiges Geräusch von sich. Es klingt wie das Hecheln eines Hundes.

Langsam, wie in Zeitlupe, kippt er vornüber auf den Tisch – und meine Welt teilt sich in ein Vorher und ein Nachher.

Greller Sonnenschein quält mich. Warum kann es an so einem schlimmen Tag nicht regnen? Müsste die Welt nicht in tosenden Fluten versinken?

Pauls Wohnung ist mein Fluchtpunkt. Mit Sack und Pack bin ich nach Papas Tod zu ihm gezogen. Pepsi, meine kleine Schildkröte, genießt in ihrem Terrarium die Luft auf dem breiten, hübsch bepflanzten Balkon.

Der Wasserstrahl aus der Dusche vermischt sich mit meinen Tränen. Ich schmecke Salz in meinem Mund.

»Lili! Schatz?« Paul klingt besorgt.

»Was?« Meine verheulte Stimme wird durch die Duschkabine gedämpft.

Er kommt ins Badezimmer. »Deine Schwester ist am Telefon. Aber wen wundert es, sie weigert sich, mit mir zu sprechen. Also musst du rangehen.«

Seufzend drossle ich das Wasser und öffne die Tür der Duschkabine.

Ungehalten streckt er mir mein Handy entgegen.

»Lili«, Annes Stimme klingt überlaut in meinem Ohr, »kannst du Mamas Trauerkleidung holen? Ich komme nicht mehr dazu. Um tausend Dinge muss ich mich gleichzeitig kümmern. Gerade bin ich auf dem Weg, Papas Cousine und seinen Jugendfreund vom Bahnhof ins Hotel zu bringen. Mir wächst das alles über den Kopf. Und Mama hängt wie ein Kleinkind an meinem Rockzipfel. Die Reinigung hat nur bis Mittag geöffnet. Beeile dich bitte.«

»Kein Problem, klar übernehme ich das.« Das schlechte Gewissen Anne und Mama gegenüber bohrt tief in mir. Natürlich frage ich mich, ob Papa seinen Herzinfarkt bekam, weil er sich über den Streit bei Tisch so aufregte, aber ihm ging es schon seit einiger Zeit nicht gut, wie wir von Mama erfahren haben. Sie erzählte uns, dass er bei seinem Hausarzt war, der zwar auf bestimmte Probleme mit seinem Herzen hinwies und ihm auch ein Medikament zur Regulierung seines erhöhten Blutdrucks verschrieb, aber weiter nichts unternahm. Papa schloss daraus, es sei alles in Ordnung.

Ich rubble meine Haut mit dem rauen Handtuch ab, bis sie feuerrot ist. Es kommt mir so vor, als könne ich durch den einen, den leichten Schmerz den anderen großen in mir betäuben.

»Paul«, bitte ich, »lass uns Mamas Zeug aus der Reinigung holen. Wir müssen uns etwas beeilen, die schließen in Kürze den Laden.«

»Kein Problem, natürlich. Wir nehmen das Auto. Ich wollte ohnehin einen Abstecher zum Baumarkt machen, der liegt auf dem Weg.«

Vor der Haustür schlägt mir die ungewöhnliche Septemberhitze entgegen. Für den heutigen Begräbnistag eine wahre Herausforderung. Fürsorglich wie er ist, hat Paul schon bevor ich einsteige die Klimaanlage aktiviert. Wäre ich nicht so traurig, könnte ich mich jetzt im wohltemperierten Wagen zurücklehnen, die Augen schließen und mir vorstellen, mit ihm hinaus ins Grüne zu fahren, um unsere Zweisamkeit zu genießen. Aber etwas liegt mir schwer im Magen.

»Paul«, beginne ich unbehaglich, »ich glaube, es ist besser, wenn ich allein zum Begräbnis gehe. Du weißt, dass Mama und Anne immer sehr emotional und oft auch irrational mit Situationen umgehen. Jetzt stehen die beiden kurz vor einem Nervenzusammenbruch. Wenn du einverstanden bist, treffen wir beide uns gleich danach. Liebling, ist das okay für dich?«

»Nein, ist es nicht!« Paul schreit die vier Worte.

Er verreißt das Lenkrad, fährt mit quietschenden Reifen in eine Nebenstraße und hält ruckartig an. Den Motor lässt er laufen.

»Paul … was?«, stammle ich und wende mich ihm zu.

Er ist kalkweiß unter seinem roten Bart.

Ich versuche, ihn zu beruhigen. »Es ist nicht böse gemeint. Ich finde es auch schwierig, allein zu Papas Begräbnis zu gehen, ohne dich an meiner Seite, aber ich will nicht, dass Mama und Anne sich heute noch mehr aufregen müssen. Das verstehst du doch? Und es ist meine Idee, nicht ihre. Das hätten sie nie von mir zu fordern gewagt.« Ich öffne das Fenster und atme tief durch.

»Aufregen? Wegen meiner Anwesenheit? Ich verstehe. Ihr drei Hexen wollt mich nicht dabeihaben. Ihr gebt mir die Schuld am Tod deines Vaters. Schlimm genug, dass Anne und deine Mutter so denken, aber jetzt auch du? Mit im Boot der Anklägerinnen? Das haut mich um. Ich bin fassungslos. Wie alt man auch wird, man lernt nie aus.« Seine Stimme klingt so scharf, als würde eine Schere ein Blatt Papier in zwei Hälften schneiden.

»Paul.« Mehr bringe ich nicht heraus, da ich nicht weiß, was ich sagen soll.

Ohne mich eines weiteren Blickes zu würdigen, fährt er los, die Geschwindigkeitsbegrenzung überschreitet er permanent. Er hält abrupt vor dem Baumarkt. »Du bleibst im Wagen, bis ich zurück bin.«

Ohne meine Antwort abzuwarten, wirft er die Tür zu und marschiert mit großen Schritten zum Eingang. Seinen Rücken hält er kerzengerade, der Kopf über dem breiten Nacken ist vorgestreckt wie bei einem angriffslustigen Stier.

Eingekeilt zwischen einem Lieferwagen und einem Kleinbus, lege ich meine Füße auf das Armaturenbrett und versuche mich zu entspannen. Pauls heftige Reaktion hat mich zutiefst erschreckt, ich bin kribbelig und durcheinander, doch all das ist nichts gegen die tiefe Verzweiflung über Papas Tod. Wie viel hatte ich ihm noch sagen wollen! Jetzt schon vermisse ich seine humorvolle Art, seine Fähigkeit, unter uns auszugleichen. Nie wieder werde ich seine Stimme hören, nie mehr die Falten auf seiner Stirn sehen, nie mehr sein Lächeln und die typische Bewegung, mit der er sich über die Nase strich. Wie unglücklich muss unsere Mutter erst sein.

Da Paul den Motor ausgeschaltet hat, funktioniert die Klimaanlage nicht und Hitze und Feuchtigkeit sammeln sich im Innenraum. Die Sonne knallt erbarmungslos auf die Frontscheibe. Ich spüre, wie mir der Schweiß über den Rücken läuft, und drücke auf den elektronischen Fensterheber. Nichts rührt sich.

Wo Paul nur so lange bleibt? Ich suche nach dem Handy in meiner Tasche, leere schließlich den Inhalt auf den Nebensitz und verzweifle. Ich war mir sicher es eingesteckt zu haben. Die Hitze, die sich in den letzten Minuten im Auto entwickelt hat, setzt mir immer mehr zu.

Vor mir liegt ein schmaler Grünstreifen, der die Parkinseln voneinander trennt. Ein zartes Bäumchen spendet etwas Schatten. Dort werde ich auf Paul warten. Ich muss hier raus.

Zu meinem Entsetzen lässt sich die Tür des Wagens nicht öffnen. Ich rüttle am Griff. Nichts.

Er hat mich eingesperrt. Dunkel erinnere ich mich an ein Klacken, als Paul den Wagen verließ.

Bleib ruhig, befehle ich mir.

Es muss eine Vorrichtung geben, um aus einem versperrten Auto zu entkommen, ich habe das mal irgendwo gelesen. Hektisch beginne ich, nach einem verborgenen Schalter zu suchen. Ich fühle mich geröstet, bin dehydriert, kann kaum mehr einen klaren Gedanken fassen. Fiebrig tasten meine Fingerkuppen über Erhebungen, drängen in Nischen, streichen die Verkleidung entlang.

Nichts.

Ich sitze fest. Angst in engen Räumen oder auf Plätzen war mir bisher fremd, aber jetzt wird mir die Luft knapp, und ich beginne zu hecheln.

Wie besessen rüttle ich am Türgriff.

Mein Herz rast, stolpert, setzt einen Schlag aus. Gleich muss ich sterben. Wie Papa.

Erschrocken sinke ich in mich zusammen. Bilder von im

Auto vergessenen Hunden und Katzen, die qualvoll in der Hitze verenden, tauchen vor meinem inneren Auge auf. Die Tiere werden zu Kleinkindern, gleich übergebe ich mich. Panik hält mich in ihren Krallen.

Obwohl ich gebannt durch die inzwischen gänzlich beschlagene Scheibe starre, sehe ich ihn nicht kommen.

Der Schwall Frischluft ist das Erste, das ich bewusst wahrnehme. Dann ist da Pauls seidenweiche Stimme.

»Tut mir leid, Lilimaus. Es hat eine Winzigkeit länger gedauert, als ich dachte.«

»Paul!«, schreie ich.

»Was ist denn, Schätzchen? Du zitterst ja, dabei ist es recht warm. Und dein Gesicht ist von Wimperntusche vollkommen verschmiert.«

»Du hast mich im Wagen eingeschlossen. Ich dachte, ich muss gleich sterben.«

»Es ist dir doch nichts geschehen.« Er mustert mich prüfend. »Lili, Schatz, du darfst bei Nebensächlichkeiten nicht in derartige Gefühlszustände geraten. Das tut dir nicht gut.«

Erst später fällt mir auf, dass von Paul kein Wort der Entschuldigung gekommen ist. Er erweckte den Eindruck, nichts mit meinem Eingesperrtsein zu tun gehabt zu haben, gerade so, als bildete ich mir das alles bloß ein.

Matt klebe ich mit dem durchgeschwitzten Shirt an meinem Sitz, lasse den Fahrtwind durch das weit geöffnete Fenster wehen und frage mich, was dieser schreckliche Tag noch bringen wird.

»Mamas Trauerkleidung.« Ich wende ihm erschrocken mein Gesicht zu. »Das Geschäft hat bereits geschlossen. Anne wird mich köpfen.«

Paul zieht die Brauen in die Höhe. »Soll ich dich wieder mal retten?« Er schüttelt den Kopf und beschleunigt. »Ihr alle drei braucht dringend jemanden, der den Überblick behält.«

Zum ersten Mal an diesem Tag habe ich Glück. Ein Mitarbeiter sperrt auf mein Bitten hin die Tür noch einmal auf und übergibt mir die in Plastik eingehüllte Kleidung meiner Mutter.

»Danke, dass du dich so beeilt hast.« Vor Erschöpfung ganz schwach, lehne ich mich an Paul. Er riecht so frisch, und ich kann meinen eigenen Schweißgeruch nicht mehr ertragen. Längst ist keine Rede mehr davon, dass er nicht mit zur Beerdigung soll.

Nachdem wir Mamas Sachen abgeliefert haben, wartet er geduldig, bis ich geduscht und gekämmt in meinem traurigsten Kleid vor ihm stehe. Anschließend zieht er sich für das Begräbnis um, dann fahren wir zum Friedhof.

»Wir sollten auch weiterhin zusammenwohnen, Lili. Ist doch alles viel einfacher so. Bei mir ist nicht genug Platz, aber deine Wohnung eignet sich hervorragend. Was meinst du?«

Ich murmle etwas Unbestimmtes, bin in Gedanken weit weg.

Später klammere ich mich wie eine Ertrinkende an Pauls Arm. Anne steht am Friedhofstor. Ich bemerke, dass sie das gleiche schwarze Kleid trägt wie ich. Ein weiterer Beweis für unsere Zwillingssymbiose.

»Anne«, sage ich schwach und umarme sie.

»Lili«, sagt sie und erwidert meine Umarmung.

Dann baut sich Paul vor ihr auf. »Heute bitte keine zusätzlichen Dramen. Hier geht es um einen tragischen Todesfall.«

Anne starrt ihn an, will etwas sagen, aber da hat Paul mich schon von ihr weg- und weitergezogen.

In der Zeremonienhalle heule ich wie ein Schlosshund und klammere mich abwechselnd an Mama und Anne.

»Wenigstens hatte Paul so viel Anstand, sich nicht zu uns, sondern in eine der hinteren Reihen zu setzen. Wohin er auch gehört«, zischt meine Schwester, als die Fürbitten gelesen werden.

Anne, Mama und ich führen den Trauerzug zum Grab an. Der da vorn in der Holzkiste ist Papa. Lautlos wiederhole ich den Satz, um mir zu vergegenwärtigen, was ich nicht fassen kann. Dann bleiben wir stehen, und die Leichenträger stellen den Sarg ab. Mama schnäuzt sich und drückt mir ihr feuchtes Taschentuch in die Hand. Annes Schuhabsatz bohrt ein Loch nach dem anderen in die Erde.

Ich sehe zu Paul. Er wirkt unbeeindruckt, so als ginge ihn das alles nichts an. Als sich unsere Blicke begegnen, verzieht sich sein Gesicht zu einem unbestimmten Lächeln.

Vor dem offenen Grab, in das wir unsere Rosen geworfen haben und an dem wir die Kondolenzbezeugungen entgegennehmen, sehne ich mich nach nichts mehr als nach Pauls starken Armen. Jeden Moment drohe ich umzukippen. Anne spürt meine Schwäche und hakt sich bei mir unter.

Als Paul sich uns nähert, merke ich, wie Annes Hand sich verkrampft. Er spricht uns allen dreien sein Beileid aus. Dann wendet er sich ab, bleibt noch einmal stehen und dreht sich um.

Laut, für alle hörbar, sagte er: »Jetzt, wo er tot ist, werdet ihr eine starke Hand brauchen. Ich stehe bereit.«

ANNE

Der Regen fällt beständig auf die Windschutzscheibe meines Cinquecentos. Es ist früher Morgen und noch dunkel. Im Autoinneren krampfe ich die Hände um das Lenkrad und lasse den Tränen freien Lauf.

Es sind Tränen des Kummers um den Verlust meines Vaters, aber auch Tränen der Wut.

Das Begräbnis war traurig, das Essen danach grauenvoll, wir vermieden tunlichst das Wort Leichenschmaus. Niemand brachte einen Bissen hinunter, regen Zuspruch fand nur der Wein.

Falsch.

Paul labte sich genussvoll an den belegten Brötchen.

Wie sehr Papa fehlt, wird mit jedem Tag klarer. Auch wenn unsere Mutter den lebhaften Teil unserer Eltern darstellt, der stabilisierende Faktor war unwidersprochen Papa. Er war in diesem Sinne auch mit Lili eng verbunden. Ich glaube, er hatte seit ihrer Geburt den Eindruck, sie wäre die Schwächere von uns Zwillingen. Mama hingegen vertraute eher mir ihre Sorgen an, wohl weil ich als die Starke in der Familie gelte.

Was zum Teufel fiel Paul ein, neben dem Grab diese Rede zu schwingen? Mama an meiner Seite verschlug es die Sprache, aber Lili, meine vor Liebe erblindete Schwester, himmelt das Monster weiterhin an.

»Jetzt, wo er tot ist, werdet ihr eine starke Hand brauchen. Ich stehe bereit.« Ich wiederhole seine Worte laut, und sie klingen ebenso bedrohlich wie beim Begräbnis vor wenigen Tagen. Ein Schauer läuft über meinen Rücken.

Das gab den Ausschlag. Wegen diesen Worten befinde ich mich jetzt auf einem Kurz-Trip nach la bella Italia.

Quasi in geheimer Mission.

Mir will nicht mehr aus dem Sinn, was dieser ominöse Jochen mit seiner Behauptung, Paul heiße in Wahrheit David, angedeutet hatte.

Und wer, zum Teufel, ist Linda?

Meinen Schwager in spe danach zu fragen, wäre wie in ein offenes Messer zu laufen. Er darf unter keinen Umständen mitbekommen, dass ich mich für seine Vergangenheit interessiere, denn mehr denn je bin ich überzeugt davon, dass Paul gefährlich ist.

Mit Mama hatte ich schon vor Papas plötzlichem Tod ein langes Gespräch. Ich versuchte sie auf einige von Pauls eigenartigen Verhaltensweisen aufmerksam zu machen, versuchte ihr zu vermitteln, dass er Lili gegenüber zu besitzergreifend auftritt, sie als sein Eigentum betrachtet und dunkle Seiten hat. Die Affäre habe ich ausgespart, womöglich hätte Mama mir ebensowenig geglaubt wie Lili. Seither aber sieht unsere Mutter ein weniger genauer hin, und die Szene auf dem Friedhof hat ihr zusätzlich zu denken gegeben. Über eine starke Hand, meinte sie, verfüge sie selbst.

Ich jedenfalls will Klarheit. Deswegen bin ich unterwegs zu dem kleinen Ferienort an der oberen Adria. Der Besitzer des hübschen Restaurants, in dem es passierte, ist mir seit der Kindheit bekannt. Zutiefst bestürzt über Papas Tod hatte er meine Tischreservierung für heute Mittag entgegengenommen.

Endlich kann ich die Autobahn verlassen und zockle nun auf der Landstraße hinter einer Kolonne von Lastkraftwagen her.

Kurz öffne ich die Fenster und lasse die regendurchtränkte Luft herein. Ich meine das Meer schon riechen zu können, aber es dauert noch eine Weile, bis mein Ziel vor mir auftaucht. Die Straßen sind von abweisend wirkenden Bettenburgen gesäumt, eine höher als die nächste. Von den kleinen, schmucken Häusern der Fischer sind kaum noch welche übrig geblieben.

Luigi Dutto heißt der Wirt, vor dessen Restaurant ich jetzt einparke, und als er mich das Lokal betreten sieht, eilt er auf mich zu und umarmt mich herzlich. Er ist ein fettleibiger Mann, dem die Zeit nicht gut mitgespielt hat. Früher war er fröhlich und sang uns Kindern italienische Volkslieder vor, aber nachdem seine Frau starb, hat er wohl begonnen, sich gehen zu lassen.

Vor sich hin murmelnd zeigt er mir meinen Tisch. Seine Hand zittert dabei unübersehbar.

»Dein Vater war jünger als ich. Unfassbar, was mit ihm passiert ist.«

Ich bestelle die Pasta des Hauses und entscheide mich gegen den Wein, eine Cola tut es auch, denn ich will heute noch zurückfahren, und meine Sinne müssen geschärft bleiben.

Während ich esse, sitzt der Patrone mir gegenüber und beobachtet mich.

»Es schmeckt dir doch?«, fragt er und setzt nach: »Deine Schwester und du, ihr wart immer ganz versessen auf dieses Gericht. Warum bist du ohne sie und ihren Verlobten gekommen? Wo ist deine bedauernswerte Mutter? Wie geht es ihr?«

»Signor Dutto«, sage ich und denke: So viele Fragen auf einmal, da fange ich am besten mit meiner eigenen an. »An dem Abend neulich kam ein Mann, ein Deutscher oder Österreicher namens Jochen, an unseren Tisch. Können Sie sich an ihn erinnern? Es war kurz bevor Papa …« Ich stocke und kämpfe mit den Tränen.

Er zögert, überlegt angestrengt. »Wir haben so viele Touristen zu Gast, dass ich mich beim besten Willen nicht an jeden erinnern kann.«

»Der Mann war auffällig.«

»Inwiefern auffällig?«

»Er war unangenehm, aufdringlich.«

»Das mag schon sein«, sagt er nachdenklich, »aber auch davon gibt es eine ganze Menge.«

»Nur redete dieser laut auf den Verlobten meiner Schwester ein, es gab einen kurzen Streit, und gleich danach starb mein Vater. Jemand muss sich daran erinnern. Wer hatte an dem Abend Dienst? Es war eine Frau, die uns bedient hat.«

»Vanessa«, sagt er nach einigem Zaudern. »Ja. Sie betreute euren Tisch.«

Ich blicke mich suchend im spärlich besetzten Restaurant um.

»Nein, sie arbeitet heute nicht, hat ihren freien Tag. Wir haben schon Nachsaison und leider nicht mehr allzu viele Gäste.«

Enttäuscht leere ich meine Cola.

»Aber Signorina Parker, weil Sie es sind und wegen der besonderen Umstände werde ich Vanessa anrufen. Sie wohnt in der Nähe und wird sicher gern herkommen.«

Nicht lange nach dem Telefonat steht sie vor mir, eine mittelgroße junge Frau, etwa in meinem Alter, mit schwarzen kinnlangen Locken, und ich erinnere mich wieder an ihr erschrockenes Gesicht. Sie war es, die den Krankenwagen gerufen hatte.

Auch sie erkennt mich sofort.

»Es tut mir so leid«, sagt sie und setzt sich neben mich auf die Holzbank.

»Mein Vater war krank, ohne dass er oder wir davon wussten«, erkläre ich, denn sie sieht mich so ängstlich an, als befürchte sie, ich könnte sie für Papas Tod verantwortlich machen.

Sie nickt. »Signor Dutto meinte, ich könnte Ihnen helfen?«

»Mich interessiert der Mann, der kurz zuvor an unseren Tisch kam. Wissen Sie, wen ich meine?«

»Ja, selbstverständlich.«

Mir wird heiß. Aufmerksam sehe ich sie an und bitte sie, fortzufahren.

»Nun, er war allein hier. Er kam zum wiederholten Mal und machte stets den Eindruck, als würde er auf jemanden warten. Er sah sich immer genau um. Als die Ambulanz eintraf, zahlte er und ging. Danach habe ich ihn nicht mehr wiedergesehen.«

»Wissen Sie, wo er wohnte?«

»Nein, aber er wollte von mir wissen, wo Sie abgestiegen sind.«

»Ich?« Ich sehe sie überrascht an, und sie winkt ab.

»Nein, er meinte wohl Ihre Schwester und deren Verlobten.«

»Und?«

»Ich konnte ihm keine Auskunft geben, hätte es auch nicht getan. Mir ist meine Arbeit hier wichtig, und über Gäste zu tratschen ist nicht so mein Ding.«

Schade, denke ich, denn mir hätte es vermutlich etwas gebracht. »Falls der Mann, Jochen heißt er, noch mal hier auftauchen sollte, geben Sie ihm bitte die hier.« Ich reiche ihr meine Visitenkarte und bedanke mich.

Als ich zahlen will, umarmt Signor Dutto mich fest und schüttelt den Kopf. »Die Hochzeit habt ihr wegen des Todesfalls wohl aufschieben müssen?«

»Ja, das haben wir«, sage ich leise und versuche mir meine Erleichterung darüber nicht anmerken zu lassen.

Unter Tränen gebe ich auch ihm meine Karte und verspreche, Mama, Lili und Paul von ihm zu grüßen.

Doch nichts dergleichen werde ich tun.

Aus einer Eingebung heraus steuere ich die Pension an, in der wir früher immer gewohnt haben. Das Besitzerehepaar erkennt mich ebenfalls sofort, und nach den obligatorischen Beileidsbeteuerungen fragen sie mich, ob ich ein Zimmer bräuchte.

Es riecht nach gebratenen Eiern mit Speck, wohl immer noch vom Frühstück, und Übelkeit steigt in mir hoch. Ich habe die Pasta schlecht vertragen, aber das liegt mehr am Ort als am Gericht. Matt schüttele ich den Kopf und erkundige mich, ob jemand nach uns gefragt hat.

Kaum habe ich fertiggesprochen, breche ich in Tränen aus. Ich kann nicht mehr aufhören zu weinen, mein Körper zuckt unter dem seelischen Schmerz.

»Lassen Sie den Kummer raus, Anne.« Die Signora reicht mir ein Taschentuch.

Irgendwann versiegen die Tränen, und ich entschuldige mich, dann wiederhole ich meine Frage.

»Es war tatsächlich jemand hier«, antwortet die Signora nachdenklich, und ich setze mich aufrecht hin. »Es war nach dem Tod Ihres Vaters.«

»Wie lange, nachdem meine Schwester und ihr Verlobter abgereist waren?«

»Ein, zwei Tage danach. Es ging dabei um nichts Weltbewegendes, eigentlich um gar nichts. Der Mann stellte sich als ehemaliger guter Freund des Verlobten Ihrer Zwillingsschwester vor, der den Kontakt verloren habe, und fragte, wann und wo er zu erreichen wäre. Joachim Gruber, das war sein Name.«

»Jochen Gruber?«, frage ich aufgeregt nach.

Sie überlegt. »Ja, richtig. Jochen, nicht Joachim, aber der Nachname stimmt.«

»Haben Sie eine Adresse von ihm oder eine Handynummer?«, frage ich voller Hoffnung, aber sie verneint bedauernd.

»Er war betrunken, etwas zu fordernd, und wir waren froh, als er wieder ging. Natürlich gaben wir keine Angaben zu Ihrem Schwager heraus, schon wegen des Datenschutzes.«

Ich überlege kurz. »Ich wüsste gern, in welchem Hotel Herr Gruber abgestiegen ist. Können Sie bei Ihren Kollegen herumfragen? Es wäre sehr wichtig.«

Nach längerem Bedenken und ein wenig Überredungskunst meinerseits verspricht sie es mir, und nachdem ich ihr meine an Gruber zu übermittelnden Kontaktdaten ausgehändigt habe, verabschieden wir uns. Ich hoffe, sie macht es wirklich.

Vielleicht verrenne ich mich, aber ich möchte den Kerl unbedingt finden.

Dieser Jochen Gruber war überzeugt, einen Mann namens David vor sich zu haben – so überzeugt, dass er nicht nur im Restaurant darauf beharrte, sondern auch noch Tage danach Nachforschungen über uns anstellte. Was bedeutet, dass Paul seine Identität gewechselt haben muss. Wenn das stimmt, und ich glaube immer mehr daran, muss ich wissen, weshalb.

Ohne einen letzten Blick auf das aufgewühlte Meer zu werfen, setze ich mich in den Wagen, aber als ich starten will, klingelt mein Handy. Es ist eine mir unbekannte Nummer, und ich hebe neugierig ab.

»Anne Parker?«, fragt eine raue Stimme.

Bevor ich antworten kann, stellt der Fremde sich vor. »Jochen Gruber. Sie haben nach mir gesucht?«

Mein Herz beginnt wild zu klopfen. »Vielen Dank, dass Sie mich kontaktieren«, stammle ich, überrascht, wie schnell das ging. Schon die erste oder zweite Unterkunft, an die sich unsere einstige Vermieterin wandte, um sich nach Gruber zu erkundigen, muss die richtige gewesen sein. »Wir sind uns vor wenigen Wochen in Italien in einem Restaurant begegnet, ich war mit meiner Familie dort, und Sie kamen an unseren Tisch. Es geht um meinen zukünftigen Schwager.«

»Ich erinnere mich. Hören Sie, es ist auch mir ein Anliegen, über David zu reden, allerdings nicht am Telefon. Können wir uns treffen? Ich bin nächsten Monat geschäftlich auf Reisen.«

Ich unterbreche ihn, frage rasch, wohin er fährt, und nenne ihm meinen Wohnort.

»Dann bin ich ja ohnehin in Ihrer Nähe.«

Obwohl ich nichts lieber möchte, als sofort alles zu erfahren, beschließe ich, auf seinen Vorschlag einzugehen. Wir vereinbaren, dass er zu mir kommt, und ich bitte um Diskretion. Nichts möchte ich weniger, als dass mich irgendjemand mit Jochen Gruber in der Öffentlichkeit sieht.

Lange Zeit noch starre ich wie benommen durch die Scheibe und kämpfe mich dann durch den unvermindert heftig strömenden Regen nach Hause.

Tage vergehen, Tage, an denen nichts mehr ist, wie es war. Nur langsam kehrt so etwas wie Alltag zurück in mein Leben. Paul und ich haben uns in langen Gesprächen gefunden, ich sehe ein, überempfindlich zu reagieren, und er sieht ein, dass seine Botschaften oft nicht so ankommen, wie sie gemeint sind, aber trotz gutem Willen bleibt er für Mama und Anne ein Fremdkörper. Ich vermisse meinen Vater.

Und dann, eines Freitags, das erste Mal seit Papas Tod, wache ich gut gelaunt auf. Vor mir liegt ein langes Wochenende. Julia und ich fahren am Mittag, gleich nach der Arbeit, bis Sonntagabend in eine Therme. Nichts als Baden, Sich-massieren-Lassen, Spazierengehen, Faulenzen, Essen, Weintrinken und Quatschen steht auf dem Programm. Bei meinem Versicherungsanbieter gibt es erfreulicherweise die Möglichkeit, innerhalb bestimmter Intervalle zwei Ausruhtage in einem Wellness-Hotel zu buchen.

Einmal nahm ich Harry, meinen Exfreund, mit, sonst war immer Anne meine Begleiterin. Diesmal will ich mit Julia fahren. Es ist eine Gelegenheit, in unsere alte Freundschaft zurückzufinden, und ich möchte mir eine kurze Auszeit von der traurigen und anstrengenden Realität gönnen. Denn bei Anne, Mama und leider auch bei Paul, der meint, meine Interessen vertreten zu müssen, gibt es nur noch ein Thema: Vaters Erbe. Ich kann da nicht mitmachen, bei mir steht der Kummer um Papas Tod im Vordergrund.

Julias schwer verliebte Geschichten aus der Welt, in der sie mit ihrem neuen Freund lebt, nachdem Carl endlich den ersten Schritt gewagt hat, werden mich hoffentlich ablenken.

Als ich geduscht in die Küche komme, sitzt Paul schon vor einer Kanne Kaffee.

Übermütig streiche ich ihm über die bärtige Wange. »Du hast heute einen freien Tag, Paul. Den sollst du genießen. Deswegen wollte ich dich so lange wie möglich schlafen lassen und erst zum Verabschieden wecken.«

»Das macht doch nichts, Schatz. Allein der Wille zählt. Ich dachte, ich bereite uns schon mal das Frühstück zu. So kommst du wenigstens diesmal rechtzeitig zur Arbeit. Kleines, hast du schon deinen Koffer gepackt?«

»Klar doch. Fix und fertig. Sogar an den neuen Bikini habe ich gedacht.«

Nach der zweiten Tasse Kaffee sieht Paul mich von der Seite an. »Das wird wohl ein richtiges Schlemmerwochenende, was?« Vergnügt kneift er mir in das kleine Speckröllchen um meine Hüfte.

»Wir werden schwimmen und wandern und natürlich auch gut essen.« Ich bemühe mich, ungerührt zu bleiben. Diskussionen über mein Körpergewicht hatten wir in letzter Zeit zur Genüge. Außer nervtötendem Streit bringen sie nichts. Immer wieder zieht Paul mich zuerst mit meinen überschüssigen Kilos auf, um sich dann in das Thema Kalorien regelrecht hineinzusteigern.

Um ihn abzulenken, hole ich meine Schildkröte aus ihrem Terrarium. »Du kümmerst dich doch um sie?«

»Hast du etwas anderes erwartet? Pepsi und ich werden es uns vor dem Fernseher gemütlich machen. Beeil dich, du kommst sonst doch noch zu spät. Julia muss die Güte in Person sein. Ich hätte dir schon längst den Marsch geblasen.« Er schaut ungeduldig auf die Küchenuhr.

Ich übergehe seine untergründige Anspielung, dass Julia meine Vorgesetzte sei, und sage bloß leichthin: »Julia verspätet sich auch manchmal. Über so etwas regen wir zwei uns nicht auf.«

»Ja, du und Julia vielleicht nicht, aber eure Kunden wahrscheinlich. Wer sperrt dann auf, wenn keine von euch da ist?«

Ich habe inzwischen gelernt, mich mit Antworten zurückzuhalten, wenn Paul in dieser Stimmung ist. Nicht immer gelingt es mir.

Im Gehen werfe ich mir meine violette Kapuzenjacke über und ziehe den Trolley hinter mir her. Die ungleich schwenkenden Räder klappern über den Fußboden. Ich bin wirklich ein wenig spät dran, aber ich werde mich hüten, Paul zu sagen, dass die Bibliothek in so einem Fall eben geschlossen bleibt.

»Ciao, bis Sonntagabend!«, rufe ich.

Dieses Wellness-Wochenende lasse ich mir auf keinen Fall verderben, schon gar nicht durch kleinlichen Streit. Seinen Abschiedsgruß höre ich nicht mehr.

Vor der Haustür empfangen mich strahlendes Herbstwetter und blank geputzte Gehsteige. In der Nacht haben Wind und Regen die Arbeit der Straßenkehrer erledigt.

Mein in die Jahre gekommener Cinquecento ist vollgetankt. Anne und ich haben unsere Autos damals gleichzeitig gekauft. Ich mag meinen Wagen und gebe ihn nicht her, auch wenn Paul meint, wir hätten mit seinem genug.

Eilig lege ich den Trolley auf die Rückbank. Der große Umzugswagen, der mich unerbittlich eingeparkt hat, stellt kein Hindernis dar, denn der freundliche Fahrer reagiert sofort auf mein Hupen. Beschwingt gebe ich Gas.

Unser Thermenaufenthalt aber wird zur Enttäuschung. Julia wurde gestern von Carl versetzt und überlegt nun ernsthaft, ob sie ihm den Laufpass oder lieber eine zweite Chance geben soll. Die Diskussion darüber stimmt mich nachdenklich. Ich lasse meine Beziehung zu Paul Revue passieren. Was unter dem Strich herauskommt, bereitet mir Kopfzerbrechen.

Es ist viel passiert dieses Jahr, speziell in der Zeit nach Papas Tod. Paul ist mitunter launisch und ungerecht, auch mäkelt er zunehmend an mir herum. Ich muss mich anstrengen, es ihm recht zu machen, leider neige ich dazu, allzu schnell eingeschnappt zu reagieren. Doch in meiner inneren Plus-minus-Liste überwiegen immer noch Pauls positive Eigenschaften, unabhängig davon, dass Anne ihn überhaupt nicht mehr ausstehen kann und sich seit einer Weile in dunklen Verdächtigungen über sein Vorleben ergeht. Und dann auch noch diese Geschichte mit der Affäre. Ich kann immer noch nicht verstehen, wie sie sich zu so einer Lüge hat hinreißen lassen können. Nun, die Beziehung zu meiner Schwester ist eine ganz eigene Sache. Damit möchte ich mich im Moment nicht befassen.

»Findest du nicht auch«, frage ich Julia, die neben mir im Liegestuhl lehnt, »dass Liebe in erster Linie mit biochemischen Reaktionen zu tun hat und weniger mit den Charaktereigenschaften des jeweiligen Partners?«

Julia wendet mir abrupt den Kopf zu. »So wie du das sagst, klingt das reichlich desillusioniert, Lili. Stimmt denn etwas nicht bei euch?«

»Wie kommst du darauf? Das wollte ich damit sicher nicht andeuten. Natürlich stimmt alles.« Ich klinge gereizter als ich bin und bemerke, dass ich etwas zu verteidigen oder zu verleugnen beginne, von dem ich nicht mal weiß, worum es sich konkret handelt.

»Weil du selbst damit angefangen hast. Lili, du bist meine beste Freundin, deshalb möchte ich etwas mit dir besprechen. Deine Schwester hat mich vor Kurzem um ein Treffen gebeten.«

»Womit soll ich angefangen haben? Und weshalb hast du dich mit Anne getroffen?« Mit einem Mal schlägt die Gereiztheit in Zorn um.

»Sie macht sich Sorgen um dich. Anne findet, dass Paul ein böses Spiel mit dir treibt, dich viel zu sehr dominiert. Und dass du, Lili«, sie legt die Hand auf meine Schulter und schaut mich ernst an, »seinen Fehlern gegenüber blind bist. Du bist verliebt bis über beide Ohren und bemerkst daher nicht, was er mit dir anstellt. Sie hält ihn für einen Psycho. Und du hast eben selbst durchblicken lassen, dass dich etwas bedrückt.«

»Wie bitte?«

»Lili, hör mir einfach nur zu.«

»Nein, das werde ich sicher nicht.« Wütend schüttle ich ihre Hand ab. »Als Nächstes erzählst du mir vielleicht noch, dass Paul dich oder Anne bedroht hat.«

»Weil du das jetzt erwähnst …« Julia wendet den Blick ab, und plötzlich quält der Chlorgeruch des Hallenbades meine Schleimhäute, Tränen steigen mir in die Augen. »Irgendwie geht es schon in diese Richtung.«

»Was?« Jetzt schreie ich, und einige Köpfe drehen sich in unsere Richtung.

»Ich wollte es dir nicht sagen, aber nachdem ich mich mit Anne getroffen habe und wir uns austauschen konnten, bleibt mir nichts anderes übrig.« Julias Stimme klingt gedämpft. »Vor Kurzem kam Paul in die Bibliothek und fragte nach dir. Ich dachte, er wüsste, dass du freigenommen hattest. Nicht zum ersten Mal tauchte er übrigens genau dann auf, wenn du fort warst. Jedenfalls gab er sich erstaunt, aber ich nahm ihm dieses Erstaunen nicht ab.«

»Warum nicht? Was soll denn daran seltsam sein?«

»Lili, Paul war in der Bibliothek, weil er mich instruieren wollte.«

»Instruieren?« Ich schüttle ungläubig den Kopf. »Das musst du mir näher erklären.«

Julia seufzt. Ich merke, wie unangenehm ihr dieses Gespräch ist, aber jetzt will ich Klarheit und fordere sie auf, weiterzusprechen.

Stockend fährt sie fort. »Er fragte, was du mir so alles über eure Beziehung erzählst, und wollte wissen, ob Anne und ich miteinander über euch und überhaupt so reden. Aber jetzt kommt das Ärgste, er wollte mir den Umgang mit deiner Schwester verbieten und warnte mich davor, ihr zu glauben, egal was. Sie sei eine üble Lügnerin, meinte er. Als ich fragte, was das alles solle und was er konkret meine, zeigte er mir die Faust und verschwand.«

Entgeistert starre ich Julia an. »So verhält Paul sich nicht. Das ist einfach nicht seine Art.«

»Lili, wie gesagt, ich wollte es für mich behalten. Aber dann, nach dem Gespräch mit Anne …« Sie wirft mir einen verstörten Blick zu, so als wäre sie zu weit gegangen.

Ich mache eine heftige Handbewegung und streife dabei ihren Oberarm. »Sorry. Das wollte ich nicht«, sage ich und bücke mich, um das heruntergefallene Handtuch aufzuheben. Sie soll nicht sehen, dass mein Gesicht vor Ärger rot angelaufen ist.

»Ist schon gut«, erwidert Julia sanft.

»Nichts ist gut. Also, was ist mit Anne?«

An den aufmerksamen Blicken der anderen Badegäste erkenne ich, dass meine Stimme wieder zu laut geworden ist.

»Sei bitte nicht böse auf mich und auch nicht auf Anne. Paul hat deine Schwester ebenfalls bedroht. Ganz konkret. Er warf ihr vor, dich gegen ihn aufzuhetzen, und verlangte, dass sie den Kontakt zu dir komplett abbrechen solle, ansonsten würde er sie beruflich vernichten.« Julia schnauft durch, als bekäme sie gleich einen Asthmaanfall.

Ich schaue sie ungläubig an. »Da muss sie etwas falsch verstanden haben. Paul will einfach ungestört von ihren grundlosen Verdächtigungen mit mir leben.«

»Lili, hör bitte zu. Anne hat mir ihr Herz ausgeschüttet, und ich glaube ihr jedes Wort. Da gibt es vielleicht noch mehr. Du solltest dich dringend mit ihr aussprechen.«

»Was soll das, Julia? Was deutest du da an?« Ich atme die chlorhaltige Luft des Schwimmbades tief ein und huste. Meine Nase rinnt. »Wenn es so war, wie Anne es dir erzählt hat, warum ist sie dann nicht direkt zu mir gekommen? Und warum äußert sie das erst jetzt? Sie ist meine Schwester. Das ergibt einfach keinen Sinn.« Ich drossle meine Lautstärke und versuche, mich zu beherrschen.

»Anne wollte meinen Rat. Niemand will dich verletzen, Lili. Aber was Paul betrifft, bist du völlig uneinsichtig. Anne meinte, sie habe es ja schon versucht, aber du glaubtest ihr nicht, wenn sie wieder mit dir darüber redet, würde eure Beziehung nur zusätzlich belastet. Trotzdem, einschüchtern lassen will sie sich von ihm natürlich auch nicht.«

»Julia, willst du einen Keil zwischen Paul und mich treiben? Wenn ja, kann ich dir versichern, dass es dir nicht gelingen wird. Sicher hat Anne dich dazu angestiftet. Nur frage ich mich, was du davon hast? Bei meiner Schwester ist klar, was los ist. Sie geht so weit, Geschichten über ihn zu erfinden. Anne ist extrem eifersüchtig. Sie lässt kein gutes Haar an Paul. Und weißt du, woran das liegt? Nein? Er hat mich, stell dir vor, mich, die Langweilige, ihr, der Sprühenden, vorgezogen. Sie hasst ihn deshalb und spricht ständig schlecht über ihn. So schaut es in Wirklichkeit aus. Julia, du bist auf meine Schwester reingefallen und siehst Paul nun mit ihren Augen.«

Ich stehe auf, versuche, Haltung zu bewahren, schlinge das Handtuch um meine Schultern und verlasse das Hallenbad.

Julia kommt mir nicht nach.

Am liebsten würde ich sofort abreisen. Ich bin so enttäuscht, dass es wehtut, fühle mich hintergangen, von Anne und jetzt auch von Julia.

Was haben sich die beiden dabei bloß gedacht?

Beim Abendessen schauen wir erfolgreich aneinander vorbei. Ein kurzes Gespräch über Bibliotheksangelegenheiten flammt auf, verglüht aber, kaum dass es begonnen hat.

Anders als zuvor trinken wir nach dem Essen keinen Cocktail an der Bar, sondern gehen gleich zu Bett. Ich gebe vor zu schlafen, wälze mich aber unruhig von einer Seite zur anderen. Julia scheint es ähnlich zu gehen. Irgendwann döst sie ein und fängt im Traum an zu reden. Ich verstehe nicht, was sie sagt, aber es klingt aufgeregt, atemlos.

Wir hatten ursprünglich vor, den Sonntag in der Therme ausklingen zu lassen, doch nach dem Frühstück, das ich kaum hinunterbringe, ist uns beiden klar, dass wir nichts als nach Hause wollen.

Als ich Julia vor ihrer Wohnungstür absetze, beteuert sie, mich nicht verletzen zu wollen, aber beide wissen wir, dass in unserer Freundschaft etwas kaputtgegangen ist.

Den Tränen nahe, schließe ich die Tür zu meinem Apartment auf. »Ahh«, entfährt es mir. Ich muss stehen bleiben und klammere mich an den Türrahmen, denn ich erkenne meine Wohnung nicht wieder. Krampfhaft beginne ich zu blinzeln, als könnte ich damit ein anderes Bild erzeugen.

»Schatz, du bist früher zurück, als ich dachte.« Paul lehnt entspannt im seidenen Morgenmantel an meiner Küchentheke, in der Hand eine Sektflöte.

»Was ist passiert?« Ungläubig starre ich die Einrichtung an, immer noch im Türstock stehend. Ich wage mich keinen Schritt weg von hier.

Das ist nicht meine vertraute Umgebung, ich scheine versehentlich in Pauls Wohnung gelandet zu sein.

»Na, Liebling, ist die Überraschung gelungen?«

Überall dort, wo Farbe war, beherrscht nun kühles Schwarz-Weiß den Raum. Pauls wuchtiger Schreibtisch prangt anstelle meines zierlichen Sekretärs vor dem Fenster. Die Landschaftsbilder, die ich über die Jahre auf unterschiedlichen Flohmärkten erstanden habe, wurden durch abstrakte Gemälde ersetzt, und die alte Bodenvase meiner Großmutter ist verschwunden.

»Paul.« Mehr bringe ich nicht hervor.

Benommen schiebe ich den Trolley in die Küche und gieße mir ein Glas Wasser ein. Pauls Kristallschwenker funkelt mir entgegen. Als ich einen Schluck nehme, zittern meine Finger so sehr, dass mir das Glas entgleitet. Es gibt ein hohes Klirren, als es in unzählige Scherben zerbricht.

»Lili, war das nötig?« Paul zieht eine Augenbraue in die Höhe und reicht mir den Champagner. »Wir haben etwas zu feiern. Endlich wohnen wir zusammen. Aber zuerst machst du sauber.«

Mein Kopf dröhnt. Ich kann es nicht fassen.

»Wo«, ich sinke auf einen Stuhl, denn ich bekomme kaum Luft, und eine schreckliche Ahnung überfällt mich, »wo ist Pepsi?«

»Was ist denn mit dir los?« Paul holt kopfschüttelnd das Terrarium aus dem Schlafzimmer, hebt die Schildkröte vorsichtig heraus und setzt sie auf meinen Handteller. Zärtlich sieht er sie an. Ihr kleiner Kopf zuckt ruckartig vor und zurück. »Ja, glaubst du, nur weil ich deine Abwesenheit genutzt habe, ein wenig Ordnung zu machen und endlich hier einzuziehen«, er schlingt den Arm um mich und küsst mich, »nur weil ich einige deiner überflüssigen Dinge der Wohlfahrt gespendet habe«, er küsst mich erneut, »würde ich deine Schildkröte mit entsorgen? Hältst du mich für ein Monster?«

ANNE

In letzter Zeit schlafe ich kaum. Meine Träume sind düster, gespickt mit Erinnerungen und Szenen, die sich in verstörenden Bilderfolgen abwechseln. Immer geht es um Tod. In vielen Sequenzen sterben wir alle, meine Schwester, Papa, Mama und ich. Im schlimmsten Alptraum bisher steht Paul lächelnd vor unseren offenen Gräbern.

Müde sehe ich, wie sich die Morgensonne in der Scheibe meines Küchenfensters spiegelt. Diese scheinbare Normalität steht in krassem Widerspruch zu der Unruhe, die mich erfasst hat. Aber mein Befinden ist nicht allein der Trauer, auch nicht dem Schlafmangel geschuldet, nein, heute erwarte ich Besuch.

Das Schrillen der Türglocke geht mir durch Mark und Bein. Einen Augenblick lang überlege ich, nicht zu reagieren, unwissend zu bleiben, aber der Versuch einer Vogel-Strauß-Politik wird sofort durch meine Neugier erstickt.

Ich öffne die Tür.

Vor mir steht, die Schirmmütze tief in die Stirn gezogen, ein Mann, der mir vage bekannt vorkommt.

»Frau Parker?« Er klingt nervös, zieht die Mütze vom Kopf und knetet sie kräftig durch.

»Jochen Gruber? Ich habe Sie erwartet«, entgegne ich freundlich. »Bitte kommen Sie herein.«

Er folgt mir in die Wohnung, und ich lasse ihn in der Küche Platz nehmen.

»Möchten Sie Kaffee? Ich selbst brauche jetzt einen starken Espresso.«

»Danke. Mein Beileid. Ich hörte vom Tod Ihres Vaters.« Er zieht seine Bomberjacke aus und hängt sie über die Lehne des Stuhls. Die ersten beiden Knöpfe seines Hemdes sind offen, auf seiner behaarten Brust glitzert ein goldenes Kettchen. Vielleicht ist er Zuhälter, denke ich und ärgere mich über den kurzen Heiterkeitsschub, der mich erfassen will.

»Sie sind also der Mann, der Paul mit jemandem verwechselt hat«, sage ich und stelle Tassen zwischen uns.

»Sozusagen. Aber da liegt ein Missverständnis vor, ich habe ihn nämlich nicht verwechselt. Es *war* David. Beziehungsweise Paul ist David.«

Ich bin kein bisschen verwundert. »Lili, meine Zwillingsschwester ...«, beginne ich, aber er unterbricht mich.

»Ihre Schwester befindet sich vielleicht in Gefahr.«

»Sie machen mir Angst. Warum soll Lili in Gefahr sein? Worum geht es konkret?«

»Alles der Reihe nach. Ihre Schwester ist noch immer die Verlobte von David? Oder sind die beiden bereits verheiratet?«

»Von Paul«, korrigiere ich automatisch, »und nein, sind sie nicht. Aufgeschoben wegen des Trauerjahres, aber was ändert das?«

»Es ist vielleicht besser so.« Gruber schaut mich mitfühlend an. »David war immer verschlossen, ein wenig neben der Spur. Trotzdem waren wir befreundet, wir teilten die Leidenschaft fürs Motorradfahren. Als Kind lebte er bei seinen Großeltern, und die Verhältnisse dort müssen schlimm gewesen sein. Damals kannte ich ihn noch nicht, aber man hörte so einiges, im Dorf wurde viel getratscht. Seine Mutter soll drogensüchtig gewesen sein.«

»Seltsam«, werfe ich ein, »Lili hat er von einem Onkel erzählt, der ihn aufzog.«

»Aus Amerika?« Gruber lacht, und ich meine Alkohol in seinem Atem zu riechen. »Es war David wohl unangenehm, die Wahrheit zu sagen«, fährt er fort. »Wie gesagt, es war keine schöne Zeit für ihn. Er versteckte sich nach dem tödlichen Unfall seines Großvaters im Haus der Großeltern und wurde irgendwann völlig verwahrlost aufgefunden. Damals war er noch ein Junge. Er kam für einige Zeit in die Jugendpsychiatrie und danach in eine betreute Wohngemeinschaft. Man suchte eine Lehrstelle für ihn, und dort lernten wir uns dann kennen. Durch mich hat er Linda getroffen.«

»Linda? Das Mädchen, das Sie in Italien erwähnt haben? Was ist mit ihr geschehen?«

Er zögert. »Sie hat Selbstmord begangen.«

Ich räuspere mich und bitte ihn, fortzufahren.

»Linda und David wurden ein Paar. Sie war seine große Liebe. Unzertrennlich waren die beiden, aber ihre Eltern mochten David nicht, dennoch zog er bei Linda ein. Irgendwann hatten sie einen Unfall mit Davids Motorrad, und Linda musste lange ins Krankenhaus. Das hat ihre Beziehung zerstört. David aber konnte die Trennung nicht verkraften und stellte ihr nach, wollte sie überzeugen, zu ihm zurückzukommen, und irgendwie gelang ihm das auch. Doch es war wohl nicht mehr so wie früher. Einmal traf ich sie zufällig auf der Straße, und sie kam mir verändert vor.«

»Inwiefern verändert?«

»Nun, früher war sie ein fröhliches Mädchen, ein richtiger Sonnenschein, wenn Sie verstehen, was ich meine. Sie freute sich über alles, vor allem aber darauf, bald an die Uni zu gehen. So kannten wir sie. Bei unserem Wiedersehen aber wirkte sie ängstlich, immer wieder blickte sie über ihre Schulter, sie kaute an ihren Nägeln und war unglaublich nervös. Nach dem Motorradunfall leide sie unter Angstzuständen und Depressionen, erklärte sie mir, sie müsse Tabletten einnehmen. Vielleicht lag es ja daran. Eine gemeinsame Freundin erzählte mir ein paar Wochen darauf, dass es Linda wieder besser gehe, dass sie eine Therapie angefangen und sich endgültig von David getrennt habe. Aber da hatte sie sich wohl getäuscht. Denn Linda schnitt sich kurz darauf die Pulsadern auf.«

»Das arme Mädchen.«

»Sie hatte getrunken, das könnte eine schwere Depression verursacht haben. Anscheinend nahm sie immer noch Beruhigungsmittel gegen die Ängste. Und die vertragen sich nun mal nicht mit Alkohol.«

Ich schnappe nach Luft. »Hat Paul … äh … David sie gefunden?«

»Nein. Er hatte keinen Schlüssel mehr zur Wohnung. Lindas Eltern waren für ein paar Tage verreist, sie entdeckten das Unglück bei ihrer Rückkehr. David erfuhr davon angeblich erst tags darauf am Arbeitsplatz und brach völlig zusammen. Er wurde erneut in die Psychiatrie gebracht, zog sich völlig zurück, und auch unser Kontakt brach endgültig ab.«

»Angeblich?«, frage ich nach. »Wie meinen Sie das?«

»Nun, Lindas Vater hetzte David damals die Polizei auf den Hals. Er behauptete, Linda habe Angst vor David gehabt, seit sie unwiderruflich mit ihm gebrochen hatte. Und er verdächtigte David, während der Abwesenheit der Eltern in ihre Wohnung eingedrungen zu sein und Linda umgebracht zu haben. Davon ließ der Vater nicht ab. Er steigerte sich regelrecht in diesen Verdacht hinein. Es gab jedoch keinen eindeutigen Hinweis auf Fremdverschulden.«

»Sie glauben dennoch, dass der Vater recht hatte. Warum sonst soll meine Schwester in Gefahr sein? Das sagten Sie doch eingangs.«

»Hören Sie, ich will niemanden fälschlich beschuldigen, und tatsächlich mache mir darüber erst Gedanken, seit David mich in Italien partout nicht wiedererkennen wollte. Aber Tatsache ist, dass auch als sein Großvater starb, im Dorf gemunkelt wurde, er könne schon vorher durchgedreht sein und womöglich nachgeholfen haben. Dass er in seiner Jugend psychische Probleme hatte, lässt sich nicht leugnen. David hat auf Linda damals unglaublichen Druck ausgeübt, heute würde man sagen, er hat sie gestalkt, und auch wenn er sie nicht eigenhändig ermordet hat, so könnte er sie mit seiner Besessenheit durchaus in den Selbstmord getrieben haben.«

Ich nicke. Pauls Verbissenheit unter der dünnen Schale des Weltmännischen ist mir nur zu gut bekannt.

»Eines jedenfalls steht fest«, sagt Gruber abschließend, »nach seinem zweiten Krankenhausaufenthalt verschwand er, ohne ein Wort. Wie ich mittlerweile weiß, änderte er zu diesem Zeitpunkt auch seinen Namen.«

»Nun«, sage ich matt, »Paul scheint nicht nur zwei Namen zu haben, er trägt auch zwei Gesichter.«

Gruber reibt sich nachdenklich das Kinn. »Es wird das Vernünftigste sein, wenn Sie Ihre Schwester warnen.«

»Das ist nicht so einfach. Sie ist, was ihren Verlobten betrifft, nicht bei Sinnen. Aber ich danke Ihnen für Ihre Offenheit.«

Ich begleite Gruber zur Tür. Längst habe ich erkannt: Mein Schweigen hilft Lili nicht. Zu reden aber würde sich nur wieder als wirkungslos erweisen. Ich muss handeln.

Ich muss uns beschützen, meine Schwester und mich.

LILI

Paul ist also bei mir eingezogen, und tatsächlich bringt der Umzug Vorteile. Wir kommen uns nicht nur räumlich näher, auch unser Verhältnis wird dadurch inniger.

Kopfzerbrechen bereitet mir bloß, wie ich es Anne und Mama beibringen soll.

Andererseits, was rege ich mich auf?

Hätte ich es Julia anvertraut, wüsste meine oberschlaue Schwester längst davon und hätte vermutlich eine weitere Lüge parat. Ein Grund mehr, den Mund zu halten. Die diffusen Andeutungen und das Getuschel hinter meinem Rücken behagen mir nicht. Entscheidungen, wem ich was sage und wann, möchte ich selbst treffen.

Inzwischen hat der Oktober die Landschaft bunt gefärbt, Novemberstürme ziehen über die Stadt und spiegeln in all ihrer Widersprüchlichkeit meine Stimmung. Mal lässt ein sanfter Wind Blätter durch die Luft tanzen, dann reißt er heftig die Kastanien in ihren stacheligen Hüllen von den Bäumen.

Für Anne und mich war diese Jahreszeit immer die aufregendste. Die Schule hatte wieder begonnen, es war für uns wie ein neuer Lebensabschnitt. Zeit, die Bleistifte frisch zu spitzen. Zeit, ein unbeschriebenes Blatt im neuen Heft aufzuschlagen. Zeit, bunte Stricksocken anzuziehen.

Ach, Anne.

Sobald sie mich am Telefon erreicht, gebe ich vor, keine Zeit für ein Treffen zu haben, sosehr sie mich auch drängt. Natürlich fällt mir das schwer, und ich vermisse sie, trotz des Zornes, den ich empfinde.

Mama hingegen ruft selten bei mir an, sie könnte ja an Paul geraten, der sehr schnell den Hörer abnimmt. Wenn ich mich bei ihr melde, ist sie reserviert. Ein vorwurfsvoller Unterton, den sie nie konkretisiert, bestimmt seit einiger Zeit unsere Gespräche. Es macht mir zu schaffen, aber ich kann es nicht ändern.

Julia begegne ich gezwungenermaßen fast täglich in der Bibliothek, aber über Berufliches hinaus gibt es zwischen uns keinen Gesprächsstoff. Und wenn sie mich auf diese bestimmte Art ansieht, die mir signalisiert, dass sie mit mir reden will, blocke ich ab. Ebenso ließ ich den monatlichen Stammtisch mit den Kollegen diesmal freiwillig aus, obwohl Paul mich mehrmals ermutigte, hinzugehen.

Heute wird er spät heimkommen, seine Firma feiert ein Jubiläum. Ich habe mir freigenommen und möchte die Zeit zum Aufräumen nutzen. Diesmal werde *ich* Paul eine Überraschung bereiten und seine letzten noch verbliebenen Umzugskisten auspacken.

Zuerst beginne ich, Platz in der Wohnung zu schaffen.

Zwei Stunden später schmerzt mein Rücken, aber die Betten sind frisch mit seiner schwarz-weißen Wäsche bezogen, die Gläser umsortiert, zwei Kartons bereits fortgeschafft und ihr Inhalt in Schrank und Kommode verstaut. In der Besenkammer habe ich drei meiner alten Landschaftsmalereien gefunden, die ich jetzt ausgelassen gegen drei seiner abstrakten Bilder austausche.

Zufrieden beschließe ich, mir etwas vom Inder zu gönnen. Die Wartezeit fülle ich, indem ich den Inhalt der letzten Kiste auf den Wohnzimmerboden kippe.

Alles Mögliche fällt heraus. Eingeknickte Fahnenwimpel, eine rostige Fahrradklingel, das vergilbte Foto einer kleinen Katze, ein eingerissener hellblauer Seidenschal, ein verbeulter Motorradhelm, alte Zeitschriften und eine Wollmütze. Das meiste davon hätte ich nicht aufgehoben, aber die Sachen scheinen Paul etwas zu bedeuten. Als ich die verfilzte Mütze aufhebe, fällt ein einzelner, auffällig geformter Schlüssel heraus. Stirnrunzelnd hebe ich ihn auf, er kommt mir bekannt vor.

Der Zustelldienst vom Inder läutet, und ich schiebe den Palak Paneer ins vorgewärmte Backrohr. Der Geruch von Kreuzkümmel und frischem Koriander breitet sich in der Küche aus.

Nachdenklich betrachte ich den gefundenen Schlüssel in meiner Hand. Sollte Paul vergessen haben, ihn bei der Auflösung seiner Wohnung zurückzugeben, könnte das teuer werden. Ich beschließe, ihm etwas Gutes zu tun und bei seinem ehemaligen Vermieter vorbeizuschauen.

Gleich nach dem Essen, das mir heute nicht so gut schmeckt wie sonst, fahre ich mit dem Rad zu Pauls alter Wohnung. Der Besitzer lebt praktischerweise im selben Haus. Als er jedoch auch nach mehrmaligem Klingeln nicht öffnet, drehe ich zögernd den Schlüssel im Schloss des wuchtigen Tors, und schon befinde ich mich im kühlen Flur. Ein Nachmieter wurde offensichtlich noch nicht gefunden, denn sowohl am Postkasten als auch auf dem Klingelschild an der Wohnung steht immer noch Pauls Name.

Ich möchte mich noch einmal umsehen, immerhin habe ich hier glückliche Stunden verlebt. Fast komme ich mir vor wie ein Spion, als ich die Wohnungstür aufsperre – und erschrocken zurückpralle.

Was ich sehe, lässt mich an meinem Verstand zweifeln.

Ich blicke auf meine eigenen Möbel.

Mir ist kotzübel, und mehr als alles andere bin ich zornig. Empört fahre ich nach Hause. Schlagartig sehe ich Paul mit den Augen von Julia, mit denen meiner Schwester und meiner Mutter. Unversehens erkenne ich sein manipulatives Verhalten, die Lügen, erblicke das Besitzergreifende, das so viel von seiner Person ausmacht und so wenig von mir zurücklässt.

Das Schlimmste aber ist: Ich beginne, seine Liebe zu hinterfragen.

»Lilimaus. Schatz?« Paul klingt müde, als er am späten Abend die Tür zu meiner Wohnung aufschließt. »Lust auf Pizza?«

»Pizza?«, knurre ich.

Er bemerkt meine Stimmung nicht. »Chinesisch wäre auch in Ordnung, obwohl, in letzter Zeit reagiere ich auf Glutamat nicht allzu gut.«

Als ich darauf nicht antworte, lächelt er und setzt, ohne mich anzusehen, nach: »Alles klar, verstehe. Ich rufe beim Inder an. Da hast du dich wieder mal raffiniert durchgesetzt. Also Palak Paneer für dich?«

In diesem Moment explodiere ich.

Meine Hand fegt über den Tisch, ein Becher geht zu Bruch. Zornig starre ich auf die Scherben, zerfetze wütend eine Papierserviette.

Paul wirft mir einen erstaunten Blick zu. »Oder diesmal lieber kein Palak Paneer?«

Ich bekomme kaum Luft. Erbost springe ich hoch und stürme ins Vorzimmer. Paul folgt mir. Hektisch durchwühle ich die Taschen meiner Jacke nach dem Schlüssel, und als ich das Ding in die Finger bekomme, knalle ich es ihm vor die Füße. Der Schlüssel springt klappernd über den Boden.

»Paul, zufällig finde ich dies beim Saubermachen. Was, glaubst du, denke ich mir dabei?« Meine Stimme klingt schrill.

»Über einen harmlosen Schlüssel regst du dich auf? Was ist der wahre Grund für deinen Tobsuchtsanfall?« Er zögert und sieht mich mit einem unverschämten Grinsen abschätzig an. »Bist du mal wieder prämenstruell?«

Ich muss den Anschein erwecken, mich auf ihn stürzen zu wollen, denn er hebt abwehrend die Hände. »Nicht so wild, kleine Raubkatze.«

Immer noch ist da dieses überhebliche Grinsen auf seinem Gesicht.

»Paul«, ich versuche mich zu beruhigen, »warum hast du mich angelogen?«

»Angelogen? Wovon redest du?«

»Ich spreche von meinen angeblich wertlosen Möbeln, die du bei deinem Umzug der Wohlfahrt geschenkt haben willst. Das jedenfalls hast du mir gesagt!« Ich kann nicht anders, ich schreie ihn an.

»Reg dich ab. Das Zeug war völlig hinüber.«

»Wenn alles so unnütz war, warum hast du die Möbel dann in deine alte Wohnung gebracht?« Erschöpft lehne ich mich an die Vorzimmerwand. Das Küchenlicht fällt direkt in Pauls Gesicht.

»Du warst dort?«

»Ja!« Ich recke ihm mein Kinn entgegen. »Ja! Ich wollte deinem Vermieter den Schlüssel zurückgeben, damit du keine Scherereien bekommst.«

Paul wird blass. Auf seiner Stirn perlt Schweiß. Seine Hand umklammert den Türgriff so fest, dass die Fingerknöchel weiß hervortreten.

»Lili, diesen Vertrauensbruch hätte ich dir nicht zugetraut, aber ich bin gutgläubig. Das war schon immer meine große Schwäche.«

»Gutgläubig nennst du das? Gutgläubig?« Wieder überschlägt sich meine Stimme. »Du hast mich hintergangen und belogen, sicherlich nicht nur in dieser Hinsicht. Gutgläubig, das war höchstens ich. Aber ich war es zum letzten Mal.«

Ich gehe an ihm vorbei ins Wohnzimmer. Als ich ihn hinter mir höre, drehe ich mich um. Sein Gesicht ist so dicht vor meinem, dass ich seinen Atem riechen kann. Er hat Bier getrunken.

»Warum, glaubst du, bewahre ich dein Zeug in meiner Wohnung auf?«, fragt er siegessicher.

»Um es zu verkaufen.«

»Schlaues Mädchen. Und warum, glaubst du, verkaufe ich dein Zeug? Um mich an deinem Ramsch zu bereichern? Nein, Lili. Wer will unbedingt auf Kreuzfahrt gehen? Du. Und ich wollte dich damit überraschen. Überraschen wollte ich dich, Lili, hast du verstanden?«

Wann habe ich jemals eine Kreuzfahrt erwähnt?

Die Worte dröhnen in meinen Ohren und verhindern jeden klaren Gedanken. Dann steht auf einmal alles gestochen scharf vor meinen Augen. Und sammelt sich in einem einzigen Wort.

»Überraschung! Damit ist jetzt ein für alle Mal Schluss.«

Verständnislos starrt er mich an. »Du bist undankbar, Kleines.«

Ich schiebe ihn beiseite und marschiere an ihm vorbei in die Küche. So viel Mut hatte ich nie zuvor. Paul wirkt ebenfalls überrascht.

»Das mit der Kreuzfahrt nehme ich dir nicht ab. So ein Schiff kann mir gestohlen bleiben.«

»Wie bitte? Ich habe mich wohl verhört?«

Die Öl- und Essigflaschen klirren im Schrank, als ich den Pastis heraushole. Zornig gieße ich etwas davon in ein Glas und fülle es mit Wasser auf. Ich verfolge, wie sich die Flüssigkeit trübt. Dann nehme ich einen großen Schluck.

»Paul, damit das klar ist, ich hasse deine Überraschungen.«

»Damit das klar ist, Lili«, äfft er mich nach, »Alkohol war noch nie eine Lösung.«

»Du hast mich so oft erschreckt, überrascht, überrumpelt. Ohne dein manipulatives Verhalten wärst du jetzt gar nicht hier. In meiner Wohnung. Das hast du gekonnt eingefädelt und vieles andere auch. Spare dir die Antwort. Es ist mir gleichgültig, was du darauf erwiderst.«

Paul versucht mir das Glas aus der Hand zu nehmen. »Du scheinst genug zu haben.«

Wütend erobere ich es zurück und nehme einen weiteren Schluck. »Noch lange nicht. Ich fange gerade erst an.«

»Lili! Lass es gut sein.«

Aber ich will nicht aufhören.

»Jetzt hörst du mir zu, verstanden? Mich und meine Schwester auf dem Heimweg vom Ausflug zu Tode zu erschrecken, einfach aus Jux, um Anne eine Abreibung zu verpassen, damit fing es an. Wenn dir etwas gegen den Strich geht, rächst du dich. Du hast mich im Auto eingesperrt. Aus Zorn, weil ich nicht wollte, dass du zu Papas Begräbnis mitkommst. Und dann dein ewiges Misstrauen wegen meines Erbes, als wenn Mama und Anne mir etwas vorenthalten würden, das mir zusteht. Immer nur Unklarheiten, Zweideutigkeiten, alles muss nach deinem Kopf gehen und immer wieder deine eigenartigen Überraschungen.«

»Was ist denn auf einmal in dich gefahren?«, unterbricht er mich, doch ich rede weiter.

»Als Nächstes setzt du Julia und Anne unter Druck, willst, dass sie nicht miteinander reden und zu mir den Kontakt abbrechen. Drohst ihnen.«

»Was redest du da?«

»Hinzu kommen deine fortwährenden Erwähnungen meines Gewichts, meines Aussehens und meiner Art zu denken. Nichts als Verachtung liegt darin. Das habe ich jetzt erkannt.«

»Lilimaus. Nun mach aber einen Punkt. Du gehst entschieden zu weit.«

»Viel zu lange bin ich hinter dir hergehechelt. Überleg doch selbst, wie du mich die ganze Zeit über behandelst.«

»Lili, Schatz. Bitte beruhige dich.« Paul geht zur Spüle und trinkt Wasser direkt aus dem Hahn. Mit dem Handrücken wischt er sich über den Mund und stäubt die Tröpfchen von seinem Bart.

»Zufall oder nicht«, schreie ich ihn an, »immer passiert etwas, wenn ich mit dir zusammen bin. Du bist berechnend. Hinter allem steckt Kalkül. Irgendetwas stimmt nicht mit dir. Anne hat recht, wenn sie dich einen Psychopathen nennt.«

Ich muss innehalten, um durchzuatmen.

»Du bist schon ganz heiser vom Schreien, und allmählich reicht es mir. Du schluckst und schluckst, und dann explodierst du. Ist das etwa nicht gestört? Du glaubst allen anderen mehr als mir. Warum hast du bisher nie ein Wort darüber verloren, wenn dich das alles so beschäftigt? Mit mir geredet?«

Wütend schiebe ich meine ins Gesicht hängenden Haarsträhnen zur Seite. »Weil ich nicht erkennen konnte, was dahintersteckt. Nicht einmal, als du während meiner Abwesenheit aus meiner Wohnung deine Wohnung gemacht hast. Doch heute hat es mir endgültig die Sprache verschlagen.«

»Na, dafür hast du aber genug geplappert. Und du widersprichst dir ständig, Kleines.« Ironisch streicht er über seinen Bart. »So, nun sollten wir schlafen gehen. Ich muss morgen früh raus.«

»Oh nein! Ich bin noch nicht fertig. Und wenn ich alles gesagt habe, was ich sagen muss, dann sehen wir uns eine Weile nicht. Ich brauche Abstand.«

Vor Aufregung verschlucke ich mich und beginne zu husten.

Paul klopft zweimal hart auf meinen Rücken. So hart, dass ich gegen den Kühlschrank stoße.

Erschrocken starre ich ihn an.

Er starrt zurück. »Abstand? Das, meine Liebe, wirst du bereuen. Glaub nicht, dass du mich verlassen kannst. Wo du auch hingehst, ich finde dich. Und jetzt hältst du besser deinen Mund. Sonst …«

Er steht auf, wirft mir einen rätselhaften Blick zu und verlässt mit schweren Schritten die Küche.

Übelkeit überkommt mich, und ich stürze ins Bad. Aus Angst sperre ich mich ein und kauere an der Wand. Ich fühle mich schwach, wie nach einer anstrengenden Klettertour. Im Schlafzimmer zieht Paul Lade um Lade auf, ich lausche dem Rumoren, bis nichts mehr zu hören ist. Nach einer Weile öffne ich vorsichtig die Tür.

Paul liegt auf der Wohnzimmercouch und sieht fern.

Leise gehe ich ins Schlafzimmer, packe eine kleine Reisetasche und rufe ein Taxi.

Während ich warte, hole ich Pepsi aus dem Terrarium und setze mich auf mein Bett. Meine Finger beben, als ich die Kurzwahl drücke. Sie beben immer noch, als Anne sich meldet.

»Ich hatte einen schrecklichen Streit mit Paul«, flüstere ich angestrengt, »ich fahre jetzt zu Mama und schlafe bei ihr. Anne, ich habe Angst.«

Was meine Schwester antwortet, höre ich nicht, denn ich kann meinen Blick nicht von meiner Schildkröte abwenden. Anders als sonst ruckelt ihr Köpfchen nicht vor und zurück, sondern baumelt haltlos zur Seite.

Jetzt weiß ich, dass es noch nicht vorbei ist.

Noch lange nicht.

»Schokolade zum Frühstück?«, fragt Mama und bringt mich damit zum Schmunzeln. »Siehst du, mein Schatz, einmal darüber geschlafen, und schon sieht die Welt wieder anders aus.«

Als ob das so einfach wäre, denke ich und sage: »Stimmt.«

»An eine Punk-Phase kann ich mich bei euch gar nicht erinnern.« Sie zeigt auf das düstere Schlabber-T-Shirt aus unserer Teenagerzeit, das ich heute Morgen aus dem Schrank in unserem alten Zimmer genommen habe.

»Es gab auch keine, aber Anne war Gothic-Fan. Es ist ihres.« Ich trinke einen Schluck Kakao und beiße in mein Nutellabrot.

»Wie auch immer, lungere nicht am Tisch. Obwohl …« Sie zögert. »Das steht dir allemal besser als deine Verzweiflung von gestern Nacht.«

Es gelingt mir nicht, meine Tränen zu unterdrücken. »Mama, Paul und ich hatten einen wirklich schrecklichen Streit. Und Pepsi ist tot.«

»Schildkröten leben nicht ewig, und Auseinandersetzungen gehören nun mal zu einer Beziehung. Dein Vater und ich …«

Ich unterbreche sie brüsk: »Ich brauche deinen Rat.«

»Klar, mach dich frisch, dann setzen wir uns zusammen. Ich bereite einstweilen eine Lasagne vor. So oft bist du schließlich nicht bei mir, da will ich dich ein wenig verwöhnen.«

Während ich unter der Dusche stehe und mir die Haare wasche, überschlagen sich meine Gedanken. Immer führen sie mich in dieselbe Einbahnstraße.

Ich werde Anne anrufen, sie muss herkommen. Aber will ich sie wirklich bei diesem Gespräch dabeihaben? Ich weiß es nicht.

Mir ist ein wenig flau im Magen, und mein Herz klopft zu schnell. Selbst die wenigen Schritte vom Bad bis zu unserem ehemaligen Kinderzimmer, in dem ich mich anziehe, bereiten mir Mühe.

»Kind, du bist ganz blass, wirst du etwa krank?«, fragt Mama besorgt, als ich die Küche wieder betrete.

»Nein, ich bin bloß erschöpft. Bitte lass dir endlich erzählen, was vorgefallen ist.«

Meine Mutter folgt mir nach nebenan, setzt sich zu mir auf die Wohnzimmercouch und wickelt fürsorglich eine Decke um meine Beine. Dann hört sie mir zu und unterbricht mich, anders als es sonst ihre Art ist, kein einziges Mal.

Als ich fertig bin, nimmt sie meine Hand. Auf ihren Wangen haben sich rote Flecken gebildet. »Lili. Paul ist ein Scheusal. Du musst diese Verlobung sofort lösen. Eine Heirat mit ihm ist ausgeschlossen.«

Ich nicke unsicher. Immerzu muss ich über Paul und unsere Beziehung nachdenken, aber ich komme einfach zu keinem Ergebnis.

»Lili«, wiederholt sie in einem Ton, der mir aus unserer Kindheit vertraut ist, »du darfst nicht bei ihm bleiben.«

»Mama, auch ich habe überreagiert, du kennst meine Gefühlsausbrüche.«

Meine Mutter will das nicht gelten lassen und wird zornig. Ihr Gesicht sieht nach Sonnenbrand aus, und sie japst kurzatmig, als sie losschimpft. »Was erlaubt sich dieser Kerl, dich so zu behandeln? Und mir unterstellt er ernsthaft, eines meiner Kinder betrügen zu wollen?«

»Mama«, sage ich und lege die Hand auf ihren Arm, doch meine Beschwichtigungsversuche sind erfolglos.

»Ruf Anne an, sie soll so schnell wie möglich herkommen.« Sie schöpft tief Luft. »Wir müssen die Situation besprechen und planen, wie es weitergeht.«

»Hatte ich ohnehin vor.«

Als ich aufstehe, dreht sich alles im Kreis. Im Kinderzimmer öffne ich weit die Flügel des Fensters und beuge mich in den späten Vormittag hinaus. Eben verschwindet die Sonne hinter diesigen Wolken, der Himmel sieht aus wie ein graues zerfurchtes Gesicht.

Wie oft habe ich als Kind und später als Teenager auf das

Treiben unter mir geschaut, in Gedanken weit weg. Meistens träumte ich dabei von einer glanzvollen Zukunft.

Mit bangem Gefühl rufe ich schließlich Anne an. Während wir reden, höre ich aus der Küche Mamas immer lauter werdende Stimme.

»Anne«, sage ich ängstlich, »ich fürchte, sie schreit mit Paul.«

»Das hat er verdient«, entgegnet meine Schwester unbeeindruckt und verspricht, bald zu kommen.

Was jetzt?

Schlagartig wird mir eines klar: Ich bin feige.

Ein armseliger Angsthase bin ich.

Viel zu oft habe ich mich Pauls Wünschen bedingungslos angepasst. Dafür verachte ich mich. Doch mehr noch als jede Auseinandersetzung schreckt mich der Gedanke, die Beziehung zu beenden. Es ist nicht das Alleinsein, das mich ängstigt, sondern Pauls Reaktion darauf, von mir verlassen zu werden.

Als ich zu meiner Mutter gehe, sehe ich, dass sie die Form mit den vorgekochten Lasagneblättern belegt und scheinbar ungerührt die Soße einfüllt. Aber ihre Wangen sind gerötet, und als ich sie nach dem Telefonat mit Paul frage, gibt sie mir keine Antwort. Es interessiert sie nur, wann meine Schwester kommt.

Unruhig blättere ich in einer Zeitung. In Gedanken bin ich weit weg, der Appetit auf unser Lieblingsgericht ist mir längst vergangen.

»Schatz«, höre ich meine Mutter nach einer Weile sagen, »immer muss ich etwas vergessen. Ich springe rasch zur Nachbarin hinunter und borge uns Parmesan.«

»In der Zwischenzeit decke ich den Tisch«, sage ich und raffe mich auf.

»Lass nur, Lili, ruhe dich aus. Anne macht das. Sie muss jeden Moment hier sein. Aber bitte drehe in ein paar Minuten die Temperatur zurück.« Sie kommt zu mir und nimmt mich fest in die Arme.

Sobald die Wohnungstür hinter ihr ins Schloss gefallen ist, fühle ich mich allein. Die eingetretene Stille setzt mir zu. Mir wird schwindlig, doch noch ehe ich mir klar werde, ob mein niedriger Blutdruck der Grund dafür ist, höre ich ein lautes Poltern und dann einen dumpfen Aufprall.

Einen Schrei, der abrupt abbricht.

Im ersten Moment bin ich wie versteinert. Dann stürze ich zur Wohnungstür und reiße sie auf.

Im Treppenhaus ist es stockdunkel, ich laufe die Stufen hinunter.

Und dann sehe ich sie.

Ganz klein und schmal wirkt sie, wie sie da am Fuß der Treppe liegt, mit unnatürlich verdrehten Armen und Beinen.

Eine Porzellanpuppe mit zerbrochenen Gliedern.

Aus ihrem Mund sickert Blut.

Ihre weit geöffneten Augen sind leer.

»Mama!«

Irgendwo in der Nähe schlägt eine Tür.

Ein heftiger Krampf lässt mich zittern. Er geht durch meinen Körper, sucht sich ein Ziel. Mein ganzer Unterleib brennt, dann wird es schwarz um mich.

Als ich die Augen aufschlage, liege ich in einem Bett. Erstaunt starre ich auf meinen Arm, in dem eine Nadel steckt, die zu einer Infusion gehört. Um mich herum kahle Wände, deren Weiß mich blendet. Bin ich im Krankenhaus?

Aber warum?

»Mama«, flüstere ich, »in welchem Zimmer liegt Mama?«

Neben mir rührt sich jemand und beugt sich über mich.

Annes Stimme klingt blechern wie die Ansage an der Mautstelle einer italienischen Autobahn. »Lili, es tut mir leid«, sagt sie.

»Was tut dir leid?«

Dann fällt es mir ein, und ich beginne zu schreien.

Auf Annes Klingeln kommt eine Ärztin, aber inzwischen habe ich mich wieder etwas beruhigt.

Anne erzählt, sie habe mich vor Mamas Leichnam kauernd gefunden. Die Rettungskräfte trafen kurz danach ein, ich kann mich daran nur verschwommen erinnern.

Das, was ich mit dem düsteren Treppenhaus verbinde, ist ein gewaltiger Schmerz, ein allumfassendes Weh, seelisch und körperlich. Vor mir unsere tote Mutter, die Glieder zerschlagen, das geliebte Gesicht in einer letzten, Entsetzen ausdrückenden Maske erstarrt und in meinem Bauch ein krampfhaftes Zerren. Dazu die Worte meiner Schwester, die fast unhörbar in mir nachhallen: »Wo ist Paul? Ich dachte, ich hätte ihn eben gesehen?« Die flackernden Lichter, das Schrillen des Martinshorns und Annes Stimme sind verwaschene Bilder, die auch mit der Zeit nicht deutlicher werden.

Die Ärztin sieht mich ernst an. Sie bittet Anne, das Zimmer für einen Moment zu verlassen. Dann erzählt sie mir, dass ich vor Ort wegen des Schocks ohnmächtig geworden sei und man mich gründlich untersucht habe. Was sie als Nächstes sagt, lässt meinen Schwindel zurückkehren. Ich kann ihr kaum folgen, als sie meine Laborwerte aufschlüsselt und mir rät, ich solle mir etwas Ruhe gönnen. Trotz allem gebe es keinen medizinischen Grund, länger hierzubleiben.

Ich kann nicht sagen, wie viel Zeit vergangen ist, bis Anne wieder neben meinem Bett sitzt. Mein Kummer ist heftig.

»Bitte bring mich nach Hause«, flüstere ich.

»Hältst du das für eine gute Idee? Du wolltest Abstand von Paul, schon vergessen? Ich habe bereits vor Stunden im Autohaus angerufen und ihm ausrichten lassen, was passiert ist. Er hat sich nicht einmal zurückgemeldet, um zu fragen, wie es dir geht.«

Kraftlos greife ich nach meinem Handy und scrolle meine Nachrichten durch. »Er möchte nicht ins Krankenhaus kommen, da er mich schonen will.«

Meine Schwester wirft mir einen ungläubigen Blick zu und sagt dann eine Spur zu forsch: »Los, zieh dich an, wir fahren zu mir. Du ruhst dich aus, während ich gewisse Formalitäten …« Sie stockt, und dann ist sie es, die in Tränen ausbricht.

Ich richte mich auf, schlinge die Arme um sie und beginne ebenfalls zu schluchzen.

Als unsere Tränen versiegt sind, sage ich leise: »Ich möchte nach Hause, Anne. In meine eigene Wohnung. Es ist so viel passiert, und ich bin vollkommen durcheinander. Ich kann jetzt nirgendwo anders sein, bitte versteh das.«

Meine Schwester möchte widersprechen, das sehe ich ihr an. Sie zögert noch einen Moment, dann nickt sie. »In Ordnung. Doch morgen, wenn Paul bei der Arbeit ist, komme ich zu dir, und wir besprechen die nächsten Schritte.«

ANNE

Als ich bei Lili klingle, dauert es lange, bis mir geöffnet wird. Ich bin erschöpft. Die Wege zu den Ämtern und der Termin beim Bestattungsinstitut waren anstrengend. Es kommt mir alles wie ein böser Traum vor, aus dem ich endlich erwachen möchte. Immer wieder kämpfe ich gegen Tränen an, kann nicht glauben, dass Mama tot ist.

Dann steht Lili vor mir, blass, mit rot geränderten Augen, die Haare verfilzt. Sie erweckt den Anschein, als befände sie sich in Trance. Aber das gilt wohl auch für mich. Ich nehme meine Schwester in die Arme und halte sie fest. Ganz fest. Erst nach einer Weile macht sie sich von mir los und flüstert: »Komm.«

Gemeinsam sitzen wir auf ihrem Bett und betrachten Pepsi, die tote Schildkröte. Was Lili mir dabei erzählt, versetzt mich in rasende Wut, die schließlich in Angst umschlägt, doch bevor ich etwas sagen kann, drückt Lili meinen Arm.

Übergangslos fragt sie: »Hast du Paul vor Mutters Haus gesehen?«

»Mir war so, aber ich kann es nicht beschwören. Als ich dich bei Mama im Treppenhaus fand, ist das Davor und das Danach irgendwie ineinandergeflossen.«

»Mir geht es ebenso. Ich habe es Paul gegenüber nicht angesprochen, wir haben kaum ein Wort gewechselt, als er gestern nach Hause kam und mich hier in der Wohnung vorfand, weil ich einfach nur schlafen wollte. Aber wenn er wirklich dort war, dann hat er Mama als Letzter lebend gesehen …« Lili bricht ab und starrt mich mit großen, ahnungsvollen Augen an.

»Das sind bloße Vermutungen«, sage ich und bemühe mich, logisch zu klingen, auch wenn mir bei ihren Worten vor Angst schlecht wird. »Wir gehen sachlich vor und überlegen uns gemeinsam einen Ausweg.«

Und wirklich, es klingt zuversichtlicher, als ich mich fühle.

»Sicher ist, dass du diesen Wahnsinnigen verlassen wirst. Und ich sage dir auch, wie. Aber zuerst muss schwarzer, sehr starker Kaffee her. Literweise.«

Ein zaghaftes Lächeln überzieht Lilis Gesicht, das gleich wieder verlischt. »Heute brauche ich Tee«, entgegnet sie. »Grünen. Das wird mir helfen zu fokussieren.«

Meine Schwester setzt sich mir gegenüber. Ihre Finger nesteln an den Knöpfen ihrer Bluse. Als sie mir mit der Tasse Tee zuprostet, sehe ich, dass ihre Hand zittert.

Bevor ich zu sprechen beginne, warte ich einen Moment, ich will mir selbst Zeit geben. Mein erster Schluck Kaffee schmeckt nach verbrannten Bohnen.

»Jochen Gruber«, sage ich schließlich und greife nach ihrer Hand.

Sie sieht mich verständnislos an.

»Der Mann, der Paul verwechselte, bevor Papa …« Ich halte kurz inne, und dann überschlägt sich meine Stimme, als ich ihr gestehe, auf der Suche nach Gruber in unseren Ferienort gefahren zu sein und ihn vor Kurzem persönlich getroffen zu haben.

Lili reagiert erst mal gar nicht. Als sie dann spricht, erschreckt mich die Erschöpfung in ihrer Stimme. »Anne. Was hast du erfahren? Und schone mich bitte nicht.«

So gut ich kann, fasse ich das Gespräch zusammen. Um Lili nicht noch mehr zu quälen, wähle ich meine Worte mit Bedacht, jedoch ohne irgendetwas auszulassen. Sie springt auf, geht um den Tisch herum.

»Verdammt«, sagt sie, »was soll ich tun? Wenn er wirklich in den Tod dieser Frau verwickelt war … und bei Mama …« Sie zieht mich vom Küchenstuhl hoch, und wir setzen uns eng nebeneinander auf die Couch im Wohnzimmer.

»Du kannst nicht mit ihm zusammenbleiben. So viel steht fest.«

Lili nickt und schiebt ihre nackten Füße unter meine Oberschenkel, etwas, das wir als Kinder immer taten, um uns zu wärmen. Rührung überkommt mich. Wieder werden wir von Trauer überwältigt.

»Wenn du jetzt abhaust«, fahre ich fort und wische zuerst ihr, dann mir die Tränen aus dem Gesicht, »wird er dich stalken, so wie er es mit dieser Linda getan hat. Er wird eine Trennung nicht akzeptieren. Deshalb müssen wir alles sorgsam vorbereiten. Und mit *alles* meine ich deine Flucht.«

»Flucht?« Das Wort scheint sämtliche Energie aus ihr zu pressen.

»Es geht nicht anders. Du musst ihn verlassen, und zwar so, dass er dich nicht findet. Deshalb machst du Folgendes: Du verträgst dich nach außen hin wieder mit ihm und versuchst, so wenig Angriffsfläche wie möglich zu bieten. Er wird jetzt erst mal sehr um dich bemüht sein und so tun, als ließe ihn Mutters Tod nicht kalt. Der Unfall spielt ihm in die Hände, alles dreht sich nun darum, unsere Gefühle sind davon besetzt. Er wird sich wegen eures Streits zerknirscht zeigen und dich umsorgen wollen. So tickt dieser Typ. Erfinderisch ist er ja und zudem ein Meister darin, Situationen für sich zu nutzen. Er will dich besitzen, ganz und gar. Doch ein Narziss wie Paul kann Kränkung nicht verkraften, deshalb solltest du dich ebenfalls für deine harten Worte entschuldigen.«

»Mhm«, macht Lili unbestimmt. »Glaubst du nicht, dass er das merkt? Ich bin nicht gut im Verstellen. Und wie soll diese Flucht überhaupt aussehen?«

»Ich weiß es selbst noch nicht so genau. Aber deine gute Miene zum bösen Spiel verschafft mir Zeit, das herauszufinden. Bist du erst einmal weg, darf er dich nie mehr finden. Du musst für immer spurlos verschwinden, Lili, hörst du? Du bist in großer Gefahr.«

Meine Schwester überlegt lange. »Ja, ich sehe das seit gestern auch so.« Sie putzt ihre Nase und atmet tief durch. »Vielleicht sollten wir Julia und Carl einweihen«, schlägt sie schließlich vor, »denn ich kann ja bei den Vorbereitungen kaum mithelfen, und für ihre Unterstützung wäre ich dankbar.«

Ich nicke und wappne mich innerlich, denn jetzt kommt das Unangenehmste für mich. »Vorher möchte ich mit dir aber noch mal über die Sache zwischen Paul und mir reden«, sage ich leise. Mein Herz klopft bis zum Hals, und mir wird übel.

Lili rückt ein Stück von mir weg. »Das ist nun Vergangenheit. Davon will ich nichts hören«, sagt sie, und ihre Stimme klingt kühl.

Wie üblich wehrt sie Unbequemes ab, will sich nicht damit auseinandersetzen. Diesmal kann ich das aber nicht zulassen.

Nervös stehe ich auf, und auch meine Schwester erhebt sich.

»Lili, lass uns bitte darüber sprechen.«

»Warte«, sagt sie. »Bevor du weiterredest, muss ich dir etwas anvertrauen, Anne, und da ich die Ältere bin, nehme ich mir diesmal das Recht heraus zu beginnen.«

Ich nicke widerwillig und spüre, der richtige Zeitpunkt für unsere Aussprache ist erneut verflogen.

Sie presst ihre Lippen an mein Ohr.

Dann flüstert sie, und was sie sagt, reißt mir endgültig den Boden unter den Füßen weg.

Das ununterbrochene Läuten an der Tür bemerke ich kaum, so sehr rauscht das Blut in meinem Kopf.

PAUL

Paul flucht lautlos in sich hinein.

Ausgesperrt hat sie ihn wie einen Fremden, den Schlüssel innen in der Tür stecken lassen. Gut, sie ist wegen des tödlichen Unfalls der Mutter komplett durch den Wind. Das kann er verstehen, schließlich ist er kein Unmensch. Da darf so eine Fehlhandlung schon mal vorkommen. Doch was macht die falsche Schlange von einer Schwester hier?

Er muss mit Lili sprechen, mit ihr allein, will sich bei ihr entschuldigen mit dem riesigen Strauß roter Rosen, den er in der Hand hält, sie zärtlich trösten, stattdessen steht er bei seiner Heimkehr gleich zwei Hysterikerinnen gegenüber, die sich gleichen wie ein Ei dem anderen.

Aber nein, das stimmt nicht. Anne ist die Grelle, die Laute, die unangenehme Version seiner zarten, sanften Lili.

Mühsam hält Paul sich zurück, hindert sich mit aller Kraft daran, dem aufdringlichen Flittchen in das selbstgerechte Gesicht zu schlagen, fragt nur mit möglichst beherrschter Stimme, als würde er die Antwort nicht kennen: »Was machst du denn hier? Hat die Zeit im Krankenhaus nicht gereicht?«

Verflixte Anne. Gleich von Anfang an hatte sie die Dreistigkeit besessen, sich in Lilis und sein Leben einzumischen.

Und er? So ehrlich muss Paul sein, ganz unschuldig ist er nicht an der Situation.

Wegen des Verlusts der Mutter scheint Anne heute nicht auf Krawall gebürstet zu sein. Sie sieht ihn aus von Trauer umflorten Augen an und antwortet ihm nicht einmal, sondern winkt nur ab. Sind das Tränen auf ihren Wangen?

Lili ist es, die schließlich das Wort ergreift.

»Paul«, sagt sie freundlich und nimmt ihm die Rosen ab. »Die duften himmlisch.« Doch statt den Strauß in eine Vase zu stellen, legt sie ihn achtlos neben die Spüle.

»Der Tod eurer Mutter hat mich tief erschüttert. Mein allerherzlichstes Beileid. Ich bin untröstlich. Welchen Kummer müsst ihr erst erleiden?« Er streckt die Hand nach seiner Lili aus.

»Setz dich bitte.« Sie lächelt, aber auch in ihren Augen schimmern Tränen.

Ganz traut Paul diesem Frieden nicht, doch da ist sie wieder. Die Frau, die zu ihm gehört. Für immer und ewig.

Als er den Stuhl vom Tisch abrückt, sieht er, wovor die Schwestern gesessen haben. Ein gemeinsames Verfassen der Todesanzeige hätte er vermutet oder das Beschriften von Kuverts, aber niemals das.

»Lilimaus«, gekonnt schwankt seine Stimme, die einen weinerlichen Klang angenommen hat, »Pepsi Carola! Ist sie auch gestorben? Mein Gott, sie war alt, aber dennoch gehörte sie zur Familie. Wie dein Vater und deine Mutter und Anne auch. Das kleine Geschöpf war mir sehr ans Herz gewachsen.«

Anne entfährt ein ungläubiger Laut, doch Lili lächelt noch immer. Ob die Ärzte sie im Krankenhaus unter Drogen gesetzt haben? Möglich, aber sie liebt ihn, das weiß er. Sicher möchte sie Frieden stiften.

Er fasst sich. »Auch wenn es so kurz nach dem Unfall eurer Mutter wohl der falsche Zeitpunkt ist, möchte ich mich aufrichtig für meine harten Worte bei dir entschuldigen. Lili, bitte verzeih mir. Und glaube mir, ich lerne in unserer Beziehung mit jedem Tag dazu.«

Wieder stößt Anne diesen Laut aus, dann entschuldigt sie sich und verschwindet im Bad. Jetzt ist Paul sicher. Sie weint, aber Lili, seine Lili, der gute Zwilling, lächelt unbeirrt weiter und hat doch gerade so einen schweren Schicksalsschlag erlitten. Er kann ihre Liebe zu ihm spüren.

Kaum hat ihre Schwester den Raum verlassen, steht sie auf, geht zu ihm, und legt sanft ihre Hand auf seine Wange. Tief sieht sie ihm in die Augen. »Auch ich habe dich gekränkt, und es tut mir leid. So aber können wir nicht weitermachen. Es muss sich etwas ändern. Vor allem jetzt, da Mama tot ist. Es gibt doch nur noch mich, dich und Anne.«

»Alles, mein Schatz, alles, was du möchtest. Es zählt einzig, dass wir zusammenbleiben, lass uns Versöhnung feiern. Wir beide, nur du und ich.« Vorsichtig greift er nach ihrer Hand, die immer noch seine Wange berührt, doch sie entzieht sich ihm.

»Paul«, Anne tritt aus dem Badezimmer, sie scheint sich gefangen zu haben, »ich bin nicht hier, um Unruhe zu stiften. Eure Beziehung geht mich nichts an. Heute ist ein trauriger Tag. Schon vor dem Unglück wollte ich Lili treffen, ich brauchte dringend ihren Rat.«

Jetzt hat sie es geschafft, ihn neugierig zu machen. Er blickt interessiert auf. »Steckst du in Schwierigkeiten? Nun, für jedes Problem gibt es eine Lösung.«

Als sie fortfährt, klingt Annes Stimme schwach. »Freilich gibt es für die meisten Probleme Lösungen, aber dieses ist sehr emotional. Ich bin schwanger.«

Innerlich muss Paul grinsen. Deswegen sieht sie also so käsig aus, deshalb ist sie so nah am Wasser gebaut, und darum die Krisensitzung an diesem Nachmittag. Trotz des Todes der Mutter ist die Schwangerschaft wohl das brandheiße Thema. Herzlos nennt er das. Dennoch, mit Lili und ihm hat das hier nichts zu tun. Wieder mal Glück gehabt.

»Warum gehst du nicht in eine Klinik?«, fragt er und bemüht sich, Verständnis zu heucheln. »Es gibt die Fristenlösung. Und allzu weit kannst du noch nicht sein.« Er mustert sie abschätzend.

»Anne wird nicht abtreiben.« Da ist sie wieder, seine bigotte Verlobte, aber der Stahl in ihrer Stimme, der ist ihm neu.

»Dann muss sie das Kind eben bekommen«, sagt er versöhnlich und sieht interessiert, dass sich Annes Finger um die Kaffeetasse krampfen. Beginnt sie jetzt wieder zu weinen? Anne, die Toughe? Sind das schon die Hormone? Oder die Tristesse des heutigen Tages? Vielleicht gelingt es ihm ja, die Stimmung ein wenig zu heben. Humor hat noch nie geschadet. »Von wem ist er denn, der kleine Braten in deiner Röhre?«, fragt er lächelnd und stockt, als er keine Antwort erhält. »Du weißt es nicht? Mein Gott, Anne, ich hoffe, du hast dich nirgendwo angesteckt.«

Als er Lilis Blick begegnet, schaltet er einen Gang zurück. »War nicht so gemeint«, murmelt er, »ich lebe eben mit.«

Anne hat sich aufgerichtet. Sie mustert ihn eine Weile, ehe sie spricht. »Natürlich weiß ich, von wem das Kind ist. Und ich kann es verraten. Es ist kein Geheimnis.«

»Sag es nur.« Jetzt steht Lili direkt hinter ihm, und er wird unruhig. Was will sie dort? Was haben die beiden vor? Glauben die etwa, das Kind sei von ihm? Er spürt aufsteigende Hitze.

Dann hört er Anne den Namen sagen.

»Leo. Der Vater heißt Leo, er ist ein Kollege. Einmal ungeschützter Sex, und schon ist es passiert.«

Ein Orchester unterschiedlicher Instrumente setzt in seinem Kopf zu einem Jubelgesang an.

LILI

»Lili, du siehst blass aus. Ist dir nicht gut?«, fragt Julia mit hochgezogenen Augenbrauen, als ich die Bibliothek betrete. Sie hustet verlegen und fährt fort: »Blöde Frage nach dem, was Anne und du gerade durchmacht, nicht wahr?« Sie nimmt mich in den Arm und bekundet ihr Mitleid zum Tod unserer Mutter. »Ungewöhnlich blass bist du dennoch. Du wirst doch nicht krank werden?«

»Ich bin den Spätherbst mit seinem stürmischen Wetter nicht mehr gewohnt«, entgegne ich ausweichend. »Fast wäre ich auf den feuchten Blättern ausgerutscht. Ein älterer Herr hielt mich im letzten Moment am Arm fest. Seit Mamas Tod bin ich sehr schreckhaft und ungemein nahe am Wasser gebaut.«

»Möchtest du eine Tasse Kaffee?« Julia bläst ihre dunklen Haarsträhnen aus der Stirn und sieht mich mitfühlend an.

»Melissentee mit etwas Honig, danach wäre mir jetzt.«

Sie mustert mich eingehend. »Lili, nun spuck es schon aus. Irgendetwas ist außerdem los. Du kannst mir nichts vormachen. Da gibt es mehr als nur einen verhinderten Sturz.«

»Ja …« Ich zögere. »Wir müssen reden, aber ich will warten, bis Anne kommt. Wir erzählen es dir zusammen.«

»Anne kommt? Dann werde ich mich eben in Geduld üben, so schwer es mir auch fällt.« Sie schiebt den voll beladenen Wagen mit Neukäufen vor die Regale, um sie einzusortieren, schaut mich aber zwischendurch immer wieder erwartungsvoll an.

Heute Vormittag ist die Bücherei für Kunden geschlossen, die Zeit nutzen wir für gewöhnlich, um Liegengebliebenes aufzuarbeiten. Ich sitze am Computer, um die Bücher zu katalogisieren. Die anstehenden Bestellungen teilen wir uns. Konzentriert starre ich auf den Bildschirm, bis die Ziffern und Zahlen zu flimmern beginnen. Die Arbeit tut mir gut, sie lenkt mich ein wenig vom Kummer um Mama ab.

Durch das geöffnete Fenster gelangt kühle Luft in den Raum. Fröstelnd stehe ich auf und sperre sie aus. Beharrlich vermeide ich es, Julia anzuschauen.

Endlich klopft Anne, sie umarmt mich.

»Habt ihr schon geredet?«

Bevor ich antworten kann, platzt Julia heraus: »Kein Wort hat sie gesagt. Sie hat dichtgehalten, worum es auch gehen mag.« Ihre Augen funkeln vor Neugier.

»Setzen wir uns in die Küche«, sagt Anne und geht voraus.

Erst dort, im künstlichen Licht der Deckenlampe, fällt mir auf, wie mitgenommen meine Schwester aussieht. Die Haut um ihre Augen ist fleckig und gerötet, so als hätte sie geweint.

»Anne.« Ich greife über den Tisch nach ihrer Hand. »Wie bist du nur auf diese geniale Idee gekommen?«

»Eine momentane Eingebung, mehr nicht. Ich glaube, so könnte es funktionieren.«

Julia schaut fragend zwischen uns hin und her. »Was jetzt?«

»Anne ist gestern für mich in die Bresche gesprungen. Ich bin schwanger. Und sie hat Paul erzählt, dass sie es ist, die ein Kind erwartet.«

»Du bist schwanger, Lili?« Julia springt auf. »Muss ich gratulieren, oder darf ich heulen?«

»Setz dich«, sagt Anne barsch.

»Trotzdem. Ich verstehe nicht. Ihr mögt euch ja hemmungslos eurer Zwillingsgeheimsprache bedienen, mir aber müsst ihr das Ganze erklären.«

So kurz wie möglich fasse ich die Ereignisse der letzten Zeit und vor allem die vom Todestag unserer Mutter zusammen. Ich ende mit der Entscheidung, Paul zu verlassen, sobald der geeignete Zeitpunkt für meine Flucht gekommen ist. Julia nickt zu jedem meiner Sätze wie eine dieser chinesischen Winkekatzen.

»Gut. Wenigstens hast du endlich verstanden, was für ein Mensch Paul ist, was er dir antut, Lili. Mit seinem Kind in deinem Bauch hätte er noch mehr Besitz, den er nie mehr hergeben will. Er würde dich keine Sekunde aus den Augen lassen, wüsste er von der Schwangerschaft. Eine Flucht zu planen wird so schon schwierig genug. Wie habt ihr euch das eigentlich genau vorgestellt?«

Während Anne spricht, drängen schlimme Gedanken in mir hoch. Pauls schlagkräftige Drohung, mich niemals gehen zu lassen, fällt mir ein. Mamas tödlicher Unfall und dass Anne ihn vielleicht dort gesehen hat. Die Sache mit Linda. Das alles versetzt mich in Panik. Vor dem Tod meiner Mutter hatte ich eine vernünftige Trennung vor Augen, aber auch in so einem Fall hätte meine Schwangerschaft natürlich alles verkompliziert.

»Paul ist schlau. Ich habe Angst«, bringe ich schließlich hervor.

»Angst hättest du längst haben sollen, aber du wolltest nicht auf uns hören«, stellt Julia selbstgerecht fest.

»Das ist Lili inzwischen klar.« Anne sieht Julia tadelnd an und wendet sich direkt an mich: »Lili, mach doch nicht so ein verzagtes Gesicht. Wir bekommen das hin.« Sie lächelt mir aufmunternd zu.

Mag schon sein, denke ich, aber die verbleibende Zeit verbringe *ich* mit Paul und nicht ihr beide.

Wir sitzen noch eine Weile beisammen und vereinbaren, zu unserem nächsten Treffen Carl dazuzubitten. Vorerst läuft alles weiter wie bisher, es gilt, sich möglichst unauffällig zu verhalten, damit Paul sich in Sicherheit wiegt. Anne wird in der Zwischenzeit am Plan für unsere Flucht feilen. Denn dass sie mit mir gehen wird, steht für sie außer Frage. Wir beide sind die einzige Familie, die uns bleibt.

Bevor sie aufbricht, blinzelt meine Schwester mir zu. So nah habe ich mich ihr schon lange nicht mehr gefühlt.

ANNE

»Lili«, sage ich und zwinge mich, ruhig zu bleiben, »was ist los?« Aber meine Schwester bringt am anderen Ende der Leitung kein Wort heraus. Sie weint und kann nicht aufhören, bis ich sie anherrsche: »Reiß dich zusammen!« Erst da erzählt sie mir, dass sie es neben Paul nicht mehr aushält. Seine Grausamkeit zeigt sich inzwischen völlig unmaskiert. Die ganze Nacht konnte sie deswegen nicht schlafen und musste sich in der Bibliothek krankmelden.

»Hat er dich geschlagen?«, frage ich alarmiert, doch das verneint sie. »Ich rufe gegen Mittag an, wenn Paul da ist, und bitte dich, mich zu einer dringenden Blutuntersuchung zu begleiten. Dann beraten wir uns. Am Telefon bringt das nichts.«

»Ja.« Lili putzt sich die Nase. »Ja«, wiederholt sie, »das könnte funktionieren.«

Zu wissen, wann Paul kommt und geht, gehört zum Fluchtplan. Seit zwei Wochen beobachten wir ihn. Er tickt regelmäßig wie eine Uhr, geht um Punkt acht aus dem Haus und kommt um dreizehn Uhr zur Mittagspause zurück. Nach einer Stunde verlässt er abermals die Wohnung, um schließlich um neunzehn Uhr erneut zurückzukehren.

»Es ist ohnehin erforderlich, dass wir uns treffen, um für Julia, Carl und mich einen Schlüssel zu deiner Wohnung nachmachen zu lassen. Falls wir improvisieren müssen, wenn der Zeitpunkt gekommen ist, sollten wir in der Lage sein, deine Sachen zu holen.«

»Ist gut.«

Erleichtert bemerke ich, dass Lili sich wieder etwas beruhigt hat.

Inzwischen ist mein Fluchtplan gereift, und ich brenne darauf, die Details mit meiner Schwester zu besprechen. Ehrlich, ich hatte es mir einfacher vorgestellt, einen Menschen verschwinden zu lassen, es ist unglaublich, was da alles zu berücksichtigen ist.

Meine Mietwohnung habe ich zum nächstmöglichen Termin gekündigt. Eine Nachsendeadresse hinterlegte ich nicht. Die Möbel hinterlasse ich meinem Vermieter, der mir dafür finanziell entgegenkommt.

Auf meinem Bankkonto befindet sich nur noch so viel Geld, dass einige anfallende Kosten gedeckt sind, den nicht unbeträchtlichen Rest, hauptsächlich vom Erbe unseres Vaters, ließ ich mir auszahlen. Da Lili den alleinigen Zugriff auf ihr Bankkonto hat, konnte auch sie ihr gesamtes Geld aus Papas Erbe abheben und es mir zur Verwahrung geben.

Mit einem Notar, der unter Schweigepflicht steht, habe ich vereinbart, dass das Vermögen unserer Mutter einstweilen von ihm verwaltet wird.

»Jetzt bist du eine reiche Frau.« Carl grinste, als wir darüber sprachen, und zwinkerte in Richtung Julia. »Vielleicht überlege ich mir, ebenfalls mitzugehen.« In der sonst tristen Atmosphäre tat uns das Lachen gut.

Als ich wieder allein war, setzte ich mich vor eine Landkarte, schloss die Augen und tippte mit dem Finger irgendwohin. Die Wahl des Ortes sollte buchstäblich zufällig erfolgen, damit er für Paul durch logisches Denken nicht nachvollziehbar ist.

So fand ich eine mittelgroße Stadt, Hunderte Kilometer von hier entfernt.

In einem Tagesausflug mietete ich vor Ort eine Wohnung und stellte beim Meldeamt den Antrag, alle Informationen über uns zu sperren. Als ich nach der Begründung gefragt wurde, war die Antwort einfach: »Stalking.«

Dann musste ich Julia trösten, denn ihr war klar geworden, dass wir mit dem Tag unserer Flucht auch unseren Kontakt abbrechen mussten. Niemand darf wissen, wo wir leben. Keine noch so geringe Spur soll für Paul zurückbleiben.

Nur noch wenige Punkte auf meiner Liste sind zu erledigen, dann kann es losgehen. Alles läuft, nach anfänglichen Startschwierigkeiten, wie am Schnürchen.

Ich steige in meine Stiefel und greife zum Telefon.

LILI

Es ist Anfang Dezember, und es ist kalt.

Bisher hat es noch nicht geschneit. Als mir weiß überzuckerte Berge, Wiesen, Skihänge und wohltemperierte Schwimmbäder einfallen, muss ich automatisch daran denken, wie ich Paul kennenlernte, und ohne es verhindern zu können, erfasst mich eine wehmütige Stimmung.

Anne hat wie versprochen angerufen. Jetzt bin ich auf dem Weg zu ihr, um sie, wie ich Paul sagte, zum Arzt zu begleiten.

Mit Paul am selben Tisch zu sitzen und im selben Bett zu liegen finde ich schwieriger, als ich es mir vorgestellt habe. Zum Glück beschränken sich die Bezeugungen seiner »Liebe« zu mir zurzeit auf oberflächliche Zärtlichkeiten. Zu meinem Leidwesen hat er seit einigen Tagen auch wieder zu seiner unberechenbaren Seite zurückgefunden. Eben noch reden wir über Alltägliches, doch schon im nächsten Moment wechselt seine Stimmung von Sonnenschein zu Regenwetter und Sturm. Dann krampft sich mein Bauch zusammen, und ich habe Angst, mit meiner Unruhe dem Ungeborenen zu schaden. Ich muss weg. So schnell wie möglich.

Es bläst ein scharfer Wind, und am Himmel hängen schwere Wolken. Anne wartet vor ihrer Wohnung auf mich, ist dick vermummt und stellt ein zuversichtliches Lächeln zur Schau. Sie bemüht sich, mich aufzubauen und zu motivieren. »Lass uns ein wenig flanieren, bevor du mir erzählst, was dich bedrückt.«

Die Auslagen der Geschäfte sind festlich dekoriert, und zwischen den Häusern sind leuchtende Girlanden gespannt, leise Weihnachtsmusik schallt aus den Läden. Wir steuern den nahen Fluss an, und irgendwann hakt Anne sich bei mir unter.

Als wir den unebenen Uferweg entlanggehen, sage ich dumpf: »Ich kann nicht länger warten.« Bei jedem Wort bilden sich Wolken gefrorener Atemluft vor meinem Mund.

Anne bleibt stehen. »Was ist passiert?«

Ich erzähle ihr, dass Paul sich in immer schlimmeren Bösartigkeiten ergeht. Gestern machte er abfällige Bemerkungen über Julia, meinte, meine Tage in der Bibliothek seien gezählt, und sprach über Fehlgeburten, die durch plötzliches Erschrecken ausgelöst werden können. Heute Morgen saß er vor seinem Notebook und sah sich ein Video mit toten Schildkröten an.

»Genau das ist sein Stil. Ein weiteres seiner Psychospiele.«

»Er ist aggressiv und beobachtet alles, was ich mache. Es ist, als würde er mich belauern. Ich fürchte, er explodiert jeden Moment.«

Anne erwidert nichts, drückt nur fest meine Hand.

»Glaubst du, er ahnt etwas?«

»Nein. Lili. Er spürt vielleicht, dass du dich innerlich von ihm abgewendet hast, aber bis er weiß, wie er damit umgehen soll, befindest du dich längst in Sicherheit. Es ist beinahe alles vorbereitet, nur die Schlüssel und ein paar Kleinigkeiten fehlen noch. Am Freitag verschwinden wir. Wir sind ihm eine Nasenlänge voraus.«

Drei Tage noch, denke ich, und eine seltsame Stimmung erfasst mich. »Wenn du bloß recht behältst. Paul ist schlau.«

»Wir sind auch nicht blöd.« Plötzlich deutet Anne zum Himmel: »Schau, Lili.«

Von einem Moment auf den anderen beginnt sich die Welt zu verwandeln. Zarte weiße Flocken zerteilen das diesige Grau und wirbeln durch die Luft, aber anstatt mich zu freuen, fühle ich mich wie in einer dieser Glaskugeln gefangen, die man fest schütteln muss, damit die Schneeflocken rieseln.

Mir wird flau.

Ich setze mich auf eine Bank am Fluss, die bereits von einem weißen Film überzogen ist. Schneeflocken verfangen sich in meinem Haar.

»Und wenn es nicht klappt? Als er über Fehlgeburten gesprochen hat, bekam ich Angst um dich, Anne. Ständig denke ich an Papa, Mama und Pepsi, die nun alle drei tot sind. Außer mir und ihm bleibst nur noch du. Vielleicht hat er jetzt dich im Visier?«

Anne schüttelt den Kopf, unwilliger noch als zuvor. Ihre Gesichtszüge sind verkrampft, als sie zu mir tritt und mich ernst ansieht. »Lili, du redest Unsinn.«

Nervös stoße ich kondensierende Atemluft aus und wische mir einige Schneeflocken aus dem Gesicht.

»Hörst du mir überhaupt zu?« Annes Stimme ist schneidend. »Lass dich von ihm nicht ins Bockshorn jagen. Paul ist nicht hinter mir her. Du gehst morgen wie immer zur Arbeit, das bringt dich auf andere Gedanken. Ich mache noch einen letzten Job, der dauert zwei Tage und wird bar bezahlt. Am Donnerstag entführe ich dich und Julia nach Dienstende ins Kino. Das lenkt uns ab. Und am Freitag ist es so weit. Alles klar, Schwesterchen?« Sie umarmt mich und zieht mich von der Bank hoch. »Sorry, dass ich so grob zu dir war, aber ich musste dich aus deinem trübsinnigen Zustand herausreißen.«

»Ist schon gut«, murmle ich in ihren Kragen. »Der erste Schnee löste früher ein Gefühl von Freiheit in mir aus. Heute lastet jede Flocke wie ein schweres Gewicht auf mir. Vielleicht liegt es ja daran.«

Ich kann das Zittern in meiner Stimme nicht unterdrücken, auch nicht, dass mir Tränen in die Augen schießen.

Als Paul nach Hause kommt, ist er aufgebracht.

»Hattest du einen anstrengenden Arbeitstag?« Ich reiche ihm ein Glas Wasser.

»Im Gegenteil. Es war kaum etwas zu tun, und so hatte ich ausreichend Zeit, nachzudenken.«

»Worüber denn?« Die Anspannung lässt meine Stimme kippen.

»Über dich und mich. Und über Anne. Darüber, wie es jetzt weitergeht. Was es bedeutet, dass eine leichtfertige Person wie sie ein Kind bekommt. Alleinerzieherin von einem Bastard! Sie schafft das niemals. Nicht ohne dich. Und schon sind wir beim entscheidenden Punkt angelangt.«

»Wie meinst du das?«, frage ich vorsichtig.

»Du und ich, wir sind ein Paar. Ein Team. Anne stört unser

Gleichgewicht. Sie will dich für sich und das Baby. Das lasse ich nicht zu.«

»Paul, natürlich werde ich meiner Schwester beistehen, aber doch nicht die ganze Zeit über.« In meinem Kopf rauscht das Blut, und ein gewaltiger Druck auf der Brust hindert mich am freien Atmen. Jetzt bräuchte ich den Beistand und den Trost meiner Mutter. Mama fehlt mir so sehr, der Schmerz dieses frischen Verlustes vermischt sich mit dem Kummer um Papa. Verzweifelt versuche ich mich zu fangen. »Ich habe Petits Fours mitgebracht«, sage ich und deute zur Platte, auf der die glasierten kleinen Tortenstückchen um eine Schale mit Schokocreme angerichtet sind.

Mit einer wütenden Handbewegung fegt Paul den Servierteller vom Tisch. Die Schokocreme bildet eine dicke, dunkle Lache auf dem Boden. Die bunten Süßigkeiten liegen verstreut dazwischen.

»Sei still!«

Mein Kreislauf spielt verrückt, ich sinke auf einen Stuhl.

Paul lässt Wasser in ein Glas laufen und reicht es mir. »Trink und höre mit deiner Hysterie auf. Es geht nur um Anne.«

Ich ducke mich unter seinen Worten. Sie prasseln wie Schläge auf mich herab.

Er betrachtet mich eine Weile stumm, greift dann zum Telefon und bestellt Hühnercurry, Samosas, Reis und Palak Paneer. »Du brauchst etwas Warmes im Magen, und das indische Zeug schmeckt dir.«

Auch das ist mir inzwischen vertraut. Sein Zorn ist übergangslos vermeintlicher Fürsorglichkeit gewichen, aber damit kann er mich nicht mehr täuschen.

»Wann ist der Geburtstermin?« Er hebt seine Finger, zählt die Monate daran ab. »Hat sie dir nie von der Affäre erzählt? War doch sicher ein Freudenfest für sie.«

»Nein, ich war über diese Liaison genau so überrascht wie du.«

»Und das soll ich glauben? Nun, eine Heimlichtuerin war sie immer schon.« Pauls Stirn glänzt, ich kann seinen neuerlichen Stimmungsumschwung körperlich spüren. »Vielleicht hat sie es mit mehreren Männern gleichzeitig getrieben?« Sein Ton ist scharf, und ich denke an Annes Geständnis. Ist er eifersüchtig?

Das Klingeln des Lieferservices unterbricht uns. Ich weiß, es ist nur eine Verschnaufpause.

Paul hält dem Boten die Wohnungstür auf. Mit einem Mal ist er wieder die Gefälligkeit in Person, doch als er sich mir zuwendet, lodert in seinen Augen Feindseligkeit. »Antworte!«, bellt er mich an, kaum dass er bezahlt hat.

»Anne erzählt mir so gut wie nichts darüber«, beeile ich mich zu sagen. Aber wieder bin ich es, die den Blickkontakt abbricht.

»Haltet ihr beide mich für naiv?«

Durch die ungeöffneten Essenspakete dringt der Geruch von scharf gerösteten Zwiebeln, und ich beginne zu würgen. Gerade noch rechtzeitig schaffe ich es auf die Toilette. Nachdem ich mich übergeben habe, lehne ich an der Wand und lege schützend die Handflächen auf meinen Bauch.

»Komm endlich, das Essen wird kalt!«

Als ich die Küche betrete, ist der Tisch gedeckt, der Boden gefegt, doch die Spannung knistert weiter im Raum.

Nach einer Weile fragt Paul: »War Anne schon als Kind durchtrieben?«

Verzweifelt versuche ich eine Antwort zu vermeiden. Er fixiert mich. Nur noch dreimal schlafen bis Freitag, denke ich, das schaffe ich, und trinke von meinem Lassi, um Zeit zu gewinnen. Er schmeckt bitter.

»Antworte, wenn ich frage.«

Mit einem Mal überkommt mich Teilnahmslosigkeit. Ist es nicht gleichgültig, was ich sage? Hört er überhaupt zu? Was er möchte, ist, dass ich mich fürchte.

»Anne wollte als Kind bei jedem Spiel gewinnen. Sie ist eine Kämpferin. In früheren Zeiten wäre sie eine Amazone geworden.« Ich spreche undeutlich, kann mich schlecht konzentrieren. Jetzt bewegt Paul seine Lippen, aber ich verstehe ihn kaum. Seine Worte kommen gedämpft, so als befände ich mich unter Wasser. Ich reiße meinen Mund auf, bis es in den Ohren knackt.

»Was hat Anne dir über mich erzählt?« Seine Hand schnellt vor, er greift nach meinem Unterarm. Hart graben sich seine Finger in mein Fleisch. »Hat sie aus dem Nähkästchen geplaudert?«

»Es macht mir nichts aus.« Ein Kichern, das ich erfolglos zu unterdrücken versuche, steigt in mir hoch.

Inzwischen ist es draußen stockdunkel geworden. Erstaunt sehe ich auf die Küchenuhr, die Zeiger verschwimmen vor meinen Augen.

»Anne hat dich gesehen, als Mama im Treppenhaus zu Tode kam.« Verdammt, habe ich das wirklich gesagt? Ich kann nicht mehr kontrollieren, was ich von mir gebe.

»Wie bitte?« Paul steht auf und öffnet die Kühlschranktür. Zwischen uns steht jetzt eine Flasche Wein. Ironisch prostet er mir zu. »Trink.«

Ich schüttle den Kopf.

»Du machst, was ich sage.« In seinem Gesicht lodert Zorn.

Was ist, wenn der Wein dem Baby schadet?, denke ich und beiße mir auf die Zunge, um es nicht laut auszusprechen.

»Wo hat Anne mich gesehen?« Pauls Stimme lenkt mich ein wenig ab.

»Frag sie doch selbst.« Und dann platzt es aus mir heraus: »Anne hält dich für den Mörder unserer Mutter, und ich glaube ihr.«

Pauls kalte Augen starren mich an. »Du bist bereits nach einem Schluck Wein betrunken, aber das kann passieren, wenn man Alkohol mit Tabletten mischt.«

»Tabletten?« Jetzt lalle ich.

»Nur zu deinem Besten. Lili, dein Gesicht ist aufgedunsen und bleich. Du lässt dich gehen, hast dich stark zu deinem Nachteil verändert. Wenn ich Anne und dich vergleiche …«

Die Gedanken wirbeln wie Schneebälle durch meinen Kopf, kaum habe ich einen gefangen, zerschmilzt er in meiner Hand.

Bleierne Müdigkeit erfasst mich. Ich muss mich zwingen, ihm zuzuhören. »Schlafen, ich gehe ins Bett. Morgen arbeite ich.«

Habe ich das gesagt oder nur gedacht?

Paul spricht weiter, als hätte ich ihn nicht unterbrochen. »Nein, Lili, mit der Arbeit in der Bibliothek ist jetzt Schluss, ebenso mit dem Kontakt zu deiner Schwester, zu Julia und Carl.«

Apathisch sitze ich da und starre ins Leere. Undeutlich höre ich ihn weiterreden. Beschützen will er mich, dafür verlangt er bedingungslosen Gehorsam.

Wie träge meine Gedanken fließen, und dann, endlich, umfasst mich Schwärze.

Am nächsten Morgen wache ich mit Kopfschmerzen auf. Die Nacht über wurde ich von Träumen gequält, meine Zunge liegt pelzig im Mund. Die Bettseite neben mir ist leer, auf dem Nachttisch steht ein Krug mit Wasser und daneben ein Glas.

Schnell stehe ich auf. Alles dreht sich, und ich muss mich an der Bettkante festhalten. Habe ich verschlafen? Ich müsste längst in der Bibliothek sein. Wo ist mein Handy? Ich sehe es nicht, das Ladekabel hängt leer aus der Steckdose.

Julia wartet auf mich, sie macht sich sicher schon Sorgen. Ich trinke gierig das Wasser und schleppe mich mühsam ins Bad.

Unter der Dusche wird mir übel. Ich stütze mich an der Fliesenwand ab, in meinem Kopf hämmert der Schmerz. So benommen, wie ich mich fühle, kann ich mich nicht hinter das Steuer des Wagens setzen. Es wird das Beste sein, ein Taxi zu rufen.

Paul hat eine Kanne schwarzen Tee für mich vorbereitet. Ein Versöhnungsversuch? Wir hatten gestern wohl Streit, aber mein Hirn ist leer wie eine blank geputzte Tafel. Ich kann mich kaum an etwas erinnern. Arglos trinke ich eine Tasse und schlüpfe in Kleidung, Schuhe und Mantel. Immer wieder verschwimmen die Konturen der Gegenstände vor meinen Augen, und ich stoße gegen unzählige Kanten. Mir ist kotzübel.

Da ich mein Telefon nirgends finde, werde ich unten an der Straße ein Taxi anhalten müssen. Wenn ich nur nicht so wackelig auf den Beinen wäre!

Doch vergeblich drücke ich die Klinke der Wohnungstür. Bis ich begreife, dass ich eingesperrt bin, vergehen Minuten. Und auch dann verstehe ich es nicht. Verwirrt schleppe ich mich zurück ins Schlafzimmer. Mit Mantel und Schuhen lege ich mich aufs Bett. In der Lade meines Nachtkästchens finde ich zwei Ibuprofen-Tabletten gegen den wilden Schmerz in meinem Kopf, die ich mit dem Rest des Wassers hinunterspüle. Sie helfen gerade so viel, dass ich nicht durchdrehe, machen mich aber noch matter, als ich es ohnehin bin. Wieder verschwinde ich in Raum und Zeit.

Schlagartig bin ich wach. Paul steht vor meinem Bett. Er blickt prüfend auf mich herab.

»Mein Handy und der Wohnungsschlüssel sind weg, die Tür ist versperrt, und ich sterbe vor Schmerz«, murmle ich ihm entgegen.

»Da habe ich wohl aus Versehen deinen Schlüssel mitgenommen. Und das Handy wirst du verlegt haben, so unkonzentriert, wie du in letzter Zeit bist.«

»Ich muss zur Arbeit. Julia wird sich wundern, wo ich bin.« Vergebens versuche ich die Beine über den Bettrand zu heben, und taumle zu Boden.

Paul fängt mich auf. »Lili, um Julia habe ich mich bereits gekümmert.« Seine Stimme klingt sanft, und er drückt mich an sich. Ich winde mich in seinen Armen. »Alles wird gut. Du musst nur tun, was ich sage.«

Paul wischt mit einem Taschentuch über mein Gesicht, und ich schreie auf. »Hol Anne. Sie soll kommen.« Es ist der einzige klare Gedanke, den ich fassen kann. »Ich möchte meine Schwester sehen«, wiederhole ich.

»Daraus wird nichts, Lilimaus.« Paul lächelt nachsichtig. »Zuerst musst du lernen, wie man sich benimmt. Das hast du dir selbst eingebrockt.«

Mit wachsendem Entsetzen starre ich ihn an.

»Du wirst die Wohnung vorerst nicht mehr verlassen. Ich sorge gut für dich, darauf kannst du zählen.«

»Du willst mich einsperren? Bist du verrückt?«

»Verrückt? Nein. Bedauerlicherweise gibt es keine andere

Möglichkeit, dir Vernunft beizubringen. Verstehst du nicht? Ich versuche, unsere Liebe zu retten.«

»Paul, das ist absurd. Was ist, wenn es einen Notfall gibt? Wie kann ich einen Arzt rufen?«

»Was soll dir schon passieren? Hier bist du sicher.«

Ich kann nicht glauben, was ich höre. Es ist schlimmer als jeder Alptraum. Meine Nagelhaut beginnt zu bluten, so heftig beiße ich darauf. Ungeschickt betupfe ich mit einem Taschentuch die schmerzenden Stellen.

»Lass sehen.« Mit einem Lächeln reicht Paul mir ein Pflaster. »Soll ich, oder kriegst du das allein hin?«

»Anne«, flüstere ich. »Bitte.«

»Anne kommt nicht. Und du gehst nirgendwohin.«

Schwere Gedanken kreisen in meinem Kopf. Hat Paul unser Vorhaben durchschaut?

Mit einem Mal wird mir schlecht, und ich erreiche gerade noch die Toilette. Paul folgt mir, hält meinen Kopf, als ich mich übergebe, und trägt mich danach zurück zum Bett.

Kommentarlos verschwindet er in der Küche und kommt wenig später mit einer Tasse dunkler Brühe zurück.

»Löffle das«, sagt er, »es wird dir helfen.«

Die Suppe schmeckt bitter. Nur verwaschen dringen Pauls Worte zu mir durch. Seine Stimme kommt aus weiter Ferne. Beharrlich hält er die Tasse an meine Lippen. Weitere bittere Brühe füllt meinen Magen.

Ich schlucke und schlucke.

Ich werde müde.

Ich falle.

Und dann ist da lange Zeit nichts.

ANNE

Der Zeitpunkt ist gekommen. Ein Zurück ist ausgeschlossen, dennoch schlottern mir die Knie. Aber die Gewissheit, das Richtige zu tun, ist stärker als die Angst.

Julias Anruf erreichte mich bei meinen letzten Außenaufnahmen, sie weinte. Erschrocken entfernte ich mich vom Set.

»Lili ist nicht zur Arbeit gekommen.«

»Hast du sie angerufen?«

»Nein. Paul meldete sich bei mir.«

»Paul?«

»Er sagte, Lili habe eine geschwollene Wange, sie kämen gerade vom Zahnarzt, daher könne sie nicht selbst mit mir sprechen.«

»Hast du ihm das geglaubt?«

»Nein, er lügt. Lilis Handy ist ausgeschaltet, und einen Festnetzanschluss gibt es ja schon länger nicht. Ich fürchte, Paul hat Lili jetzt dort, wo er sie immer haben wollte. Von allen anderen abgeschottet für sich allein.«

Schlagartig wurde mir klar: Ich habe Paul unterschätzt. Diese Möglichkeit außer Acht zu lassen war ein fataler Fehler.

»Verdammt.« Ich schaute auf meine Armbanduhr und überschlug die Zeit. »Bis ich wieder zurück in der Stadt bin, dauert es mindestens eine Stunde. Du musst Carl anrufen. Wann kannst du los?«

»Sofort. Entweder bekomme ich eine Aushilfe, oder ich sperre zu. Es ist ja ein Notfall.«

»Ein bisschen Zeit hast du schon. Zuerst müssen wir überprüfen, ob Paul heute wie gewohnt arbeitet, und wenn ja, ob er wie üblich um vierzehn Uhr in den Autosalon geht. Erst dann handeln wir. Wir treffen uns zuvor bei mir.«

Ich beendete das Telefonat und verließ überstürzt meine Crew. Es war kein netter Abschied, doch das bereitete mir die geringste Sorge, es war ohnehin einer für lange Zeit. Unter meinem bisherigen Namen würde ich nie wieder einen Auftrag annehmen.

Als ich meine Wohnung erreichte, wurde ich von Julia bereits erwartet. Carl hatte auf ihr Geheiß Beobachtungsposten vor Lilis Haus bezogen und gab wenig später durch, dass Paul wie üblich zur Mittagspause nach Hause gekommen sei und sich jetzt in der Wohnung befinde. Alle Jalousien seien heruntergelassen.

»Wir müssen Lili da rausholen, bevor er sie wegbringt oder Schlimmeres«, sagte ich.

»Gut, angenommen, er hat das Schloss nicht ausgetauscht und es gelingt uns, in die Wohnung zu gelangen«, Julia sah ängstlich auf, »was tun wir, wenn deine Schwester krank oder möglicherweise verletzt ist?«

»Ich weiß es nicht. Jedenfalls warten wir seine Mittagspause ab, und dann geht es los.«

Meinen Cinquecento lassen wir links liegen. Für unsere Flucht steht ein geräumiger VW Sharan aufgetankt und voll bepackt auf einem Supermarktparkplatz in der Nähe bereit.

Ich wische die Tränen aus meinem Gesicht und parke hinter Carls Wagen vor Lilis Wohnhaus.

Zu dritt steigen wir die Stufen hinauf. Ich fürchte mich wie nie zuvor, habe Angst vor dem, was uns erwartet. Carl steckt den nachgemachten Schlüssel ins Schloss und sperrt auf. Bis jetzt geht alles erstaunlich leicht, umso schlimmer ist das, was wir drinnen vorfinden.

Es ist totenstill in der Wohnung und blitzeblank aufgeräumt.

»Sie ist weg«, flüstert Julia, aber Carl schüttelt den Kopf und winkt uns weiter.

Wir betreten das Schlafzimmer, und im ersten Moment bin ich überzeugt, zu spät gekommen zu sein.

Vor uns liegt eine Tote auf dem Bett.

Lili ist leichenblass, die Lippen bläulich verfärbt, eine Hand ins Kissen verkrallt.

»Sie atmet.«

Es ist Julia, die diese erlösenden Worte spricht.

Ich packe meine Schwester an der Schulter, rüttle sie. »Lili, wach auf!«

Kurz öffnet sie die Augen, starrt blicklos ins Leere.

»Anne, beeil dich!« Carls Stimme durchbricht meine Schockstarre. »Hol alle wichtigen Papiere und Lilis Schmuck, wir packen Kleidung in die Taschen.«

Gemeinsam verstauen wir so viel wie möglich in den mitgebrachten Reisetaschen, danach tragen Carl und ich Lili, die sich kaum bewegt, das Treppenhaus hinunter. Wir setzen sie in das Auto und schnallen sie an. Julia folgt mit dem Gepäck.

Endlich ist alles verstaut.

Carl reicht mir noch eine Flasche mit Wasser. »Sorg dafür, dass sie so viel wie möglich trinkt. Und bring sie direkt ins Krankenhaus, wo auch immer es ist.«

Ich nicke. Stumm umarmen wir uns.

Die ganze Zeit über vermeide ich den Blick auf meine Schwester.

Was hat dieses Schwein Lili angetan?

DRITTER TEIL

1

Meine Zwillingsschwester ringt mit dem Tod.

Der Anruf aus dem Krankenhaus hat meinen schlimmsten Ängsten neue Nahrung gegeben. Kurz war mir, als schwebte die Hälfte meiner Seele davon. Heftige Schuldgefühle nagen an mir. Die Angst um Hanna gibt mir den Rest.

Ich werde die Kleine nach Pauls Angriff keine Sekunde mehr aus den Augen lassen, und doch ist Hanna im Moment nicht bei mir. Eine Frau von der Polizei hat in einem Raum ganz in der Nähe ein wachsames Auge auf sie, denn das Gespräch mit den Ärzten muss ich allein führen.

Im Flur ist es kalt. Ohne ein einziges Bild wirken die Wände abweisend, fast bedrohlich. Große Unruhe hat mich erfasst. Und die Ärzte lassen sich Zeit. Kämpfen sie immer noch um Lilis Leben?

Einen Moment setze ich mich, dann springe ich auf, gehe einige Schritte, setze mich wieder. Mir wird das alles zu viel, und die Szene vorhin im Foyer hat meinen Seelenfrieden nicht eben gefestigt. Das Böse bekam ein neues Gesicht. Dass ich Paul in dem glatt rasierten Kahlköpfigen überhaupt wiedererkannte, ist einzig seinen Augen geschuldet. Deren seelenlosen Blick konnte auch die dunkel gefasste Brille nicht verbergen.

Eine Frau in Schwesterntracht, das brünette Haar am Hinterkopf fest zu einem Knoten gebunden, und ein Arzt, dessen Bauch die mittleren Knöpfe seines Kittels auseinanderklaffen lässt, kommen auf mich zu.

Sind das meine Boten der Apokalypse? Mit geballten Fäusten wappne ich mich.

»Frau Parker?« Die Stimme des Arztes klingt schneidend, und mit einem Mal wird es ganz still um mich.

Es ist, als hätte jemand den Ton abgedreht.

Der Mund meines Gegenübers öffnet und schließt sich, und ich weiß, dass da eine Stimme sein muss, schließlich habe ich sie eben noch gehört, aber Laute vernehme ich keine. Gebannt verfolge ich die Bewegungen seiner Lippen, seine Mimik. Und seine Hände? Mir scheint, als sprächen sie eine andere Sprache. Sie gestikulieren wild, halten kurz inne und gleiten dann erschöpft in die Taschen des weißen Mantels.

Schwindel erfasst mich, ich taumle und stütze mich an der Wand ab. Mir ist flau im Magen, das Blut rauscht in meinen Ohren.

Ich werde in ein Büro geführt. Meine Finger umschließen ein Glas.

»Trinken Sie. Es wird Ihnen gleich besser gehen.«

Die Geräusche sind wieder da.

Gehorsam schlucke ich das Wasser, dann schaue ich hoch. Die Krankenschwester steht neben mir. Der Arzt hat mir gegenüber hinter einem Tisch Platz genommen. Die beiden wechseln einen kurzen Blick.

Langsam nur weicht meine Erstarrung, ich versuche mich zu sammeln, sage mir zum wiederholten Mal, dass ich stark sein muss.

»Frau Parker, Ihre Schwester lebt, aber ihr Zustand ist weiterhin kritisch, daran hat sich nichts geändert. Wir konnten sie stabilisieren. Sie ist allerdings in ein tiefes Koma gefallen. Und«, er zögert, und meine inneren Alarmglocken übertönen fast seine nächsten Worte, »wir wissen nicht, ob oder wann sie aufwacht.«

Bevor ich etwas sagen kann, spricht er weiter. »Es ist von Fall zu Fall verschieden. Eine goldene Regel gibt es da nicht, aber Ihre Schwester hat einen enormen Willen, sie ist eine Kämpferin, sie will leben, das beweist sie uns immer wieder aufs Neue, und das ist im Moment das Wichtigste.«

»Sie ist hier nicht sicher«, wende ich ein.

»Doch, das ist sie.« Jetzt lächelt der Arzt. »Die Station wird bewacht. Und«, er hebt beruhigend die Hand, »wir haben die Patientin offiziell für tot erklärt.«

»Sie haben was?« Ungläubig starre ich in sein Gesicht.

»Wir folgen damit einer Anregung der Sicherheitsbehörde,

mit dem Ziel, sie zu schützen. Auf diese Weise nehmen wir Ihre Schwester aus der Schusslinie.«

Das leuchtet ein, so verrückt es auch klingt. »Kann ich zu ihr?«, frage ich bange.

Der Arzt schüttelt bedauernd den Kopf, sein Blick ist undurchdringlich. Einen Moment lang erinnert er mich an Paul. »Die ermittelnden Beamten wollen zuerst mit Ihnen sprechen. Bitte bleiben Sie noch einen Augenblick sitzen.« Er steht auf und klopft im Vorbeigehen aufmunternd auf meine Schulter. »Die Polizei wird gleich bei Ihnen sein. Danach können Sie zu Ihrer Schwester.«

Die Verabschiedung der beiden verwischt zu einem Gemurmel. Im Büro breitet sich Stille aus und gibt mir die Möglichkeit, das Durcheinander in meinem Kopf zu ordnen.

Seit meine Schwester mit dem Tode ringt, sind wir für Paul leichte Beute, wie sein neuerliches Auftauchen zweifelsfrei beweist. War der gestrige Angriff nicht Alptraum genug, muss ich von nun an jede Sekunde über meine Schulter blicken?

Vor wenigen Stunden noch wähnte ich uns in relativer Sicherheit. Hanna hatte sich schon angezogen, sich, wie sie sagte, für den Krankenbesuch feingemacht.

»Die Blumen auf meinem Kleid riechen nach Sommer«, erklärte sie ernst und strich mit ihren kleinen Händen über den leicht gekräuselten Stoff.

Ich bückte mich und band die Schleifen ihrer Ballerinas zu. »So, kleine Madame, der Kakao steht bereit, versuche dich nicht zu bekleckern.«

Meine Nichte besteht nach jedem Mittagsschläfchen stur auf ihre heiße Schokolade, ich glaube aber, dass es ihr vor allem um den hübschen Becher mit der Arielle-Figur geht.

Während sie trank, rief das Krankenhaus an. Man habe Maßnahmen ergreifen müssen, ein Herzstillstand, die Situation sei besorgniserregend, wir sollten so schnell wie möglich kommen.

»Kleines, beeile dich!«, rief ich und warf mir irgendetwas über.

»Du hast ja noch deine Hausschuhe an.« Hanna kicherte

unbeschwert. Ich zog eine lustige Grimasse und lachte, während ich in meine rosa Sneaker stieg. So gut es geht, versuche ich, Aufregungen von ihr fernzuhalten, und das funktioniert nur, indem ich meine Reaktionen unter Kontrolle halte.

Als wir das Krankenhaus betraten, dachte ich, der absolute Tiefpunkt in unserem Leben sei erreicht. Aber ich hatte mich getäuscht.

»Was ist los? Ist sie tot? Sag doch was.« Hanna, die meine Angst spürte, zerrte ununterbrochen an meinem Ärmel.

»Hör auf. Gleich sind wir oben. Es ist sicher alles in Ordnung. Komm, beeilen wir uns.«

Und dann war er da.

Ein Verrückter, der mich zu überwältigen versuchte.

Ich verkrallte mich in seiner Montur, trat um mich und schrie um Hilfe. Er sah mir für einen Sekundenbruchteil in die Augen. Da erkannte ich ihn.

»Hanna, lauf!«

Meine Fäuste hämmerten auf ihn ein, mit einer Kraft, die mir selbst fremd war, fremd und überraschend. Endlich eilten mir Menschen zu Hilfe, aber Paul konnte flüchten.

Soll ich ehrlich sein?

Ich war froh, dass er weg war.

Und Hanna?

Immer noch klingt ihr verzagtes »Tante, wer war das?« in meinen Ohren.

Hannas Arme um meinen Hals geschlungen, fand ich mich auf dem Boden der Eingangshalle wieder, um mich herum betroffen dreinblickende, verständnislose Gesichter.

Das Sicherheitspersonal regelte alles Weitere. Wir mussten in einem Wartebereich Platz nehmen, rundherum wurde hektisch telefoniert, und bald traten zwei Polizisten in Begleitung der Opferschutzbeauftragten auf uns zu, mit der meine Schwester und ich schon nach unserer Flucht vor vier Jahren gesprochen und einen Plan für den Notfall ausgearbeitet hatten. Sie war es auch, die mich und Hanna gestern Abend in einem auf ihren Namen reservierten Hotelzimmer unterbrachte.

»Frau Parker?« Hinter ihrer Stimme verbirgt sich ewiges Räuspern.

»Nichts Neues zu vermelden, Frau Thomas. Was gibt es dazu noch zu sagen«, antwortete ich zynisch.

»Wir haben trotzdem einiges zu besprechen, müssen alles genau durchgehen«, sagte die Polizistin zu ihrer Rechten.

»Ach«, giftete ich sie an, »nachdem Paul mich beinahe entführt und meine Schwester fast umgebracht hat, wollen Sie alles noch mal genau durchgehen?«

»Frau Parker«, sagte Frau Thomas sanft, »wir können Ihre Verzweiflung und Ihren Zorn verstehen. Über vier Jahre ohne einen Zwischenfall, und jetzt das.«

In diesem Moment rastete ich aus.

»Verschwenden Sie meine Zeit nicht mit unnützen Fragen, jetzt, da es für meine Schwester vielleicht zu spät ist. Was soll das bringen? Ich habe anderes zu tun!«

»Ihre Schwester, Hanna und Sie stehen für uns weiterhin im Mittelpunkt. Es hilft keinem, wenn Sie sich nicht kooperativ verhalten.«

»Der Verdächtige ist uns entwischt«, wandte ihr Kollege ein, »aber glauben Sie mir bitte, wir fahnden intensiv nach ihm. Bevor er im Eingangsbereich auf Sie und das Kind wartete, wurde er auf der Intensivstation gesichtet.«

Er warf mir einen forschenden Blick zu und schien noch etwas ergänzen zu wollen, aber ich ließ ihn nicht mehr zu Wort kommen.

»Der ist längst über alle Berge. Aber er wird wiederkommen. Vor Paul sind wir niemals sicher. Egal wie viel Zeit vergeht, irgendwann findet er uns. Das ist mir inzwischen klar geworden. Ich dachte, dass wir das perfekte Versteck gefunden hätten. Jetzt weiß ich, dass es so etwas wie ein perfektes Versteck nicht gibt.« Bitter schüttelte ich den Kopf. »Meine Schwester muss unbedingt besser geschützt werden«, verlangte ich barsch. »Ich habe ihn anfangs gar nicht erkannt. Er sah so anders aus nach all den Jahren, so fremd. Kein Haar auf dem Kopf. Kein Haar im Gesicht. Der Bart! Alles weg. Er war völlig kahl.«

»Ja, wir kennen sein neues Aussehen bereits von den Überwachungskameras.«

In diesem Augenblick stieß jemand vom Krankenhaus zu uns. Ich wurde gebeten, zur Intensivstation zu kommen, einer der behandelnden Ärzte könne nun mit mir sprechen. Fragend sah ich zu Frau Thomas, die nickte und Hanna an die Hand nahm.

»Gehen Sie ruhig, wir passen inzwischen auf Ihre Nichte auf.«

Nach einer gefühlten Ewigkeit betritt der Polizist von vorhin den Raum.

»Frau Parker.«

»Endlich«, sage ich abgekämpft und knüpfe nahtlos an das unterbrochene Gespräch an. »Wie werden Sie uns schützen, sind Sie dazu überhaupt in der Lage?«

»So leid es mir tut, Frau Parker, aber ein ständiger Personenschutz übersteigt unsere Ressourcen.« Der Mann klingt kein bisschen verlegen.

Jetzt erst nehme ich ihn richtig wahr. Er ist mittelgroß und vollschlank. Einen Bart trägt er nicht, was mich ein wenig für ihn einnimmt, und sein Gesicht weist auch keine anderen Absonderlichkeiten auf. Mir gefällt sein fliehender Haaransatz. Er ist mir sympathisch. Umso niederschmetternder wirken seine Worte auf mich.

»Sie beurteilen die Situation völlig falsch«, fahre ich auf. »Paul hat oft genug bewiesen, wie gefährlich er ist. Er ist auf der Intensivstation aufgetaucht, vermutlich um meine Schwester zu töten, und dann verübte er den Überfall auf mich in der Halle.«

»Frau Parker, das ist mir bewusst. Es heißt jedoch nicht, dass Sie ungeschützt sind. Natürlich werden wir ein wachsames Auge auf Ihre Schwester, Sie und das Kind haben, und die Arbeit mit unserer Opferschutzbeauftragten soll Ihnen weitere Sicherheit garantieren, aber«, jetzt klingt sein Tonfall beinahe rechtfertigend, »auch Sie tragen ein Stück Verantwortung, damit alles funktionieren kann. Ihr normales Leben wird eine Zeit lang nur eingeschränkt möglich sein.«

»Was war es denn bisher?« Ich schüttle ob seines Unverständnisses den Kopf. »Paul ist ein persönlichkeitsgestörtes Monster, das alle zu täuschen vermag.«

Unbeeindruckt von meinem Versuch, ein besseres Arrangement für uns zu erwirken, greift der Polizist nach einer Karte und drückt sie mir in die Hand. »Wie gesagt, wir sind für Sie da, wir lassen Sie nicht im Stich.«

Ein Schauer lässt mich frösteln.

Soeben wurden wir in die Wildbahn entlassen, freigegeben zum Abschuss.

2

Paul schafft es kaum, sich aufzurichten. Er streckt sich, lockert seine Muskeln und massiert seinen steifen Nacken.

Die letzten Stunden hat er beinahe bewegungslos dagesessen und an Lili und an Anne gedacht. Immer wieder versuchte er, die verstörenden Bilder aus seinem Gedächtnis zu verbannen, bemühte sich, schöne Erinnerungen über die schreckliche Szene von Annes Sterben zu breiten. Erfolglos. Dieser Trost ist ihm nicht vergönnt.

Ihre verdrehten Augäpfel, die gerade Linie am Bildschirm der Maschine, die ihren Tod bestätigte, all das hatte ihn bis ins Mark getroffen.

Und wenig später der nächste Schock.

Kaum hielt er seine Lili fest in den Armen, presste ihren vertrauten Körper eng an seinen, da begann sie wild zu schreien und auf ihn einzuschlagen.

Immer noch spürt er die Angst, die ihn bei seiner Flucht vorwärtstrieb. Blinde Panik. Nur weg von hier!, kreischte eine Stimme in seinem Kopf, die keinen Widerspruch duldete. Er hatte gehorcht und damit sein Vorhaben zerstört.

Als er endlich sein Versteck erreichte, zitterte er unkontrolliert. Bis in die Knochen fror er, konnte sich lange nicht aufwärmen.

Nach Essen war ihm nicht zumute, was er brauchte, war Medizin. Der feine Cognac, den er für Lili und sich zur Feier ihres Wiedersehens gekauft hatte, sollte seinen Schmerz lindern. Nach den ersten Schlucken wich der metallene Geschmack der Angst aus seinem Mund, wenig später hatte sich die ersehnte Wärme in seinen Gliedern ausgebreitet.

Aber der Kummer ist noch da.

Halb voll steht die Flasche vor ihm auf dem Tisch. Erst wenn sie leer ist, das weiß er, wird sein Gehirn Ruhe geben und er ein paar Stunden Schlaf finden.

Erste Anzeichen nahenden Kopfschmerzes spült Paul mit Pillen hinunter, einen Migräneanfall kann er sich jetzt nicht leisten. Bevor er weitertrinkt, betrachtet er die Schlieren, die sich durch die bernsteinfarbene Flüssigkeit ziehen. Fast könnte er sich darin verlieren. Er gibt sich einen Ruck, setzt das Glas an die Lippen und gießt den Cognac in sich hinein.

Alles in ihm sehnt sich nach Ruhe, und doch kann Paul nicht verhindern, dass sein Blick unablässig durch den Caravan schweift. Der alte Mercedes, außen in gedecktem abblätterndem Weiß, innen in blässlichem Krankenhausgrün, ist wieder zu seinem Zuhause geworden. Vor langer Zeit gehörte der Wohnwagen seinem Großvater, jetzt dient er Paul als Zuflucht.

Die billige Einrichtung lässt ihn schaudern, der Großvater hatte keinen Sinn für Geschmack. Beim Gedanken an den grausamen Alten ballt er vor Wut die Fäuste.

Trotzig nennt Paul das Vehikel sein »Goldstück«. Hätte er sich nicht hin und wieder darum gekümmert, würde der Mercedes jetzt ebenso verrotten wie der alte Mann in seinem Grab.

Nie waren sie mit dem Campingbus in Urlaub gefahren. Dazu war der Alte zu geizig gewesen. Später einmal, hieß es lange Zeit, nur hatten sie dieses Später nie eingeholt.

Ein Teil von Pauls Leben befindet sich hier, fein säuberlich in Kartons verpackt. Es ist jener Teil, den Lili nicht kennenlernen darf, jener Teil, den er auch vor sich selbst wegsperrt. Er konnte und kann ihn nur in kleinen, homöopathischen Dosen vertragen.

Immer wieder ist Paul hierher zurückgekehrt. Fast scheint es ihm, als übe das Gefährt eine magische Anziehungskraft auf ihn aus.

All die Empfindungen des Tages verdichten sich zu einem einzigen dunklen Gefühl der Verzweiflung.

Und ohne Vorwarnung überfällt ihn die Erinnerung.

Der Großvater hatte ihn wieder geschlagen, diesmal bekam auch sein Kopf etwas ab. Das war neu. Sonst achtete der Alte stets darauf, nur jene Stellen zu treffen, die von Kleidern bedeckt wurden.

Er blutete aus der Nase.

Es sind Weihnachtsferien, tröstete er sich. Bis der Unterricht wieder beginnt, werden die blauen Flecken verblasst sein, die Wunden verkrustet und der Schorf abgefallen. Er wusste, dass niemand die Schwellungen sehen durfte, weil er sonst in ein Kinderheim kommen würde. Seine Oma hatte ihn davor gewarnt, sie sagte, in so einer Institution sei das Leben gefährlich.

Er wusste, dass er undankbar war, dennoch war er traurig. Sein einziger Wunsch waren Skier gewesen. Im Brief an das Christkind hatte er den Satz extradeutlich geschrieben und dick mit Farbstift unterstrichen. Er hatte sich so auf die Bretter gefreut, rote hätten es sein sollen, weil er Rennfahrer werden wollte. Natürlich wusste er, dass er eigentlich dem Großvater geschrieben hatte, schließlich gab es kein Christkind. Er wusste ja auch, dass es kein Jesuskind gab. Trotzdem ging seine Oma jeden Sonntag zur Kirche und betete zur Statue der Maria mit dem Kind auf dem Arm.

Zuerst hatte er es nicht glauben wollen, aber sein Großvater hatte ihm erklärt, der Mensch habe die ganzen Religionen nur erfunden, um von dem Tier in sich abzulenken. Die Muttergottes, der Josef, die Heiligen Drei Könige und die Apostel aus dem Religionsbuch seien bloß dazu da, Kinder über die Grausamkeit der Welt hinwegzutäuschen. Und um den Erwachsenen ihren selbstgerechten Seelenfrieden zu geben. »Und die Lehrer, David«, hatte der Großvater geschrien, »sind die Schlimmsten.«

Er hatte genickt und still gehofft, dass der Lohn für sein Verständnis die roten Skier unter dem Weihnachtsbaum sein würden. Als es endlich so weit war, fand er dort aber nur ein abgegriffenes Kaleidoskop neben Großmutters selbst gestrickten kratzigen Socken.

Die Strafe für seine Tränen tat weh. Schlimmer noch als die Schläge, die seine Undankbarkeit nach sich zog, waren jedoch die Stunden, die er eingesperrt im eiskalten Wohnwagen verbringen musste.

Irgendwann, das schwor er sich frierend, würde er Skifahren

lernen und schnell wie der Blitz die Hänge hinunterrasen. Der Gedanke daran tröstete ihn.

Damals beschloss er, ein anderer zu werden.

Er verzieht das Gesicht zu einer spöttischen Grimasse. Das abgelegene Haus seines Großvaters hatte sich letztlich als Goldgrube erwiesen. Es stand an einer für die Gemeinde wertvollen Stelle, die Teil einer Autobahn werden sollte. Bis auf das kleine Stück Grund, auf dem, umgeben von Wald, der Campingbus steht, hat er alles verkauft.

Als die Bagger kamen, um das Haus in Schutt und Asche zu legen, hatte er dabeigestanden und bei jedem Mauerbruch gelacht. Wie sehr er es genoss, wenn die Abrissbirne gegen die Wände knallte, wie sehr er die Erschütterung des Bodens, das Krachen und Bersten und den aufwirbelnden Staub begrüßte.

Damals war er noch David gewesen und hatte ein anderes Leben gelebt, eines, das er längst abgestreift hat. Keine Spur von Paul führt hierher.

Am Nachthimmel, den er durch das schmale Fenster des Wohnwagens erkennen kann, tanzen zwei Mondsicheln, die erst als er den Blick schärfer stellt, zu einer verschmelzen.

Paul leiert sein ewiges Mantra herunter: »Ich bekomme Lili zurück.« Er muss nur noch herausfinden, wann und wo Annes Begräbnis stattfindet, danach wird alles einfach.

Lili wird dort sein.

Müde schließt er die Augen.

Der Kater, der sich während der bewusstlosen Stunden seinen Kopf als Liegestatt ausgesucht hat, ist von gewaltigem Ausmaß. Seine Barthaare streifen Pauls Synapsen, reizen die feinen Nervenbahnen und treiben ihm den Schweiß auf die Stirn.

Wie hat er es letzte Nacht ins Bett geschafft?

Er kann sich nicht mehr daran erinnern, aber er weiß, dass er Gesellschaft hatte. Sein Großvater ist wieder bei ihm gewesen, übermächtig und unnachgiebig verfolgte er ihn und quälte seinen Schlaf.

»Verschwinde.« Paul flüstert die nackte Wand des Wohnmobils an und schleudert die Wolldecke von sich, aber Sequenzen aus seinen Träumen bleiben hängen, sie sind diffus und bedrohlich, bringen sein Herz zum Rasen.

Nach dem Tod des Großvaters hatte man Paul auf der Station für Jugendpsychiatrie etwas Wichtiges erklärt: Es ist besser, sich den inneren Dämonen zu stellen, als sie zu verdrängen. Diesen Rat beherzigte er und ging aus dem Duell als Sieger hervor.

Lange Zeit war es nicht mehr notwendig gewesen, gegen die Bilder aus seiner Vergangenheit anzukämpfen, jetzt aber sind sie wieder da, die Dämonen. Sie lodern im gnadenlosen Scheinwerferlicht seiner Erinnerungen und sind präsenter denn je.

Katzenwäsche, zu mehr ist er nicht in der Lage. Die Zahnpasta spuckt er matt in die Spüle, das Gesicht trocknet er mit dem Geschirrtuch. Im teils blinden Spiegel sieht er sich nur verschwommen, und selbst dieser undeutliche Anblick bereitet ihm Unbehagen. Mechanisch beseitigt er mit dem Einwegrasierer den dunklen Schatten im Gesicht und auf dem Kopf.

Immer noch zittrig setzt er sich schließlich. Ihm ist klar geworden, dass er sich entscheiden muss.

Selbstmord oder weitermachen.

Seufzend wählt er den schwereren Weg.

Vier Tage später ist Paul wieder in der Stadt. Er muss einiges recherchieren.

In der Bibliothek einer Hochschule erobert er einen der wenigen freien Computerarbeitsplätze. Bedrückt startet er die Suche. Zwei Begräbnisinstitute findet er sofort online, beide preisen auf ihren Seiten die Dienstleistungen und Verkaufsartikel ihrer Branche in den höchsten Tönen an. Als wäre das Totsein ein Vergnügen und der Sarg bereits Teil des Paradieses. Wenn er sich die Unzahl gemütlich ausgestatteter Särge anschaut, kommt ihm das Kotzen. Wohlfühloasen für Leichen, je nach Hinterbliebenen-Brieftasche mal mehr, mal weniger plüschig ausgelegt. Und erst die putzigen Kindersärge, als müsste Mami nicht ihren Nachwuchs, sondern eine Barbiepuppe bestatten.

Paul flucht und versucht, den plötzlich aufgetauchten Kindersarg mit Märchenmotiven, in dem er Lilis Nichte aufgebahrt sieht, aus seinen Gedanken zu verbannen. Wenn ihm das nicht gelingt, so viel weiß er, wird dieses Trugbild sein Innerstes sprengen. Wütend schlägt er mit der flachen Hand auf sein Herz, will den messerscharfen Schmerz zurückzudrängen, aber das wilde Trommeln in seiner Brust beruhigt sich nicht.

Reiß dich zusammen!, denkt er. Aufmerksamkeit von Fremden, die fehlt ihm noch.

Ohne Lili ist sein Leben wertlos. Ihr liebes Gesicht verschwimmt vor seinem inneren Auge und verwandelt sich in das ihrer Schwester.

Wieder sieht er Anne sterben und ist unfähig, den Blick abzuwenden.

Seufzend notiert Paul sich die Nummern der beiden Institute.

Wenn einem eineiigen Zwilling etwas passiert, hat er gelesen, ist davon auszugehen, dass auch der andere leidet. Natürlich wird Lili untröstlich sein, denkt er.

Verstanden hat er sich mit Anne nie wirklich, auch wenn er sie anfänglich reizvoll und attraktiv fand. Ihr frecher Widerspruchsgeist stieß ihn ab. Es war fast sofort die in ihrer Sanftheit bezaubernde Lili, an die zu denken er nicht mehr aufhören konnte.

Wieder seufzt er. Inzwischen müssten Zeit und Ort der Bestattung feststehen. Er greift zum Smartphone.

»Es geht um das Begräbnis von Anne Parker«, beginnt er, nachdem eine Mitarbeiterin des Beerdigungsinstituts ihren Begrüßungstext aufgesagt hat.

»Anne Parker? Eine Sekunde.« Die professionell mitfühlende Stimme am anderen Ende meldet sich nach kurzer Pause zurück. »Es tut mir leid, mit diesem Namen haben wir niemanden.«

»Leidtun sollte es Ihnen, wenn es so wäre«, sagt Paul erbost und unterbricht die Verbindung.

Als er im zweiten Institut ebenfalls eine verneinende Antwort erhält, ist er verwirrt. Er legt das Handy auf den Tisch und blickt aus dem Fenster.

Der Tag ist rau. Dunkle Wolken jagen über den Himmel. Die Sonne ist heute nicht zu sehen. Gut so.

Paul nimmt einen gehörigen Fußmarsch auf sich, um einen Blick auf die Schaukästen der beiden Begräbnisanstalten zu werfen. Es scheint ihm angeraten, sich selbst zu vergewissern, ob die Todesanzeige inzwischen in einem davon aushängt. Doch seine Anstrengung ist nicht von Erfolg gekrönt. Die Namen fremder Toter stehen neben den Beerdigungsterminen.

Anschließend verspürt er erstmals seit langer Zeit Hunger. Er wertet dies als willkommenes Gefühl beginnender Normalität.

Das Restaurant, das Paul betritt, liegt genau gegenüber dem Krankenhaus. Wie von einem inneren Navigationssystem gesteuert, hat er diesen Weg gewählt.

Er sucht sich einen kleinen Tisch nahe dem Fenster, von wo er die Eingangstür gut im Blick hat, und bestellt ein großes Glas Bier. Um ihn herum sitzt vor allem Krankenhauspersonal an den Tischen.

Was, wenn sich einer von ihnen an ihn erinnert?

Daran hätte er vorher denken sollen. Rasch nimmt er die dunkel eingefasste Brille ab, die Teil seines neuen Outfits ist, und verstaut sie in seinem Seesack.

Obwohl ihn im Spital kaum jemand gesehen hat, fühlt Paul sich unwohl. Er vermeidet jeden Blickkontakt und starrt aus dem Fenster. Als die Kellnerin das Bier bringt und nach seiner Bestellung fragt, meint er einen forschenden Blick vom Nebentisch auf sich zu spüren.

»Ich nehme das Cordon Bleu mit Kartoffelsalat, keine Suppe.« Obwohl das Restaurant sauber ist und es nach frisch zubereiteten Speisen riecht, ist ihm der Appetit bereits wieder vergangen.

Irgendwann merkt er, dass sich die Gaststube leert. Bis auf eine Krankenschwester sitzt niemand mehr in seiner unmittelbaren Umgebung.

Langsam entspannt er sich, bestellt ein weiteres Bier und wünscht sich, Lili säße ihm gegenüber. Sie würde nach einem Glas Weißwein verlangen.

»Möchten Sie eine Nachspeise? Wir hätten Birne in Waldbeerensoße.«

Paul schreckt hoch. Wieder hat er sich in Gedanken verloren. Er schüttelt unwillig den Kopf, verlangt schroff die Rechnung.

Was soll ich tun?, fragt er sich ein ums andere Mal. In Geduld muss er sich üben, auf das Begräbnis warten. Aber was, wenn eine Urnenbestattung geplant ist? Er glaubt zu wissen, dass die Verabschiedung hierbei oft später stattfindet. Nein, das ist Unsinn. Kurz bevor die Leiche verbrannt wird, trauert man gemeinsam in der Feuerhalle. Oder doch erst dann, wenn die Urne den Hinterbliebenen übergeben wird?

Das Wichtigste ist, er muss Lili finden. Sicher ist sie mit der Kleinen noch in der Nähe.

»Darf ich mich zu Ihnen setzen?«

Irritiert sieht Paul hoch. Eine Krankenschwester ist zu ihm getreten. »Ich bin am Gehen«, murmelt er, nur langsam in die Wirklichkeit zurückfindend, und steht auf.

Unbeeindruckt lässt die Frau sich nieder und sieht ihn unter dichten Stirnfransen herausfordernd an. »Warum so unfreundlich, Herr Doktor? Wir sind doch Kollegen.«

Paul setzt sich ruckartig wieder hin.

3

Grelle Farben explodieren in meinem Kopf, ich schnappe nach Luft, glaube, ersticken zu müssen.

Dann beruhigt sich mein Atem.

Langsam öffne ich die Augen.

Meine Wimpern sind sich im Wind wiegende Gräser. Die Umgebung nehme ich nur verschwommen wahr, Konturen verwischen und entgleiten mir wieder.

Jemand Ungeduldiges ist an meiner Seite und will mir beibringen, wie man fotografiert. Ein lauer Herbstnachmittag. Rote, gelbe, grüne Farbenpracht. Laub fällt von Bäumen, sinkt zur Erde, umhüllt meine Füße. Das bronzefarbene Blatt einer mächtigen Eiche torkelt durch die Luft, ich fange es auf. Seine feine Äderung möchte ich mit der Kamera festhalten. Mit der Kuppe meines Zeigefingers folge ich den erhabenen Linien.

»Du musst dich anstrengen. Stelle endlich die Linse scharf.«

Die Stimme hat einen schneidenden Klang. Erschrocken ducke ich mich und sehe, wie das Blatt von meinem Handteller gleitet.

»Bemühe dich. Kapituliere nicht vor den einfachsten Dingen.«

Die Worte prasseln auf mich herab wie eiskalter Regen. Ich bin schwach, klein.

Wer macht das mit mir?

Es will mir nicht einfallen.

Farbenprächtiges Herbstlaub lockt mit sanfter Musik. Ich lasse mich fallen. Überall der Duft von Kastanien, die aus ihren Schalen platzen.

Und wieder öffne ich meine Augen.

Ich befinde mich mitten in einem Werbespot für Waschmittel. Das sind Blumen auf einer Wiese und auf dem Stoff eines Kleides. Ich kann ihren betörenden Duft riechen. Kenne ich dieses Kleid?

Eine Gummiwand schiebt sich zwischen mich und meine Vergangenheit. Wieder drohe ich zu versinken, presse unter

Schmerzen einen gurgelnden Laut hervor. Ich sehe meine Finger auf der Bettdecke zucken.

Bin ich allein?

Woher kommt das Stimmengemurmel?

Eine Gestalt beugt sich über mich. Viel zu nah.

»Schlafen Sie noch ein wenig. Das wird Ihnen guttun«, sagt eine Männerstimme.

Dankbar gleite ich weg.

Und wieder öffne ich meine Augen.

Jetzt ist es dunkler. Nur eine Lampe wirft mattes Licht. Schatten tanzen über die Wände.

Meine Zunge ist dick, meine Lippen spröde, der Mund eine ausgetrocknete Höhle. Das Schlucken bereitet mir Qual.

Durst.

Ich bin viel zu schwach, um zu verstehen. Willenlos falle ich und finde mich in einer dschungelartigen Landschaft wieder. Tief im Grün plätschert ein Bach mit kühlem Wasser.

Ich bin gebadet in gleißendes Licht. Der Druck einer Hand, die meine Schulter umfasst, wirkt fordernd, beharrlich, sie übertönt die leise Musik.

»Bitte zeig, dass du da bist. Ich kann deine Ohnmacht nicht länger ertragen. Bitte wach endlich auf. Sie behaupten, du hättest dich bewegt. Mehrmals sogar, sagen sie. Beweise es mir. Deine Augen öffnen und schließen sich selbstständig, ich habe es selbst gesehen. Nur sprechen wirst du eine Zeit lang nicht können. Die Wunde am Hals.«

Jetzt erkenne ich sie.

Meine Zwillingsschwester.

Mein Ebenbild.

Von irgendwo weit her dringt eine vertraute Melodie an mein Ohr.

»Non, je ne regrette rien.«

Piaf, will ich sagen.

Danke, Anne, ich weiß, dass du da bist. Aber die Sätze verlassen meine gefühllosen Lippen nicht.

Erneut schweifen meine Gedanken ab, lassen sich nicht mehr

fassen. Je nachdrücklicher ich es versuche, desto schneller zerstreuen sie sich. Sie flattern wie buntes Konfetti durch die Luft.

Und wieder öffne ich meine Augen.

Es ist, als hätte mich die Wirklichkeit wieder. Doch ist es auch, als franse diese Wirklichkeit an den Rändern aus.

Es riecht nach frischem Gebäck, nach süßen Erdbeeren und Sommermorgen. Durch das halb geöffnete Fenster weht eine leichte Brise, der Vorhang bauscht sich.

Es fällt mir schwer, mich zu sammeln, die Gedanken in eine Spur zu lenken, ohne dass sie wild auseinandertreiben. Da ist diese Mauer, manchmal undurchdringlich grün wie Dschungelgewächs, dann wieder breit und grau wie eine dicke Wolkendecke, tief hängend und gewitterbereit. Irgendetwas sagt mir, dass ich sie überwinden muss, aber strenge ich mich an, wächst sie noch höher und verhindert, dass ich erkenne, was sich dahinter verbirgt.

Erschrocken zucke ich, als eine Tür laut ins Schloss fällt.

Wer war bei mir?

Habe ich mir den Duft frischer Brötchen nur eingebildet? Sie ebenso herbeiphantasiert wie die üppigen purpurfarbenen Blüten, die auf dem flaschengrünen Wasser des Teiches schwimmen?

Lili! Anne! Lilianne.

Die Namen sickern in mich hinein. Sie sind vertraut, und doch kaue ich an ihnen, als hätten sie einen fremden Geschmack. Lilianne, das klingt nach Urwaldpflanze, nach einem Gewächs, dessen zahlreiche Auswüchse meinen Körper umschlingen, um mich in die Tiefe zu ziehen.

»Schatz, du bist ja wach!«

Mein Spiegelbild beugt sich über mich. Langes, seidiges Haar streift meine Stirn.

Die Umarmung wird von einem Poltern unterbrochen. Das vertraute Gesicht weicht zurück. Und mit ihm das Aroma von Mandelöl und Kokosmilch.

»Wir müssen Ihre Schwester jetzt waschen. Warten Sie bitte draußen. Ich gebe Ihnen Bescheid, sobald wir hier fertig sind.«

Meine Schwester entfernt sich, ihre Absätze klappern über das Linoleum.

Ich möchte ihr nachrufen: »Geh nicht!«, aber der Satz bleibt in meinem Hals stecken, hängt irgendwo zwischen Speise- und Luftröhre fest. Kein einziges Wort hat bisher meinen Mund verlassen, vielleicht liegt es an meiner Zunge, die unbeweglich an meinem Gaumen klebt.

Zwei Schwestern heben meinen Körper an, wischen mit einem schäumenden Schwamm über meine Haut und trocknen mich mit kühlen, nach Alkohol riechenden Tüchern ab. Doch was angenehm hätte sein können, ruft bei mir Widerwillen hervor. Es ist, als wäre ich eine jener Puppen, die nackt in den Ecken der Schaufenster lehnen und darauf warten, neu bekleidet zu werden.

Ich lausche den Stimmen der Krankenschwestern. Sie berichten von Familienessen und Streit mit Freunden.

Pfeifend atme ich aus.

»Hast du gehört? Das klang, als hätte ein Pferd geschnaubt. Vielleicht sollten wir uns um eine Stelle in der Tierklinik bewerben.«

Sie kichern.

»Ich finde sie ganz passabel, aber ihr Haar gehört dringend geschnitten. Das macht beim Waschen nur Arbeit, und kämmen kann man es kaum, weil es blutverkrustet ist.«

Entschlossen bewege ich meine Finger auf dem Laken, krümme die Zehen.

»Schau nur, sie hat sich bewegt. Vielleicht versteht sie jedes Wort, das wir sagen?«

Ich werde auf die Seite gedreht, und eine Bürste fährt mit ruckartigen Bewegungen durch mein Haar. Es fühlt sich an, als reiße sie an jeder Haarwurzel einzeln.

Wut schäumt in mir hoch.

»Hab ich's dir doch gesagt. Es ist ein Jammer mit diesen verknoteten Strähnen.«

Ich stöhne.

Und drifte ab.

4

Entgeistert starrt Paul auf sein Gegenüber.

Was meint sie mit ihrer Bemerkung, sie seien Kollegen? Tickt die Frau nicht richtig?

Agnieszka heißt sie, die aufdringliche Krankenschwester, und der Stolz, mit dem sie ihren Namen ausspricht, verrät ihm, dass manche Zungenbrecher von den Betroffenen keineswegs als Mangel empfunden werden. Jawohl, ihre Eltern kämen aus Polen, sie aber sei hier geboren. Langsam entwickelt Paul Interesse, denn der leichte Akzent verleiht ihrer Stimme etwas Charmantes.

Er beugt sich vor und betrachtet Agnieszka eingehend. Hübsch ist sie, auf eine ungewöhnliche Art. Eine Frau, die erst auf den zweiten Blick gefällt. Unter dem akkurat geschnittenen Pony sprühen ihre Augen vor Leben. Ihr brünettes Haar fällt weich über die Schultern. Nur die Nase stört dieses Bild. Sie ist lang, aber um als klassisch griechisch durchzugehen, müsste man den kleinen Höcker im oberen Drittel korrigieren.

Er beschließt, noch zu bleiben, und wischt sich über die feuchte Stirn.

»Ein kühles Glas Weißwein kann nicht schaden«, unterbricht die Schöne jetzt ihren eigenen Monolog, »und so ein kräftig gewachsener Mann wie Sie verträgt sicherlich noch ein weiteres Bier.«

Schwach winkt Paul der Kellnerin.

»Na dann!« Agnieszka hebt ihr Glas und prostet ihm zu.

Seltsam, denkt er, ihre Augen scheinen sich den dominierenden Farben rundum anzupassen. Eben sieht er, dass sich ein goldener Kranz um ihre Pupillen gebildet hat. Verwirrt löst er seinen Blick und nimmt einen Schluck.

Irgendwie kommt ihm das hier wie ein Date vor. Sofort regen sich leise Schuldgefühle in ihm. Er fühlt sich Lili verbunden, doch das Bedürfnis, sich zwanglos mit dieser ihm unbekannten Frau zu unterhalten, ist groß.

»Woher glauben Sie, mich zu kennen?«, fragt er und setzt dabei sein gewinnendes Paul-Lächeln auf.

»Na, aus dem Krankenhaus. Ich habe Sie dort gesehen.«

Schlagartig verstärkt sich Pauls Befangenheit. Sicher, er ist dort als Arzt aufgetreten, aber sein Abgang sah beim besten Willen nicht nach einem normalen Dienstschluss aus. Im Krankenhaus muss man darüber gesprochen haben. Wie viel also weiß sie? Wann hat sie ihn gesehen und wobei beobachtet?

»Ich bin nicht regelmäßig vor Ort«, sagt er vorsichtig, »werde aber hin und wieder als Konsiliararzt hinzugezogen.«

Sie lächelt spöttisch. »Eher selten, sonst wärst du mir schon früher aufgefallen.«

Paul ist noch nicht bereit, ansatzlos zum persönlichen Du überzugehen. »Wie kommt es dann, dass Sie mich gleich wiedererkannt haben?«

Die Schöne streicht langsam mit der Handfläche über ihre Wange und lächelt. Die Bewegung hat etwas Erotisches, und Teufel auch, sie lässt ihn nicht unberührt.

»Ich finde Glatzköpfe attraktiv.«

Paul spürt ein Kribbeln in seiner Magengrube.

»Eigentlich bin ich Kinderschwester«, fährt Agnieszka fort, »aber ich habe eine Zusatzausbildung für den Dienst im Operationssaal gemacht. Ich suche die Herausforderung.«

Paul grinst. »Ganz offensichtlich ist dem so.«

Wieder sieht sie ihn eindringlich an, und er beginnt, Freude an dem unverhofften Spiel zu empfinden. Warum auch nicht, denkt er. Sein Blick streift ihre ringlosen Finger.

»Darf ich hoffen, einem Single gegenüberzusitzen?« Jetzt klingt seine Stimme schmeichelnd. Ihm wird bewusst, dass er immer noch gut darin ist, Menschen das Gefühl von Einzigartigkeit zu vermitteln.

»Seit Weihnachten bin ich allein. Es hat nicht geklappt. Und du?« Wieder lächelt sie und leckt einen Tropfen Wein von ihrer Oberlippe.

Es ist, als würde in ihm ein Damm brechen. Paul denkt nicht nach, die Geschichte strömt einfach aus ihm heraus. Hier sitzt jemand, dem er sich anvertrauen kann, und wenn das, was er sagt, auch nicht die Wahrheit ist, so tut es doch gut zu reden.

»Meine Frau und ich leben in Scheidung«, beginnt er zu erzählen. »Die Kollegin, mit der sie sich in den letzten Monaten ständig traf, hat sich am Ende als ihr Lover herausgestellt.«

»Oje«, murmelt Agnieszka. »Und dann ist sie ausgezogen?«

Paul will, nein, er muss weitererzählen, die Worte lassen sich nicht mehr aufhalten. »Ach was, schön wäre es. Aber nein, Carina, so heißt meine Frau, lebt jetzt mit dem anderen Mann in meinem Haus.« Er blickt auf, registriert zufrieden ihr erstauntes Einatmen. Sich ihres bedauernden Blickes bewusst, ergänzt er: »Als Carina schwanger wurde, habe ich dort, wo es schon ein bisschen grün wird, ein Reihenhaus am Stadtrand gekauft. Wiesen und Wald, gute Luft eben.«

»Schwanger«, unterbricht sie ihn. »Du hast Kinder?«

»Einen Sohn. David. Er ist wunderbar, mein Ein und Alles. Ein lebhafter Junge. Während Carina angeblich die Abende mit besagter Kollegin verbrachte, genossen wir beide die Zeit miteinander. Er ist technisch sehr begabt und kennt alle Automarken. Wie ein Blitz fährt er die Skihänge runter. Ich komme kaum hinterher.«

»Du musst stolz auf ihn sein. Wo ist dein Sohn jetzt?« Agnieszkas Augen sind weit geöffnet, ihre Lippen zittern ein wenig.

»Er lebt bei seiner Mutter und ihrem Neuen. So wird es vermutlich auch bleiben. Ich gebe mich nicht der Illusion hin, dass der Scheidungsrichter einem vollzeitbeschäftigten Neurochirurgen das alleinige Sorgerecht zugesteht. Es wäre schon ein großes Glück für mich, wenn wir es uns teilen. Natürlich möchte ich so viel Zeit wie möglich mit meinem Sohn verbringen.«

»Das erklärt deine traurigen Augen.« Agnieszka beugt sich vor und streift mit der Fingerkuppe Pauls Hand. »Ich mag Kinder«, fährt sie fort. »Aber ich ertrage es nicht, wenn sie leiden, deswegen habe ich die Zusatzausbildung gemacht. Ich möchte helfen.«

»Zum Glück ist mein David gesund, aber ich weiß, was du meinst. Übrigens, mein Name ist Richard.« Er zieht sie an sich und küsst sanft ihre Wange. Anders als Lili, an der alles frisch und leicht war, riecht Agnieszka nach üppigen Blumen.

Lili.

Paul spürt, wie seine Stimmung umschlägt, und auch Agnieszka wirkt auf einmal traurig.

»Natürlich geht mir auch der Tod von älteren Menschen nahe«, sagt sie, »aber bei Kindern ist es kaum zu ertragen.« Sie runzelt die Stirn, und ein Schatten legt sich auf ihr blasses Gesicht. »Manchmal passieren richtige Dramen. Dinge, die man nicht für möglich hält. Eine Arbeitskollegin zum Beispiel macht Dienst auf der Intensivstation. Kaum zu glauben, was die so alles erlebt.«

Jetzt zieht sich Pauls Magen schmerzhaft zusammen. Geht er gerade jemandem auf den Leim? Was will diese Frau eigentlich von ihm? Hat sie sich vorsätzlich an ihn herangemacht, oder ist alles reiner Zufall? Weshalb kommt sie ausgerechnet auf die Abteilung zu sprechen, in der er Anne sterben sah?

Nein, Zufälle sehen anders aus. Mit einem Mal fühlt er sich hintergangen. Das Gesicht seines Großvaters steht vor seinem inneren Auge, und wild möchte er zuschlagen.

»Richard?« Agnieszkas Stimme dringt nur noch gedämpft zu ihm durch. »Du bist ganz blass. Geht es dir gut?«

»Nichts, es ist nichts.« Er reißt sich zusammen. »Eine Portion Schlaf, und ich bin wieder wie neu.«

Nein, ihr besorgter Blick kann ihn jetzt nicht mehr täuschen, zu oft wurde er vom Leben verraten, um Falschheit und Hinterlist nicht zu erkennen. Er wird der Sache auf den Grund gehen müssen.

Lächelnd fragt er: »Lust auf ein Abendessen mit mir? Ich möchte gern Steaks für dich braten, aber ich wohne, bis die Scheidung durch ist, in beengten Verhältnissen.«

»Kein Problem.« Ihre Antwort kommt prompt. »Meine Küche spielt alle Stücke. Kaufe ein, was immer du willst, und bringe es später mit zu mir.«

»Prima«, sagt er, während er ihre Adresse notiert. »Du wirst überrascht sein, wie kreativ ich bin.«

Paul schlägt die Zeit bis zum Essen mit Agnieszka im Wohnwagen tot. Eine Bewegung lässt ihn aus dem Fenster blicken. Ein rot gesprenkelter Kater schleicht herum und bleibt mitten auf der Wiese regungslos sitzen. Paul öffnet die Tür und wirft mit einem Stein nach dem Tier.

Als der Kater fauchend wegspringt, ist Paul in seiner Erinnerung wieder fünf Jahre alt.

»Die Jungen werden bald schlüpfen.«

Schlüpfen Katzenjunge? Er wundert sich, dass sie aus einem Ei kriechen sollen. Das kommt ihm nicht richtig vor, aber er teilt Großmutter seine Zweifel nicht mit.

Auf ihrem täglichen Gang zum Markt kommen sie als Erstes an einem kleinen grünen Haus vorbei, und Großmutter bleibt meistens ein paar Minuten am Zaun stehen, um mit der alten Frau, der die Katze gehört, zu plaudern.

Er selbst sucht in der Zwischenzeit flache Steine oder zupft Blütenblätter von Wiesenblumen.

Wenn sie dann weitergehen, erzählt Großmutter ihm gern die Neuigkeiten. Die Nachbarin weiß alles, und dafür bewundert er sie, denn sich auszukennen, sagt Großvater, macht stark.

Es ist Sommer, und er trägt kurze Hosen. Die Sandalen sind ihm zu klein, seine großen Zehen stoßen sich an den Steinen, aber das macht nichts. Er begleitet seine Großmutter gern.

Als sie am nächsten Tag wieder an dem Haus vorbeikommen, hören sie ein vielfaches Miauen. Großmutter und er dürfen hinter dem Zaun die frisch geschlüpften Kätzchen anschauen. Eines hat es ihm besonders angetan. Es ist rot gefleckt mit einem weißen Punkt auf der Stirn und kleiner als seine Geschwister.

»Wir können unmöglich alle behalten«, sagt die Nachbarin und sieht Großmutter fragend an.

Er zieht an der Hand seiner Oma, so lange, bis sie ihm ihre Aufmerksamkeit schenkt.

»Bitte, darf ich es haben?«

»David, du weißt, dass Großvater das nicht erlaubt.«

Er kann seine Tränen nicht zurückhalten. Die Nachbarin

schüttelt den Kopf und spricht leise auf Großmutter ein, bis diese nickt.

»Wenn du sechs Wochen lang brav bist und Großvater gehorchst, werde ich ein gutes Wort für dich einlegen. Die Kleinen müssen sowieso noch eine Weile bei ihrer Mutter bleiben.«

Sechs Wochen, denkt er, das ist nicht lang.

Aber natürlich dauert es viel länger, als er es sich ausgemalt hat. Die Tage ziehen träge dahin, und er ist brav wie noch nie zuvor.

Dann ist es endlich so weit.

In der Nacht vor dem großen Tag hört er seinen Großvater schreien und kriecht unter die Decke, aber am Morgen lächelt Großmutter, auch wenn er genau sehen kann, dass ihre Augen gerötet und blau unterlaufen sind und ihre Hände zittern.

Sie legt den Arm um seine Schultern und drückt ihn kurz an sich. »Du kriegst das Kätzchen«, sagt sie leise.

Dann kommt der Großvater in die Küche. Stumm trinkt er seinen Kaffee.

Draußen hat ein Unwetter eingesetzt. Ein kalter Wind rüttelt an den Fensterbalken. Regen fällt, als er eine Stunde später das Kätzchen im Arm hält, aber nichts kann seine Freude schmälern.

Mini, so nennt er das maunzende Fellknäul, weil es so klein ist, so zart und zerbrechlich. Glücklich baut er ein Nest aus Tüchern, und Großmutter zeigt ihm, wie er seinen neuen Freund füttern muss.

Mini schnurrt, sobald er sich nähert. Von Anfang an ist da eine starke gegenseitige Liebe. Der Großvater beachtet den neuen Mitbewohner nicht.

Bald ist Mini zwei Monate alt, und der Herbst hat seine farbige Pracht über die Landschaft gegossen. Er spielt vor dem Haus mit dem Kätzchen, als er schwere Schritte hört. Es ist noch hell, trotzdem erkennt er den Großvater nicht sofort. Seine massige Gestalt stolpert über den knienden Jungen.

»Geht mir aus dem Weg, du und dein Vieh!«, brüllt der Alte und kann nur mit Mühe einen Sturz verhindern.

Ängstlich presst er Mini an sich und flüchtet ins Haus.

»Geh sofort ins Bett«, flüstert die Großmutter und gibt ihm zu verstehen, dass er Mini mitnehmen soll.

Hastig zieht er seinen Pyjama an und schlüpft unter die Decke. Das Kätzchen liegt angenehm weich auf seiner Brust. Die Decke hat er sich über den Kopf gezogen, trotzdem hört er Großvaters Brüllen. Dann zerbricht Glas, Großmutter schreit, und er beginnt zu weinen. Er friert, nicht einmal das Kätzchen vermag ihn zu wärmen, und sein Herz pocht wie wild in seiner Brust.

Dann fühlt sich etwas warm an, aber gleich darauf nass, und die Hosenbeine kleben kalt an seiner Haut.

Er ist verzweifelt. Er muss das Malheur beseitigen, bevor Großvater etwas merkt.

Zitternd zieht er das Laken ab, wickelt die Pyjamahose darin ein und stopft beides ganz nach hinten in seinen Schrank.

In eine alte Wolldecke gehüllt, versucht er, ein wenig zu schlafen.

Irgendwann, die Morgendämmerung wirft bereits fahles Licht durch das Fenster, steht der Großvater in der Tür. Mit einem Blick erkennt der Alte, was passiert ist. Er fegt die Decke vom Bett, sein Blick irrt suchend durchs Zimmer. Schon ist er beim Kleiderschrank und reißt das feuchte Laken heraus. Er packt seinen Enkel und drückt seine Nase in die Pyjamahose, dann schlägt er zu. Drei oder vier gewaltige Ohrfeigen lassen den Schädel des Jungen brummen.

»Das hast du mit Absicht getan!«

Wie gebannt starrt er auf den Mund seines Großvaters. Dessen große Pranke greift nach Mini, umklammert den zarten Hals des Kätzchens.

»Bitte«, er merkt, wie seine Beine schwach werden, »bitte Großvater, tu der Katze nicht weh. Mini kann nichts dafür.«

Aber der Alte stößt ihn schweigend vor sich her die Treppe hinunter. Das Kätzchen faucht angstvoll in seiner Hand.

Er traut sich nicht, auch nur ein Wort des Protestes zu äußern. Draußen stapft der Alte am Wohnwagen vorbei und steuert auf den Bach zu.

Herbstblätter treiben auf der unruhigen Wasseroberfläche des schnell dahinfließenden Flusslaufes, als der Großvater die kleine Katze in einen Sack steckt, ihn mehrmals gegen die Böschung schmettert und in den Bach wirft.

Mit einem Mal hat er das Sprechen verlernt, stumm steht er da und muss zusehen. Bis Großvater, der ruhiger geworden ist, auch ihn am Kragen packt und sein Gesicht unter Wasser drückt. Nur kurz. Doch als er die Augen wieder öffnet, ist vom Jutesack nichts mehr zu sehen.

Der Himmel hängt tief, denkt Paul und stellt irritiert fest, dass die Dämmerung bereits hereingebrochen ist.

Seine Erinnerungen setzen ihm in letzter Zeit stärker zu, er verliert sich im Vergangenen, in den Gefühlen, die er überwunden glaubte, und findet nur schwer den Weg zurück.

Dabei braucht er gerade jetzt einen klaren Kopf, denn er ist mit Agnieszka zum Steakessen verabredet.

Also wäscht er sich, zieht sein bestes hellblaues Hemd über das weiße kurzärmelige T-Shirt und tauscht die verwaschenen Jeans gegen beige Chinos. Immer noch unzufrieden mit seinem Äußeren, er vermisst Haare und Bart, starrt er sich lange im Spiegel an.

Im Supermarkt ersteht er Steaks, Salat und zwei Flaschen Wein. Den Rest, hofft Paul, wird Agnieszka wohl selbst besorgt haben. Er ärgert sich, dass sie ihn überhaupt etwas fürs Abendessen mitbringen lässt.

Der Tisch ist nicht gedeckt, und Kerzen hat sie auch keine angezündet, aber immerhin kochen Kartoffeln auf dem Herd, und eine Flasche Cava steht geöffnet bereit.

Barfüßig, in Jeans und Shirt gekleidet, reicht ihm Agnieszka ein Glas Sprudel. Bei dieser Frau wundert Paul so schnell nichts mehr. Vielleicht ist es genau das Undurchschaubare an ihr, das ihn abstößt und gleichzeitig sein Interesse entfacht.

»So«, sagt sie, drückt ihm Teller und Besteck in die Hand und deutet zum Tisch.

»Gesprächig bist du ja nicht.« Paul schluckt seinen Ärger nur mühsam hinunter.

Sie lächelt. »Falte die Servietten und entkorke bitte den Wein.«
Kommentarlos folgt er der Anweisung.

Anders als beim Mittagessen kommt nur mühsam eine Unterhaltung zustande, aber Paul ist nicht zum Vergnügen hier, er entschließt sich daher, direkt zu fragen: »Sag mal, wie läuft das bei euch mit den Verstorbenen ab?«

»Das nenne ich mal ein appetitliches Abendtischthema«, entgegnet Agnieszka. »Das Prozedere muss dir doch ebenso vertraut sein wie mir. Natürlich ruft die Zentrale an, und dann schicken sie einen Wagen, der die Leiche abholt.«

»Ich frage wegen der Wartezeiten. Wir haben immer wieder Probleme mit einem der Institute.«

»Davon ist mir nichts bekannt. Nach drei, vier Tagen hängt die Bekanntmachung im Fenster, und bei uns ist der Papierkram vom Tisch.« Sie wirft ihm einen abschätzigen Blick zu, öffnet den Mund, als wolle sie noch etwas hinzufügen, trinkt dann aber bloß einen Schluck Wein.

Paul fragt nicht weiter, im Moment gibt er sich zufrieden. Morgen wird er die Auslagen der Bestattungsinstitute noch einmal überprüfen. »Junge Rosmarinkartoffeln aus dem Rohr mochte ich immer schon«, sagt er im Plauderton und denkt an seinen Großvater, der dieses Gericht verächtlich Armeleuteessen nannte.

Nach der zweiten Flasche, Paul fühlt sich mit jedem Schluck wohler, steht Agnieszka auf und umrundet den Tisch.

Sie streift ihr langes Haar zurück und sieht ihn herausfordernd an. »Rate mal, was es zum Dessert gibt.«

Mit einem Mal stört ihn ihre direkte Art.

»Tiramisu aus dem Tiefkühlfach vom nächstgelegenen Supermarkt?«

»Dummkopf.« Sie setzt sich auf seinen Schoß und schiebt ihre kühle Hand unter sein Hemd.

Paul spürt den Wein und fühlt sich auf einmal befreit. Agnieszka nimmt ihn beim Aufstehen an der Hand. Angenehm gedimmtes Licht erfüllt ihr Schlafzimmer, und Paul zieht sie an sich. Sie riecht so anders, so fremd, aber genau das gefällt ihm.

»Achtung, er könnte beißen«, warnt Agnieszka.

Übergangslos ist die Stimmung kaputt. Sie kichert, und da erst sieht Paul das gefleckte Ungetüm, das sich zwischen ihre Füße geschoben hat.

»Mein Glückskater glaubt, er habe die älteren Rechte. Und ganz so falsch liegt er dabei ja nicht.«

Paul löst sich abrupt aus ihrer Umarmung. »Bring das Tier in einen anderen Raum, ich bin allergisch.« Nur schwer kann er sich davon abhalten, dem fetten Kater einen Tritt zu verpassen.

Agnieszka wirft ihm einen eigenartigen Blick zu. »Du Ärmster, allergisch? Das tut mir leid. Ich mache nur den Babysitter.« Sie lacht auf eine unangenehme Weise.

Paul will etwas Abfälliges über Haustiere sagen, aber sie kommt ihm zuvor.

»Er gehört der Kollegin, von der ich dir erzählt habe, meiner Freundin von der intensivmedizinischen Abteilung. Morgen Abend bekommt sie ihren Kater zurück, sie holt ihn so gegen acht Uhr ab. Danach können wir uns treffen.«

Auf eine Begegnung mit der Intensivkrankenschwester aus Annes Klinik legt Paul keinen Wert. Aber dranbleiben muss er, das ist ihm klar. So klar wie das Wissen, dass die Polin mit ihm ein Spiel treibt.

Weiß sie, wer er ist?

Das erscheint Paul denkbar. Wenn das mit ihnen aber ein reizvolles Spiel für sie ist, welchen Spielregeln folgt sie dann? Das muss er herausfinden, und zwar schnell. Er nickt und verabschiedet sich.

5

Das Hämmern meines Herzens droht den Brustkorb zu sprengen. Alles in mir ist auf Alarm gestellt.

Ich bin auf einem Schiff. Dunkelheit umfängt mich. Selbst die Nachtbeleuchtung spendet bis auf ein bläuliches Flirren kein Licht.

Die Angst treibt kalten Schweiß auf meinen Rücken, zwischen die Brüste, hinunter zum Nabel. Mein Pyjama ist nass.

Da ist es wieder!

Ein Knistern.

Angestrengt lausche ich in die Dunkelheit. Doch jetzt ist das Pfeifen des Windes das einzige Geräusch, das ich außer dem Rauschen des Meeres wahrnehme. Auch wenn ich es nicht benennen kann, so ahne ich doch, dass etwas Bedrohliches näher kommt.

Ist die Badezimmertür der Kajüte nicht einen Spaltbreit geöffnet?

Mein Magen krampft sich zusammen, denn ich weiß, dass die dunkelhaarige Stewardess sie bei ihrem letzten Rundgang sicher geschlossen hat, ließ doch das Dröhnen, als die Tür durch den Windzug ins Schloss fiel, mich erschrocken zusammenzucken.

Mein Inneres fühlt sich verbrannt an, als stünde ich in Flammen, dabei ist mir eiskalt. Mein Körper bebt. Tränen schießen in meine Augen, so stark konzentriere ich mich auf diesen Spalt, der zuvor nicht da war. Was eben noch Ahnung war, ist jetzt Gewissheit.

Da ist jemand.

Ich kann ihn hören.

Nicht mehr als ein leises Tappen, ein unterdrücktes Atmen.

Und dann rieche ich es.

Kreuzkümmel und Ammoniak.

Paul. Er ist hier. Er wird mich töten. Er will zu Ende bringen, was ihm zuvor nicht gelungen ist. Er ist mir auf das Kreuzfahrtschiff gefolgt.

Ich habe keine Chance.

Diesmal wird er es schaffen.

Ein Schatten löst sich von der Wand. Wie ein schwarzer Vogel, der sein Gefieder ausbreitet, schwingt er sich in die Höhe und rauscht mit wildem Flügelschlag auf mich zu.

Ich will nicht sterben.

Diese vier Wörter lösen einen Impuls aus. Wie eine Naturgewalt strömt meine Stimme aus mir heraus. Ich brülle. Ich schreie und kreische, bis eine über mein Gesicht geworfene Decke mein Flehen um Hilfe erstickt. Silberne Punkte flirren vor meinen Augen. Ich winde mich unter der Wolle, deren Fäden in meine Nase dringen, mir die Luft zum Atmen nehmen. Es kostet mich alle Kraft, meine Glieder zu bewegen, meinen Kopf um Millimeter zu drehen.

Die schrille Sirene des Alarms höre ich nur gedämpft, doch das Gewicht auf mir verringert sich. Gierig sauge ich nach Luft. Dann verschmelzen die silbernen Punkte zu einem einzigen großen Stern und lassen mich verschwinden.

Jemand hält meinen Kopf und flößt mir Flüssigkeit ein. Das Wasser schmeckt, als hätte ich aus einer Blumenvase getrunken.

Das Gesicht einer älteren Ärztin beugt sich über mich. Ihre müden, rot geäderten Augen sind direkt vor den meinen. Sie blickt besorgt.

»Sie befinden sich auf der Krankenstation des Liners«, sagt sie.

Ich schaue mich interessiert um.

»Sie hatten Glück. Die Stewardess wollte Ihnen Tee bringen, da ist sie Ihrem ungebetenen Gast begegnet. Er hat sich wohl in der Kabine geirrt. Der ältere Herr ist harmlos, ein wenig verwirrt. Sie waren keine Sekunde lang in Gefahr. Warum Ihre Tür aufging, ist uns ein Rätsel. Vermutlich ein technisches Problem. Der Sicherheitsdienst wird sich darum kümmern.«

Es ist also wirklich geschehen.

Die Ärztin zieht einen Stuhl ans Bett und setzt sich umständlich hin. »Sie haben einen leichten Schock erlitten. Deshalb behalten wir Sie heute Nacht hier. Morgen machen Sie wie geplant Ihren Ausflug. Ich glaube, es geht in den Dschungel.« Sie nimmt meine Hand. »Und jetzt schlafen Sie ein wenig. Für die Expedition werden Sie all Ihre Kraft brauchen.«

Ich schließe die Augen.

Als ich sie nach langer Zeit wieder öffne, fühle ich mich gut. Wie neugeboren, wie frisch gemacht, gerade so, als wäre ich endlich aus einem schlimmen Alptraum erwacht. Durch die halb geöffneten Lider kann ich die beiden Hilfsschwestern sehen, deren Stimmen ich bereits kenne. Wieder waschen und bürsten sie mich. Wieder empfinde ich ihre Berührungen als unsanft.

»W… waa…« Die Frage will nicht über meine Lippen.

Eine der beiden Schwestern hält mitten in der Bewegung inne, woraufhin mein hochgehobener Arm ihrer Hand entgleitet und zurück auf das Laken fällt. Aufgeregt unterbricht sie das monotone Plappern ihrer Kollegin. »Ich habe dir doch gesagt, dass sie uns verstehen kann.«

»Na und? Davon geht die Welt nicht unter. Ich habe schon Erstaunlicheres erlebt.«

Ich öffne die Augen ganz. Zur rauen Stimme gehört ein grob gezeichnetes Gesicht unter einem hellen Haarkranz, das vor meinen Augen hin und her hüpft. Es erinnert mich an die Vexierbilder meiner Kindheit. Sobald ich versuche zu fokussieren, bewegen sich die Gesichtszüge nach vorne und treten dann in den Hintergrund. Früher mochte ich diese Bildchen, bei denen sich eine Prinzessin blitzschnell in eine Hexe verwandeln konnte, jetzt ängstigt mich der Effekt. Es ist, als ob sich etwas hinter etwas anderem verbirgt, das wiederum hinter etwas noch ganz anderem versteckt ist. Ich bin nicht imstande, alles zu durchschauen, die Verbindung herzustellen.

Ich blicke in graue, freundliche Augen, um die sich tiefe Falten eingekerbt haben. Brünettes Haar, in einen Zopf gefasst, der seitlich über die Schulter baumelt. Ein paar Strähnen haben sich gelöst.

»Gestern Nacht soll sie unruhig gewesen sein. Ihre Werte haben verrücktgespielt«, wirft die zweite Schwester ein, wird aber durch eine Bewegung der Älteren am Weiterreden gehindert.

»Denk an die Anweisung bei der Morgenbesprechung. Keine Gespräche, die über das Alltägliche hinausgehen. Wir dürfen unsere Patienten nicht verunsichern. Man weiß nie, wie viel sie mitkriegen.«

»Okay, dann halten wir uns eben an die Vorschriften und machen still unsere Arbeit.«

Die Stimme der zweiten Krankenschwester hat einen bitteren Unterton. Ich möchte sie anflehen, mir zu erzählen, was los war, ich kenne mich nicht aus. Gehören die beiden zur Krankenstation des Passagierschiffes?

Die Schwester hält erneut inne, mustert mich eingehend. Die Bürste verfängt sich in meinem Haar. Nicht einmal den Kopf kann ich drehen, weil es sich anfühlt, als ob meine Gehirnmasse zu schlingern beginnt, so als hätte sich flüssiges Blei hinter meiner Stirn angesammelt. Mein Nacken scheint sich in eine rostige Eisenschiene verwandelt zu haben.

Schwerfällig kämpfe ich um ausreichend Atemluft, während meine Unterschenkel, Füße und Zehen gründlich abgetrocknet und danach eingecremt werden. Die freundlichere der beiden Schwestern winkelt mein Knie an und wirft mir einen abschätzenden Blick zu. Sie scheint zu überlegen, ob sie einen Arzt rufen soll. Bei meinen unartikulierten Lauten könnte es ja sein, dass mit meinem Hirn etwas nicht stimmt. Aber wie soll ich mich ausdrücken, wenn jedes Wort eine Qual für mich ist?

Paul war hier.

Er hat mir Angst gemacht.

Daran kann ich mich erinnern. Und dass wir auf einem Kreuzfahrtschiff waren. Dabei hasse ich Kreuzfahrten. Und das Personal wollte mir weismachen, dass ein Kabinennachbar mich irrtümlich besuchte.

»Wir sollten die Ärztin informieren«, sagt die Schwester und holt eine Feile aus der Tasche ihres gestreiften Mantels. Mit geübten Bewegungen nimmt sie meine Hand und beginnt, einen meiner Nägel zu glätten. Meine Finger verkrallen sich in ihrem Arm. Sie macht sich brüsk los und lässt dabei die Feile zu Boden fallen.

Erschöpfung breitet sich in mir aus. Wieder verschwimmt alles vor meinen Augen.

6

Am nächsten Tag plagen Paul die gleichen Gedanken. Stetig spürt er neuen Zorn in sich aufflackern. Zorn darüber, noch immer nicht in Erfahrung gebracht zu haben, wo Anne aufgebahrt liegt.

Ob sie obduziert wird?

Vielleicht liegt sie nicht fein zurechtgemacht in einem Sarg, sondern ausgeweidet auf Eis? Ob er es wagen kann, in der Rechtsmedizin vorzusprechen? Möglicherweise wäre ein schlecht bezahlter Angestellter vor Ort bereit, ihm Informationen … Aber nein, viel zu riskant, schließlich wird er von der Polizei gesucht und muss jeden Schritt sorgsam planen.

Immerhin, er hat ein Versteck, zwar liegt es knapp zwei Stunden Fahrzeit vom Krankenhaus entfernt, aber dafür ist es ein sicherer Ort. Dennoch bedauert Paul, nicht bei einem Freund unterschlüpfen zu können. Ein wenig Mitgefühl täte ihm gut. Freunde hat er bis auf Jochen jedoch keine, und von dem hält er sich fern, weil der zu viel von seiner Vergangenheit weiß.

Mit müden Bewegungen schält Paul eine Orange und reiht gedankenverloren die Spalten nebeneinander auf dem Teller auf. Sorgfältig befreit er das Fruchtfleisch von den weißen Fäden, wie es ihm seine Großmutter vor vielen Jahren beigebracht hat. Wäre sie nicht gewesen, hätte er seine Kindheit allein mit dem Großvater womöglich nicht überlebt. Früher dachte er bei den Wutausbrüchen des Alten oft, es könne nicht mehr schlimmer werden, doch der Tod der Großmutter belehrte ihn eines Besseren.

Sechzehn Jahre ist er inzwischen alt.

Im Gegensatz zu früher kommt ihm Großvater heute friedlicher vor. Das liegt vermutlich daran, dass er sich um Großmutter Sorgen macht.

Still ist sie, die alte Frau, stiller als je zuvor. Und müde. Fast immer sitzt sie nun in der Küche und starrt ins Leere. Ihre Lippen haben einen bläulichen Schimmer, und ihre Haut erinnert Paul an gelbliches Pergamentpapier. Längst schon ist sie nicht mehr in der Lage, Mahlzeiten zuzubereiten. Wenn er sie etwas fragt, zuckt sie zusammen, als erwache sie aus einem tiefen Traum. Die Großmutter hat sich in ein inneres Land zurückgezogen, weit weg von der Gegenwart.

Immer wenn er sie bittet, einen Arzt aufzusuchen, formen ihre Lippen ein stummes Nein.

Mag der Großvater in letzter Zeit auch ruhiger geworden sein, seine Stimmungsschwankungen bleiben gefährlich. Und ist er, wie häufig, betrunken, muss der Junge mit Schlägen und Tritten rechnen.

An einem Morgen kommt Großmutter nicht aus dem Schlafzimmer, und als er klopft, hört er keine Antwort.

Leise, fast zaghaft öffnet er die Tür.

Seine Oma ist halb aus dem Bett gerutscht. Fast scheint es, als hätte sie auf dem alten fleckigen Teppich etwas gesehen, das einer genauen Betrachtung wert wäre, aber als er die starren Augen der alten Frau bemerkt, weiß er, dass nie mehr etwas ihr Interesse wecken kann.

Dann steht der torkelnde Großvater im Türrahmen. Mit einem Blick erfasst er die Situation. Der Kummer stimmt den Alten milde, er setzt sich schwer auf einen Stuhl neben das Bett.

Behutsam nimmt er Großmutters Hand und hält sie lange Zeit in seiner.

Beim Begräbnis stehen sie scheinbar einträchtig Seite an Seite, aber den ganzen Tag über sprechen sie kein Wort miteinander. Erst als sie wieder zu Hause sind, deutet der Großvater auf einen der Stühle und setzt sich ihm gegenüber.

»Bursche, dein Platz ist ab sofort hier im Haus, du übernimmst Großmutters Aufgaben, und an den Abenden arbeitest du an der Tankstelle. So habe ich es mit dem Besitzer vereinbart.«

Paul fühlt sich, als würde er in einen Abgrund gestoßen. »Und die Schule?«, fragt er leise.

»Wird abgebrochen.« Die Stimme des Alten duldet keinen Widerspruch.

Die nächsten Monate sind die härtesten in seinem bisherigen Leben. Der Alte ist inzwischen fast immer betrunken und scheint es sich zum Ziel gesetzt zu haben, ihn endgültig zu brechen.

Paul reduziert sich, er versucht zu überleben. In den Stunden an der Tankstelle sammelt er Kraft für den Tag.

Aber es wird nicht besser. Immer unberechenbarer, immer brutaler agiert der Großvater, der, einmal in Wut geraten, keine Grenzen mehr zu kennen scheint.

Und dann, eines Tages, Paul wischt eben den Boden im ersten Stock, geschieht es. Der Alte kommt mit geballten Fäusten die schmale Treppe herauf und beginnt schon auf halber Höhe zu brüllen. »Deine Mutter, die verfluchte Hure, hat sich zu Tode gefixt. *Gefixt.* So stand es vor Jahren in der Zeitung. Meine Frau war ein guter Mensch. Sie wollte nicht, dass ich es dir sage. Sie schämte sich für ihre Tochter. Weißt du das? Diese Hure hat nur Leid über uns gebracht.«

Als Großvater den oberen Absatz erreicht, steht Paul vor ihm. Und seltsam, der Schrubber in seiner Hand führt plötzlich ein Eigenleben, denn das untere Ende stößt hart gegen die Brust des schwer atmenden Alten.

Großvater fällt.

Er poltert, sich rücklings überschlagend, die Treppe hinunter und bleibt schließlich mit unnatürlich verdrehtem Hals liegen.

Nur mühsam streift Paul die Erinnerung an seine Jugend ab, fast hätte er die Zeit übersehen. Rasch wischt er die Reste der Orange in den Müll und spült den Teller.

Für das heutige Treffen mit Agnieszka hat er sich kaum herausgeputzt, schließlich fand die Premiere schon statt. Er greift sogar nach demselben, dem hellblauen Hemd. Nur für die Rasur von Gesicht und Kopf nimmt er sich ausgiebig Zeit.

Schon als sie ihm die Tür öffnet, spürt Paul die veränderte Atmosphäre. Die Polin winkt ihn fast beiläufig herein, aber im

Unterschied zu gestern ist der Tisch diesmal gedeckt, der Wein entkorkt, und Agnieszka selbst steckt in einem atemberaubenden Kleid, das ihre Formen betont.

»Warte«, sagt sie, als er zum Tisch gehen will, und drückt ihm ein Glas in die Hand. »Komm mit auf den Balkon. Lass uns dort einen Schluck trinken.«

Paul nickt. Kurz irrt sein Blick durch den Raum, von einem Haustier ist weit und breit nichts zu sehen. Die Kollegin muss das Fellmonster tatsächlich abgeholt haben.

Betont gelangweilt folgt er ihr auf die schmale Terrasse und fragt wie nebenbei: »Was erzählt die Katzenmutter denn so?«

»Leere erst mal dein Glas, Richard.« Agnieszka hat sich an die Brüstung gelehnt, und Paul registriert, dass sie seinen Namen seltsam betont.

»Gibt es heute den Nachtisch vor dem Dinner?« Er mustert sie.

»Nein.« Sie sieht ihn nun direkt an, und Paul erschrickt, als er die Entschlossenheit in ihren Augen erkennt. »Ein Freund kommt gleich zum Essen, für dich gibt es nur eine Vorspeise, und selbst die wird nicht unbedingt nach deinem Geschmack sein.«

In Pauls Magen bildet sich ein eisiger Klumpen. Er spürt, wie sich sein kahl rasierter Schädel rötet. »Was soll das Theater?« Hart fährt seine Hand in Agnieszkas Haar und zieht sie zu sich.

Sie streckt abwehrend beide Arme aus, lässt sie dann aber fallen. Ihre augenscheinliche Ruhe versetzt ihn in Panik.

»Paul«, sagt sie. »Paul, so heißt du doch.«

Ganz nah stehen sie beieinander, und Agnieszka beugt sich noch ein Stück näher, bis ihre Gesichter sich beinahe berühren. »Blass bist du geworden, mein großer Held. Wenn du mich nicht sofort loslässt, werde ich schreien.«

Kraftlos sinken Pauls Hände nach unten.

Agnieszka verschränkt die Arme vor ihrer Brust. »Ich hatte heute Morgen ein langes Gespräch mit meiner Kollegin. Ein wenig habe ich ihr wohl von dir vorgeschwärmt, und als sie gar nicht mehr zu fragen aufhörte, da habe ich ihr«, sie greift zum

Handy, »dieses Foto gezeigt.« Fast entschuldigend hebt sie die Hand. »Nein, du hast es nicht bemerkt, als ich auf den Auslöser drückte, und nein, ich hatte dabei keine böse Absicht. Ganz im Gegenteil, selbst jetzt tut es mir irgendwie leid. Egal. Du ahnst vermutlich, wie meine Freundin reagiert hat, kaum dass sie einen Blick auf das Bild warf?«

Pauls Hände sind zu Fäusten geballt, aber er spürt keine Kraft mehr in sich. Nur Angst spürt er, Angst, die sich von Sekunde zu Sekunde verstärkt. Wie eine Welle droht sie ihn zu überrollen.

»Natürlich ahnst du es, Paul. Sie hat lange auf das Foto gestarrt, und dann hat sie mir gesagt, dass du aussiehst wie der, der neulich die Klinik aufgemischt hat.«

Agnieszka hebt abwehrend einen Arm, aber Paul ist zu keiner Bewegung fähig.

»Glaub mir, das Lachen ist mir im Hals stecken geblieben, auf einmal ergaben deine Fragen nach der Bestattung und dem üblichen Prozedere einen Sinn, dein sonderbares Verhalten, und ich musste mich sehr beherrschen, um mir nichts anmerken zu lassen. Wir haben sogar darüber geblödelt, Paul, welche absurden Ähnlichkeiten es doch gibt, und meine Freundin hat keinen Verdacht geschöpft, nicht den geringsten, aber in dem Gespräch hat sie mir etwas verraten.«

Langsam erholt sich Paul, und er spürt die vertraute Wut in sich auflodern.

»Paul, die Frau, die an dem Tag angeblich gestorben ist, ist nicht tot, sie lebt.«

Jetzt erfasst ihn Schwindel, er taumelt. Anne lebt? Niedergeschmettert vom Inhalt ihrer Worte lässt er sich auf den Terrassenboden sinken.

»Ja, Paul, die Polizei hat zu ihrem Schutz die Öffentlichkeit darüber informiert, dass dein Angriff auf sie erfolgreich war und sie ihren Verletzungen erlegen ist. Die Ärzte, das Pflegepersonal und die Verwandten wurden gebeten, nichts Gegenteiliges verlauten zu lassen. Deswegen gibt es keinen Begräbnistermin.«

In Pauls Ohren rauscht das Blut so laut, dass seine eigenen Worte kaum zu ihm durchdringen. »Das alles hat deine Freundin gesagt?«

»Ja, hat sie. Ich weiß jetzt, dass du vermutlich dort warst, um diese Frau zu töten, der du zuvor schon ziemlich erfolgreich die Kehle durchgeschnitten und das Hirn zertrümmert hast, und dass du außerdem ihre Zwillingsschwester entführen wolltest. Natürlich wird intern darüber geredet. Was denkst du denn? Paul, du bist so etwas wie eine Berühmtheit.«

»Nicht ihre Zwillingsschwester, meine Frau wollte ich zurück«, korrigiert er sie.

»Das heißt, Anne Parker und du, ihr seid ein Paar?« Agnieszka sieht ihn überrascht an.

»Wieso Anne? So ein Blödsinn. Lili ist meine Lebensgefährtin.«

»Die Komapatientin?«

»Koma? Was redest du da? Lili ist quicklebendig.«

»Da ist dir wohl ein fataler Fehler unterlaufen, Paul. Die Patientin auf der Intensivstation ist definitiv nicht Anne, sondern Lili Parker.«

Lili. Seine Lili liegt im Koma?

Paul atmet schwer. Gut, dass er auf dem Terrassenboden sitzt, denn der Balkon wogt unter ihm. Wie hatte es nur zu dieser verhängnisvollen Verwechslung kommen können?

In der Wohnung war es schummrig in jener Nacht, doch als er in das Badezimmer eindrang, konnte er die Feindseligkeit in Annes Augen aufblitzen sehen. Waren das die Augen seiner Lili gewesen? Sollte sie tatsächlich die Polizei gerufen haben, noch ehe er eine Chance bekam, sich zu erklären? Und im Foyer, die Frau, die er für Lili hielt, trug ihre Jeans und ihren Schal. Den hatte er ihr geschenkt. Nur den Ring mit dem hart funkelnden Stein an ihrer Hand, den kannte er nicht.

»Bist du dir sicher?«

»Die Personendaten lügen nicht. Anders als die Polizei, die Lili Parkers Tod zum Schutz vor weiteren Übergriffen vorgetäuscht hat.«

Paul sieht, wie Agnieszka auf ihn herabschaut. In ihrem Blick liegt Hohn. Auch Triumph kann er erkennen, aber schlimmer als alles andere ist die Verachtung, die sie für ihn hat.

Und er kann es nachvollziehen. Was für ein verdammter Narr er ist. Wie hat er seine geliebte Lili für Anne halten können, wie konnte er sie nicht wiedererkennen? Ein jähes Brennen erfasst sein Herz, lässt es unregelmäßig pochen. Hat er einen Infarkt? Bis in den Arm strahlt der Schmerz, seine Lungen ziehen sich zu einer verhärteten Membran zusammen und schließen die Luft ein. Verzweifelt ringt er nach Atem.

»Paul!« Agnieszka streckt die Hand nach ihm aus. »Du wirst doch nicht ...« Schon hat sie die Terrasse verlassen und kommt mit einem Glas Wasser zurück. »Trink«, sagt sie. »Was ich hier am wenigsten brauche, sind Ambulanz und Polizei. Also reiß dich zusammen.«

Gierig schüttet er das Wasser in sich hinein, mit jedem Schluck geht es ihm besser. Agnieszkas Krankenschwesterstimme bestätigt, was er vermutet. »Du hast eine Panikattacke. Wenn du mich fragst, kein Wunder.«

Aber Paul fragt sie nicht, seine Gedanken überschlagen sich, während er um Haltung ringt.

Lili ist Anne, und Anne ist Lili.

Keine Sekunde hatte er daran gezweifelt, das Messer in Annes Hals versenkt zu haben. Hat der Hass auf sie ihn blind gemacht?

Auf einmal erfasst ihn eisige Kälte.

Er hört eine verzagte Stimme. Sie gehört Lilis Nichte Hanna, und sie fragt leise: »Tante, wer war das?«

Ich!, möchte er schreien. Ich, dein Papa.

Die Erkenntnis trifft ihn mit Wucht.

Das kleine Mädchen an Annes Seite ist sein und Lilis Kind.

Annes Schwangerschaft war ein einziger groß angelegter Betrug. Nicht Anne, Lili trug ein Kind unter dem Herzen.

Seine Tochter.

Paul kann nicht verhindern, dass Tränen über seine Wangen strömen.

»Machst du jetzt endgültig schlapp?« Agnieszka verzieht ihr Gesicht.

»Ich habe eine Tochter.«

»Gratuliere! Dann hat dein wunderbarer Sohn David jetzt eine Schwester. Hoffentlich ist sie ebenso talentiert wie er.« Agnieszka beginnt zu lachen. Sie lacht, bis sie sich den Bauch hält.

Bei jedem ihrer falschen Töne wächst Pauls Hass. Dieses Weib könnte glatt als Annes Zwilling durchgehen. Die beiden ähneln einander auf unheilvolle Weise.

»Wahrscheinlich willst du jetzt nicht nur deine Frau, sondern auch dein Töchterlein«, erklärt sie immer noch prustend und tritt zwei Schritte zurück. »Nun gut. Ich werde dir sagen, was *ich* will. Fünfzigtausend Euro. So viel muss dir mein Schweigen wert sein. Und Konrad«, sie tritt einen weiteren Schritt zurück, blickt zum gedeckten Tisch und dann auf die Uhr, »ist jeden Moment hier. Du siehst, ich habe mich gut vorbereitet.«

Nein, Agnieszka ist keine Freundin. Sie genießt seine Verzweiflung, denkt nur an ihren eigenen Vorteil. Und sie macht sich über ihn lustig.

Eine seltsame Leere breitet sich in Pauls Kopf aus. Langsam steht er vom Boden auf und mustert sie. »Du willst also Geld? Für dein Schweigen?«

Es ist so banal, so lächerlich.

Das Klingeln an der Wohnungstür unterbricht die nachfolgende Stille.

»Das ist Konrad.« Agnieszkas Stimme klingt immer noch ruhig. »Du hast drei Tage Zeit, das Geld zu beschaffen. Wir treffen uns pünktlich um zwölf Uhr mittags in dem Lokal, in dem wir uns kennengelernt haben. Und jetzt geh.«

Paul drückt sich an einem mageren Mann vorbei und läuft die Treppen hinunter.

Wie stellt die Frau sich das vor?

Sie hat nichts gegen ihn in der Hand. Wenn er jetzt wegbleibt, sie nicht wieder kontaktiert und seine Telefonnummer wechselt, kann sie der Polizei nur erzählen, dass er noch in der Nähe ist, was die Bullen ohnehin ahnen.

Immer noch ist er innerlich wie erstarrt. Er muss sich einiges überlegen, aber nur wenig davon hat mit Agnieszkas dilettantischem Erpressungsversuch zu tun.

7

Der Ort, an dem ich mich befinde, ist ein fremder Platz zwischen Traum und Wachsein.

Manchmal schrecke ich aus einer Landschaft hoch, die ich noch nie zuvor gesehen habe.

Gerade eben war ich in einem dschungelartigen Gebiet und kämpfte mich mit einer Machete in der schweißnassen Hand durch Lianen. Die Fächer der Palmen wogten, Affen schrien, Vögel kreischten, und in meinem Rucksack befanden sich Vorräte höchstens für einen einzigen Tag. Durst quälte mich. Eine Schlange wand sich durchs Dickicht, Raubkatzen fauchten, und das Dröhnen mächtiger Elefantenfüße klang beängstigend nahe. Ein greller Sonnenstrahl bahnte sich den Weg durchs Pflanzengewirr, traf meine Stirn. Gleißendes Licht, unerträgliche Helle.

Ich bin wach. Bin ich denn wach?

Träume ich das Wachsein?

Oder träume ich nur den Schlaf?

Das Klappern hoher Absätze reißt mich aus der neuerlichen Versunkenheit.

»Liebes, du weißt ja nicht, wie viel es mir bedeutet, deine Augen offen zu sehen.«

Lange, seidige Strähnen streifen über meine Wangen. Ich rieche blumiges Parfüm. Meine Schwester.

»Du bist doch wach?«

Annes Stimme klingt so aufgebracht, dass ich blinzle und mich zwinge, aufmerksam zu sein.

Könnte ich mich nur kräftig kneifen. Stellte sich danach Schmerz ein, wüsste ich wenigstens, dass alles hier real ist und kein weiterer Traum. Aber noch gehorchen mir meine Finger selten. Zu oft liegen die Hände kraft- und nutzlos auf dem Laken. Gerade so, als hätte jemand vergessen, sie wegzuräumen.

»Drifte nicht wieder weg! Komm zurück!«

In diese Tonart kann nur Anne ihre Befehle verpacken.

Also nicke ich folgsam.

Was macht sie auf dem Kreuzfahrtschiff? Im Dschungel war ich allein. Das war ich doch?

Und wieder schwinge ich die Machete gegen tropisches Gewächs. Violette Blüten schimmern durchs Blattwerk. Ich möchte an ihnen riechen, strecke die Hand aus – und meine Schwester fängt sie auf und legt sie aufs Laken. Die Blüten bleiben zurück.

Mein Durst ist übermächtig, die paar Tropfen können ihn nicht stillen.

Wieder verschwimmt Dschungelgrün mit der Gegenwart. Was weiß meine Schwester denn von Gefahr und Sicherheit? Ich bin es, die sich ständig mit Macheten den Weg freikämpfen muss. Mich erschrecken die Schlangen, und mich umkreisen wilde Tiere. Nicht sie läuft Gefahr zu verdursten, weil in der Feldflasche immer nur ein Bodensatz Wasser steht. Ich bin gefährdet. Irgendetwas in mir, viel älter als ich, spürt es.

Wieder bewegen sich ihre Lippen, und wieder kann ich kein Wort verstehen.

Entmutigt sinke ich ins Kissen zurück, schließe die Augen.

»Gib mir ein Messer.«

Habe ich das laut gesagt oder nur geträumt?

Kleidung raschelt. Der Stuhl knarrt, als meine Schwester aufsteht. Dann drückt sie mir etwas in die Hand. Es fühlt sich spitz an und kalt. Wie eine Waffe.

Sanft löst sie meine Finger, die sich um den Griff krampfen, ihn nicht loslassen wollen, und ich höre am Klappern des Nachttisches, dass sie die Lade aufzieht und die Nagelfeile darin verstaut.

Jetzt weiß ich es besser. Auch sie wähnt mich immer noch in Gefahr.

Ein weiteres Mal kämpfe ich mich durch dichtes Grün. Doch diesmal ist der Widerstand, den mir die Lianen und der Blätterwald entgegenbringen, nicht mehr so heftig wie in meinen letzten Schlachten mit der Natur. Auch ist es rings um mich lichter geworden. Der eiserne Ring um meine Lungen ist gelockert, und selbst die Geräusche der feindlichen Tiere, die mich so lange verfolgten, sind leiser geworden und scheinen sich zu entfernen. Das Wasser aus meiner Feldflasche ist kühl und schenkt mir Kräfte, deren Rückkehr ich nicht mehr für möglich gehalten habe.

Ich muss hier raus.

Und heute kenne ich den Weg.

Im Moment dieser Erkenntnis trete ich aus dem Urwald und staune über das Panorama, das sich weit öffnet.

Wiesen und Äcker sind es, und weiter hinten, ein wenig im Dunst, die Dächer einer vertrauten Stadt.

Ich komme nach Hause, fast bin ich da.

Meine Gedanken haben sich eben noch in wilden Spiralen gedreht, besänftigt gleiten sie nun geradeaus. Mein Gehirn glich einem Irrgarten mit verschlungenen Wegen inmitten einer unendlichen Landschaft. Jetzt weiß ich: Ich selbst bin die Landschaft. Der undurchdringliche Dschungel mit all seinen Gefahren, den Bestien. Sie lauern in meinem eigenen, meinem inneren Labyrinth, wenn ich schlafe.

Doch ich weiß nun, wie ich verhindern kann, dass ich mich wieder darin verliere. Ich muss versuchen, wach zu bleiben.

Jetzt gilt es, einen Schritt nach dem anderen zu machen. Mich aufrichten, die lahm gewordenen Glieder bewegen, lernen zu gehen, zu reden, zu essen. Und zu verstehen.

Der richtige Zeitpunkt scheint gekommen zu sein.

Mein Versinken ins Niemandsland hat sich in heilsamen Schlaf verwandelt, meine Phantasien in Träume.

Von neuem Mut erfasst, strecke ich mein Gesicht der Dunkelheit entgegen.

8

»Wir können Ihnen nicht mehr sagen.« Die Stimme des Arztes, der vor Lilis Bett steht, klingt geschäftsmäßig.

Ich sehe ihn nicht zum ersten Mal. Er ist klein, hat verhältnismäßig lange Haare, redet gern, und ich denke, dass ich das alles schon weiß.

Natürlich gibt es selten etwas Neues zu berichten. Was im Hirn meiner Schwester vor sich geht, ist reine Vermutung, dennoch muss ich mich um Freundlichkeit dem Arzt gegenüber bemühen.

Ihre Vitalfunktionen sind durch unterschiedliche Geräte gesichert. Zahlen und Werte der Herzfrequenz, Sauerstoffsättigung im Blut, Atmung und Temperatur werden laufend überprüft. Ebenso die Reflexe, um Informationen über ihren Bewusstseinszustand zu erlangen. Diese Daten sind die mit Stecknadeln fixierten Punkte auf Lilis Genesungslandkarte. Keine Frage, hier wird professionell gearbeitet, und dennoch werde ich meine Ungeduld kaum los. Die zwei Wochen, die Lili nun schon im Koma liegt, kommen mir vor wie Jahre. Doch umso stetiger meine Gereiztheit wächst, umso zuversichtlicher zeige ich mich meiner kleinen Nichte gegenüber.

»Hanna«, sage ich bemüht fröhlich, »möchtest du noch ein Bild für Mami malen, während der Doktor mir etwas erklärt?«

»Ja. Aber nur, wenn du es mir dann weitererklärst«, entgegnet sie altklug und kaut an einem Radiergummi. Ich drücke ihr einen Kuss auf den Scheitel. Sorgsam ordne ich Spitzer und Buntstifte neben dem Zeichenblock an. Hanna klemmt die Zunge zwischen die Zähne und beugt sich über das Papier.

Ich wende mich dem Arzt zu.

»Damit sich Ihre Miene ein wenig aufhellt, Frau Parker, machen wir jetzt ein kleines Experiment.« Er sieht mich erwartungsvoll an, und ich ziehe fragend die Schultern hoch.

»Einen Menschenversuch, nehme ich an?«

»In gewisser Weise, ja.« Er geht ohne zu lächeln zum Bett meiner Schwester und nimmt die Tube mit der Handcreme vom Nachtkästchen.

Jetzt hat er meine Aufmerksamkeit. Ich stelle mich neben ihn.

Sacht streicht er etwas Salbe auf Lilis Oberlippe.

Sie reagiert nicht, ich habe auch nichts anderes erwartet.

»Und?«, frage ich.

»Das ist ein gutes Zeichen, ein Fortschritt«, antwortet er, sichtlich unbeeindruckt von meinem Unverständnis.

»Weil Lili nicht reagiert? Aber so ist es doch meistens. Nur sind manchmal die Augen offen, dann wieder nicht. Gut, hin und wieder bilde ich mir ein, sie bewegt ihre Hand oder verzieht ihre Lippen. Was soll daher an Ihrem Beispiel die Verbesserung sein?«

»Dass die Patientin *eben nicht* auf die Berührung reagiert. Ich habe Ihnen den sogenannten ›Schnauzreflex‹ vorgeführt. Hätte Ihre Schwester die Lippen vorgestülpt, in etwa so wie ein Baby, das saugen möchte, wäre das ein Zeichen für ein tiefes Koma.«

Wirklich verstehen kann ich seine Erklärung nicht. »Heißt das, Lili ist im Begriff aufzuwachen?«

»Wenn es so einfach wäre. Wir beobachten sie, wiederholen den Reflextest regelmäßig, und er kann von Mal zu Mal ein anderes Ergebnis aufzeigen. Konkrete Hoffnungen sind verfrüht. Trotzdem, der Schnauzreflex ist ein wichtiger Indikator für den Status der Bewusstheit.«

Lili hat keine Schnute gezogen, wiederhole ich innerlich und freue mich wie eine Schneekönigin. Ich nehme mir vor, mir das zu merken und sie damit aufzuziehen, wenn sie wieder voll da ist und über irgendetwas schmollt.

»Sehen Sie«, sagt der Arzt lächelnd, »es ist mir gelungen, Sie aufzuheitern.«

»Klar, immerhin weiß ich jetzt, dass Lilis Schlaf nicht mehr so tief ist.«

Er nickt, notiert gewissenhaft seine Messergebnisse in die Fieberkurve und lässt mich mit meiner Schwester allein.

Eigenartig, dass dieses Blatt am Fußende des Bettes so heißt, unabhängig davon, ob der Patient vor Hitze glüht, unterkühlt aus einer Lawine geborgen wurde oder wie Lili mit Normaltemperatur im Koma liegt.

»Tante!« Hannas Ruf reißt mich aus meinen Überlegungen. Sie steht neben dem Tisch, auf dem das halb fertige Gemälde liegt, und tritt aufgeregt von einem Fuß auf den anderen. »Wird aus meiner Mama ein Hund?«, fragt sie, und ihre Augen glänzen.

»Hund?«

»Wegen der Schnauze, meine ich.«

Jetzt lache ich schallend und schüttle den Kopf. Ich hebe die Kleine auf meinen Schoß und erzähle ihr, was der Arzt damit gemeint hat. Sie nickt und legt die Arme um meinen Hals.

»Aber gesund wird Mama doch?«

»Ja«, flüstere ich und hoffe es in diesem Augenblick mehr denn je.

Eigentlich sollte ich mich auch über kleine Verbesserungen freuen, aber zu oft schon war ich voreilig mit meinen Erwartungen. Der nächste Rückschlag traf mich dann umso härter.

Manchmal fürchte ich, dass Lili überhaupt nicht mehr wach wird.

Hanna löst ihre Arme von meinem Hals und springt zum Tisch. »Ich muss das Bild fertig zeichnen.«

Ich unterdrücke die aufkommenden Tränen und gehe zu Lilis Bett. »Liebes«, sage ich, drücke ihre Hand, die ruhig auf dem Laken liegt, und beginne, ihr wie sonst auch von meinem Tag zu erzählen.

Obwohl wenig Auskunft darüber gegeben werden kann, was sich in Lilis Innenwelt abspielt, wurde mir eingeschärft, mit meiner Schwester zu kommunizieren. Ihr Musik vorzuspielen, mit ihr zu plaudern, sie zu berühren, ihr vorzulesen, Filme gemeinsam anzusehen, Hanna singen zu lassen. All das ist inzwischen fixer Bestandteil unserer Alltagspraktiken. Und manchmal glaube ich fest daran, dass es funktioniert. Dann wiederum gibt es Stunden und Tage, an denen ich die Sinnhaftigkeit meines Tuns in Frage stelle und an meinem stummen, bewegungslos daliegenden Zwilling verzweifle.

Doch was bringt es, Trübsal zu blasen.

Einen Vorteil hat das Warten auf Veränderung: Lilis Halswunde beginnt zu verheilen und wird ihr kaum mehr Probleme bereiten, wenn sie erwacht.

»Ach, Lili.« Ich seufze lautlos. Wie so oft frage ich mich, ob der Überfall meine Schuld war, ob ich zu unvorsichtig geworden bin, weil ich uns endlich in Sicherheit wähnte. Beide hatten wir Paul vollständig aus unserem Leben ausgeklammert und vermieden es hartnäckig, ihn auch nur zu erwähnen. Wir waren wieder zusammengewachsen zu den Zwillingen, die wir früher mal waren. Diese Harmonie, die Basis unseres Zusammenlebens, durfte nicht gestört werden. Das war uns beiden klar. Und so stellten wir weder uns in Frage noch unsere Sicherheit.

Nun weiß ich, dass diese Haltung trügerisch war. Wir hätten reden sollen. So vieles blieb ungesagt zwischen uns. Doch die Vogel-Strauß-Politik führte uns bloß in die Irre.

Ich wende mich zum Fenster und telefoniere, um mich von meinen trüben Gedanken abzulenken.

Eben stellt eine der Schwestern ein Tablett für uns ab. Tee, Obst und ein Teller mit Keksen befinden sich darauf. Sie plaudert kurz mit Hanna und bewundert ihre Zeichnung.

»Hübsch sieht deine Mami aus«, sagt sie. »Glaubst du, sie mag auch ein Stück Schokolade?«

»Immer, aber keines von meiner.«

Die Schwester und ich zwinkern einander zu. Es ist zuvorkommend von der Station, Hanna und mich zu versorgen. Lili wird nach wie vor künstlich ernährt. Sie atmet immer noch nicht auf natürlichem Weg.

Wieder quälen mich Schuldgefühle. Habe ich zu wenig unternommen? Hätte ich sie in ein anderes Krankenhaus überstellen lassen sollen? Ich frage mich ein ums andere Mal, ob ich etwas falsch gemacht habe.

Ach, Lili.

Sie hätte sicher Antworten gehabt auf alles, was mich beschäftigt, sie wäre um vieles emotionaler vorgegangen als ich.

Immer war ich es, die den Überblick behielt, eine Rollenverteilung, in der sie den Part der Unpraktischen spielte. Aber bei wesentlichen Dingen konnte man sich auf sie verlassen. Würde ich hier an ihrer Stelle liegen, sie hätte sich selbst übertroffen.

»Bitte«, flüstere ich, »bitte wach endlich auf.«

9

Der Schock sitzt immer noch tief. Pauls Körper fühlt sich an, als stünde er kurz vor dem Ausbruch einer Influenza. Das Brummen in seinem Kopf verhindert jeden klaren Gedanken.

Seit zwei Tagen ist er unterschiedlichsten Gefühlen hilflos ausgeliefert: dem Glück, ein Kind zu haben, der Angst, Lili, die im Koma liegt, zu verlieren, dem unbändigen Hass auf Anne, der sich noch mal gesteigert hat. Sie ist es, die an allem die Schuld trägt, sie ist es, die ihn getäuscht hat. Nein, getäuscht haben ihn beide, aber Anne hat ihm Lili entfremdet. Und die Polizei, die Ärzte und das Pflegepersonal im Krankenhaus, sie alle haben geholfen. Obwohl er den Glauben an die Menschen schon längst verloren hat, setzt ihm der neuerliche Verrat schwer zu.

Wieder schwankt Paul zwischen Hoffnung und Verzweiflung.

Er hofft, Lili um Verzeihung bitten zu können, hofft immer noch, mit ihr und dem Kind neu anfangen zu können. Aber ist diese Vorstellung realistisch? Schwierigkeit um Schwierigkeit türmt sich vor ihm auf. Er ist nahe daran aufzugeben.

Cognac ist so ziemlich das mieseste Frühstück, dass er sich einverleiben kann, doch im Moment weiß er keine Alternative.

Nach längerem Grübeln, durch den Schnaps ein wenig ruhiger geworden, beschließt er, Agnieszka noch einmal zu treffen.

Ihr Dienstplan hing am Kühlschrank in der Küche, und so weiß er, wann er sie ohne ihren dürren Freund, den sie wohl für eine großartige Rückendeckung hielt, zur Rede stellen kann.

Es ist noch dunkel, als er das gestohlene Auto in einer der Gassen unweit des Krankenhauses parkt. Wenn er sich nicht sehr täuscht, wird Agnieszka nach der Nachtschicht diesen Weg nehmen, um zu ihrer Wohnung zu gelangen.

Um ihn herum ist es ruhig, und er lehnt sich beinahe gelöst zurück.

Als er nach dem Tod des Großvaters aus der Jugendpsychiatrie entlassen worden war und seine Doppelausbildung zum

Kraftfahrzeugtechniker und Bürokaufmann begonnen hatte, wendete sich vieles endlich zum Guten.

In den Therapiesitzungen hatte er gelernt, wie das Leben zu meistern, wie auf Stresssituationen zu reagieren sei, wie Konflikte gewaltfrei bereinigt wurden. Er lernte, auf sich selbst zu schauen, ein Ziel zu verfolgen und sich dabei nicht um die Meinung der anderen zu scheren. Außerdem überzeugte man ihn, ein Wesen zu zeigen, das scheinbar sympathisch war, und brachte ihm bei, den Großvater und nicht sich selbst für das, was er getan hatte, zu hassen.

Damals fand er Kontakt zu Gleichaltrigen. Mit Jochen entwickelte sich sogar so etwas wie Freundschaft. Er lebte in einer betreuten Wohngemeinschaft am Rande der Stadt. Der Beruf machte ihm Spaß. Er eignete sich zusätzliches Wissen an, indem er abends weiterführende Kurse besuchte. Tagsüber bastelten er und Jochen an ihren Kleinmotorrädern und unternahmen Spritztouren, bei denen es darum ging, die höchstmögliche Geschwindigkeit in den Kurven zu halten, abends aber war Feiern angesagt.

Jochens Partykeller mochte er nicht besonders. Je mehr Menschen dort waren, desto unwohler fühlte er sich, und der laut dröhnenden Musik konnte er wenig abgewinnen. Andererseits wollte er akzeptiert werden, dabei sein, einer von ihnen, und er wusste, dass er deshalb mit dem Strom schwimmen musste.

Trotzdem war er jedes Mal erleichtert, wenn er wieder in seinem Zimmer in der Wohngemeinschaft war.

Dann, eines Abends, änderte sich alles.

Milch und Honig, das war sein erster Eindruck.

Und perlweiße Zähne, verborgen hinter himbeerroten Lippen. Linda trug ihr helles langes Haar offen. Ihr blasses Gesicht erstrahlte unter den wenigen Scheinwerfern im Kellergewölbe. Und sie lächelte ihn an.

Ihm schwitzten die Hände, als er mit ungelenken Bewegungen erstmals versuchte, ihren Tanzschritten zu folgen, doch sie fasste ihn ruhig an den Schultern. Mit einem Mal bewegten sie sich in einem Rhythmus, der nichts mehr mit Tanzen zu tun hatte, sondern mit ... Er wusste es nicht. Vielleicht mit Seelenverwandtschaft?

Ja, sie schienen miteinander verbunden zu sein, Linda und er.

Es war, als hätten sie sich gefunden, ohne einander zu suchen. Noch nie hatte er zuvor Ähnliches erlebt, noch nie war er so glücklich gewesen. Berauscht von Verliebtheit.

Und Linda? Sie teilte sein Glück, empfand ähnlich wie er, sie verstand ihn, ohne dass er versuchen musste, sich zu erklären. Sie wurde für ihn von Tag zu Tag mehr ein vollendetes Spiegelbild seiner selbst. Und wunderschön war sie. Linda – ein wahr gewordener Traum.

Es war das reine Glück.

Bald zog er zu Linda in deren Wohnung ganz oben im Haus ihrer Eltern. Linda jobbte in einer Galerie, wollte aber demnächst Kunstgeschichte studieren und weckte mit ihrer Begeisterung für die Malerei des 20. Jahrhunderts sein Interesse an zeitgenössischer Kunst. Auch die Freude am Lesen konnte sie ihm vermitteln. Und als er schließlich seine Meisterprüfung ablegte und in einem Autohaus erst als Mechaniker, bald darauf als Verkäufer zu arbeiten begann, hatte er sich nebenbei ein gehöriges Maß an Bildung angeeignet.

Was ihm allerdings Sorgen bereitete, war Lindas geplanter Umzug in eine Universitätsstadt. Nicht selten diskutierten sie darüber, ob er sie begleiten sollte. Aber so einfach war das nicht. Beide wussten, dass Linda nach dem Diplom wieder zurückkehren wollte. Daher wäre es leichtsinnig, seine hart erarbeiteten Karrierechancen im Autohaus aufzugeben, um woanders neu zu beginnen.

Linda behauptete immer wieder, dass die räumliche Entfernung ihrer Liebe nichts anhaben könne, und Paul nickte und schwieg.

Er hatte sich ein schweres Motorrad angeschafft, obwohl Linda seine Leidenschaft für das Biken nicht teilte. Ja, sie hasste die Maschine, und seine Spritztouren mit Jochen ängstigten sie.

An jenem Tag im späten August hatte er sie trotzdem zu einer Fahrt ins Grüne überreden können.

Zuerst fuhr er gemächlich dahin und spürte Lindas Arme, die fest um seine Taille gelegt waren. Vielleicht war es Übermut, vielleicht Enttäuschung, er konnte es nicht sagen. Ein Kribbeln, das in ihm hochstieg, befahl ihm, zu beschleunigen. Gedämpft durch seinen Helm hörte er Lindas Schreie, aber er nahm seine rechte Hand nicht vom Gas. Auf der kurvigen Strecke verlor er die Kontrolle über das Motorrad. Schleudernd streiften sie an der Böschung einen Felsen und donnerten ins Unterholz. Die Maschine bäumte sich auf und kippte zur Seite. Paul, der unverletzt geblieben war, drehte sich erschrocken zu Linda um, aber sie war nicht mehr da. Ein paar Meter weiter hinten lag sie auf der Straße, und als er sie in die Arme nahm, schrie sie vor Schmerz.

Ein Schock, ein Schütteltrauma und ein gebrochener Arm, stellten die Ärzte fest. Linda musste einige Zeit im Krankenhaus bleiben. Er verbrachte viele Stunden an ihrem Bett. Und natürlich verzieh Linda ihm.

Aber sie zog sich zurück. Unmerklich erst, dann immer offensichtlicher.

Eines Abends, Linda war noch auf der Unfallstation, klopfte ihr Vater an die Tür der kleinen Mansardenwohnung. Als Paul sein Gesicht sah, wurde er blass. Selbstsüchtig sei er immer schon gewesen, musste er sich anhören, aber nun, da er Lindas Leben mutwillig in Gefahr gebracht habe, sei der Punkt erreicht, an dem er, der Vater, einschreiten müsse. Er könne ihn zwar nicht zwingen, sich von Linda zu trennen, aber als Besitzer der Wohnung konnte er ihn wenigstens hinauswerfen.

Paul fand ein Zimmer in unmittelbarer Nähe, aber die erfahrene Ungerechtigkeit schwelte in ihm. Und Linda tat nichts, um ihn aufzurichten, sie blockte ab.

Eine Zeit lang trafen sie sich nur in Cafés. Auch wenn Linda beteuerte, ihn zu lieben, ihm vergeben zu haben und sich nicht von ihm trennen zu wollen, kam sie ihm zurückhaltend vor. Ängstlich war sie, gerade so, als müsse sie vor ihm auf der Hut sein. Wenn er sie in die Arme nahm, zuckte sie immer öfter zurück, und sobald er von einer gemeinsamen Zukunft sprach, wechselte sie das Thema.

Einmal brachte er Rosen zur Galerie, in der sie arbeitete. Durch die Fensterscheibe sah er einen Mann, der mit ihr lachte und scherzte. Die Rosen wanderten in den Müll, und Linda und er hatten einen heftigen Streit. Er hielt sie dabei am Arm, es war der gebrochene, und sie schrie, dass er ihr wehtue.

Danach kam es häufiger zu Auseinandersetzungen, und er wurde wachsamer ihr gegenüber. Manchmal empfand er sein Verlangen nach Linda selbst nicht mehr als Liebe, sondern als Zwang.

Dann erzählte sie ihm, dass sie bei einem Psychiater gewesen sei. Ständig werde sie von Gedanken an den Unfall gequält, und immer öfter empfinde sie Pauls Auftreten als einengend. Es mache sie traurig und nervös.

»Manchmal wache ich auf«, sagte sie ihm, »weil mein Herz rast und meine Hände zittern. Ich sitze wieder auf dem Motorrad, und die Maschine beginnt zu schleudern. Der Arzt hat mir Medikamente verschrieben, die mich beruhigen sollen, aber sie machen mich dumpf.«

»Der Unfall ist doch lange her«, erwiderte er hilflos. »Wovor hast du immer noch Angst?«

»Vor dir«, antwortete sie, und beide erschraken.

Sie vereinbarten eine Auszeit, aber er konnte sich nicht daran halten. Mehrmals am Tag rief er an. Abends stand er vor der Galerie, und ein- oder zweimal schlich er sich sogar ins Haus und klopfte leise an die Tür ihrer Wohnung.

Sie wies ihn ab, mit jedem Mal unwilliger und weniger bereit, ihm zuzuhören. Dabei wollte er doch nur, dass alles so war wie zuvor.

Er wusste, dass seine Versuche, ihr das begreiflich zu machen, sie nervten, und das machte ihn zornig. Manchmal verfluchte er Linda. Sie raubte ihm seinen Seelenfrieden.

Dann kam der Tag, an dem sie endgültig Schluss mit ihm machte. Sie kam ihm wie ferngesteuert vor, und das änderte sich auch nicht, als er sie am Abend heimlich in ihrer Wohnung aufsuchte, mit Blumen und einer guten Flasche Wein um Versöhnung bittend. Sie leerten die Flasche auf alte Zeiten, doch am Ende musste er erkennen, dass es vergeblich war. Sie wollte ihn nicht mehr.

Gleich danach, es war das erste Mal überhaupt, sprach er mit Jochen darüber, wie sehr Linda sich gewandelt hatte. Er erzählte ihm, dass sie schwermütig und apathisch geworden und dass es zwischen ihnen aus und vorbei sei.

Jochen nickte. »Depressionen sind etwas Schlimmes. Die können einen Menschen so sehr verändern, dass du ihn nicht wiedererkennst.«

Bald nach diesem Gespräch stand Lindas Vater vor ihm, bleich, mit eingefallenen Wangen und rot geränderten Augen. »Du hast mein Kind auf dem Gewissen!«, flüsterte er. »Du hast sie umgebracht. An einen Selbstmord glaube ich nicht. Es ging ihr doch besser. Sie hatte wieder neuen Mut. Ihr Zimmer im Studentenheim war reserviert. Warum hätte sie so etwas tun sollen?«

Er taumelte.

Linda, seine Linda war tot.

Sie hatte Betäubungsmittel genommen, viel zu viele, sich die Pulsadern aufgeschnitten, wie er erfuhr, und war in der Badewanne ertrunken.

Du hast mein Kind auf dem Gewissen!, hallte es in seinem Kopf wider.

Paul überließ sich dem Schmerz.

Er haderte mit der Welt, verfluchte Gott, Lindas Vater und manchmal sich selbst und hasste sich umso mehr, wenn sich tief in ihm so etwas wie ein Hauch von Erleichterung regen wollte. Erleichterung darüber, dass der Druck einer verzweifelten Liebe von ihm genommen worden war.

Ohne geschlafen zu haben ging er morgens zur Arbeit, und bald erkannte sein Chef den Ernst der Lage. Er brachte ihn persönlich ins Krankenhaus.

Als die Polizei bei ihm auftauchte, um ihn zu befragen, war er bereits wieder Patient in der Psychiatrie und nahm unter Einfluss von Beruhigungspillen seine Umgebung nur gedämpft wahr.

Die Ärzte, das Pflegepersonal und sogar der ermittelnde

Beamte waren einfühlsam und nett zu ihm. Er wurde gefragt, wann er Linda das letzte Mal gesehen habe, aber er konnte sich kaum erinnern. Das sei eine Schutzmaßnahme des Gehirns, erklärten die behandelnden Ärzte, sie diene dazu, ihn vor dem Unerträglichen abzuschirmen.

Von seinem zweiten Nervenzusammenbruch erholte er sich nur langsam.

Er musste ein neues Leben beginnen, und das tat er. Er zog einen Schlussstrich, änderte sein Aussehen und seine Identität.

Damals wurde er zu Paul.

Zwei Jahre lebte er in Südamerika. Falsche Papiere zu bekommen stellte sich als verhältnismäßig einfach heraus, und als er nach Europa zurückkehrte, war der alte David im neuen Paul nur noch eine ferne Erinnerung.

Die lange Abwesenheit hatte ihm gutgetan, er war gereift, hatte neues Selbstbewusstsein gewonnen und im Umgang mit anderen etwas Weltmännisches, dass ihm Herzen öffnete.

Wieder fand er einen Job, einen guten sogar, der ihm Spaß machte, in einem angesehenen Autohaus.

Aber Paul ahnte, dass es da immer noch eine andere Seite in ihm gab, eine, die er verschlossen hielt.

Nur nicht daran rühren, sagte er sich und führte alles in allem ein geruhsames Leben.

Vielleicht war er während dieser Zeit hin und wieder ein wenig einsam, aber ihm fehlte nichts, und er war zufrieden.

Dann lernte er Lili kennen, und erneut änderte sich alles.

Paul bekommt keine Luft. Zu heftig ist ihm das Vergangene in die Glieder gefahren. Schon wieder hat er alles verpfuscht. Sein Leben und das der anderen.

Er muss raus. Raus aus dieser Stadt, weit weg von hier.

Im Moment, denkt er, kann ich nichts mehr ändern, der Fahndungsdruck ist zu groß. Wenn sie mich jetzt schnappen, bekomme ich Lili und Hanna nie.

Südamerika fällt ihm ein und dass er dort für Jahre seinen Frieden gefunden hat. Diesmal wird es nicht Übersee sein, und statt Jahren wird er nur für einige Wochen verschwinden, dann kommt er zurück.

Und die Polin?

Er richtet sich im Fahrersitz auf. Soll er Agnieszka verschonen? Soll er ihre Verachtung ungesühnt lassen?

Unentschlossen kurbelt er das Seitenfenster hinunter und lässt frische Morgenluft in den Wagen.

Im selben Moment sieht er sie nicht weit entfernt um eine Ecke biegen. Sie ist allein. Mit müden, langsamen Schritten nähert sie sich. Ihr Haar ist zu einem hohen Pferdeschwanz zusammengefasst.

Immer noch ist sie ein gutes Stück entfernt, sie kann ihn unmöglich sehen.

Er startet den Wagen. Legt den Gang ein und drückt aufs Gaspedal. Ungebremst rast er auf sie zu. Der rechte Kotflügel trifft sie frontal, und sie wird über die Windschutzscheibe geschleudert.

Wegen ihr muss er fliehen.

Und wegen Lili und Hanna kommt er zurück.

Bald.

Er lacht.

VIERTER TEIL

ANNE

Heute bin ich ohne Hanna hier, denn unsere Opferschutzbeauftragte, Frau Thomas, ist mit ihr auf dem Spielplatz im Park. Das machen die beiden hin und wieder, und jedes Mal kommt meine Nichte beschwingt zurück. Dann ist ihr Mund verschmiert von Süßigkeiten, aber ich hüte mich, Frau Thomas Vorträge über gesunde Ernährung zu halten.

Lange starre ich vor mich hin, kann den Blick nicht von der Wand lösen und rekapituliere immer wieder die zurückliegenden Ereignisse.

Nachdem wir damals vor Paul geflohen waren, hatten wir es anfangs schwer, uns in die neue Umgebung einzugewöhnen. Lilis Schwangerschaft verlief nicht komplikationslos, umso erstaunlicher war dann die leichte Geburt unseres kleinen Mädchens.

Ja, unser kleines Mädchen, so sagen wir zu Hanna. Ich war von der ersten Stunde an mit dabei, wickelte sie, sang sie in den Schlaf, ging mit den beiden zum Arzt. Alles machten meine Schwester und ich gemeinsam, nur beim Stillen musste ich passen. Darüber witzelten wir häufig. Obwohl Lili Figur und Form schnell wiedererlangte und wir einander daher bald wieder zum Verwechseln ähnelten, spürte Hanna von Beginn an instinktiv, wen von uns beiden sie vor sich hatte. Für Hanna sind wir beide ihre Eltern.

Heute trage ich Jeans und ein weites hellblaues Männerhemd. Um das Klackern der Stöckelschuhe auf dem Krankenhausflur zu vermeiden, habe ich mich auf Sneakers umgestellt. Der blumig frische Duft aus Lilis Flakon umhüllt mich. Wenn ich ihr Parfüm benutze, fühle ich mich ihr näher.

Ich stelle mich, wie so oft, ans Fenster des Krankenzimmers und starre in den späten Vormittag. Unter mir pulsiert das Leben eines gewöhnlichen Arbeitstages. Doch ich bin unruhig und hänge wieder einmal der Frage nach: Weiß Paul, wer im Koma liegt, weiß Paul, wen er im Eingangsbereich des Krankenhauses überfallen hat? Die Polizei und unsere Opferschutzbeauftragte sind sich nicht einig. Man nimmt an, dass Paul in unsere Wohnung kam, um Lili zu holen, und durchdrehte. »Triebimpulsdurchbruch« nennt die Psychiaterin dieses Verhalten. Ob er allerdings die Kontrolle über sich verlor und gewalttätig wurde, weil Lili sich wehrte, können die Kriminalisten nicht sicher sagen. Ebenso gut könnte er sie mit mir verwechselt haben. Seit ich wieder mit meinem Zwilling zusammenwohne, borgen wir uns – ganz anders als in unserer Jugend, in der wir sehr auf Abgrenzung bedacht waren – die Kleider und Accessoires der jeweils anderen aus. Auch unsere Haare stylen wir im Gegensatz zu früher auf sehr ähnliche Weise. Nur meine Vorliebe für Stilettos teilt die ihrer Bequemlichkeit nachhängende Lili noch immer nicht.

Im Punkt, dass Paul in unserer Wohnung war, um Lili zu holen, bin ich mir mit der Polizei einig. Es fällt mir schwer zu glauben, dass er drei Jahre lang nach uns suchte, nur um sich auf so brutale Weise an ihr zu rächen. Auf mich projiziert er seine Mordphantasien hingegen vermutlich oft und gern, was die Theorie von der Verwechslung untermauert. Paul hasst mich genug, um mir ohne zu zögern die Kehle durchzuschneiden. Ob er seinen Irrtum inzwischen erkannt hat?

Erschrocken drehe ich mich zum Bett. Lili gibt eigenartige Laute von sich, die an Ertrinken erinnern. Immer noch rechne ich mit dem Schlimmsten.

Inzwischen darin geübt, überprüfe ich die Angaben auf den Geräten. Die Sauerstoffsättigung ist im Normbereich, Blutdruck und Herzfrequenz sind allerdings zu hoch. Ängstlich klingle ich nach der Schwester.

Das Vibrieren des Handys in meiner Hosentasche steigert meine Nervosität. Als ich sehe, wer anruft, setzt mein Herzschlag aus.

»Ja?«

Die Opferschutzbeauftragte antwortet nicht gleich, ich höre zuerst nur ihr Atmen.

»Frau Parker. Ich bin auf dem Weg zu Ihnen ins Krankenhaus. Bitte warten Sie dort auf mich. Es gibt eine Tote.«

»Hanna!«, schreie ich panisch. »Ist Hanna tot?«

Das ist der Moment, in dem sich etwas in Lilis Gesicht verändert.

LILI

Ich schnappe nach Luft.

Ich schlage die Augen auf.

Es wird an mir gezogen, gerüttelt, gezerrt.

Grelles Licht.

So viele Menschen, geschäftiges Treiben.

Stimmen dringen auf mich ein: »Nicht wieder einschlafen.«

Ich werde hochgehoben und auf Laken gebettet.

Aus einem Dickicht verworrener Erinnerungen kämpfe ich mich mühsam ins Freie. Doch anders als zuvor dämmere ich nicht wieder weg, sondern lasse die Träume an mir vorüberziehen.

Mein Arm hängt an einem Schlauch. Durchsichtige Flüssigkeit tropft beharrlich in meinen Körper. Die Monotonie versetzt mich in einen tranceartigen Zustand.

Alles wirkt fremd und vertraut zugleich.

Ich konzentriere mich auf ein Gesicht über mir, will darin Antworten finden. Jemand leuchtet in meine Augen. Ich kneife sie zu. Weiter unten wird mit etwas Kaltem, Metallischen auf mein Knie geklopft. Mein Bein schlägt aus. Jemand kitzelt meine Fußsohlen. Ich zucke zurück.

»Gut. Das ist gut.«

Leises Reden. Papier raschelt.

»Die Patientin ist wach. Endgültig aufgewacht. Es besteht kein Zweifel.«

»Hanna!« Ich hebe den Kopf, er fällt zurück auf das Kissen.

»Auch ihre Stimme ist erstaunlich kräftig«, sagt jemand und zurrt eine Manschette um meinen Oberarm. Ein dumpfes Pumpgeräusch übertönt das der stetigen Tropfen.

»Erhöhter Druck.«

Eine Ärztin schiebt mir eine Pille auf die Zunge. Ich spüre ihre Hand auf meinem Rücken. Behutsam dreht sie mich zu sich.

Dann eine vertraute Stimme: »Lili. Mein Gott. Du bist aufgewacht.«

»Anne.«

Sie drückt meine Hand. »Wie geht es ihr?«

»Nun«, lautet die verhaltene Antwort, »es dauert noch, bis die Patientin einigermaßen in Zeit und Raum orientiert ist. Sie wird weiterhin viel Unterstützung brauchen. Sowohl körperlich als auch seelisch, aber sie macht sich gut. Der Genesungsprozess nach dem Koma ist langwierig.«

Koma?

Erschöpft schlafe ich ein.

Sind Stunden oder Tage vergangen, seit mein Krankenzimmer voll von Menschen war?

Jetzt jedenfalls ist es dunkel.

Und ich bin allein.

In die Kissen gelehnt, wende ich mich dem Fenster zu. Die beiden Bahnen des Vorhangs bilden einen seltsamen Kontrast. Äste wiegen sich im Abendwind, greifen wie Schattenfinger nach der Scheibe.

Da trifft mich ein Luftzug.

In der offenen Tür, an der Hand meiner Schwester, steht Hanna.

Ich beginne zu weinen.

Erschrocken treten die beiden näher, doch es sind Tränen des Glücks, die über meine Wangen strömen.

Mein Kind. Es lebt.

Hanna plumpst auf mein Bett.

»Mami!« Ungestüm schmiegt sie sich an mich.

Bebend umschlinge ich sie, vergrabe mein tränennasses Gesicht in ihrem Sweatshirt. Sie streicht über mein Haar, bis ich ihre Berührung nicht mehr ertrage und sie bitten muss, aufzuhören. Sanft löse ich mich und sehe zu meiner Schwester.

»Ihr ist nichts passiert?«, flüstere ich. »Am Telefon … Du sagtest …«

Anne gibt einen undeutlichen Laut von sich und zieht einen

Stuhl zum Bett. Das Holz schabt über den Boden. Forsch hebt sie Hanna hoch und setzt sie auf ihren Schoß.

Wie hübsch meine Kleine ist. Wie seidig die Locken.

»Es ging nicht um Hanna«, sagt meine Schwester sanft. »Wenn du stärker bist, erzähle ich dir alles genau. Aber jetzt musst du erst mal gesund werden. Du lagst über zwei Wochen im Koma, bist gerade erst aufgewacht.«

»Nein«, antworte ich und merke, wie sehr mich das Sprechen anstrengt, »ich weiß sehr genau, was passiert ist. Paul war auf dem Kreuzfahrtschiff, er wollte mich überfallen.«

»Kreuzfahrtschiff? Auf hoher See warst du in letzter Zeit nicht. Sieh doch. Du liegst in deinem Bett. Im Krankenhaus.« Anne klingt verwirrt, aber ich kann spüren, dass sie versucht, es sich nicht anmerken zu lassen.

Ich ringe nach Atem. Eine kalte Hand greift nach meinem Herz und quetscht es erbarmungslos. Fragen hämmern in meinem Kopf.

Hilfesuchend schaue ich auf.

Anne legt tröstend den Arm um mich. »Keiner kann sagen, was in deinem Kopf vorgegangen ist. Eines aber steht fest, du scheinst wild geträumt zu haben.«

Hanna, die mich kritisch beobachtet, kommt näher. »Tante Anne hat gesagt, dass du sicher vieles vergessen hast, Mami. Auch wie wir immer gespielt haben?«

»Nein, Liebes, das weiß ich noch.« Mir ist übel, würgend kämpfe ich gegen den Brechreiz an. Kalter Schweiß steht auf meiner Stirn, das Nachthemd ist klatschnass.

»Schätzchen, holst du bitte für Mama ein feuchtes Tuch?«

Hanna hüpft davon.

»Ich dachte wirklich, sie sei tot«, sage ich schwach.

»Sie ist quicklebendig, wie du siehst.«

Aus dem Badezimmer höre ich Hannas singende Stimme: »Mami ist aufgewacht.« Als sie näher kommt, geht ein Strahlen über ihr Gesicht. Mein Kind reicht Anne ein Handtuch, und sie legt es behutsam auf meine Stirn.

»Lili, du musst jetzt schlafen. Ich hole jemanden, damit du

deine Medizin bekommst. Morgen reden wir weiter. Ich verspreche es dir. Dann erzählst du mir, woran du dich erinnern kannst. Abgemacht?«

Anne macht Anstalten, mit Hanna das Zimmer zu verlassen, doch ich strecke die Hand nach ihr aus. »Warte.«

Sie bleibt stehen. »Wir haben viel Zeit. Jetzt musst du dich ausruhen.«

»Wir waren nicht im Urwald?« Ich kann es nicht fassen. »Wir haben aus der Feldflasche Wasser getrunken. Ich habe das erlebt.«

Meine Schwester schaut irritiert, dann schmunzelt sie. »Traumgeschichten, weiter nichts.« Sie nickt Hanna aufmunternd zu. »Deine Mami ist müde. Sie wird jetzt schlafen.«

»Aber wenn sie munter ist, kommen wir wieder.«

»Natürlich, mein Schatz. Und zu Hause malst du ein schönes Bild. Morgen bringen wir es mit und hängen es zu den anderen.«

Erst jetzt bemerke ich die vielen bunten Zeichnungen, die an die Wand neben meinem Bett gepinnt sind.

Dann sind Anne und Hanna weg.

Stille umfängt mich. Sie hat nichts Wohltuendes, das entstandene Vakuum lässt zu viel Raum für Fragen.

Doch ohne ihn aufhalten zu können, überfällt mich der Schlaf.

Wieder steht Anne vor mir.

Allein.

Angst lähmt einen Augenblick lang meine Stimmbänder.

»Hanna?«

»Alles in Ordnung. Ich habe sie bei Frau Thomas gelassen. Du erinnerst dich an die Opferschutzbeauftragte?«

»Ja, aber ich habe tausend Fragen.«

Meine Schwester nickt lächelnd. Heute trägt sie enge graue Jeans und schwarze Chucks. Pumps, ja. Aber flache Sportschuhe? Das ist nicht ihr Stil. Über ihrer schwarzen Bluse, die wie Seide an ihrem Körper entlangfließt, baumelt meine Korallenkette. Den schimmernden Blazer hat sie achtlos über die Schulter geworfen. Nur die Bewegungen der Finger verraten ihre Unruhe. Sie zieht etwas Glänzendes aus ihrer Tasche und hält es mir hin.

»Was soll ich damit?« Verwundert betrachte ich die versilberte Rückseite eines Spiegels und die dazugehörige Bürste.

»Damit kannst du dich ein wenig zurechtmachen.«

Als ich einen Blick in den Spiegel werfe, schrecke ich zurück.

Mir sieht die Fratze eines Gespenstes entgegen.

Bleich, hohlwangig, mit riesigen aufgerissenen Augen. Am Hals prangt ein großes Pflaster. Auf dem hageren Kopf schimmert heller Flaum.

»Was ist mit meinem Haar passiert?« Verzweifelt suche ich nach den Strähnen, die ich so gerne um die Finger wickle.

»Die mussten abgeschnitten werden. Alles war blutverkrustet, und wir wussten ja nicht, wann du wieder aufwachen würdest. Man wollte nicht riskieren, dass die Locken völlig verfilzen.«

»Aber auf dem Schiff«, beginne ich und halte dann entsetzt die Hand vor den Mund, »da hatte ich meine langen Haare noch.«

Anne kratzt sich verlegen hinter dem Ohr. »Hm, da war wohl auch noch kein Loch in deinem Kopf«, meint sie nach einer Weile.

Und ich dämmere weg.

Die Untersuchungen, Sprachübungen, Muskeltrainings und psychologischen Tests halten mich in den kommenden Tagen ziemlich auf Trab. Als ich wieder einmal in der Magnetresonanzröhre stecke, überlege ich, wie anstrengend die Realität doch ist. Ich fühle mich schlapp, kraftlos, und nicht immer fällt mir das richtige Wort ein. Aber ist das ein Wunder bei den vielen Medikamenten, die sie mir geben? Was mir allerdings am meisten zu schaffen macht, ist der Umstand, dass die scheinbare Wirklichkeit, in der ich lange Zeit lebte, nur Kopfkino war. Eine ganze Welt habe ich mir erdacht? Alltag und Dschungel?

Anne telefoniert leise und hilft mir dann vom Bett in den Rollstuhl.

Kürzere Strecken bewältige ich inzwischen allein, zu den Untersuchungen werde ich noch geschoben.

»Hier habe ich dein Schminkzeug.« Sie reicht mir ein Täschchen.

Kälte lässt mich zittern. Es ist eine Kälte, die von innen kommt. Ich möchte mich verkriechen und an nichts mehr denken, schon gar nicht an das furchterregende Pflaster an meinem Hals und das Durcheinander in meinem fast kahl geschorenen Kopf.

»Anne, du hast mir die Feile gegeben, als Waffe, nachdem Paul sich in meine Kajüte geschlichen hatte. Er machte den Versuch, mir etwas anzutun. Ich habe das Ding noch in der Schublade.«

Meine Schwester sieht nach, doch sie findet nur weitere Papiertaschentücher und eine katholische Bibel.

Wieder überfällt mich Verzweiflung. Tränen steigen in meine Augen. »Aber die Korallenkette hast du dir von mir ausgeborgt, stimmt's?«

Anne nickt und grinst. »Das war kein Traum, ich plündere dein Schmuckkästchen, wann immer ich kann.« Dann wird sie wieder ernst. »Lili, beruhige dich. Du lagst zwei Wochen im Koma, und jetzt dauert es einfach eine gute Weile, bis du wieder ganz bei uns bist.«

»Nein, Anne. Es waren Monate. Ich machte Urlaub auf einem Luxusliner und längere Wanderungen mit dir oder allein durch den Urwald. Das alles soll phantasiert sein? Irgendwie packe ich das gerade nicht.«

Meine Schwester spricht geduldig auf mich ein. »Ja, das muss schlimm sein. Tatsächlich hingst du aber die ganze Zeit über an Schläuchen. Zuerst auf der Intensivstation, später haben sie dich hierher verlegt. Du warst ständig unter Beobachtung. Anfangs war dein Zustand sehr kritisch. Die Ärzte haben um dein Leben gekämpft. Du hattest nicht nur einen Herzstillstand. Wir wussten nicht, ob du es schaffst. Und nie warst du wach. Auch das war schrecklich. Für mich unfassbar. Dich so liegen zu sehen, nichts machen zu können, außer da zu sein.«

»Das habe ich gespürt. Du warst in meinen Träumen. Du und Hanna. Und Paul.«

Meine Schwester streicht über meine Wange und tupft eine

Träne unter meinem Auge weg. »Paul«, sagt sie nach einer Weile, »hat es kurz nachdem er dich fast getötet hat tatsächlich bis zu dir in die Intensivstation geschafft. Du schwebtest akut zwischen Leben und Tod, und es fiel zuerst niemandem auf, dass ein Fremder im Raum war. Und er hat versucht, mich zu entführen, direkt aus der Eingangshalle des Krankenhauses. Der Wachdienst wurde gerufen, doch ihm gelang die Flucht.«

Ich realisiere nicht wirklich, was sie erzählt. In meinem Kopf geht alles drunter und drüber. Was verdammt ist Wahrheit, was Traum? Paul und Anne fallen mir ein. Habe ich mir auch das nur eingebildet? Ich bekomme den Gedanken nicht aus meinem Kopf. Doch ich wage nicht nachzufragen.

»Anne, bin ich verrückt? Bitte sag mir ehrlich, wie es um mich steht.«

Meine Schwester sieht mich ernst an. »Nein, Lili, verrückt bist du nicht. Zumindest nicht verrückter als vor der ganzen Geschichte.«

Verblüfft will ich etwas erwidern, doch sie beginnt zu lachen. Sie lacht so laut wie damals, in unserer Kindheit, sie lacht so heftig, dass sie sich dabei krümmt, und irgendwann lache ich mit.

»Danke, dass du so viel Zeit bei mir verbringst, Anne. Ohne dich hätte ich es nicht geschafft«, sage ich schließlich, und sie nimmt mich in die Arme und drückt mich fest.

»Dass du an jenem Abend allein zu Hause warst, als Paul versuchte, dich zu entführen, das setzt mir zu. Es war purer Leichtsinn. Wäre ich doch bloß nicht ins Kino gegangen. Ach, Lili. Er hat uns wohl verwechselt, der Narr.«

Ich nicke. »Vielleicht war es nicht ganz unverdient. Immerhin habe ich ihm sein Kind vorenthalten.«

Anne sieht mich entsetzt an. »Jetzt bist du wirklich verrückt.«

Mag sein, dass sie recht hat, aber seit dem gemeinsamen Gelächter geht es mir besser. Langsam beginne ich, die Wahrheit zu akzeptieren.

Ich fühle mich auf eine neue Art frei.

Die Therapien dauern an. Manchmal mache ich einen großen Sprung vorwärts, dann wieder bleibe ich ein Stück hinter den Erwartungen zurück.

Wir reden viel, Anne und ich. So erfahre ich von Pauls äußerer Verwandlung und davon, dass er untergetaucht ist. Meine Schwester bringt mir schonend bei, dass er verdächtigt wird, eine Krankenschwester getötet zu haben. Sie erklärt mir, dass die Polizei auf dem Handy des Opfers ein Foto von Paul fand. Und in dem gestohlenen Wagen, mit dem die Frau überfahren wurde, stellten sie seine Fingerabdrücke sicher. Anne selbst scheint einen Teil zum Auffinden seines Verstecks beigetragen zu haben. Jochen Grubers einstiger Besuch bei ihr war in vielerlei Hinsicht hilfreich. Sie rief ihn nochmals an, und er machte bei der Polizei eine Aussage. So konnte man den alten Wohnwagen, in dem Paul zwischenzeitlich untergekommen war, ausfindig machen. Allerdings ohne Paul dort anzutreffen. Die Polizei schien ihn knapp verpasst zu haben.

Paul hatte das Weite gesucht.

Das sollte mich beruhigen, doch manchmal überfällt mich die Angst. Und hin und wieder erfasst mich eine unerklärliche Schwermut. Die meiste Zeit aber sehe ich der Zukunft trotz allem zuversichtlich entgegen.

Nach langwierigen Wochen der Genesung darf ich die Klinik schließlich verlassen. Der Sommer neigt sich bereits dem Ende zu.

»Frau Parker, bitte unterschreiben Sie hier.«

Glücklich starre ich auf die Entlassungspapiere, ich kann es kaum glauben. Jetzt ist es also endlich so weit, ich darf nach Hause. Anne und ich werden in unsere neue Wohnung fahren. Anne hat sie während meines Krankenhausaufenthaltes gefunden und ist mit Hanna bereits dort eingezogen. Es ist eine anonyme Unterkunft, die Adresse wird bei der Polizei und den Ämtern, die über unsere Postanschrift informiert sind, streng unter Verschluss gehalten.

Ein neuer Lebensabschnitt beginnt.

Als ich an der Seite meiner Schwester das Krankenhaus verlasse, bricht die Welt über mich herein. Von der Fahrt bekomme ich nicht allzu viel mit. Unglaublich schnell ziehen Häuser, Autos und Menschen an mir vorbei. Ich muss mich an den rauen Alltag erst wieder gewöhnen.

Einige Tage nach unserer Rückkehr in meine neue Umgebung zupft Hanna an meinem Morgenmantel. »Mami«, sagt sie streng, »zieh dich an, damit wir dich überraschen können.« Eben ist sie mit Anne vom Einkaufen zurückgekehrt und schält sich aus ihrer Jacke.

»Ich glaube, ich mag keine Überraschungen«, murmle ich und ernte einen belustigten Blick meiner Schwester.

Hanna steht in ihrem blaugrünen Trägerkleid vor mir. Vorfreude leuchtet in ihrem Gesicht, als Anne ein Kuvert aus ihrem bronzefarbenen Lederbeutel zieht.

»Es ist unser verfrühtes Weihnachtsgeschenk an dich, eigentlich an uns drei. Wir lösen es allerdings erst ein, wenn du ganz wiederhergestellt bist.«

Ich riskiere einen vorsichtigen Blick und sehe Comicfiguren, die sich an den Händen halten, und einen knallroten Autobus.

»Mami, das ist Gardaland. Wir fahren ins Märchenhotel und hundertmal mit den Korsaren durch die Karibik.« Hannas Augen funkeln. »Dort gibt es echte Seeräuber«, sagt sie.

ANNE

Als wir das Kino verlassen, schnappt Lili gierig nach Luft. Besorgt werfe ich ihr einen Seitenblick zu.

Sie stottert ein wenig, als sie sich Hanna zuwendet und erklärt: »Mary Poppins war schon in unserer Kindheit ein Hit. Deine Tante dachte längere Zeit, sie könne auch fliegen. Wir mussten sie davon abhalten, vom Balkon zu springen.«

»Du meinst Robert, der mit dem Regenschirm den Wolken entgegeneilte. Das ist aus dem Struwwelpeter«, knurre ich und beiße mir sogleich auf die Zunge, denn ich soll Lili, die oft noch etwas wirr ist, ausreichend Zeit lassen, sie weder unterbrechen noch schulmeistern, so wurde es mir von den Fachleuten geraten.

Das hört sich zwar einfach und richtig an, doch bei der Umsetzung stoße ich häufig an meine Grenzen. Manchmal liegt es an fehlender Geduld, dann wieder daran, dass meine Belastbarkeit andauernd überschritten wird. Ich muss ständig für zwei denken, denn Lili überlegt oft nicht, bevor sie redet. So locker wie gedacht gestaltet sich unser gemeinsames Leben jedenfalls nicht.

»Hanna.« Ich bleibe kurz stehen. »Deine Mama macht nur Spaß. Ich wollte nie vom Balkon springen, weder als Kind noch später. Dabei kann man sich nämlich verletzen, vielleicht sogar sterben.«

»Ich möchte den Film noch einmal sehen. Bitte!«, ruft meine Nichte, ohne mir zuzuhören, und blickt uns abwechselnd an. Dann grinst sie. »Kaufst du mir einen Schirm?«

Wir lachen, und ich weiß, dass Hanna mich durchaus verstanden hat. Trotzdem werde ich später mit Lili wieder über einige grundsätzliche Dinge sprechen müssen.

Jetzt aber versuche ich das Thema zu wechseln. »Macht ihr heute Abend noch euer Puzzle fertig?«

Beide nicken eifrig.

Jeden Tag arbeiten sie verbissen an einem großen Bild von Dornröschen im hundertjährigen Schlaf. Unabhängig davon, dass es den beiden Spaß bereitet, wird dadurch Lilis Konzentrations- und Durchhaltevermögen gefördert. Bezeichnend ist auch, dass nicht Hanna, sondern meine Schwester auf diesem Märchenmotiv bestand.

Egal. In der Zeit, in der die beiden ihre blonden Köpfe über das Geduldspiel beugen, emsig Teil für Teil zusammensuchen, um es nicht selten an der falschen Stelle einzupassen, vertiefe ich mich in meinen Reiseführer, denn bei unserem Ausflug will ich nichts dem Zufall überlassen.

Unseren Wagen habe ich vor der Filmvorführung in einer der Nebenstraßen geparkt, und der Weg dorthin wird mir jetzt lang. Den ganzen Tag schon spüre ich die sich anbahnende Migräne, begleitet von einer leichten Übelkeit, und der Geruch nach gesalzenem Popcorn, gebrannten Mandeln und Nachos im überfüllten Kinosaal hat nicht eben dazu beigetragen, dass sich mein Magen beruhigt.

Lili will Hanna auf der Beifahrerseite einsteigen lassen, erst als sie mein Kopfschütteln sieht, erkennt sie den Fehler.

»Dein Kindersitz ist hinten! Wo bin ich bloß mit meinen Gedanken? Schwupp, ab mit dir.«

Sie ist inzwischen recht gut darin, solche Schnitzer zu überspielen, aber Tatsache ist, dass sie ihr trotzdem ständig passieren.

Hanna ist von uns dreien in diesen Tagen die Geduldigste. Sie kommt gut mit ihrer Mutter zurecht und vermisst höchstens deren früheren Hang zur Heiterkeit.

Wie um meinen Gedanken zu widersprechen, verlangt Lili nach kurzer Fahrt in so spitzbübischem Ton nach einem Stopp, dass ich ohne nachzufragen in die nächste Parkbucht biege.

»Bin gleich zurück«, sagt sie und wehrt ab, als ich ebenfalls aussteigen will. »Ein wenig Eigenständigkeit sollte mir vergönnt sein.«

Womit sie nicht unrecht hat. »Fünf Minuten?«

Nervös scrolle ich meine SMS durch.

Als sie zurückkommt, ist sie etwas blass um die Nase und schwankt leicht. Aber sie strahlt, und aus einer Einkaufstüte in ihrer Hand ragt ein grüner Flaschenhals.

»Ein guter Roter aus Italien, Käse und Weintrauben. Als ein kleiner Vorgeschmack auf das Gardaland.«

Lilis Lächeln ist immer noch leicht verzerrt. Es sieht aus, als wäre ihr Mund schief, und doch geht es ihr mit jedem Tag ein kleines Stück besser.

»Gute Idee«, pflichte ich ihr daher bei, hoffe aber insgeheim, dass sie sich zurückhält, damit ein, zwei Gläser die Wirkung der Pillen, die sie nehmen muss, nicht außer Kraft setzen werden.

Von hinten fragt Hanna: »Kommt Elsa heute noch?«

»Es heißt Frau Elsa«, korrigiere ich sie. »Und sie kommt morgen Nachmittag.«

Lili zu den Therapien zu bringen und gleichzeitig darauf zu achten, dass Hanna nicht zu kurz kommt, wird mir manchmal zur Last, daher freute ich mich, als uns das Jugendamt Elsa, eine Familienintensivbetreuerin, zuwies. Sie war uns auf Anhieb sympathisch. Ihre mütterliche, ein wenig altmodische Art vermittelt eine Sicherheit, von der wir im Moment nicht genug bekommen können. Elsa unterstützt uns zweimal die Woche, unternimmt mit Hanna kleine Ausflüge und erledigt auf dem Heimweg Einkäufe im Supermarkt.

Als sie mich und Lili das erste Mal sah, starrte sie uns fasziniert an. »Sie beide haben komplett gleiche Augen. Der Schnitt sowieso, aber auch die Farbe. Smaragdgrün. Sind Sie miteinander verwandt?«

»Zwillinge, eineiige«, lautete meine gewohnte Antwort.

Sie musterte uns überrascht, sagte aber nichts.

Danach betrachtete ich Lili eingehend. Die letzten Monate hatten unübersehbar Spuren hinterlassen. Meine Schwester war auch nach ihrer Entlassung aus dem Krankenhaus noch immer viel zu mager, ihr Haar ein glanzloser Flaum und ihr schöner Mund schief. Unmittelbar entschied ich, dass ein wenig Veränderung guttäte.

Ein gemeinsamer Frisörbesuch stellte einen Großteil der Zwillingsähnlichkeit wieder her. Nun haben wir beide kurzes Haar, meines reicht bis zum Kinn, wogegen Lilis gegenwärtig eher noch an einen Bubikopf erinnert. Die Nägel und die Augenbrauen ließen wir uns ebenfalls machen und die Wimpern dunkel färben. Regelmäßige Bewegung hilft jeden Tag dabei, Lilis Muskeln wieder zu kräftigen und die Kondition zu stärken.

Als Hanna an diesem Abend schläft, öffne ich den Wein und gieße ihn ein. Lili ist fahrig. Sie greift so ungeschickt nach ihrem Glas, dass es umkippt und der Wein sich über das Tischtuch ergießt.

Ich springe hoch, murmle etwas Beruhigendes und streue Salz auf die rote Pfütze.

Lili entschuldigt sich unentwegt, bis ich sie anfahre: »Lass es endlich gut sein. Es ist nur Wein, und in der Flasche ist noch genug.« Ich bin überrascht, wie ärgerlich mich das kleine Missgeschick macht. Daher bin ich es jetzt, die schuldbewusst um Verzeihung bittet.

Lili schüttelt abwehrend den Kopf. »Anne«, sagt sie leise, »du bist so geduldig mit mir, und ich entwickle mich zu einem immer größeren Tollpatsch.«

Ich umarme meine Schwester, denke, dass Paul sie wahrscheinlich häufig so bezeichnete, und schäme mich.

»Hat Pauls Kopf wie ein Ei ausgesehen? Wie eines von Fabergé, so ein teures, nur ohne Farbe?«

»Nein, sein Schädel hatte nichts Edles an sich«, flüstere ich und unterdrücke ein Kichern. »Warum fragst du das gerade jetzt?«

Meine Schwester antwortet eine Weile nicht, dann bricht sie ihr Schweigen. »Anne, auf die Gefahr hin, dass du mich für überspannt hältst, als ich vorhin den Wein besorgt habe, da war mir, als hätte ich Paul gesehen.«

Alarmiert richte ich mich auf. »Warum rückst du erst jetzt damit heraus? Du hättest sofort etwas sagen sollen. Wir hatten das doch vereinbart.« Schon greife ich nach meinem Handy.

»Lass. Wahrscheinlich habe ich mich geirrt. Es ging so schnell, und als ich wieder hinsah, war der Typ verschwunden.«

Trotz der späten Stunde rufe ich bei Frau Thomas an und gebe die Information weiter. Sie verspricht, gleich morgen früh zu handeln. Vielleicht findet sich etwas auf den Videoaufnahmen des Supermarktes, meint sie. Überzeugt klingt sie aber nicht. Ohnehin habe ich den Eindruck, dass die Suche nach Paul im Sand verläuft und wir auf der Prioritätenliste ein gutes Stück nach unten gerutscht sind.

Bald darauf gehen wir schlafen, und ich finde lange Zeit keine Ruhe. Immer wieder frage ich mich, ob Paul uns vielleicht beobachtet. Und ich frage mich, was er als Nächstes plant.

Sind wir hier wirklich so sicher, wie man uns glauben lassen will?

LILI

Die Häuser entlang der Straße sind in fahles Grau getaucht. Leichter Nebel schwebt über dem matten Grün der angrenzenden Wiesen. Die Gräser sind gebeugt und sehen aus, als hätten sie noch keine Zeit gefunden, sich aufzurichten.

Es ist Ende Oktober, und die Luft ist erfüllt vom betörenden Duft der »Reine Victoria«, deren dicke, schimmernde Blüten mich stets aufs Neue bezaubern. Meine Finger gleiten über das seidige Perlrosa der Blüte, bis einige Rosenblätter zu Boden sinken. Mitten in der Bewegung verharre ich und lasse meine Fingerkuppen über die Dornen gleiten. Dann drücke ich eine der Spitzen fest in meinen Daumen und betrachte den hellroten Blutstropfen, der aus der kleinen Wunde hervorquillt.

Das Licht des frühen Morgens lässt die Freude auf den Ausflug mit Anne und Hanna wachsen. Dennoch spüre ich auf dem Weg zur Haltestelle leise Zweifel.

Was, wenn es unlängst doch Paul war, den ich gesehen habe? Auf den Überwachungsvideos war keiner, der ihm ähnelte. Aber auch die ausgefeilteste Technik vermag nicht jeden Winkel auszuleuchten. Und er könnte sein Aussehen erneut verändert haben. Insgesamt habe ich den Eindruck, dass Frau Thomas unseren Ausflug ins Gardaland begrüßt. Ob es daran liegt, dass wir ihr durch unser wiederholtes Nachfragen lästig fallen, oder ob sie uns nach der schwierigen Zeit nur von Herzen die Erholung gönnt, vermag ich nicht zu beurteilen. So vieles ist immer noch unklar. Ich quäle mich täglich damit ab, meine Gedanken zu sortieren und in verständlichen Sätzen unterzubringen.

Hanna zappelt trotz der frühen Stunde vor Aufregung. Meine kleine Tochter ist hellwach, fast eine Spur zu aufgekratzt. Anne hüllt sich fester in ihre Jacke. An der Haltestelle wartet bereits der Autobus nach Italien. Es ist ein merkwürdiges Gefühl, mit Sack und Pack von dem Ungetüm verschlungen zu werden.

Als wir unsere Sitzreihe einnehmen, erobere ich den Fensterplatz. Weder Anne noch Hanna protestieren. Genesende muss man schonen. So werde ich mit Samthandschuhen angefasst, bekomme unmittelbar, was ich mir wünsche.

Anne spricht leise mit mir und gibt sich fürsorglich. Sie ist liebevoll, ohne sie wäre ich immer noch aufgeschmissen. Ständig suche ich nach Worten, nach kleinen Gesten, um meine Dankbarkeit auszudrücken.

Liege ich jedoch schlaflos im Bett und gebe mich trüben Erinnerungen hin, dann fällt mir in den dunkelsten Stunden Annes Affäre mit Paul ein. Lange konnte ich an ihr Geständnis nicht denken. In den schrecklichen Tagen vor unserer Flucht brachte ich einfach nicht den Mut auf, mich der Wahrheit zu stellen. Schlimm genug, dass ich mich so in Paul getäuscht hatte, aber Anne war meine Schwester, mein zweites Ich. Zwillinge halten zusammen. So beschloss ich, zu vergeben und zu vergessen.

Aber habe ich das wirklich? Oder hat sich zwischen uns etwas verändert? Misstraue ich ihr?

Vielleicht.

Selbstsüchtig genieße ich das dunstige Morgenlicht, das durch freie Stellen der beschlagenen Scheibe auf mein Gesicht fällt. Ein Gefühl ungestümer Unbeschwertheit erfasst mich, als der Bus in gemächlichem Tempo durch das Stadtgebiet rollt, um die Autobahn zu erreichen.

»Weg damit«, sage ich zu Anne und ziehe ihr den Orientierungsplan des Vergnügungsparks aus der Hand. »Alles spontan ab jetzt.«

Kein Wort des Widerspruchs. Nur ein Blick, der mitleidig ist. Nichts als das Motorengeräusch des Busses ist zu hören. Hannas Wange liegt bald auf Annes Schulter. Die traute Zweisamkeit der beiden, gewachsen durch meinen langen Krankenhausaufenthalt, nagt an mir.

Niedergeschlagen betrachte ich die Hinterköpfe der männlichen Fahrgäste vor uns. Hier, in der letzten Reihe, habe ich alles im Blick, doch bald steigt Langeweile in mir hoch. Und Müdigkeit sowieso. Seit ich aus dem Koma erwacht bin, schlafe ich viel.

Und was mir Plappermaul überhaupt nicht in den Kram passt, selten finde ich die richtigen Worte. Ich stottere und stammle.

Als Anne mich am Ärmel zupft, haben die meisten Fahrgäste ihre Plätze bereits verlassen.

»Es gibt eine Pause, lass uns ein paar Schritte gehen.«

Schlaftrunken kämpfe ich mich durch die Reihen. Hanna läuft direkt vor uns, ungeduldig hüpft sie von einem Bein aufs andere.

»Mami, kaufst du mir ein Eis?«

Bevor ich etwas erwidern kann, nickt meine Schwester. »Ja, aber nur ein kleines.«

Zu dritt gehen wir über den Parkplatz zum hell erleuchteten Supermarkt der Raststätte, und Anne steuert die Tiefkühltruhe an.

»Hier, halt es gut fest. Lili, möchtest du auch ein Eis?«

»Nein, ich brauche einen Espresso, um wach zu werden.«

»Ich bin schon wach.« Hanna kichert, und ich sehe, wie das orangefarbene Eis auf ihr T-Shirt tropft.

»Komm her, du hast dich bekleckert.«

Zerstreut krame ich in meiner Tasche nach einer Serviette. Da ich nichts Passendes finde, bücke ich mich, um aus einer der unteren Regalreihen ein Päckchen mit feuchten Reinigungstüchern zu ziehen. Als ich mich aufrichte, fühlt sich alles falsch an.

Ein Augenblick trügerischer Stille, dann Geräusche, die viel zu laut in den Ohren klingen. Das Bellen eines Hundes, eine schrille Stimme aus einem Lautsprecher, die verbilligte Waren anpreist, das Rattern von Einkaufswägen, das Klackern von Absätzen, der zornige Schrei eines Babys.

Das Fehlen meiner Tochter.

»Hanna!«

Von ihr keine Spur. Auch Anne ist weg.

Ein Zeitloch. Ich bin durch ein Zeitloch gefallen.

Erschrocken haste ich die Regalreihen entlang, immer wieder rufe ich beide Namen.

Haben sie mich zurückgelassen? Ist ihnen etwas passiert? Ich spähe durch die Spalten der Verstrebungen, stelle mich auf die

Zehenspitzen, um über Regalbretter zu schauen, dränge mich an Menschen vorbei, sehe hinter riesige Lebensmittelkartons und spüre Panik in mir aufsteigen.

Hinter mir höre ich Schritte. Jemand greift nach meiner Schulter.

Ein kahler Kopf.

Paul.

Ich reiße mich los. Weiche zurück.

»Kann ich Ihnen helfen?«

Entsetzt drehe ich mich der Person zu und begegne fragenden Augen. Die Morgensonne spiegelt sich auf der Glatze eines Fremden. Der Kahlgeschorene ist mindestens zehn Jahre jünger als Paul.

»Fassen Sie mich nicht an!«

»Lili!«

Anne steht neben mir. Sie umfängt mich, hält mich. Verlegen trockne ich meine Tränen.

»Wo wart ihr?«

»Tante Anne hat mich im Waschraum saubergemacht. Mami, wer ist der Mann?«

Meine Kehle ist zugeschnürt, ich bringe kein Wort heraus und möchte vor Scham in den Boden versinken.

Der Glatzkopf tritt einen Schritt zurück. »Ich wollte nur helfen.«

Wortreich entschuldigt sich meine Schwester.

Gereizt schiebt sie mich kurze Zeit später im Bus auf meinen Sitz. »Lili, du musst dich zusammenreißen. Nicht jeder Glatzkopf ist Paul.«

»Es tut mir leid«, murmle ich, »ich war kurz in einer anderen Wirklichkeit.«

Die Sonne strahlt jetzt unangenehm grell durch die Fenster, der Tau hat sich längst von den Scheiben gelöst.

Langsam, ganz langsam nur beruhigt sich mein Herz.

Märchenhaft taucht Stunden später der Vergnügungspark vor uns auf. In der Ferne glitzert der See.

In die blasse Farbe des Nachmittags gehüllt, dehnt sich das Gelände scheinbar endlos weit aus. Die Kuppel des Prezzemolo-Baumhauses überragt alles. Prezzemolo ist hier der Held, der kleine grüne Drache regiert dieses Land.

Vor uns prunkt ein giebelgeschmücktes, weitläufiges Hotel. Hanna hat es ausgesucht, weil es ihrem Sinn für Romantik entspricht, und als Hotelgäste haben wir automatisch Zugang zum Park. Gut so. Kein endloses Warten an Kassen, das kommt mir entgegen.

»Wir sind da!«, jubelt die Kleine und weckt mit ihrem Freudenschrei auch die letzten dösenden Fahrgäste.

Arm in Arm gehen wir gleich darauf über den hellen Kies auf das pompös wirkende rosafarbene Gebäude zu.

»Das ist ein Prinzessinnenhotel, Mama. Das stimmt doch?«

Wir nicken und lachen über so viel reine Freude.

In der Empfangshalle zieht livriertes Personal Gepäck auf verchromten Wagen zu den Aufzügen, bringt Erfrischungen und gibt Auskünfte. Es herrscht ein wohlorganisiertes Treiben.

Ich fühle mich verunsichert und verwirrt durch den Lärm, widerstehe aber der Verlockung, die Augen zu schließen, um die Wirklichkeit auszublenden. Meine Glieder fühlen sich bleiern an.

Eine breite Stiege führt zu den mehrstöckigen Galerien. Zwischen den Säulen laden moosgrüne Sofas zum Verweilen ein. Hier will ich mit Hanna warten, während Anne die Formalitäten abwickelt.

»Schau, da!« Fast sofort reißt Hanna sich los und stürmt auf und davon.

»Komm zurück!«, rufe ich, aber da ist sie schon in der Menge untergetaucht.

Ich laufe ihr nach, blicke suchend in alle Richtungen. Da drüben, im Kreis anderer Kinder, steht sie. Die Kleinen stellen sich mit erwartungsvollen Gesichtern in eine Reihe. Ganz vorne tänzelt einer von Prezzemolos Freunden und hält dabei ein zartes Mädchen mit dunklen Zöpfen auf dem Arm. Ein Hotelmitarbeiter fotografiert die beiden unter großem Getöse.

Eines nach dem anderen werden die Kinder von der Comicfigur hochgehoben.

Ein unangenehmes Gefühl überfällt mich, als ich Hanna auf dem Arm des Pandas sehe. Ich kämpfe mit mir, doch die Begeisterung im Gesicht meiner Tochter hält mich davon ab, einzuschreiten. Als sie abgesetzt wird und auf mich zuläuft, deutet sie aufgeregt zu einer der Nischen. Pagui und Mously pinnen dort Fotos von Kindern auf eine große Tafel.

Es ist mir nicht recht, dass nun auch Hannas Bild für alle zu sehen ist, daher hebe ich meinen Arm, um es zu entfernen, doch die Kleine durchschaut meine Absicht.

»Mama, lass es da. Der Panda hat gesagt, wenn wir nach Hause fahren, kann ich das Foto mitnehmen.«

Zögernd nicke ich. »Hanna, versprich mir, nicht noch einmal davonzulaufen.«

»Ja, versprochen«, sagt sie und blickt gleichzeitig unternehmungslustig um sich.

Anne hat eine Prinzessinnen-Suite gemietet, damit jeder von uns genug Platz hat. Eine Durchgangstür verbindet die beiden Räume. Die Zimmer sind im viktorianischen Stil eingerichtet und verzücken Hanna augenblicklich.

Endlich weicht die Anspannung der Reise von mir. Erleichtert schlüpfe ich aus Jacke, Jeans, Shirt, streife die Schuhe ab und lege mich auf das Bett. Das sanfte Brummen der Dusche aus Annes Badezimmer beruhigt mich.

Vor den Fenstern verschleiert ein plötzlich hereinbrechender Regenschauer den Blick auf die Landschaft.

Als ich hochschrecke, bin ich desorientiert.

»Anne! Hanna!«, rufe ich und werfe die Decke ab.

»Immer mit der Ruhe. Während du geschlafen hast, haben wir uns den Plan vom Park angesehen und überlegt, womit wir als Erstes fahren. Wir beginnen mit einer Tasse Tee, und später gehen wir etwas essen.«

»Sind wir nicht mit Prezzemolo und seinen Freunden im Speisesaal?« Hanna klingt enttäuscht.

»Nein, ich habe etwas Spannenderes gefunden.« Annes Augen leuchten. »Wir haben einen Tisch bei den schwarzen Korsaren bekommen.«

»Ich will aber hierbleiben und mit den lustigen Figuren zusammen sein. So wie die anderen Kinder. Die dürfen auch.« Hanna verdreht die Augen und verzieht sich schmollend in eine Ecke.

»Du wirst sehen, es ist sehr aufregend. Du wolltest doch unbedingt zu den Seeräubern.«

Bestens gelaunt schlüpfe ich in Schuhe und frische Kleidung. Zumindest mich reißt Annes Begeisterung mit.

Doch dann höre ich Hanna sagen: »Ich habe den Mann aus der Krankenhaushalle gesehen. Er wohnt auch im Prinzessinnen-Hotel.«

ANNE

Selten habe ich meine Schwester so in Aufruhr erlebt. Es ist reine Panik, die sich auf ihrem Gesicht abzeichnet. Paul vermeintlich im Supermarkt zu begegnen hatte sie längst nicht so sehr mitgenommen wie Hannas Bemerkung eben.

Einen Moment lang fühle ich mich hilflos.

»Hanna, dieser Mann kann nicht hier sein, das ist ganz und gar ausgeschlossen, also behaupte nicht solchen Unsinn«, sage ich daher streng. »Du hast ihn damals nur kurz gesehen, wie willst du ihn da wiederkennen?«

Meine Nichte, die Zurechtweisungen nur schwer erträgt, kreischt los. »Er war es aber!« Sie schiebt ihr Kinn vor und schleudert einen Schuh unter das Bett. Ihr Gesicht ist rot vor Zorn.

Ich bekämpfe meine aufsteigende Verunsicherung. Ist es nur ihr Widerspruchgeist, oder glaubt sie das wirklich?

»Nein, Hanna. Du irrst dich. Und Lili, kein Grund hysterisch zu werden. Entspanne dich. Hanna wird irgendjemanden gesehen haben, der sie vage an ... *diesen Mann* erinnert.« Ich werfe meiner Schwester einen beschwörenden Blick zu. Jetzt ist nicht der Zeitpunkt, das Kind über seinen Vater aufzuklären. »Zur Sicherheit werde ich dennoch an der Rezeption nachfragen.«

Dankbar senkt meine Schwester den Blick und nickt.

Als ich zurückkomme, steht sie im Türrahmen und sieht mir ängstlich entgegen. Hanna ist im Badezimmer, also kann ich offen reden.

»Und?«, fragt sie mit zitternden Lippen. »Was sagen sie an der Rezeption?«

»Alles in Ordnung.« Ich winke ab. »Sie wollten mir zuerst keine Auskunft geben, aber nach einer rührseligen Geschichte über eine unschöne Trennung, nach der Hannas Vater an seiner Tochter kein Interesse mehr zeigte, weshalb es ihr nun das Herz brechen würde, ihm zufällig mit seiner neuen Familie über den Weg zu laufen, haben sie versucht, mir zu helfen.«

»Ja und? Ist er nun da oder nicht?«

»Nein. Paul hat hier sicher nicht eingecheckt.«

Lili verdreht die Augen. »Das heißt doch gar nichts. Er kann unter einem anderen Namen abgestiegen sein.«

Ich werde langsam ungeduldig. »Es versteht sich von selbst, dass ich Paul genauestens beschrieben und auch seinen früheren Namen ins Spiel gebracht habe. Das Personal hat sich wirklich bemüht, sogar das Hotelmanagement wurde eingeschaltet, und man hat weitere Angestellte befragt. Glaub mir, Liebes, wenn Paul hier wäre, wüssten wir das. Vertraue mir.«

Ich sehe, dass meine Worte sie beruhigen. Kurz frage ich mich, ob Paul Lili, als er damals zustieß, tatsächlich mit mir verwechselte? Wen hatte er töten wollen? Nein, nicht darüber nachdenken, nicht jetzt.

Wenn ich doch nur die Gabe meiner Schwester hätte, von einem auf den anderen Augenblick umschalten zu können.

Jetzt grinst Lili sogar. »Wo ist eigentlich meine Korallenkette geblieben? Du hattest sie dir ausgeliehen, und als wir gepackt haben, konnte ich sie nicht finden.«

»Wir teilen uns alles, war doch immer so«, antworte ich fröhlich. Die Kette liegt bei uns zu Hause.«

Lili hat sich umgezogen, während ich in der Hotelhalle war. Sie trägt ihr korallenfarbiges Kleid, zu dem der Lippenstift im gleichen Ton ausgezeichnet passt. Ihrem hellblonden Haar hat der Schnitt gutgetan, es ist stärker geworden und kräftig gewachsen.

»Du siehst schön aus«, sage ich.

»Ist bloß mein Outfit für die schwarzen Korsaren«, entgegnet sie und fächert sich mit den Eintrittskarten für den Vergnügungspark Luft zu.

Hanna, die ihren Trotzwinkel verlassen hat, trippelt von einem Bein auf das andere. Sie ist sichtlich ungeduldig und versucht schließlich, Lili die Karten wegzunehmen. Ich packe die Kleine und wirble sie durch die Luft, bis sie atemlos quietscht.

Lili steht hilflos daneben. Ich spüre, dass sie sich ausgeschlossen fühlt. Im Moment kann ich es nicht ändern, aber ich nehme mir vor, mich ein wenig zurückzuhalten.

Als wir aufbrechen, entgehen mir Hannas suchende Blicke nicht. Sie scheint in jeden Winkel des Hotels zu schauen. Womöglich hat die Sache im Foyer des Krankenhauses sie doch mehr mitgenommen, als ich annahm.

Durch einen in bunten Farben erleuchteten Tunnel betreten wir das Gelände des Vergnügungsparks. Hanna muss sich wie im Paradies fühlen, denn schon im Eingangsbereich beginnt sie zu jubeln. Wir zeigen unsere Eintrittskarten und werden für die Zeit unseres Aufenthalts im Hotel registriert.

Ein Gefühl der Vorfreude erfasst mich. Es erinnert mich an den letzten Schultag vor Ferienbeginn. Ausgelassen ziehe ich an Hannas Zöpfen.

Tatsächlich vermitteln uns die Pferdekutschen im sinkenden Licht der Dämmerung den Eindruck, mitten im Wilden Westen gelandet zu sein.

»Tante Anne, Mami, Clowns!« Begeistert zeigt meine Nichte auf Gaukler, die in Prezzemolos Magic Village ihre Kunststücke aufführen.

»Da vorne ist ein Bahnhof.« Lili lacht unbeschwert. »Wer hat Lust auf eine Entdeckungsreise mit der Eisenbahn?«

»Krusel.« Der störrische Ton in Hannas Stimme ist zurück. »Ich will zum Krusel.«

Lili sieht mich belustigt an. Sie versteht sofort. »Mit dem Karussell fahren wir morgen zehnmal hintereinander, versprochen. Heute aber geht's zu den schwarzen Korsaren. Beeilen wir uns, sonst verpassen wir unser Abendessen.«

Zu meinem Erstaunen fügt Hanna sich. Ich hatte befürchtet, sie würde beim Vorschlag ihrer Mutter zu toben beginnen und kaum zu besänftigen sein. Ein kleiner Fortschritt, stelle ich erleichtert fest.

Das Restaurant liegt mitten in der tropischen Lagune, aber zuvor besteht meine Nichte auf einer Fahrt mit den Seeräubern.

Schon vor dem Eingang unter den Palmen fühlen wir uns in

eine andere Welt versetzt. Hand in Hand laufen wir durch einen in die Tiefe führenden Gang zu Booten, die in einer langen Reihe warten. Ausgelassen gehen Lili und Hanna neben mir an Bord, ich aber bin angespannt, denn ich habe ständig das Gefühl, den Überblick bewahren zu müssen.

Als wir ablegen und in die unterirdische Welt der Korsaren einfahren, ist es unglaublich laut. Säbelrasseln, Kanonenschüsse, das Knallen von Pistolen, die schrillen Schreie der Seeräuber und, alles übertönend, ein wildes Piratenlied, das uns in einer Endlosschleife beschallt.

Die Luft ist drückend und schwül, es riecht nach verbranntem Gummi und Schießpulver. Merkwürdige Figuren wirbeln um uns herum, kämpfen, johlen. Gebäude brennen, es wird geplündert, gesoffen, und Sklaven werden auf einen Markt geführt. Wir befinden uns in einem Irrgarten aus Grotten, Buchten, Gefängniszellen, und mittendrin quillt der funkelnde Schatz der Piraten aus einer Truhe.

»Jo-ho«, kreischen Lili und Hanna und: »Gold und Silber!«

Meine Nichte ist kaum zu bremsen, am liebsten möchte sie aus dem Boot springen. »Schaut doch. Ringe und Ketten.«

Schließlich legen die Boote an, wir gehen an Land und marschieren durch eine Halle, die mit Fotos von erschrockenen Gesichtern der Passagiere dekoriert ist.

Draußen atme ich erst mal tief durch. Nicht ganz mein Ding, denke ich und bemerke mit einem Seitenblick, dass auch Lili benommen wirkt. Erschöpft lehnt sie sich an eine Mauer, und Hanna kreischt ihr ins Ohr: »Du bist seekrank.«

»Noch eine Runde?«, frage ich keck, dabei kann ich mir Schöneres vorstellen.

Wie erwartet brüllt Hanna: »Ja!«

Lili dagegen versucht, Haltung zu bewahren. »Ohne mich. Ich gehe vor ins Restaurant.«

Dumm gelaufen, denke ich, darüber seufzend, dass ich es überhaupt vorgeschlagen habe, und werfe meiner Schwester einen besorgten Blick zu. »Lass dich nicht zur Piratenbraut machen.«

»Keine Bange«, antwortet sie säuerlich, »so ein einäugiger Säbelrassler kann mich nicht beeindrucken.«

Nein, denke ich. Immerhin haben wir das echte Grauen gesehen.

Sieht Anne nicht, wie schlecht es mir geht, wie durcheinander ich bin?

Doch. Sie muss es registriert haben, trotzdem fährt sie mit Hanna eine weitere Runde. Sie behandelt Hanna, als wäre sie *ihre* Tochter.

Ich gehe langsam in Richtung Restaurant. Auf dem Weg dorthin sammle ich neue Kräfte. Die Schwankungen meiner psychischen und körperlichen Konstitution erschrecken mich immer wieder.

Auch im Lokal steht die Luft vor Feuchtigkeit, mein Kleid klebt sofort am Rücken, und ich versuche mit schwingenden Bewegungen, meine Haut zu kühlen. Ein schwarzer Korsar führt mich zu unserem Tisch.

Ich ordere einen Cocktail und bitte den Kellner, mit der Aufnahme der Bestellung noch zu warten, doch es vergeht immer mehr Zeit, und von Hanna und Anne ist nichts zu sehen. Als ich die Servicekraft in meinem holprigen Italienisch frage, wann die Fahrt denn beendet sei, und er in gutem Englisch antwortet, dass die letzten Gäste wohl schon zurück seien, erschrecke ich.

Wieder fühlt sich alles falsch an. Wieder verstummen rund um mich herum die Geräusche, um gleich darauf lauter, heftiger einzusetzen.

Wieder sind Anne und Hanna verschwunden.

Ich springe auf und stoße dabei mein Cocktailglas um.

Alles beginnt sich zu drehen.

Taumelnd halte ich mich an der Tischkante fest, mustere meine Umgebung. Ich suche nach Glatzköpfen und sehe überall Masken. Piraten, Comicfiguren.

Leide ich unter einem Wiederholungszwang? Verfolgungswahn? Fehlt ein Bestandteil in meinem Kopf? Ich fühle mich wie in einem Labyrinth, in dem ich verzweifelt den Ausgang suche.

Ein Kellner fragt nach meinem Befinden, das reißt mich aus meiner Erstarrung. Auf einmal spüre ich, wie schnell mein Herz pocht, ich bin benommen und laufe vor Verlegenheit rot an.

»Bitte setzen Sie sich, ich bringe Ihnen ein frisches Glas.«

»Danke«, sage ich kraftlos und werde besorgt gemustert.

Aber ich bleibe stehen.

Angespannt streiche ich mir das schweißnasse Haar aus der Stirn und kaue nervös an der Nagelhaut meines Zeigefingers.

Was war das eben? Eine Panikattacke? Ein Déjà-vu? Oder gar die Vorwegnahme drohender Gefahr? Hannas Behauptung, sie habe Paul gesehen, setzt mir immer noch zu.

Nur langsam ebbt die Angst ab.

Die Geräusche des klappernden Bestecks, des Lachens der Leute am Nebentisch, der Gesprächsfetzen in unterschiedlichen Sprachen verschmelzen mit dem Plätschern des Springbrunnens in der Raummitte. Ein Hauch von Normalität, in irisierendes Licht getaucht.

»Lili, was ist mit dir? Du bist bleich wie die Wand. Und weshalb stehst du da wie eine Statue? Setz dich, die Leute starren dich an.«

Anne. Ich bin so erleichtert, dass ich mich nicht an ihrem schroffen Ton störe.

»Wo wart ihr so lange?«, frage ich schwach und merke, dass mir die Knie zittern.

»Du übertreibst. So lange war es gar nicht. Es gab eine Verzögerung während der Fahrt, und danach musste Hanna auf die Toilette.«

Anne reicht mir das frische Glas mit dem Cocktail. Ich presse es gegen meine erhitzte Wange. Allmählich weicht die Anspannung.

»Mama! Ich war beim Goldschatz.«

Hanna lässt Annes Hand los, wirft sich in meine Arme und klettert auf meinen Schoß.

»Was ist passiert? Ein Gang zur Toilette kann doch nicht ewig dauern.« Ich möchte ruhig klingen, doch ich spüre, dass es mir nicht gelingt.

Anne winkt unbeeindruckt ab und greift nach dem Brotkörbchen. »Nur wenn ich vor Hunger umkomme, hättest du einen Grund, vor Angst zu erstarren.«

Ich enthalte mich eines Kommentars und bitte sie stattdessen, mir von der Fahrt zu erzählen.

Bereitwillig legt sie los. »Vor und nach uns waren die Boote unbesetzt. Wir dürften die letzten Gäste auf der Tour gewesen sein, aber das wurde mir erst später bewusst. Zuerst verlief die Fahrt problemlos, dann jedoch begann das Licht zu flackern und setzte einige Male aus. Schließlich blieb unser Boot stehen.«

»Hast du dich sehr gefürchtet, Hanna?«, frage ich. Meine Kleine schüttelt stolz den Kopf.

»Ihr hat es Spaß gemacht. Je unheimlicher es wurde, desto spannender fand sie es. Sie hat sogar versucht, den Schatz der Piraten zu stehlen.«

Hanna hüpft von meinem Schoß, setzt sich, angetan von der Beschreibung ihrer waghalsigen Tat, auf ihren Stuhl, und Anne fährt fort: »Ich konnte sie gerade noch zurückhalten und wollte nun selbst für sie eine Golddukate holen, doch kaum dass ich einen Fuß auf die kleine Insel mit der Schatztruhe gesetzt hatte, flog eine verborgene Tür in der Wand auf, und der Sicherheitsdienst forderte mich auf, sofort zurück in das Boot zu steigen.« Sie lacht.

»Wahrscheinlich hättest du einen elektrischen Schlag bekommen, wenn du dort herumgestiefelt wärst.« Ich atme tief ein, frage mich, was ich in so einem Fall getan hätte, und winke dem Kellner.

Endlich können wir unsere Bestellung aufgeben. Beim Gedanken an das Steak mit den Ofenkartoffeln läuft mir das Wasser im Mund zusammen.

»Schau, Mami.« Hanna greift unter ihren Pulli und zeigt mir etwas Glänzendes. »Das hat Tante Anne für mich gestohlen.« Begeistert breitet sie einige Dukaten, zwei Ringe mit rubinfarbenen Schmucksteinen und ein glitzerndes Armband vor uns aus.

»Anne«, sage ich verblüfft zu meiner Schwester, dann lachen wir.

Ein kleiner Damm zwischen uns scheint gerade gebrochen zu sein.

»Ihr wisst, dass wir das zurückgeben müssen? Das ist Diebstahl.«

»Nein, daraus wird nichts.« Anne sagt es heiter, aber ihre Augen funkeln böse.

Und schon wurde der Damm neu aufgeschüttet.

Am nächsten Morgen fällt dichter Regen.

Geschützt unter Annes Schirm marschieren wir durch den Park, ausgelassen springt Hanna von Pfütze zu Pfütze. Meine Nylonjacke klebt nass am Rücken, auch Annes Ärmel glänzen dunkel vor Feuchtigkeit.

Der Geruch der regendurchtränkten Erde vermischt sich mit dem von frisch gerösteten Waffeln und Kebab. Weit vor uns steht unter einem Schutzdach ein Wagen mit Hotdogs, davor eine kleine Menschentraube. Wer, frage ich mich, schlägt so kurz nach dem Frühstück schon wieder zu?

Obwohl es Vormittag ist, sind die Straßenlaternen eingeschaltet und verströmen ein unwirkliches Licht. Der Himmel hängt dunkelgrau über uns.

Ich versuche, Ordnung in meine Gedanken zu bringen. Meine Empfindungen von gestern verwirren mich. Die Angst ist allgegenwärtig, und ich fürchte, mich nach und nach in ihr zu verlieren.

Auf dem Weg ins nächste Abenteuerland kommt ein scharfer Wind auf, und Anne muss sich anstrengen, den Schirm festzuhalten. Ganz offensichtlich hindert der Wolkenbruch viele Gäste daran, den Park zu betreten, er ist fast leer.

»Der Prezzemolo-Baum! Da vorne, dort will ich hin!«, fordert Hanna.

»Gute Idee, ab ins Trockene, ich schwimme gleich davon«, raunt meine Schwester mir zu.

Mein Genick und der Rücken schmerzen bald vom Verbiegen und Hochschauen, und ich langweile mich ohne Ende. Endlich werden wir von der Tour im Magic House erlöst. Die sich drehenden Wände haben meinen Magen umgestülpt, auch Anne wirkt angeschlagen, nur Hanna jauchzt vor Freude.

»Ich habe Kopfschmerzen und die Tabletten im Hotel gelassen«, jammert meine Schwester und hängt sich bei mir ein.

Auf einmal klingt sie wie ich, nicht wie die, die alles unter Kontrolle hat, und ich gestehe mir ein, dass es mir guttut, Schwäche bei ihr zu sehen. Früher hatten wir ständig das Gefühl, die Gedanken der jeweils anderen lesen zu können, doch seit meinem Aufwachen aus dem Koma fällt es mir schwer, diesen innigen Kontakt zu meiner Zwillingsschwester herzustellen.

Jetzt bin ich es, die, an den Holzgriff des Riesenschirms geklammert, gegen das Unwetter kämpft. Wind und Regen sind mittlerweile noch heftiger geworden. Als unser Schirm sich erneut umstülpt, brechen zwei Speichen.

»Juhu! Krusel. Endlich!« Hanna fällt in einen Singsang, und Anne flucht genervt vor sich hin.

Tatsächlich, vor uns befindet sich das aufsehenerregende Pferdekarussell. Obwohl mein Haar vom Regen klatschnass und mir alles andere als warm ist, bin ich beeindruckt. Unvermittelt fühle ich mich an die Atmosphäre eines Jahrmarkts im 19. Jahrhundert erinnert. Ich kann verstehen, dass Hanna ganz wild darauf ist, in einer dieser Kutschen zu fahren oder auf einem der Pferde zu reiten. Aber allein kommt das nicht in Frage, also nehmen Anne und ich die Kleine in die Mitte und besteigen gemeinsam eine der größten Kaleschen.

»Mama, schau. Da ist der Mann wieder!«

Aufgeregt zeigt Hanna auf eine vom Regen glänzende Glatze, die nur einen kurzen Moment zwischen anderen Köpfen zu sehen ist.

Nein, ich denke nicht, dass der Mann Ähnlichkeiten mit Paul aufweist, doch der Schauer, der mir über den Rücken läuft, hat nichts mit meiner durchnässten Kleidung zu tun.

»Hanna«, Anne klingt streng, »hör auf. Das ist nicht lustig. Hast du verstanden?«

Hanna will etwas entgegnen, aber nach einem Blick in das zornige Gesicht ihrer Tante lässt sie es bleiben.

Nach der Fahrt sagt Anne zu mir: »Mein Kopfweh wird nicht besser. Wir müssen zurück ins Hotel, ich brauche eine Tablette.«

Jetzt ist Hannas enttäuschtes Murren nicht mehr zu überhören.

»Geh du. Ich bleibe noch ein wenig mit ihr im Park«, sage ich und ernte dankbare Blicke. Sie traut es mir zu, denke ich und bin erleichtert.

Nachdem Anne im Regen verschwunden ist, flüstere ich Hanna verschwörerisch zu: »Gibt es hier so etwas wie ein Geisterhaus? Vielleicht treffen wir dort ein paar Gespenster und üble Geister. So etwas willst du doch?«

Hanna lacht und patscht in die nächste Pfütze, aber ich schimpfe nicht mit ihr, das Unwetter ist so stark geworden, dass es keinen Unterschied macht, ob sie von oben oder unten nass wird. Später bekommt sie ein heißes Bad, mit einem Berg von Schaum.

Die Windböen haben Sträucher geknickt und Blätter von den Bäumen gefegt. Auf dem Boden liegt ein buntes, rutschiges Mosaik.

Die Wege vor uns sind nun menschenleer. Obwohl es mitten am Tag ist, ist der Himmel schwarz. In den Lichtkegeln der Straßenlaternen strömt der Regen in silbern glitzernden Bahnen zur Erde. An ein Fortkommen ist kaum mehr zu denken. Arm in Arm kämpfen wir gegen den Sturm an und steigen über verstreut liegende Äste. Es hilft nichts, auch wir müssen zurück ins Hotel.

Höre ich hinter mir Schritte?

Rasch schaue ich über die Schulter und sehe einen Schatten hinter einer Säule verschwinden.

Nein, ich habe mich nicht getäuscht, denn auch Hanna hat ihn gesehen.

»Der Mann!«, brüllt sie und will sich losreißen, doch ich halte sie krampfhaft fest und renne mit ihr an der Hand zum Shuttlebus.

»Lili«, sagt Anne kurz darauf im Hotelzimmer ernst, »ihr könnt Paul nicht gesehen haben.«

»Warum nicht?«, frage ich störrisch. Hanna ist überzeugt davon, und ich habe deutlich erkannt, dass jemand hinter uns her war. Paul muss nicht unbedingt im Hotel wohnen, um den Park unsicher zu machen.

Meine Schwester wirft mir einen prüfenden Blick zu. »Geklärt jedenfalls ist, dass er sich nicht im Hotel aufhält, dem Personal wäre er nach meiner Beschreibung aufgefallen.«

Sie nimmt mich in die Arme und drückt mich kurz an sich, aber meine Unsicherheit bleibt.

Auch Hanna ist von Annes Worten alles andere als überzeugt. Sie stampft mit dem Fuß auf und wiederholt starrsinnig: »Es war der Mann. Ich habe ihn erkannt. Und wer ist Paul?«

Meine Schwester und ich tauschen betroffene Blicke, dann sagt sie: »Erklären wir dir ein anderes Mal. Möchtest du Chips?«

Hanna nickt und holt sie sich aus der Minibar.

Im Moment ist an einen weiteren Besuch im Park nicht zu denken. Wir bleiben in unseren Zimmern und sehen zu, wie steter Regen die Welt vor den Fenstern verschwinden lässt. Irgendwann läutet Annes Handy, und sie verzieht sich in den Nebenraum. Ich höre sie leise reden.

»Wer war das?«, frage ich, als sie mit roten Wangen zurückkehrt.

»Niemand, nur so ein Werbefritze, der mir besseres Internet andrehen wollte.« Sie verzieht verächtlich ihren Mund und plappert drauflos. Ich verstehe die Hälfte davon nicht.

Früh setzt die Dämmerung ein.

Unsere immer noch nervösen Gemüter besänftigen wir mit einem Nachmittagssnack im Hotelrestaurant, die beängstigende Situation im Park wirkt immer noch in mir nach.

Als ich davon anfange, nickt Hanna. »Ja, es war der Mann vom Karussell.«

Anne stochert lustlos in ihrer Nachspeise herum und steht schließlich auf. »Nicht schon wieder«, sagt sie. »Wir sehen uns später im Zimmer.«

Mit einer resignierenden Handbewegung winkt sie Hanna zu sich und verlässt den Speisesaal. Ich ärgere mich, dass Anne sich ständig wie Hannas Mutter aufführt, überlege, den beiden nachzugehen, entschließe mich aber dagegen.

Kitschige Comicfiguren bewirten mich. Kurz bin ich versucht, in eine Welt aus bunten Farben abzudriften. Vielleicht war der Zeitpunkt für den Ausflug doch etwas zu früh gewählt?

Mich überkommt eine Spur von Sehnsucht, als ich mich an das Grün des Meeres, an seine unendlich scheinende Tiefe erinnere. Mit trägen Bewegungen glitt ich um den Rumpf des gesunkenen Schiffes. Jetzt weiß ich zwar, dass ich das alles phantasiert habe, aber in der Erinnerung daran fühle ich mich geborgen.

Es ist so viel geschehen in so kurzer Zeit, und manches kann ich immer noch nicht richtig einordnen. Nach wie vor herrscht Wirrwarr in meinem Kopf. Oft lösen ein Geruch, eine Farbe Erinnerungen aus, von denen ich jetzt annehme, dass sie in der Wirklichkeit niemals stattfanden.

Und die tatsächliche Realität? Sie erscheint mir oft noch unwirklich.

Wie schwer es ist, mich komplett neu orientieren zu müssen, nachdem ich aus meiner erträumten Welt aufgewacht bin, weiß nur ich selbst. Immer wieder gehe ich wie auf Watte, bringe Dinge durcheinander, tue mich auch schwer damit Entfernungen richtig einzuschätzen, aber für Anne bin ich gesund, und ihre Ungeduld kränkt mich.

Unversehens muss ich an unsere Mutter denken. An ihre weichen Arme und wie sie mich das letzte, das allerletzte Mal umarmt hielten.

Donner grollt. Vor den Fenstern des Restaurants zucken Blitze über den Himmel. Erst jetzt bemerke ich, dass sich der Regen zum Gewitter ausgewachsen hat. Benommen stehe ich auf.

Comicfiguren schleichen wie lauernde Kreaturen durch den Speisesaal. Hastig gehe ich am Personal vorbei zum Ausgang.

Die Gänge vor dem Restaurant sind unübersichtlich, ich finde mich schwer zurecht. Immer war es Anne, die vorangegangen ist. Unentschlossen wende ich mich nach links und stehe unmittelbar darauf vor einer Brüstung. Unter mir erstreckt sich die große Empfangshalle.

Fast sofort erregt ein Mann, der die Fotos der Kinder betrachtet, meine Aufmerksamkeit. Ist er auf der Suche nach Hanna?

Dort in der Ecke hat sie sich gestern ablichten lassen und danach das erste Mal behauptet, den Mann aus dem Foyer des Krankenhauses gesehen zu haben. Tatsächlich ist Paul für Hanna und mich seither gegenwärtig, sosehr Anne sich auch bemüht, uns vom Gegenteil zu überzeugen.

Die Stufen zur Ankunftshalle bedeckt ein rötlicher Teppich, der mit Messingstreben beschwert ist. Ich konzentriere mich darauf, mit den Spitzen meiner Ballerinas nirgends hängen zu bleiben. Mit der Hand dem Lauf des Geländers folgend, taste ich mich die Stufen hinab.

Ein Blick in die Fotoecke verrät mir, dass der Mann immer noch da ist. Aufmerksam mustert er die Bilder der Kleinen. Mit dem Zeigefinger in der Luft fährt er die Reihen entlang. Er scheint lautlos zu zählen. Als ich mich nähere, zieht er eine Hornbrille aus der Jackentasche und macht einen weiteren Schritt auf die Fotos zu. Hanna lacht mir, auf dem Arm des Pandas sitzend, schon von Weitem entgegen. Mir kommt es vor, als stünde ihr Bild im Mittelpunkt seines Interesses.

Unsanft tippe ich auf die Schulter des Mannes.

Er dreht sich zu mir. »Ja?«

»Wieso suchen Sie nach dem Foto meiner Tochter?« Zornig baue ich mich vor ihm auf.

»Wovon reden Sie?«

»Von dem kleinen Mädchen, dessen Bild Sie ungeniert anstarren. Und das schon die ganze Zeit.«

»Unsinn. Ich suche die Fotos meiner eigenen Kinder. Ihre Tochter interessiert mich nicht.«

»Ich glaube Ihnen kein Wort.«

Schnell hat sich eine kleine Menschenmenge um uns gebildet. Wütend trete ich noch einen Schritt näher, da legt sich die orangefarbene Pfote eines Tigers auf meinen Arm. Um uns herum wird es laut.

Ich erwarte, dass Prezzemolos Wachdienst jeden Augenblick zu schimpfen beginnt, aber er knurrt nur: »Benehmen Sie sich, sonst muss ich die Security rufen.«

Jetzt gleitet auch noch eine wunderschöne Prinzessin mit glänzendem Haar auf uns zu. »Gibt es ein Problem?« Sie näselt, als brüte sie eine Erkältung aus.

»Nein«, antwortet der Tiger, »alles unter Kontrolle.«

Mehrere Menschen fangen gleichzeitig in unterschiedlichen Sprachen an, auf mich einzureden. Sie rücken immer näher, verlegen schaue ich, dass ich wegkomme.

Anne begrüßt mich mit großen Augen. »Du meine Güte. Lili, du siehst fürchterlich aus. Was ist denn schon wieder los mit dir?«

Gott sein Dank dringt sie nicht weiter in mich, aber für heute habe ich genug. Die Abendparade, die wir uns fest vorgenommen haben, muss ohne mich stattfinden. Anne und Hanna gehen allein.

Benommen falle ich auf das Hotelbett. Die Zimmerdecke rückt näher und entfernt sich wieder, in beinahe gleichbleibenden Intervallen. Mit der Blamage versinke ich in einem Meer aus Trübsinn.

Es hat zu regnen aufgehört. Nur der Wind wirbelt unvermindert Blätter gegen das Fenster des Hotelzimmers, die an den Scheiben kleben bleiben. Mein Blick wird magisch von diesem gelb-grünen Durcheinander angezogen.

Und ich bin erschöpft.

Ohne mich dagegen wehren zu können, gleite ich ab in die spärlichen Erinnerungsfetzen, die ich von Pauls Überfall habe. Die verzerrten Bilder lassen nicht zu, dass ich Schlaf finde. Ich versuche, mich selbst zu trösten. Eigentlich geht es mir doch gut. Gleich werden Hanna und Anne ins Hotelzimmer stürmen, Hanna wird mir von ihren Erlebnissen erzählen, und Anne wird ihr über das Haar streicheln.

Ich stelle mich müde ans Fenster und bemühe mich, in der

Dunkelheit die verschwimmenden Konturen der Landschaft zu erkennen. Eine Unruhe hat von mir Besitz ergriffen, die nichts mit der Angst, von Paul verfolgt zu werden, zu tun hat. Sie sitzt tiefer. Immer öfter blicke ich auf die Uhr. Die Zeit vergeht langsam, doch sie vergeht.

Mehrmals probiere ich, Anne auf dem Handy zu erreichen, doch stets scheitert der Verbindungsaufbau. Fahrig gehe ich auf und ab, setze mich, springe hoch, laufe weiter und stelle mich wieder ans Fenster, nur um mich erneut im bunten Blätterregen zu verlieren.

Wenn die beiden in den nächsten zehn Minuten das Zimmer betreten, werde ich ihnen aus ihren Regenmänteln helfen, ich werde sie stürmisch umarmen, und dann gehen wir feiern. Ich lade sie ein auf ein spätes Essen unten im Restaurant. Hanna wird Cola trinken dürfen, so viel sie will, und Anne und ich teilen uns eine Flasche vom besten Roten, den das Haus zu bieten hat. Fast kichere ich beim Gedanken an den Panda, der die edle Flasche öffnen muss, fast muss ich lachen bei der Vorstellung, seine Schnauze am Korken schnüffeln zu sehen.

Fünfzehn Minuten gebe ich den beiden noch, danach muss Anne mich einladen, und dann wird es wirklich teuer. Sie weiß doch, dass ich mir Sorgen mache, wenn sie nicht pünktlich zurückkommt.

Verdammt noch mal!

Hysterie hilft dir nichts, Lili, reiß dich zusammen. Wahrscheinlich haben die beiden schlicht die Zeit übersehen.

Ich will, dass sie auftauchen. Sofort!

Hektisch öffne ich die Hotelzimmertür, blicke nach links und nach rechts.

Alles leer. Kein Mensch ist auf dem Flur.

Ich gehe bis zur Biegung, hinter der sich die Lifte befinden. Keiner ist in Bewegung, ich laufe zurück, will sie unter keinen Umständen verfehlen.

Beruhige dich, Lili.

Unten werden sie sitzen, unten in der kleinen Eisdiele, die Hanna schon gestern unbedingt erkunden wollte. Ich kenne

Hannas Überzeugungskraft, ich weiß, wie schwer Anne ihr etwas abschlagen kann.

Wenige Minuten nur brauche ich bis zur Eisdiele. Lieber Gott, lass mich Hannas mit Schokolade verschmierten Mund sehen. Ich werde mich zu ihnen setzen, ich werde lachen, dann werde ich auf die Uhr schauen, ganz beiläufig, und sie daran erinnern, wie spät es geworden ist.

Ich werde …

Ein müder Konditor mit verrutschter Mütze sieht mir entgegen, vor ihm ein leerer Tresen, unbesetzte Tische und Stühle.

Keine Anne, keine Hanna.

Ich hetze zur Bar gegenüber.

Nur Erwachsene, kein Kind.

Wir haben uns sicher verfehlt. Während ich die Restaurants des Hotels abklappere, warten Anne und Hanna längst in unserem Zimmer und machen sich Sorgen um mich. Sie werden mir Vorhaltungen machen. Ich laufe zurück und kann auf dem Gang Annes fruchtiges Parfüm riechen. Ein Stein fällt mir vom Herzen, meine Hände zittern vor Erleichterung. So sehr, dass ich kaum die Karte ins Schloss kriege. Ich öffne die Tür, reiße sie auf.

Das Zimmer ist leer.

Der Teddybär sitzt verloren auf Hannas Kissen.

Und der Park, der ist längst geschlossen.

ANNE

Mit einem Knall fällt hinter uns die Tür ins Schloss. Ich drücke übermütig Hannas Hand und gehe ins angrenzende Zimmer.

Und da steht sie.

Kreidebleich ist meine Schwester, sie atmet schnell. Ihre Arme hält sie verschränkt, die Fingernägel bohren sich in die Wolle ihres Pullovers.

»Lili.«

»Mami?« Hanna schaut sie erschrocken an.

Als würde Lili uns nicht wahrnehmen, schaut sie an uns vorbei, sie scheint nur auf sich selbst konzentriert zu sein und auf das, was in ihrem Inneren vorgeht.

»Lili«, wiederhole ich eine Spur lauter.

Hanna läuft zu ihrer Mutter und schlingt die Arme um deren Körper. Lili steht steif, rührt sich nicht. Bemerkt sie Hanna überhaupt?

»Kleines«, sage ich, »lass deine Mama los. Sie fühlt sich nicht gut.« Dann nehme ich meine Schwester an der Hand und führe sie zum Lehnstuhl am Fenster. »Setz dich.«

Wie ein Roboter folgt sie meiner Anweisung. Sie rutscht auf den Sitz, ihre Hände umklammern die Knie. Hanna beobachtet uns und lutscht am Daumen. Das hat sie schon lange nicht mehr getan.

»Schätzchen, bitte hole eine Flasche Wasser aus dem Kühlschrank.«

Ich schraube den Verschluss ab und will Lili die Flasche reichen, doch sie reagiert nicht.

»Atme aus, lass dir viel Zeit dabei.« Eindringlich versuche ich, zu meiner Schwester durchzudringen. »Es ist alles in Ordnung. Niemand ist in Gefahr.«

Aber Lilis Atem wird immer hektischer. Ihr Blick ist in die Ferne gerichtet, die blutleeren Finger haben sich von ihren Knien gelöst und sind mitten in der Bewegung erstarrt.

»Such dir einen Märchenfilm aus, deine Mama wird sich gleich besser fühlen«, weise ich Hanna an, die uns mit großen Augen beobachtet.

Gott sei Dank, sie gehorcht, und ich schließe die Verbindungstür. Die Kleine soll nicht sehen, was jetzt geschieht. Während ich beruhigend auf Lili einrede, stülpe ich meiner Schwester eine Plastiktüte über Mund und Nase. Ich spüre, wie sie sich langsam entspannt.

Unvermittelt muss ich an Paul denken, und ich lege meine Hände um den Hals meines Zwillings. Meine Daumen treffen sich über ihrem Kehlkopf. Entsetzt wehre ich mich gegen den Impuls zuzudrücken und ziehe rasch das Plastik von Lilis Gesicht.

Bestürzt sieht sie mich an.

»Wolltest du mich eben ersticken?« Sie verzieht den Mund zu einem verrutschten Lächeln. »Meine Arme kribbeln, und meine Beine fühlen sich taub an.«

»Du hast hyperventiliert, Lili. Das ist davor schon mal im Krankenhaus geschehen. Dort haben sie mir erklärt, dass die Plastiknummer zwar bedrohlich wirkt, aber ungefährlich ist, wenn sie richtig gemacht wird. Sie haben mir gezeigt, wie ich dir helfen kann.«

»Mir wurde schwindlig, und mein Herz raste zum Fenster hinaus. Anne, ich dachte, ich sterbe.« Meine Schwester senkt langsam den Kopf.

»Das sind ein paar der Symptome. Durch das Hecheln hast du zu viel Kohlendioxid ausgeatmet. Mit der Tüte kann man die Konzentration im Blut regulieren.«

Eine Weile bleibt Lili stumm. Als sie aufsteht, schwankt sie immer noch leicht. »Anne«, flüstert sie, »du hast mich heute zu Tode erschreckt. Ihr beide wart schon wieder verschwunden, diesmal extrem lang. Mach das nie wieder.« Ihre Stimme klingt kratzig wie nach einem Hustenanfall.

Ich zucke die Achseln. »Wir wollten den Tag trotz des Regens schön ausklingen lassen. Zuerst fuhren wir mit dem Karussell, dann bestand unsere kleine Unersättliche auf einer Schokoladenwaffel, und zum Abschluss zog die Gardaland-Parade an uns vorbei. Hanna möchte dir morgen unbedingt das Feuerwerk zeigen und …«

»Anne, hör auf«, unterbricht Lili mich scharf. »All das erklärt nicht, warum ihr so lange fort wart. Der Park ist längst geschlossen!«

Ich will sie besänftigen, aber Lili funkelt mich an, bis ich still bin.

Eine Weile starren wir aneinander vorbei.

»Warum hast du mit Paul geschlafen?«

Erschrocken senke ich meinen Blick. »Ich weiß es nicht. Es ist einfach passiert.«

»Du meinst, so wie ein Frontalzusammenstoß auf der Autobahn?«

»Lili, es tut mir unendlich leid.«

»So leid, dass du mir nicht sofort reinen Wein einschenken konntest? Du wusstest von Anfang an, was für ein Mensch er ist.«

»Skrupellos und gewalttätig.« Ich nicke und balle die Hände zu Fäusten. »Ja, ich hätte vieles verhindern können, indem ich es dir gleich erzählt hätte.«

»Was hat dich abgehalten? Ich bin deine Schwester. Ich bin dein Zwilling. Mir ist erst nach und nach klar geworden, wie sehr du mich durch diesen Vertrauensbruch gekränkt hast. Ich konnte weder hinsehen noch mich mit dir aussprechen. Vier Jahre lang.«

Ich ringe nach Worten. »Du warst bis über beide Ohren verliebt. Außerdem war ich schlichtweg feige. Ich habe mich geschämt. Ich wusste ja nicht, was noch alles passieren würde. Vor allem aber hatte ich eine Höllenangst, dass du mir niemals verzeihen würdest. Und als ich dann endlich den Mut aufbrachte, dir die Affäre zu beichten und dass er mich«, ich stocke, »ja, dass er mich vergewaltigt hatte, da war es zu spät. Du wolltest nicht hören, hast es als Lügenmärchen abgetan und mir Eifersucht unterstellt.«

»Weil du dich genau so verhalten hast.«

»Es stimmt, ich war eifersüchtig, jedenfalls zu Beginn, als wir ihn kennenlernten und er dich mir vorzog. Ich bin damals zu ihm ins Hotelzimmer gegangen, so fing es an. Bitte glaube mir, dass es mir beinahe sofort schrecklich leidtat und ich mich dafür in Grund und Boden schäme. Ich werfe mir jeden Tag vor, dir nicht unmittelbar die Wahrheit gesagt zu haben. Als Mama starb und du endlich verstanden hattest, was Paul mit dir anstellte, wie sehr sein Kontrollzwang ausartete, war es ja fast schon zu spät. Ich bin so froh, dass wir es noch rechtzeitig da rausgeschafft haben.«

»Das bin ich auch.« Lili holt tief Luft und setzt sich auf ihr Bett. Sie ist immer noch blass, und die Schatten unter ihren Augen sind dunkel.

»Lili, um ein Haar hätte ich dich vorhin erstickt.«

»So viel zu Atemkontrolle als Anti-Panik-Methode und zu Zwangsgedanken.« Sie grinst schief.

Wir schauen uns längere Zeit an, und ich spüre, dass keine von uns weiß, welche Reaktion jetzt angebracht wäre. Es ist Hanna, die uns die Entscheidung abnimmt.

»Streitet ihr noch?«, fragt sie und sieht forschend von mir zu Lili. »Geht es dir besser, Mami?«

»Ja, mein Schatz.« Sie hebt Hanna zu sich aufs Bett. Ich geselle mich zu den beiden und lege die Arme um ihre Schultern.

So etwas wie Frieden ist eingekehrt. Haben wir uns ausgesprochen, oder ist es nur ein vorübergehender Waffenstillstand?

»Morgen«, sage ich und merke selbst, wie verkrampft mein Lächeln wirkt, »morgen machen wir uns einen richtigen Wohlfühltag.«

Lili verzieht spöttisch den Mund. »Ich glaube, noch einen überlebe ich nicht.«

Am nächsten Tag ist meine Schwester wie ausgewechselt. Lange vor mir steht sie auf, ich höre ihr Singen im Bad. Mit frisch gewaschenem Haar tänzelt sie bald darauf auf mich zu.

»Ich bin hungrig wie selten. Gönnen wir uns ein wildes Junkfood-Frühstück.« Vergnügt lächelnd hakt sie sich bei mir unter und nimmt Hannas Hand.

Eigentlich war ich es, die auf die leichte Schulter nahm, was ihr noch lange Kummer bereitete. Jetzt scheint es sich umgekehrt zu haben. Ihre gute Laune überträgt sich beinahe sofort auf unsere Stimmung. All das, was ich mir in der Zeit, in der meine Schwester im Koma lag, wünschte, wird langsam wahr. Lili ist voller Zuversicht und albert ausgelassen mit Hanna herum. Ihre Augen strahlen, eine feine Röte bringt ihr blasses Gesicht zum Leuchten.

Irgendwann in der Nacht hat es aufgehört zu regnen. Wir laufen von einer Attraktion zur nächsten, wollen uns alles ansehen und wissen doch, dass es unmöglich ist, denn der Park dehnt sich auf knapp dreiunddreißig Hektar aus.

Ich ermüde als Erste, Füße und Rücken schmerzen, und die nicht nachlassen wollende Energie meiner Schwester und meiner Nichte nötigt mir Bewunderung ab.

»Stopp, ich brauche frische Kalorien«, stöhne ich, »oder ihr müsst mich tragen.«

»Hotdogs und Schokoladenwaffeln! Diesmal die weißen mit Haselnuss«, ruft Hanna.

»Piratenfutter«, sagt Lili, als hätte sie meine Gedanken gelesen.

Das alles fühlt sich ein Stück weit an wie früher, und ich genieße das Gefühl der Vertrautheit, auch wenn es vielleicht trügerisch ist. Mein Betrug hat Lili weit mehr zugesetzt, als sie bisher erkennen ließ.

Auch der Nachmittag im Park vergeht fast zu schnell. Die nach dem Regen blasse Sonne steht schon schräg am Himmel, kündigte den Abend an, als wir uns Zuckerwatte holen und zu einer letzten Runde mit dem Karussell aufbrechen.

Zu dritt sitzen wir in einer Kutsche, und ich merke deutlich, wie ausgelaugt ich bin. Trotz Muskelkater und Müdigkeit fühle ich mich jedoch so gut wie schon lange nicht mehr.

Kurz fallen mir die Augen zu.

Als ich sie öffne, starrt meine Schwester entsetzt in die Menge.

»Paul«, sagt sie leise, und als ich ihrem Blick folge, springt sie auf.

Ich ärgere mich über Lili, und ja, ich weiß, es ist ungerecht, sie wäre beinahe gestorben, lag monatelang im Koma, aber ich kann nicht ständig auf ihre Befindlichkeiten Rücksicht nehmen. Bin ich ehrlich zu mir, muss ich eingestehen, dass mir meine Schwester fehlt, jene Lili, die bedachter ist als ich, der Zwilling, auf den ich mich immer verlassen konnte. Doch wieder hat mein eben noch fröhliches Gegenstück sich in ein verschrecktes Wesen verwandelt.

Nervös versuche ich, mit den Fingerkuppen die Falten auf meiner Stirn zu glätten, und ziehe Lili wieder auf ihren Sitz.

Paul.

Ich kann diesen Namen nicht mehr hören.

Er hat unser Leben zerstört, und jetzt, da wir versuchen, die Trümmer so gut es geht wieder zusammenzusetzen, zwängt er sich wie ein Schatten erneut in unser Sein. Noch immer scheint es ihm zu gelingen, unsere Unternehmungen nach Belieben zu torpedieren.

Ich gebe zu, auch mir war vorhin einen Moment lang so, als hätte ich Paul gesehen. Etwas kam mir vertraut vor, vielleicht war es die Art, wie sich jemand in der Menge bewegte, aber viel wahrscheinlicher ist, dass ich mich von der Hysterie meiner Schwerster anstecken lasse.

Und doch kann ich Lili verstehen.

Himmel, es laufen so viele Glatzköpfe durch die Gegend. Ein Kahlgeschorener löst hier den anderen ab. Spiegelblanke Schädel scheinen diesjährig der letzte modische Schrei bei den Kindsvätern im Gardaland zu sein.

Ausgerechnet jetzt meldet sich Hanna zu Wort.

»Tante Anne«, sagt sie bestimmt, »du glaubst uns nicht, aber der Mann vom Krankenhaus ist auch hier im Park.« Sie ballt trotzig die kleinen Fäuste.

Ich merke, dass Lili verlegen ist. Sie weiß, dass sie mit ihrer Angst die Kleine in ihrem Glauben bestärkt.

»Wir kaufen uns noch ein Eis«, schlage ich vor, um von Paul

abzulenken, und ernte ob meiner aufgeregten Stimme erstaunte Blicke.

Tatsächlich fange ich an, die ganze Reise in Frage zu stellen. Dieser Urlaub sollte etwas sein, das uns wieder näher zueinanderbringt, das etwas herstellt, was verloren gegangen ist, aber dafür war es vielleicht noch zu früh. Der Ausflug erinnert mich eher an eine Schnitzeljagd, aber an eine, in der wir der Schatz sind und Paul das Trüffelschwein.

Reiß dich zusammen, denke ich und wende mich mit übertriebener Fröhlichkeit an die beiden. »Ihr Lieben, gleich gibt es die große Abschlussparade, sie beginnt beim Prezzemolo-Baum. Lasst uns zusehen.«

Meine Schwester nickt zögernd, Hanna grinst begeistert. Ihr Kinn ist wieder verschmiert, und Lili zückt automatisch ein Papiertaschentuch. Es ist eine natürliche Bewegung, eine alltägliche Handlung, dennoch habe ich den Eindruck, dass hier nichts mehr mit Normalität zu tun hat.

Direkt am Absperrseil warten wir in der Menge, immer noch kämpfe ich mit meinen dunklen Gedanken.

Als ich zu meiner Schwester schaue, sehe ich, dass sie noch eine Spur blasser ist als vorhin.

»Was ist mit dir?«, frage ich wider besseres Wissen. Die Antwort will ich gar nicht hören.

»Ich halte die Geräuschkulisse schlecht aus und stehe wieder mal neben mir.«

Das ist nun wirklich nichts Neues, denke ich verärgert, aber ich nicke und lege beruhigend eine Hand auf ihren Unterarm. Gemeinsam wenden wir uns den vorbeitänzelnden Comic-Schönheiten zu.

Der Lärm, mit jeder Minute quälender, kreischt auch in meinem Kopf, und in der uns bedrängenden Menge entwickle ich ein klaustrophobisches Gefühl. Erfolglos versuche ich, meine körperlichen Reaktionen unter Kontrolle zu bekommen. Mein Herz hämmert wie verrückt, Stirn und Shirt sind nass geschwitzt.

Lili reicht mir ihre Wasserflasche. Dankbar trinke ich ein paar Schlucke – und schreie auf.

Entsetzt sehe ich die gelbe Riesenmöwe Pagui, die sich über die Absperrung beugt und Hanna auf ihre Schultern hebt, bereit für den Abflug. Vor und hinter Pagui marschieren Prinzessin Aurora und Mously, die Fledermaus, mit je einem Kind auf dem Arm.

Lili, die die Situation zuerst erfasst hat, springt über das Seil und läuft den Figuren nach.

Zu spät, denke ich und stolpere hinter ihr her, jetzt hat Paul sich Hanna geschnappt.

Noch vor mir erreicht Lili die tanzenden Figuren mit den johlenden Kindern, reißt Hanna von den Flügeln der Möwe und presst sie an sich.

»Ordnungsdienst!«, brüllt sie und schützt ihre Tochter mit ihrem Körper. »Hilfe!«

Wir sind umringt von Prezzemolo und seinen Freunden, von Menschen, die uns anglotzen, auf uns einreden. Die gesamte Parade ist zum Stillstand gekommen.

Dann zieht Pagui den Möwenkopf vom Haupt, und ich starre in das Gesicht eines dunkelgelockten jungen Mannes mit abstehenden Ohren und erhitzten Wangen, der erschrocken zurückstarrt.

Immer noch lässt die Panik mein Herz wie verrückt schlagen, gleichzeitig möchte ich vor Scham im Boden versinken. Hanna weint zornig und weigert sich, meine Hand zu nehmen. Lili streicht ihrer Kleinen liebevoll über die Wange.

In dem Moment ist es mit einem Mal wieder da, dieses Gefühl, das ich lange vermisst habe. Wir sind keine Gegnerinnen mehr, wir befinden uns auf derselben Seite.

Lili umarmt mich.

Zwillinge.

Jetzt sind wir endlich wieder vereint, denke ich.

Zwei Verrückte im Park.

LILI

Meine Schwester hat migräneartige Kopfschmerzen. Übergangslos haben wir die Rollen getauscht. Wie eine alte, gebrechliche Frau hängt sie an meinem Arm, als wir den Shuttlebus, der zwischen dem Vergnügungspark und den Unterkünften verkehrt, verlassen.

Im Eingangsbereich des Hotels werden wir von livrierten Pagen neugierig beäugt. Das liegt sicher daran, dass diesmal Anne torkelt, und nicht an dem Aufstand vorhin bei der Parade, der sich so schnell nicht herumgesprochen haben kann.

Doch kaum gedacht, erscheint eine Empfangsdame, die uns für morgen nach dem Frühstück zu einem Gespräch mit Pagui und Mously einlädt, um den Vorfall zu klären. Die Leitung des Parks möchte ihre auffälligen Gäste offensichtlich gern im Blick behalten.

Betreten stimmen wir zu, der Appetit ist uns allerdings vergangen. Sogar meine Kleine verzichtet auf das Abendessen im Kreis ihrer verehrten Märchenfiguren.

»Aber ich will jetzt mein Foto holen«, quengelt sie und zieht an meiner Hand.

Fragend sehe ich zu Anne und meine, direkt in Pauls haselnussbraune Augen zu blicken. Er zwinkert mir zu und formt mit den Lippen einen Kuss.

Verdammt. Nein, das passiert nicht wirklich. Ich muss mich zusammenreißen. Schon wegen meiner Tochter darf ich nicht schreien. Einen weiteren Hyperventilationsanfall kann ich mir nicht leisten. Nicht hier, mitten im Empfangsbereich, nirgendwo.

»Lili?« Anne sieht mich besorgt an.

»Nichts, gar nichts.« Ich schüttle den Kopf.

»Wir holen das Foto.« Hanna klatscht in die Hände.

»Nein, erst morgen, bevor wir abreisen«, wende ich ein, »ich dachte, du wolltest das Kunstwerk bis zum Schluss an der Wand lassen?«

»Ach was, holt es doch gleich. Wir hatten beide Bedenken, dass es dort überhaupt hängt.« Anne wirft mir einen bestimmten Blick zu. »Du hast deshalb sogar einen Gast attackiert, schon vergessen? Ich gehe nach oben und nehme eine Tablette, danach treffen wir uns im Café unter der griechischen Säule auf eine heiße Schokolade. Lass uns den Tag nicht mit noch mehr Trübsinn beenden.«

»Fein, ich nehme heiße Schokolade mit Ruhm.«

Entgeistert schauen wir Hanna an und beginnen unsicher zu lachen.

»Wie kommst du denn auf die Idee?« Annes Stimme klingt kratzig.

»Ein Papa am Nebentisch hat seine Schokolade gestern mit Ruhm getrunken. Davon träumt man besser, hat er zu seinem Jungen gesagt.«

»So ein Idiot«, murmelt Anne und marschiert zum Aufzug.

»Bis gleich!«, rufe ich ihr nach und krame in der Tasche nach Lippenstift und Puder.

»Lauf zur Pinnwand rüber, ich komme sofort, Schätzchen.«

Während ich im Spiegel gegenüber der Fotoecke die dunklen Schatten unter meinen Augen abdecke, beschließe ich, mich nie wieder in Ferienresorts dieser Art aufzuhalten. Nicht mal meinem kleinen Mädchen zuliebe. Bestätigend nicke ich meinem Spiegelbild zu, drehe mich um und gehe zu meiner Tochter.

»Hanna?«

Ich erhalte keine Antwort.

Schnell durchquere ich die Halle, lasse meinen Blick durch die Menge schweifen. Jungs und Mädchen, der Fotograf und natürlich die üblichen Comic-Figuren sind hier.

Nur Hanna ist nirgends zu sehen.

Jetzt schreie ich ihren Namen und dränge mich an den Kindern vorbei zum Fotografen. »Meine Tochter hat gerade ihr Bild abgeholt. Wo ist sie?«

»Eben war sie noch hier. Sie hat gemeint, sie müsse sich beeilen, weil ihre Mama wartet. In welche Richtung die Kleine danach gelaufen ist, kann ich Ihnen allerdings beim besten Willen nicht sagen.«

Während er sich abwendet und ungerührt weiterfotografiert, steigt in mir Panik hoch.

Was für andere eine übersichtliche Hotelanlage ist, stellt für mich einen Irrgarten dar. Längst schon weiß ich, dass diese Desorientiertheit meiner Kopfverletzung geschuldet ist, und gebe mich nicht mehr der Illusion hin, dass sich mein Zustand bald entscheidend verbessert. Es braucht eben seine Zeit, aber die habe ich im Moment nicht.

Wenn Hanna an mir vorbeigelaufen ist, kann sie nur im Innenhof beim Springbrunnen oder in einem der Flure sein. Meine erste Wahl fällt auf Prezzemolo, der den Brunnen beherrscht. Aber dort ist sie nicht.

Ich laufe zurück zu den Fluren, haste die langen Gänge entlang, umkreise so fast den gesamten Hotelkomplex und bleibe schließlich schwer atmend an der Südseite des Gebäudes stehen.

Nein, so geht das nicht, wahrscheinlich ist sie zum Zimmer gerannt.

Also mache ich kehrt und laufe zum Aufzug. Den ganzen Weg über habe ich nur einen einzigen Gedanken im Kopf: Lass Hanna bei Anne sein.

Als die Türen des Lifts aufschwingen und ich eben eintreten will, legt sich eine Hand auf meine Schulter. Ich werde zurückgerissen und erstarre.

ANNE

Grob ziehe ich meine Schwester vom Aufzug weg.

»Anne!«, schreit Lili und wirkt völlig verstört.

»Mama?«

Hanna wird von ihrer Mutter umarmt und fast zu Tode gedrückt. Lili vergräbt ihre tränennasse Wange im Haar der Kleinen. »Wo warst du?«, fragt sie mit zitternder Stimme.

»Vorsicht«, fahre ich sie an, »du schnürst dem Kind die Luft ab.«

Lili lässt Hanna los, sinkt in einen Fauteuil und schlägt die Hände vor das Gesicht. Sie beginnt stoßweise zu atmen. Wenn sie jetzt kollabiert, denke ich, flippe ich aus.

»Los, rede schon. Was ist in dich gefahren?«

Sie springt auf. »Ein paar Sekunden nur habe ich in einen Spiegel gesehen. Dann war Hanna verschwunden. Der Fotograf wusste nicht, in welche Richtung sie gelaufen war.«

»Hanna«, ich wende mich meiner Nichte zu, die kleinlaut neben mir steht, »welcher Teufel hat dich schon wieder geritten? Wir haben dir mehr als einmal ausdrücklich verboten, dich ohne ein Wort zu entfernen. Du weißt, wie besorgt deine Mutter ist.« Und wie hysterisch, füge ich in Gedanken hinzu.

»Ich war nur im Laden neben der Rezeption, Tante Anne. Ihr habt mir einen Pagui versprochen.«

»Hanna, du bist unmöglich.« Ich wende mich Lili zu, die zweimal kleiner wirkt als zuvor. Schmächtig steht sie vor mir, zittert am ganzen Körper und sieht mich mit angstgeweiteten Augen an. Dann senkt sie beschämt den Blick. »An den Laden habe ich nicht gedacht.«

Am liebsten möchte ich meine Schwester ohrfeigen und Hanna in ein Zimmer sperren. Meine Gewaltphantasien erschrecken mich, aber ich beschließe, dass sich etwas radikal ändern muss, weil ich sonst durchdrehe. Wir sind alle drei nicht mehr wir selbst, wir sind Pauls Opfer.

»Warte hier, Lili, und rühre dich nicht von der Stelle«, sage ich betont ruhig. »Ich bin in zehn Minuten zurück. Hanna, du kommst mit mir.«

Mit einer Handbewegung hindere ich Lili am Fragen. Ich brauche einen klaren Kopf. Doch innerlich schäume ich über.

Hanna nimmt meine Hand. »Gibt es jetzt heiße Schokolade?«

In dem Moment macht sich mit einem fast unhörbaren Piepston eine SMS bemerkbar. Aber so leise sie ist, sie entgeht Hannas aufmerksamen Ohren nicht.

»Tante?«

Verdammt, fluche ich lautlos. Warum muss ich gerade jetzt ein verlockendes Jobangebot bekommen? Rasch drehe ich mich weg und tippe eine Antwort.

»Hast du einen Freund?«

Freund? Ja, denke ich verärgert, den hätte ich gern.

»Kümmere dich um deinen eigenen Kram«, fauche ich meine Nichte an, die mir über die Schulter zu linsen versucht, und werde augenblicklich von Schuldgefühlen geplagt.

Die Kleine kann ja nicht mal lesen, und ich benehme mich wie eine Hyäne.

»Deine Tante kann manchmal ziemlich gemein sein, nicht wahr?«

Hanna nickt, und ich nehme sie in die Arme.

LILI

Besorgt beobachte ich das hektische Treiben um mich herum. Hunderterlei geht mir durch den Kopf. Beklommen frage ich mich, ob ich mich immer noch im Koma befinde, im Krankenhausbett liege und mir das hier nur einbilde. Denn alles fühlt sich fremd an, unwirklich, so als wäre ich gefangen in einem endlosen Traum.

»Da bist du ja.«

Ich zucke zusammen. Mit einem Mal steht Anne durch und durch real vor mir. Aber sie ist allein.

»Hanna?«

»Die ist oben. Lili, ich habe an der Rezeption einen Babysitter organisiert und uns einen Tisch im Hotelrestaurant bestellt. Wir sollten uns beide ein wenig entspannen, ohne unseren Quälgeist Hanna.« Entschieden wehrt sie meine Einwände ab.

Kaum sitzen wir, fängt meine Schwester an, auf mich einzureden. Die Worte sprudeln nur so aus ihrem Mund, und ich verstehe die Hälfte nicht.

»Stopp«, sage ich, »mir geht das zu schnell, ich kann dir nicht folgen.« Aber Anne ignoriert mich.

»Erst trinken wir einen Schluck Prosecco, und dann möchte ich hören, was du von meiner Idee hältst«, meint sie völlig unbeeindruckt.

Idee? Von einer Idee habe ich bisher nichts gehört.

Ungeduldig stürze ich ein halbes Glas Schaumwein hinunter. Ich habe keine Ahnung, wovon sie spricht. Glaubt sie, ich muss mich stärken? Und wenn ja, wovor? Der Sekt kratzt in meiner Kehle.

Anne mustert mich eine Weile, dann zeichnet sich Verstehen auf ihrem Gesicht ab. »Du hast nicht den geringsten Schimmer, wovon ich rede.« Sie nimmt meine Hand und drückt sie. »Tut mir leid, ich war zu schnell. Lili, ich habe genug. Wir können uns nicht länger von Paul tyrannisieren lassen. Genau das habe ich versucht, dir eben zu erklären. Paul dominiert uns, er verhindert, dass wir in einen normalen Alltag zurückfinden. Da schaue ich keine Sekunde länger zu. Wir müssen einen Schlussstrich ziehen, einen endgültigen, und zwar sofort.«

Diesmal verstehe ich jedes Wort deutlich. »Wie stellst du dir das vor? Paul ist hinter uns her. Wir können nur abhauen, uns verstecken und hoffen, dass er uns nicht findet.«

Sie hebt die Hand und schüttelt unwillig den Kopf. »Deswegen drehen wir den Spieß um. Ich gebe zu, zuerst wollte ich es nicht glauben, aber inzwischen habe auch ich den Eindruck, dass er wirklich da ist. Wir stellen ihm eine Falle.«

»Eine Falle?«, wiederhole ich ungläubig. »Was meinst du? Doch nicht etwa so eine Lockvogelgeschichte? Da mache ich nämlich nicht mit.« Entschlossen verschränke ich die Arme vor meiner Brust.

Bevor Anne etwas entgegnen kann, kommt ein Kellner auf uns zu. Lächelnd tauscht er die leeren Gläser gegen zwei neue.

Wir sehen ihn erstaunt an. »Die haben wir nicht bestellt.«

»Ein Gast hat den Prosecco geordert.«

»Welcher Gast?«

»Das steht vermutlich im Briefchen.« Er reicht uns ein Kuvert.

»Danke«, sagt Anne verdattert und wendet sich von ihm ab. Angespannt schlitzt sie mit dem Zeigefinger den Umschlag auf und zieht einen Zettel heraus.

Eine blonde Locke fällt auf den Tisch, und ich springe auf.

»Schnell!« Ich greife nach Annes Hand, und dann laufen wir beide um Hannas Leben.

ANNE

Ich stürme in unsere Suite und pralle zurück. Hinter mir höre ich, wie meine Schwester einen klagenden Laut von sich gibt.

An einen Bettpfosten gebunden, sitzt die Babysitterin auf dem Boden in meinem Schlafzimmer. Ihr Mund ist verklebt, die Augen geschlossen. Aus einer Platzwunde an ihrer Stirn sickert Blut.

»Hanna.« Zuerst flüstert Lili den Namen, dann schreit sie ihn laut. »Anne, Paul hat Hanna entführt!«

Sie spricht das Offensichtliche aus, doch ich kann es nicht ertragen.

»Hör auf!« Vorsichtig beuge ich mich über die junge Frau und fühle ihren Puls. »Sie lebt.« Rasch löse ich das Klebeband von ihrem Mund.

Lili kniet neben mir und streicht dem Babysitter das Haar aus der Stirn. »Wir dürfen weder Polizei noch Rettung rufen.« Sie sagt es leise, aber der Klang ihrer Stimme ist fest.

»Was redest du da? Das Mädchen braucht Hilfe.«

»Anne, es geht um Hanna.« Sie fuchtelt mit dem zerknitterten Zettel aus dem Kuvert in ihrer Hand vor meiner Nase herum. »Paul schreibt, dass ich vor Morgengrauen hinunter zum See kommen muss, um mit ihm zu gehen. Sonst sehe ich Hanna nie wieder. Er verbietet mir, die Polizei zu verständigen. Das ist seine Bedingung.«

»Und du willst ihm gehorchen? Ist es schon wieder so weit?«

Lili weint und schüttelt störrisch den Kopf. »Es geht um Hanna«, wiederholt sie.

Entschlossen greife ich zum Telefonhörer. »Parker hier«, sage ich und füge die Zimmernummer hinzu. »Wir brauchen sofort einen Arzt.«

Die Empfangsdame lässt sich die Situation schildern, ihre professionell gestellten Fragen beruhigen mich ein wenig. »Bringen Sie das Mädchen in eine stabile Seitenlage. Bleiben Sie bei ihr, bis der Arzt eintrifft. Ich veranlasse alles Notwendige«, erklärt sie.

»Du machst einen schrecklichen Fehler. Wenn Paul erkennt, was sich hier abspielt, ist Hanna verloren.« Lili steht neben mir, ihre Wangen sind nass geweint, und sie atmet schwer. Ich kämpfe selbst gegen Tränen an, als ich den Hörer auflege.

»Wenn er den Babysitter betäubt in unserer Suite zurücklässt, muss Paul damit rechnen, dass wir Hilfe holen«, widerspreche ich.

Ein Hotelangestellter betritt kurz darauf mit einer Ärztin unser Zimmer. Er bittet uns, ihm zu folgen.

Im Aufzug lehne ich mich erschöpft an die Wand.

Als sich die Türen im Erdgeschoss öffnen, wundere ich mich, weshalb hier alles so ist wie immer. Es herrscht normaler Betrieb, der übliche heitere Trubel nach einem aufregenden Urlaubstag im Park. Automatisch will ich nach der Hand meiner Nichte fassen.

Eine Rezeptionistin winkt uns zu sich.

»Signora Parker, Polizei und Ambulanz sind schon unterwegs.«

Bevor ich reagieren kann, ruft Lili: »Mein Kind ist in Gefahr. Die Polizei darf nicht kommen. Unter keinen Umständen.«

Die Rezeptionistin wird sich der neugierigen Blicke einiger Gäste bewusst und lächelt gezwungen. Nervös fordert sie uns auf, ihr in einen Raum hinter dem Tresen zu folgen. Dort greift sie zum Telefon.

»Signor Marchesan, die Damen aus Suite 118 sind jetzt hier«, sagt sie und bittet uns, Platz zu nehmen.

Fast sofort betritt ein Mann den Raum. Er stellt sich als Hotelmanager vor, gibt uns die Hand und setzt sich uns gegenüber. Wieder verlangt Lili ängstlich, dass man die Polizei außen vor lässt.

»Wir sind verpflichtet, die Polizei zu verständigen«, erwidert Signor Marchesan ruhig und sieht uns entschuldigend an. »Aber selbstverständlich erscheint hier kein offizielles Polizeiaufgebot. Die ermittelnden Beamten wurden über das Verschwinden Ihrer Kleinen informiert und erscheinen in Zivil. Das liegt auch in unserem Interesse. Darüber hinaus sind unsere Leute angewiesen, überall unauffällig nach dem Kind Ausschau zu halten.«

Die Rezeptionistin nickt zustimmend. »Das Mädchen, das auf Ihre Tochter aufpassen sollte, ist inzwischen sicher schon auf dem Weg ins Krankenhaus, ohne dass jemand etwas mitbekommen hat.«

Ich kann meine Ungeduld und meine Angst kaum noch beherrschen. Der Manager versucht Ruhe auszustrahlen, kann uns damit aber nicht beschwichtigen. Er fragt nach aktuellen Fotos von Hanna, und es vergehen kostbare Minuten, bis unsere Handy-Aufnahmen zur Vervielfältigung für die Mitarbeiter ins Computersystem des Hotels eingespeist sind.

»Das vermisste Mädchen selbst hat kein Handy?«

In diesem Moment reicht es Lili. »Meine Tochter ist noch keine fünf Jahre alt«, fährt sie auf, »und sie ist in *Ihrem* Hotel verschwunden, während *Ihr* Kindermädchen auf sie aufpassen sollte. Wir vertrödeln hier wertvolle Zeit. Sie mögen das anders sehen, aber es gibt eine Vorgeschichte.«

Jetzt runzelt die Rezeptionistin die Stirn und schaut von Lili zu mir. »Verzeihen Sie«, sagt sie und mustert mich kritisch, »das haben Sie mir vor zwei Tagen etwas anders geschildert.«

»Das ist doch jetzt egal!« Auch ich kann mich kaum noch beherrschen. »Hanna ist in Gefahr. Ihr Vater ist ein gewalttätiger Mann und wird wegen Mordes gesucht. Die hiesige Polizei soll die Kollegen in Österreich kontaktieren. Dort kennt man unseren Fall.«

Die Blicke, die sich die Empfangsdame und der Hotelmanager zuwerfen, sind skeptisch. Die beiden mustern uns, als wären wir verrückt.

Lili will auf ein solches Zugeständnis der italienischen Polizei nicht warten. Sie telefoniert mit Frau Thomas, erklärt ihr die Situation und fleht sie an, den Kontakt zu den Beamten vor Ort herzustellen.

Erst in diesem Moment realisiere ich vollständig, dass Paul

Hanna geholt hat und meinem irrwitzigen Plan, ihm eine Falle zu stellen, zuvorgekommen ist.

Ich greife nach der Hand meiner Schwester und spüre, dass sie so kalt und schwitzig ist wie meine eigene. Die Sorge um Hanna ist dabei, uns mit aller Macht zu erdrücken.

LILI

Immer noch warten wir im Büro des Hotelmanagers auf das Eintreffen der Polizei und bekommen lauwarmen Espresso serviert. Beide geben wir vor, ihn zu trinken, sind aber viel zu aufgeregt. Jedes Mal, wenn sich die Tür zum Büro öffnet, zucken wir zusammen. Auch wenn es irrational ist, hoffen wir, meine Kleine an der Hand eines der Angestellten hereinkommen zu sehen.

Endlich dringt durch das Bürofenster das Licht eines sich nähernden Wagens. Von Streifenwagen mit blau rotierenden Warnleuchten bleiben wir wie versprochen verschont. Kurz schließe ich die Augen, um mich zu sammeln. Ich zwinge mich geradezu, mich nicht gehen zu lassen. Nicht jetzt. Ich muss stark sein.

Zwei Beamte in Zivil betreten den Raum. Sie wirken auf mich wie verkleidete Verkehrspolizisten.

»Wir brauchen jemanden, der auf entführte Kinder spezialisiert ist«, fahre ich auf, ehe gleich darauf zwei weitere Beamte, ein Mann und eine Frau, eintreten.

»Benedetto Tomizza«, entgegnet der Mann ungerührt. »Ich bin Kommissar der Kriminalpolizei.« Er deutet auf seine Begleitung. »Das ist Signora Cesare, sie wird übersetzen.« Den nächsten Satz fügt er in seiner Muttersprache an, während die Italienerin an seiner Seite übersetzt: »Ich leite die Ermittlungen und wurde von den Kollegen Ihres Landes bereits ins Bild gesetzt.«

Fragend blickt der Kommissar uns an. »Wer von Ihnen ist die Mutter des Kindes? Sie sehen sich sehr ähnlich.«

»Das bin ich.« Ich gebe ihm erschöpft die Hand. »Bitte unternehmen Sie etwas. Die Zeit läuft uns davon.«

»Paul ist gefährlich«, bestätigt Anne. »Niemand weiß das besser als wir.«

Der Kommissar nickt und mustert mich ernst. »Ich verstehe Ihre Besorgnis. Wir wissen inzwischen, dass er Sie bereits einmal lebensgefährlich verletzt hat und außerdem wegen Mordes gesucht wird, daher haben wir bereits erste Schritte eingeleitet. Die Zugänge zum Park und zum Hotel sind gesperrt. Niemand kann derzeit das Areal verlassen oder betreten, ohne überprüft zu werden, und das Hotel wird Zimmer für Zimmer durchsucht. Alles geschieht unauffällig.«

»Davon gehen wir aus. Aber er ist nicht mehr im Hotel. Diese Durchsuchung können Sie sich sparen.«

Anne wirft mir einen Blick zu. Bisher habe ich den Brief nicht erwähnt. »Lili«, auffordernd zeigt sie auf meine Hosentasche, in die ich den Zettel gestopft habe, »du musst der Polizei die Nachricht zeigen. Vielleicht ergibt sich dadurch eine neue Spur.«

Da die Polizei nun schon mal da ist, haben wir vermutlich nur eine Chance, wenn wir mit ihr zusammenarbeiten. Der Kommissar wirkt auf mich vertrauenswürdig.

Kleinlaut ziehe ich das Blatt aus meiner Tasche, erkläre, woher wir es haben und warum ich es erst jetzt herzeige.

»Ich hatte Angst, einen Fehler zu machen. Er verlangt darin, dass wir die Polizei aus dem Spiel lassen sollen.«

Die Beamten werfen einander Blicke zu und lesen gemeinsam die Nachricht.

Das erwartete Donnerwetter bleibt aus.

»Vor dem Morgengrauen sollen Sie zum See kommen?« Der Kommissar schüttelt den Kopf. »Das ist ja mal eine präzise Angabe.« Er wendet sich an einen seiner Kollegen. »Ich möchte mit diesem Kellner sprechen.«

Als ein weiterer Beamter den Raum betritt und flüsternd auf Tomizza einspricht, fragen wir synchron: »Gibt es etwas Neues?«

Der Kommissar gibt bereitwillig Auskunft. »Unsere Leute haben die Aufnahmen der Überwachungskameras ausgewertet. Ein gelber, auffällig dicker Plüschtiger, den das Personal hier niemandem zuordnen kann, marschierte um die fragliche Zeit aus dem Trakt, in dem sich Ihre Suite befindet, in den Innenhof und durch den Torbogen zur Straße. Damit war er außer Reichweite der Kameras.«

»Paul und Hanna steckten in dem Kostüm.« Die Aufregung lässt mich zittern.

»Ich fürchte, Sie haben recht.« Mit einem Mal wirkt der Ermittler müde. »Es gibt noch weitere Erkenntnisse«, sagt er leise. »Eine Kamera, die den Parkplatz überwacht, zeigt kurz darauf einen Mann mit dunklem Haar und Schnauzbart, der ein schlafendes Mädchen mit Zöpfen in einem Kleid mit Blümchenmuster und einer Wolljacke in einen Wagen legt, einsteigt und das Areal verlässt.«

»Paul. Er muss Hanna betäubt haben, damit sie sich nicht wehrt. Sie kennt ihn ja nicht.«

»Scheint so, zwischen dem Hotel und dem Parkplatz fanden wir in einem nahen Strauchwerk das Tigerfell.«

»Dunkle Haare und Schnauzbart?« Anne scheint nicht überzeugt. »Wir dachten, ihn ein-, zweimal in unserer Nähe in der Menge gesehen zu haben, da war er kahl geschoren, ein Glatzkopf mit glatt rasiertem Gesicht.«

»Aber er ist ein Meister der Verwandlung«, werfe ich ein, und sie nickt.

Tomizza steht auf. »Bitte sehen Sie sich mit mir die Aufnahmen an.«

Wenig später starren wir gebannt auf einen Monitor im Kellergeschoss des Hotels.

Ein kleines Mädchen, unverkennbar unsere Hanna, wird von einem dunkelhaarigen Mann zu einem Auto getragen.

»Das ist mein Kind. Und der Mann ist eindeutig Paul, das erkenne ich an der Art, wie er sich bewegt.«

Der Kommissar sieht auf seine Uhr. »Meine Kollegen durchsuchen im Moment weiträumig die Umgebung der Hotelanlage und den Vergnügungspark. Außerdem haben wir Straßensperren sowohl auf der Autobahn als auch auf den umliegenden Landstraßen eingerichtet. Innerhalb des von uns großzügig bemessenen Planquadrats werden wir jeden Winkel gründlich absuchen.«

Das Stöhnen, das Tomizza aufblicken lässt, kommt von mir. »Dafür ist es doch längst zu spät«, flüstere ich.

»Nein, ganz im Gegenteil. Wir sind guten Mutes, die beiden

schon bald zu finden. Bis dahin bringen wir Sie in einem Ruheraum im oberen Stockwerk unter. Dort sind Sie vor neugierigen Blicken geschützt und können sich ein wenig entspannen. In Ihrer Suite arbeiten noch immer die Kollegen von der Spurensicherung. Eine Kollegin wird Sie begleiten und für Ihre Sicherheit sorgen.«

Damit sind wir entlassen.

Annes Stimme klingt wie das Zischen einer gereizten Schlange: »Niemand weiß besser als wir, wozu Paul fähig ist. Sie machen einen Fehler, wenn Sie ihn unterschätzen.« Sie ist blass und hat rote Punkte im Gesicht, als wären Äderchen geplatzt.

Die Antwort des Kommissars ist freundlich, doch er duldet keinen Widerspruch.

In dem Raum, den uns das Hotel zur Verfügung gestellt hat, ist es stickig. Die uns eskortierende Polizeibeamtin spricht recht gut Deutsch und fragt ausführlich nach meiner Krankengeschichte. Anne übernimmt es, für mich zu antworten.

Ich schaufle stumm Zucker in einen Tee und rühre, bis meine Schwester mir den Löffel abnimmt.

Erschöpft lasse ich mein Gesicht in die Handflächen sinken und merke, wie die Geräusche um mich herum allmählich in den Hintergrund treten.

»Lili!« Annes Stimme schrillt in meinen Ohren. »Wenn du jetzt wegdriftest, bringe ich dich um. So finden wir Hanna nicht.«

Die Polizistin blickt auf und mustert uns irritiert.

Und mit einem Mal weiß ich, was ich zu tun habe.

ANNE

Die Stimme meiner Schwester klingt unnatürlich hoch. »Anne«, sagt sie, »die Suche nach Hanna müssen wir der Polizei überlassen. Aber hier drinnen halte ich es keine Minute länger aus. Ich muss mich bewegen. Und auch du verträgst frische Luft.«

Sie springt so energisch auf, dass die Polizeibeamtin sich alarmiert umsieht. Sie will etwas sagen, aber Lili winkt ab. »Nur zehn Minuten!«, ruft sie der verblüfften Frau zu, nimmt mich an der Hand und verlässt mit mir den Ruheraum.

Vor der Tür reiße ich mich los. »Was soll das?«

»Komm weiter. Ich erkläre es dir gleich.«

Wir hasten den Flur entlang, der menschenleer ist, und biegen um mehrere Ecken. In diesem Teil des Gebäudes war ich noch nie.

»Beeil dich«, sagt Lili keuchend. Inzwischen laufen wir wie bei einem Endspurt im Marathon.

Am Ende des Flurs taucht eine Metalltür auf. Lili rüttelt an ihr, und wir stehen in einem steilen Treppenhaus.

»Weiter! Wir haben keine Zeit.«

»Nein«, sage ich und bin bemüht, genug Luft in meine Lungen zu pressen. »Du verrätst mir jetzt, was du vorhast, sonst gehe ich keinen weiteren Schritt.«

»Wir müssen das Hotel verlassen, bevor die Polizei uns daran hindert.«

»Die Polizei?« Ich frage mich, woher ihre Kraft kommt. Was hat sie vor?

»Natürlich die Polizei. Die lassen nicht zu, dass wir die Initiative ergreifen. Für uns aber ist es das Wichtigste, Hanna zu finden.«

»Für die doch auch. Das ist ihr Job. Was spinnst du dir da zusammen?« Neue Angst macht sich in mir breit. »Die Beamten sind Profis, wir müssen sie unterstützen.«

»Das tun wir ja auch. Nur geht mir alles zu langsam. So eine systematische Suche braucht Zeit. Zeit, die wir nicht haben. Und eines ist gewiss, die lassen mich niemals allein zu Paul, doch nur so können wir Hanna vielleicht noch retten. Anne, ich will mein Kind nicht verlieren. Immerhin kennen wir Paul besser als jeder andere. Vielleicht versteckt er Hanna dort, wo keiner hinsieht.«

Immer noch bin ich unschlüssig. »Überall schauen sie hin. Alles leuchten sie aus. Du hast es doch selbst gehört. Hotel, Anlage, Park, Autobahn und Nebenstraßen. Sie kontrollieren jeden Zentimeter.«

»Sie sind nicht überall.«

»Was meinst du damit?« Meine Stimme überschlägt sich, Zorn flammt in mir auf. Die Angst um Hanna hat einen Vulkan in uns beiden freigesetzt, der kurz vor der Eruption steht, nur dass jede von uns anders damit umgeht. Lili scheint von ihrer Idee überzeugt zu sein.

»Denk an die Ferienhäuser.« Meine Schwester sieht mich beschwörend an. »Bei unserer Ankunft haben wir die kleine Siedlung unten am See gesehen. Was ist, wenn Paul sich dort eingenistet hat? Nah genug für sein Vorhaben, aber abseits des bewachten Geländes. Immerhin will er, dass ich zum See komme.«

»Möglich«, sage ich nachdenklich. »Doch er ist klug, fast schon zwanghaft in seinen Planungen. Deshalb wird er die Strategie der Polizei einberechnet haben, und die überprüft mit Sicherheit auch die dortigen Mieter und Hausbesitzer.«

Lili nickt aufgeregt. »Wenn es nun aber nichts zum Überprüfen gibt, weil die Häuser jetzt, Ende Oktober, größtenteils leer stehen? Du nimmst doch nicht an, Paul habe sich offiziell eingemietet?«

Je länger ich darüber nachdenke, desto mehr kann ich der Überlegung meiner Schwester folgen. Tatsächlich entspricht es durchaus Pauls Wesen, Hanna direkt vor unserer Nase, in einem verlassenen Ferienhaus, versteckt zu halten, um den ersten Fahndungsdruck abzuwarten. Ich wage nicht, mir vorzustellen, in welchem Zustand sich meine kleine Nichte befindet. Immerhin hatte er sie betäubt.

Damit ist meine Entscheidung gefallen. »Gut«, sage ich, »aber wie kommen wir an der Polizei vorbei? Du denkst doch nicht an Verkleidungen?«

Meine Schwester gibt einen Laut von sich, der entfernt an ein Lachen erinnert. »Das wird nicht notwendig sein. Vergiss nicht, sie suchen nach einem Mann mit Kind, nicht nach zwei Frauen.«

Gemeinsam verlassen wir das Treppenhaus und treten in einen Hof, der von gleißendem Flutlicht erhellt wird. Geblendet schließe ich einen Moment die Augen, dann beginne ich, mich zu orientieren. »Weiter unten ist das Schwimmbad, von dort kommen wir wahrscheinlich auf die Landstraße«, überlege ich laut.

»Hoffentlich sieht uns keiner«, flüstert meine Schwester.

Ich schüttle den Kopf. »Hier wurde schon alles kontrolliert, komm.«

Jetzt bin ich es, die Lili hinter sich herzieht. Auf der Rückseite eines Geräteschuppens tauchen wir in die Dunkelheit ein. Gebüsch trennt gleich darauf die Anlage von der Landstraße.

»Da sollen wir durch?«

»Wir müssen sogar.«

Unsere Gesichter und die Hände werden von Zweigen zerkratzt, aber der Schmerz fühlt sich beinahe angenehm an. Er lässt mich spüren, dass wir etwas unternehmen, nicht mehr tatenlos dasitzen und abwarten.

Ich bin erleichtert, dass Lili diese Entscheidung getroffen hat, und froh, sie an meiner Seite zu haben.

Nebeneinander laufen wir die Straße entlang. Unsere Strickjacken sind viel zu dünn für die nächtlichen Temperaturen, aber wir merken es kaum, denn wir sind beide erhitzt.

Auf dem See glitzert der Mond.

Nach einer Weile schälen sich undeutlich die Konturen der Ferienhäuser aus dem diffusen Licht. Um näher heranzukommen, müssen wir eine Wiese überqueren. Der Geruch nach feuchter Erde und Seewasser lässt mich frösteln.

Endlich liegt die kleine Siedlung direkt vor uns.

»Psst.« Lili packt mich am Arm, doch alles wirkt ruhig und

verlassen. In keinem der Häuser brennt Licht. Klar, Gäste, die um diese Jahreszeit herfahren, bleiben nur wenige Tage und wohnen komfortabel in der Hotelanlage. Es sind ausschließlich Besucher des Abenteuerparks.

»Lili«, ich kann meine Enttäuschung kaum verbergen, »was nun?«

»Wir gehen von Haus zu Haus und stellen fest, ob es irgendwo Anzeichen gibt, dass dort jemand wohnt.«

»Sollen wir etwa an die Türen klopfen wie die Heilige Familie in Bethlehem?«

»Natürlich nicht. Auf den Bildern der Überwachungskamera legt Paul Hanna in einen Wagen, nach dem müssen wir uns umsehen und außerdem auf alles achten, was uns ungewöhnlich vorkommt.«

So leise wie möglich schleichen wir von Pavillon zu Pavillon. Alle liegen im Dunkeln, wirken leer und verlassen, und unter keinem der Carports steht ein Fahrzeug.

Inzwischen hat uns die Kälte erbarmungslos in ihre Klauen genommen, meine Füße sind eisig, und der Wind zerrt an unseren Kleidern.

In der Ferne sehe ich Lichter flackern. Hoffentlich sind es bloß Scheinwerfer von der nahen Autobahn. Oder werden jetzt auch wir gesucht? Scheitert womöglich alles wegen unseres Alleingangs?

»Lass uns umkehren«, flüstere ich resignierend. »Vielleicht gibt es etwas Neues im Hotel.«

Lili nickt. Ihr Gesicht ist blass. Sie sieht zu Boden, sicher fühlt sie sich in diesem Moment ebenso leer wie ich.

Dann bleibt sie ruckartig stehen.

»Reifenspuren«, wispert sie. »Schau doch.«

Tatsächlich. Im weichen Untergrund neben einem Kiesweg zeichnen sich deutlich die frischen Abdrücke zweier Räder ab, doch das Haus, zu dem sie führen, steht wie die anderen dunkel und abweisend da.

»Wir brauchen die Polizei«, flüstert Lili und flucht, weil wir unsere Handys unbedacht im Hotel liegen ließen.

»Wahrscheinlich steht das Haus dennoch leer.« Ich trete einen Schritt vor und setze meinen Fuß auf die erste der drei Stufen zum Eingang, als ich Lilis Hand auf meinem Arm spüre.

Ein Geräusch im Schatten direkt vor mir lässt mich zusammenzucken.

Ich packe meine Schwester am Arm, um sie am Weitergehen zu hindern.

Der Geruch.

Ammoniak und Kreuzkümmel.

Da knackst etwas im Dunkel vor der Tür, und Paul steht vor uns.

»So also gehen Träume in Erfüllung«, sagt er und lacht kehlig. Mit einem Schritt ist er bei Anne und legt seinen Unterarm um ihren Hals, schnürt ihr die Luft ab. Meine Schwester starrt mich aus schreckgeweiteten Augen an.

Ich stehe einen Moment lang bewegungslos da, dann steuere ich auf die beiden zu.

»Nur weiter«, sagt er leise und zerrt Anne rücklings die Stufen hinauf. »Zwei auf einen Streich. Und mit Hanna ist das Quartett komplett.«

Die Tarnung aus dem Hotel hat er abgelegt. Sein kurzes Haar leuchtet nun nahezu weiß in der Dunkelheit, ein heller Bart verbirgt sein Gesicht. Eine weitere Verkleidung, ganz klar, aber für mich war er nie deutlicher zu erkennen als in diesem Moment.

»Wir gehen jetzt alle drei ins Haus. Machst du Schwierigkeiten, bringe ich deine Schwester um.«

Habe ich etwas bei mir, das mir als Waffe dienen kann? Nein. Sogar die Nägel meiner Finger sind stumpf.

Mein Blick irrt umher, fällt auf eine Schaufel unter dem Carport. Verdammt, die ist viel zu weit weg.

»Mach schon!«, schnauzt er mich an.

Langsam gehe ich weiter.

»Lili, mein Schatz, du siehst schon wieder recht herzeigbar aus«, knurrt er und lässt mich an sich vorbei.

Ich stolpere in den Hausflur und höre, wie er die Tür schließt.

»Weiter.«

Wir betreten einen großen Raum, offensichtlich ein Wohnzimmer. Schwaches Licht erhellt es nur notdürftig, die Fensterläden sind geschlossen, und im offenen Kamin brennt kein Feuer. Es ist eiskalt.

In diesem Moment beginnt meine Schwester zu kämpfen. Sie schlägt und tritt nach hinten, ungeachtet des Arms, der sie noch immer würgt.

Und Paul lacht schon wieder.

Er reißt Anne herum und versetzt ihr einen brutalen Schlag ins Gesicht. Sie taumelt und fällt zu Boden, aus ihrer Nase tropft Blut. »Der Hieb damals hat *dir* gegolten, du Luder, und nicht Lili. Da dachte ich noch, *du* hättest alles zerstört.«

Seine Worte bewirken, dass sich Eiseskälte in meinem Inneren ausbreitet. Er weiß über alles Bescheid, denke ich, er hat den Schwindel durchschaut.

Hanna, wo ist Hanna?

Jetzt wendet Paul sich mir zu. Er deutet auf einen Stuhl. »Setz dich«, sagt er und umwickelt gleich darauf meine Füße und Hände mit breitem Isolierband. »Von allen Menschen, Lili«, fährt er mich an, »hasse ich dich am meisten!«

Speicheltropfen treffen mein Gesicht und lassen mich zurückzucken.

»Du hast mich um mein Kind betrogen.«

Er weiß also, dass Hanna seine Tochter ist. Ist das gut, oder ist das schlecht? Schlecht ist es, beantworte ich meine stumme Frage.

Sehr schlecht.

Ich schaue zu meiner Schwester. Hat sie es auch gehört? Anne bewegt sich, beginnt zu stöhnen und öffnet die Augen. Als sie mich sieht, will sie aufstehen, aber sie schafft es nicht.

»Lili.« Ihre Stimme klingt, als bekäme sie nicht genug Luft.

Wie dumm wir waren.

Nein, wie dumm *ich* war. Ich war es, die uns gradewegs ins Verderben geführt hat. Ich bin die allein Schuldige. Wir haben uns verhalten wie Akteure in einem drittklassigen Film.

Paul hebt meine Schwester mühelos hoch und setzt sie auf einen weiteren Stuhl. Auch ihr werden Beine und Hände zusammengebunden und zudem der Mund verklebt, dann kniet er sich vor mich auf den Boden.

Leise beginnt er zu sprechen. »Ich war erleichtert, als ich in der Zeitung las, dass ich sie nicht umgebracht hatte. Es war nicht meine Absicht gewesen, sie zu töten. Ich war nur deinetwegen dort. Alles, was ich wollte, war, dich zurückzugewinnen. Also wartete ich im Krankenhaus auf dich, in der Hoffnung, du würdest zu deiner Schwester kommen.«

»Paul.« Ich versuche, ihn zu unterbrechen, er aber fährt ungerührt fort: »Doch als ich mich zu Anne auf die Intensivstation durchgeschlagen hatte, ist sie gestorben. Kein Mensch kann ermessen, wie es mir in diesem Augenblick ging. Nur die Gewissheit, dass du bald auftauchen würdest, um dich von ihr zu verabschieden, hielt mich aufrecht. Auch wenn meine jetzige Verachtung für dich unbeschreiblich groß ist, habe ich mir doch lange Zeit nichts sehnlicher gewünscht, als mich mit dir zu versöhnen. Entschuldigen wollte ich mich bei dir für das, was ich dir während unserer Beziehung angetan habe. Und als ich dich in der Krankenhaushalle sah, wollte ich nichts lieber, als dich sofort mit mir zu nehmen.«

»Paul, lass uns vernünftig sein.«

»Vernünftig? Ich bin vernünftig. Ich wollte immer nur eines. Dich. Willst du das als unvernünftig bezeichnen?« Er richtet sich auf und hebt abwehrend die Hand. »Nein, warte«, sagt er. »Das war keine Frage, ich bin noch nicht fertig.« Seine Stimme wird lauter. »Viel später erfahre ich, dass Anne gar nicht gestorben war. Und es kam noch schlimmer. Nicht sie lag in diesem verfluchten Zimmer. Du warst das.« Plötzlich schreit er: »Lili, du hast mich selbst da noch belogen!«

Mit der Faust schlägt er mir hart ins Gesicht und verklebt meinen Mund mit Isolierband.

Meine Schwester beginnt zu weinen, und irgendetwas in Paul scheint von ihren Tränen berührt zu werden. Fast zärtlich sieht er sie an und beugt sich zu mir. »Zuerst war ich froh, dass ich das Flittchen statt dir mit dem Messer erwischt habe«, flüstert er. Dabei wirft er mir einen Blick zu, der mich erstarren lässt.

»Jetzt allerdings sehe ich das anders. Das Messer schnitt der Richtigen die Kehle auf.«

Mama, denke ich, die hast du sterben lassen. In diesem Moment bin ich absolut sicher, dass er unsere Mutter getötet hat. Aber das ist nicht wichtig, nicht jetzt.

»Getäuscht habt ihr mich«, er beginnt wieder zu schreien, »und verraten! Alle beide. So zu tun, als wäre Anne schwanger. Und dann einfach abzuhauen, mit meinem Kind im Bauch. Mir meine Tochter zu nehmen! Dieses polnische Miststück war nicht besser als ihr. Von ihr habe ich erfahren, dass ich euch in jener Nacht verwechselte und dass keine von euch beiden starb, wie ihr mir gern weismachen wolltet.«

Seine Stimme hallt laut von den Wänden wider, sodass ich es fast überhöre.

Ein zaghaftes Wort. Nur ein Flüstern. »Mami?«

Da steht sie, leicht schwankend, barfuß, immer noch in ihrem Blumenkleidchen, und starrt mich aus großen Augen an.

Hanna.

Meine Schwester macht eine unkontrollierte Bewegung und verliert sofort das Gleichgewicht. Ihr Stuhl kippt nach vorn und beschleunigt den Sturz. Mit dem Kopf schlägt sie seitlich auf den Rost des Kamins. Es knackt, als bräche ein Ast.

Das Isolierband erstickt meine entsetzten Schreie.

Pauls Stimme hingegen ist ruhig und weich wie Samt. »Hanna, mein Schätzchen«, sagt er, »sobald du schläfst, holen wir den Doktor, und alles wird wieder gut.«

Hanna wirft mir einen fragenden Blick zu. Sie wirkt weggetreten, scheint nicht zu registrieren, dass ich gefesselt bin, will etwas sagen. Doch Paul lässt sie nicht zu Wort kommen.

»Wenn du mir jedoch nicht folgst und nicht schlafen gehst«, ergänzt er immer noch sanft, »können wir keinen Arzt holen, und deine Tante«, er deutet auf Anne, »muss vielleicht sterben.«

Das Schwein, das elende Schwein!, denke ich und sehe unter Tränen, wie meine Tochter verstört nickt.

»Ja«, flüstert sie und verlässt mit unsicheren Schritten das Zimmer.

Paul sieht ihr nach und fühlt dann Annes Puls. Sorgenvoll wiegt er den Kopf.

»Für all das mache ich dich verantwortlich«, knirscht er an mich gewandt und löst mit einem Ruck das Klebeband, das meinen Mund verschließt.

Soll ich schreien und damit mein Kind noch mehr traumatisieren? Wie könnte ich!

Auf einmal hält Paul ein Messer in seiner Hand, und neue Angst überrollt mich. Jetzt wird er zu Ende bringen, was er vor Monaten begonnen hat, denke ich und erstarre.

Er steht über mir, tötet mich schon mit seinem Blick.

Eine stoische Gleichgültigkeit nimmt von mir Besitz.

Jetzt muss ich sterben.

Gelassen erwarte ich den tödlichen Stich, aber das Messer zerschneidet nur das Band, das meine Füße und Hände fixiert, es dringt nicht in meine Haut.

Wieder höre ich dieses schreckliche Lachen. »Nein, für dich wird nicht alles gut«, unkt Paul. »Ich denke nur an das Kind. In Hannas Nähe will ich kein Blut vergießen. Dafür habe ich einen anderen Ort gewählt.«

Immerhin. Meine Hände und Füße sind frei. Und mit dieser Freiheit kehrt mein Überlebenswille zurück.

Ich muss meine Schwester retten, muss Hanna von diesem Monster befreien. Endlich überwiegt in mir nicht mehr die Angst. Zorn, Hass und Entschlossenheit lassen mich handeln.

Ich springe auf, ramme meinen Schädel in Pauls Gesicht und höre, wie seine Nase bricht.

Er taumelt, fällt auf die Knie und reißt instinktiv einen Arm hoch, um sich zu schützen, aber da habe ich schon ein Eisen in meiner Faust, einen Schürhaken, der am Kamin lehnte. Als wäre ich mit einem Driver beim Golfen, hole ich aus.

Pauls Kopf wird nach hinten geschleudert, er hängt in einem unnatürlichen Winkel am Körper. Seine Beine zucken konvulsiv, und ich presse eine Hand vor meinen Mund, um mit aller Kraft die aufsteigenden Schreie zu unterdrücken.

Jetzt liegt er still.

»Anne«, flüstere ich und beuge mich über sie.

Unregelmäßiger Puls. Ihr Atem geht rasselnd, aus Nase und Ohren fließt Blut.

Ich drehe sie so gut ich kann in die stabile Seitenlage. Jetzt den Notruf wählen, befehle ich mir. Hektisch suche ich nach einem Handy, er muss doch eines haben. Zögernd nähere ich mich Paul, dessen dunkelbraune Augen mir leer entgegenstarren.

Lebt er noch?

Es fällt mir schwer, aber mir bleibt nichts anderes übrig, als in seine Hosentaschen zu greifen. Kein Telefon. Verdammt, wo ist das Ding? Anne bleibt keine Zeit, es liegt an mir, sofort Hilfe zu holen. Ich eile in das angrenzende Zimmer.

»Kleines«, sage ich und hebe mein Kind auf die Arme, »wir machen noch einen Spaziergang, alles wird gut.«

»Mami«, murmelt Hanna benommen und beginnt, das Gesicht an meinen Hals gepresst, leise zu weinen.

LILI

Sie haben mir eine Tablette gegeben, die ich unter der Zunge zergehen lassen soll. Meine Blessuren sind nicht nennenswert, aber ich hänge an einer Infusionsnadel, und Hanna und ich müssen über Nacht zur Kontrolle hierbleiben.

Die Dolmetscherin aus dem Hotel ist eben gekommen und unterstützt die Kinderpsychologin bei deren Gespräch mit Hanna. Meine Tochter sitzt neben mir, beide sind wir in Decken gehüllt, die mich an meinen letzten Klinikaufenthalt erinnern.

Was mich fertigmacht, ist das Warten.

Immer noch weiß ich nicht, wie es Anne geht. Sie ist im Operationssaal, ringt mit dem Tod. Ihre Jacke liegt über meinen Oberschenkeln, und ein Hauch ihres Parfüms steigt in meine Nase.

»Lilianne!«, höre ich unsere Mutter rufen.

Wir waren immer zwei und gleichzeitig eins.

Hanna schaut zu mir auf, und ich rücke näher zu ihr. Sie wirkt so verloren. Ich schließe sie in meine Arme und drücke sie fest.

»Der Mann war zu mir nicht böse«, sagt meine Tochter leise. »Ich kenne ihn vom Hotel. Er war auch im Park.« Sie wischt sich trotzig eine Träne aus dem Gesicht. »Mama, nur weil dir oft schwindlig ist, hat der Mann dich am Stuhl festgebunden. Sonst wärest du gefallen wie Tante Anne.«

Ein Pfleger bringt eine Tasse Tee.

Erschöpft streife ich die Schuhe von meinen schmerzenden Füßen. Konzentriert atme ich tief ein und aus, warte auf die Wirkung der Tablette und hebe meine nackten Füße auf die Sitzfläche des gegenüberstehenden Stuhls.

Langsam werde ich ruhiger.

Aber Anne lag ebenso regungslos da wie Paul. Ich werde das Bild nicht los.

»Signora Parker«, werde ich angesprochen, und Kommissar Tomizza setzt sich neben mich. »Können wir reden?«

»Ja«, antworte ich und bitte die Kinderpsychologin, mit Hanna eine heiße Schokolade trinken zu gehen. Mein Kind soll von unserem Gespräch nichts mitbekommen.

»Wissen Sie schon, wie es Ihrer Schwester geht?«

»Nein, immer noch nichts Neues.«

Er nickt. »Paul Berger, eigentlich David Burger«, sagt er ernst, »ist tot. Ich möchte den Ermittlungen nicht vorgreifen, aber es handelte sich offenbar um Notwehr. Ohne Ihr Handeln hätte er Sie und Ihre Schwester vermutlich getötet. Und was mit Ihrer Kleinen geschehen wäre, wissen wir nicht.«

»Es war kein Handeln, ich musste mich wehren«, präzisiere ich, und er nickt wieder.

»Sie haben das gut gemacht.«

»Gut? Ich war in Panik. Es war nicht meine Absicht, ihn …«

Ich stocke. Irgendwann wird Hanna erfahren, dass ich ihrem Vater den Kopf zertrümmert habe. Ich kann nur hoffen, dass sie verstehen wird, warum ich das tun musste. Aber jetzt stellen sich andere, drängendere Fragen.

Sie operieren Anne seit Stunden.

Vor Angst krampft sich mein Magen zusammen.

»Signora Parker?«

Ich habe den Arzt nicht kommen gehört. Angstvoll presse ich die Faust auf mein Herz.

Er aber lächelt und nickt uns zu.

EPILOG

Als die Sonne untergeht, leuchtet die Wasseroberfläche des Teichs. Die Wiese schimmert tiefgrün, das feuchte Gras duftet.

Längst schon sind Teller, Besteck und Gläser im Picknickkoffer verstaut, aber immer noch sitzen die beiden zusammen und reden, während Hanna Blumen pflückt.

Anne atmet tief durch, und Lili ahnt, was jetzt kommt.

»Es tut mir leid, dass ich vergaß, die Erdbeeren einzupacken. Verzeihst du mir?«

Stille.

Dann beginnt eine der Schwestern zu lachen.

So lange, bis die andere einstimmt.

Danksagung

Nun bin ich im »Vierten Stock« angekommen. Für diese Möglichkeit und das in mich gesetzte Vertrauen danke ich meinem Verleger Hejo Emons und seinem fabelhaften Team. Ich möchte an dieser Stelle Stefanie Rahnfeld und meine Lektorin Marit Obsen besonders erwähnen. Beide haben sich mit Scharfblick meinem Manuskript gewidmet.

Christa Rados und Christian Puswald haben mir bei allen neurologisch-psychiatrischen und juristischen Fragen mit Rat zur Seite gestanden.

Und nicht zuletzt sei meinen Gegenleser/-innen herzlich gedankt: Karo Nagele, Lisa, Alfred König, Maxi Nagele, Joana Oswald, Uta Arthofer, Susanne Rainer, Claudia Kolland und meinem Mann Günther.

Die Bücher von Erfolgsautorin Andrea Nagele im Überblick

Alle Titel sind auch als eBook erhältlich.

Grado-Reihe

Grado im Regen
ISBN 978-3-95451-785-5

Grado sotto la pioggia
Italienische Ausgabe
ISBN 978-3-7408-0376-6

Grado im Dunkeln
ISBN 978-3-7408-0068-0

Grado nell'ombra
Italienische Ausgabe
ISBN 978-3-7408-0592-0

Grado im Nebel
ISBN 978-3-7408-0298-1

Grado im Sturm
ISBN 978-3-7408-0523-4

Grado im Mondschein
ISBN 978-3-7408-0803-7

Weitere

Tod am Wörthersee
ISBN 978-3-95451-288-1

Tod auf dem Kreuzbergl
ISBN 978-3-95451-485-4

Tod in den Karawanken
ISBN 978-3-95451-961-3

Kärntner Wiegenlied
ISBN 978-3-7408-0198-4

111 Orte

111 Orte in Klagenfurt und am Wörthersee, die man gesehen haben muss
ISBN 978-3-95451-591-2